Miguel de Carrión

Las impuras

Barcelona **2020**
linkgua-ediciones.com

Créditos

Título original: Las impuras.

© 2020, Red ediciones S. L.

e-mail: info@linkgua.com

Diseño de cubierta: Mario Eskenazi

ISBN rústica: 978-84-9953-993-5.
ISBN ebook: 978-84-9953-992-8.

Sumario

Brevísima presentación

La vida

Miguel de Carrión (La Habana, 9 de abril de 1875-30 de julio de 1929). Cuba.

Al inicio de la Guerra de Independencia en 1895 Miguel de Carrión viajó a los Estados Unidos. A su regreso a Cuba se dedicó a la literatura y el periodismo. Se graduó de médico en la Universidad de La Habana, y ejerció como tal. Fue miembro fundador de la Academia Nacional de Artes y Letras.

Dedicatoria

Señor doctor Rafael Montoro

Mi ilustre amigo:

Al dedicarle a usted *Las impuras*, cumplo gustoso el deber que me he impuesto de unir el nombre de cada uno de los grandes hombres de ayer, que aún viven en nuestra patria, al de los libros que vaya publicando sucesivamente, si mi vida y la de ellos se prolongan lo suficiente para completar este empeño.

En la casi total carencia de hombres de hoy, es justo que el espíritu vuelva de esta manera los angustiados ojos a las nobles reliquias que nos quedan de otros tiempos y otros ideales.

Ningún timbre de honor más preciado para esta nueva producción mía, que el asociarse, siquiera sea indirectamente, al de usted, que simboliza, hasta hoy, la más alta y más legítima gloria de la tribuna cubana.

Acójalo benévolamente.

Miguel de Carrión

I. Un nido improvisado

En una lluviosa noche de octubre, del año 19..., los últimos viajeros descendidos del tren Central de Cuba, en la estación de La Habana, se detuvieron un instante para contemplar a una hermosa mujer, que acababa de abandonar el departamento reservado de un coche de dormir, y se mantenía en pie en la plataforma de éste indecisa y como aturdida por el soplo de aire húmedo que le dio de lleno en el rostro.

Era una arrogante morena, de elevada estatura, tez pálida y grandes ojos oscuros, que llevaba en la mano una maletita y un saco de viaje, y vestía un ligero guardapolvo gris, bajo cuyos sueltos pliegues se adivinaban un lindo busto, un talle erguido y unas carnes firmes llegadas a la completa madurez de la vida. Aquella mujer, aunque se encontraba en esa edad en que las bellezas de un sexo se imponen a nuestra admiración, obligándonos a volver la cara con más o menos disimulo cuando pasan por nuestro lado, atraía, además, por otro motivo la curiosidad de los pasajeros rezagados; nadie recordaba haberla visto durante el viaje, y, en cambio, el departamento de donde acababa de salir había sido el blanco de todas las miradas y de más de un picante comentario, a causa de su puerta siempre herméticamente cerrada, que solo se abría a medias, a las horas de las comidas, para dar paso al galoneado negro de servicio, con su bandeja cargada de platos y su rostro obsequioso e impenetrable. Esperaban los ociosos ocupantes del coche-dormitorio ver aparecer, a la llegada del tren los semblantes cohibidos de una pareja de enamorados, y se sorprendían al encontrarse cara a cara con una espléndida criatura, de aire un poco desdeñoso, que viajaba sola y ataviada con una sencillez muy cercana a la pobreza. La desconocida no pareció advertir la curiosidad y la admiración de que era objeto o le hizo muy poco caso, porque mostraba en sus movimientos la misma naturalidad que si se encontrase lejos de toda mirada indiscreta.

Fuera del andén caía una lluvia menuda, continua y espesa, envolviendo la plazuela que se extiende al costado de la estación en una especie de gasa temblorosa donde palidecían las luces. El gran edificio de las compañías ferroviarias fusionadas, con sus tejas rojas, su feo enverjado y su aspecto exterior de pagoda india, debía lucir lamentablemente desairado, a la claridad de los escasos focos del alumbrado público y rodeado de la movible cortina de agua que esfumaba los objetos. Pero desde el sitio en que se hallaban nuestros viajeros no podían verse sino, de un lado, la pequeña explanada de las antiguas murallas, que acabamos de mencionar, y del otro el tren que los trajo, con los cristales empañados y chorreando por todas partes, el cual se había quedado vacío en pocos momentos. La locomotora roncaba, a lo lejos, como un animal fatigado. Sin dejar de mirar de soslayo a la hermosa mujer, los pocos que aún quedaban junto a los coches probaban el cierre de los paraguas o desplegaban impermeables, entre el rodar apresurado de los carritos del correo y del equipaje, las carreras de los portadores de maletas y el ir y venir de los empleados, de uniforme y gorra, que vigilaban la descarga.

La viajera esperaba, sin duda, encontrar a alguien a su llegada, porque buscó inútilmente con la vista en todas direcciones, y pareció en extremo contrariada por no descubrir en ninguna parte un rostro conocido. Enseguida miró hacia la plazuela desierta, cuyo pavimento brillaba como la superficie de un lago, al cielo encapotado y sombrío de donde se desprendía la lluvia, y a la interminable fila de coches y automóviles, con las cortinas corridas, que esperaban alineados al lado de la verja de la estación, cual si sondeara, una a una, las dificultades de la salida. La misma inclemencia de la noche pareció decidirla bruscamente. Hizo un gesto friolento, como si sintiera ya la impresión de las gotas sobre la espalda, apenas protegida por el delgado guardapolvo, se arrebujó en éste con una mano, mientras afirmaba en la otra el saco y la pequeña maleta, y saltó resueltamente al andén. Al hacerlo, enseñó un piececito bien calzado y el nacimiento de una pierna esbelta y fina que atestiguaba la excelencia de su raza.

Un joven periodista, de los que hacen guardia en la estación, pequeño, vivo y regordete, se acercó en este momento a ella, con el sombrero bajo el brazo, la cuartilla y el lápiz entre los dedos y la sonrisa en los labios. Murmuró casi al oído de la hermosa el nombre de un gran diario de la mañana y le pidió cortésmente su nombre para inscribirlo en la lista de viajeros llegados aquella noche. La dama se puso encarnada y experimentó un leve sobresalto, al oír la inesperada petición, pero se repuso en el acto y se excusó con una frase ambigua y una fría reverencia, a las cuales el sagaz noticiero, sin desconcertarse, a causa de su costumbre de presenciar a diario esta clase de misterios, respondió con otra sonrisa un poco irónica, que quería significar: «comprendido», alejándose a buen paso.

La airosa desconocida apresuró entonces el suyo para alcanzar la puerta, por donde se apretaba ya la cola de la gran muchedumbre que había descendido del tren. Su disgusto parecía aumentar a medida que avanzaba, taconeando gallardamente sobre el piso de hormigón, y una honda arruga acabó por marcarse entre sus lindas cejas contraídas por el despecho.

De repente, un hombre joven, que forcejeaba con el policía de la puerta, empeñado éste en cerrarle el paso, y que ella no había visto, porque se lo impedía el cuerpo del agente del orden, gritó al pasar la viajera por su lado:

—¡Teresa!

Se volvió ella con viveza y vio al joven, que se precipitaba a su encuentro, con los brazos abiertos. Pero la arrogante mujer, a quien disgustaban ciertas expansiones en público, a pesar de que su bello semblante se había iluminado al reconocer al que la esperaba, cogió aquellos brazos en el aire y estrechó sus dos manos con ardiente efusión.

El hombre, rojo de cólera aún por su incidente con el policía, excusó su tardanza, mientras le dirigía a éste, de reojo, una rencorosa mirada.

—No puedes imaginarte lo que he corrido por causa de esta maldita agua. ¡Ni un coche de alquiler por donde yo estaba...! Y luego, estos endiablados guardias, que, en vez de perseguir a los rateros, se entretienen en molestar a las personas honradas...

Hablaba en voz muy alta para que el aludido lo oyese, con ese aire de franca hostilidad que inspiran siempre a todo buen cubano los representantes del poder constituido; pero el agente, que era de buena pasta, a despecho de su uniforme azul, del torneado garrote y del enorme revólver que colgaba de su cintura, se contentó con encogerse de hombros, dirigiéndose a otro lado con mucha calma. Por su parte, la mujer, cuyo nombre ya conocemos, no dejó que su acompañante concluyera de desahogar su mal humor, y le cortó el hilo del discurso al preguntarle ansiosamente:

—¿Y los niños?

—Muy bien. En el colegio. Ayer los vi, y hasta pensé en traerlos, pero...

—Hiciste bien. No conducía a nada el haberlos traído, con este tiempo. ¿Y la negra Dominga?

—Como siempre; hablando sin cesar de ti... mañana la verás, y recibirá una sorpresa, porque no le he dicho que llegabas hoy.

—Creía ya que no habías podido venir a esperarme, y me disponía a ir a la casa de la calle de Virtudes que me indicas en tu carta. ¿Es ahí por fin, donde tomaste las habitaciones?

—Sí; no había otras. Ya te explicaré.

—Entonces, ¿vamos?

—Sí, vamos. Ahí afuera tengo el auto que me trajo. ¿Y el equipaje?

—Viene por expreso. Podemos irnos.

Salieron del pequeño cuadrilátero cerrado de rejas donde se aglomeran las personas que van a recibir a los viajeros, el cual, poco a poco, había ido quedándose desierto. Al aproximarse a la acera, el viento húmedo, que formaba grandes remolinos con la lluvia, les azotó de frente, obligándoles a encogerse y a ocultar el rostro. El hombre soltó una ruda interjección y asió fuertemente el brazo de Teresa, a fin de ayudarla a cruzar deprisa el espacio barrido por el aguacero. En este movimiento, en que había delicadeza de amante y familiaridad de esposo, puso él de manifiesto la gallardía de su persona y la vigorosa complexión de sus músculos. No era muy joven. Examinándolo de cerca, se notaba que era hombre de más de treinta años; pero la jovialidad de su semblante y su bigote rubio, de largas guías insolentemente levantadas, contribuían a que se le atribuyera menos edad. Su traje, esmeradamente cuidado y completo en los más insignificantes detalles de la moda, denotaba la absoluta consagración del que lo llevaba al culto de su persona. Un observador experimentado hubiera leído la descripción de estos pequeños rasgos del carácter en la manera peculiar que empleó para saltar los charcos de la acera, llevando casi en vilo a Teresa, y en la contracción nerviosa de su cuerpo, semejante a la de un gato que se ve obligado a atravesar un corredor expuesto a la llovizna.

Por fortuna, el pequeño automóvil de alquiler se había arrimado todo lo posible adonde ellos estaban, y su conductor mantenía levantada la cortinilla de hule por encima de la abierta portezuela. Rápidamente salvaron la distancia que los separaba del carruaje, cayendo ambos casi juntos sobre el asiento, lo que les hizo reír como dos muchachos. Detrás de ellos la cortina impermeable descendió pesadamente, sumiéndolos en la oscuridad.

15

Entonces, lejos ya de las miradas indiscretas, se apretaron con fuerza los dos cuerpos y besáronse largamente en los labios.

Teresa fue la primera en desasirse del abrazo.

—¿Tienes noticias de mi hermano? —preguntó.

Los labios del hombre se estremecieron de indignación antes de responder; pero se dominó, haciendo un esfuerzo, para no amargar aquellos momentos de dulce intimidad, y concluyó por decir con sorna:

—Está más grueso y más saludable que nunca. Y manteniendo todos los meses, con tu dinero, a una querida diferente...

Pasó entre los dos como una sombra de contrariedad, e involuntariamente se apartaron un poco uno de otro, sin añadir palabra. El auto rodaba lentamente por la calle de Egido, batido de frente por la lluvia, que se estrellaba con furia contra el cristal delantero, salpicando a los que iban dentro. Los tranvías eléctricos, al pasar, lanzaban hasta el interior del carruaje el fugitivo reflejo de sus luces. Teresa se arrepentía de haber traído la conversación a un terreno desagradable, y durante el silencio que siguió a las palabras de su amante experimentó el secreto malestar de su indiscreción.

—¿No tienes de qué hablarme, Rogelio? —le dijo, al fin, con acento de tierno reproche.

Aquella pregunta se encaminaba a disipar la nube que se había formado en la mente del hombre, el cual hizo un gesto vago para indicar que nada nuevo sucedía.

Ella insistió, con cierta vacilación. Su voz temblaba ahora ligeramente, al decir: «¿Y tu familia?».

El recurso fue contraproducente. Rogelio se puso más hosco todavía ante esta nueva interrogación.

—¿Por qué me dices: «tu familia»? Tú sabes que no tengo más familia que mi hija, tú y nuestros dos niños. Lo «demás» no debe nombrarse, porque me mortifica recordarlo cuando me hallo bien cerca de ti... Ahora, si es por Llillina por quien me preguntas, te diré que cada día le encuentro peor...

Con su aguda perspicacia de mujer, Teresa comprendió que alguna causa desconocida por ella irritaba los nervios de su amante, tornándolo agrio y sarcástico, cundo por lo general acataba sus ideas sin discutirlas. Pensó que su situación económica, que era cada vez peor, sería el motivo, o que acaso aquella familia, a que ambos acababan de referirse, le habría ocasionado algún pesar reciente, y se propuso hacer lo posible por disipar su mal humor. Sin embargo, no pudo dejar de reconvenirle y de expresar su opinión, suspirando.

—¡Eres malo, hijo!

Y, en voz baja, tanto que apenas se oía, añadió:

—Nunca podré ser como tú quieres que sea.

A continuación, hablaron de la pobre enfermita, de aquella Llillina, hija de Rogelio, que tenía quince años y no era todavía núbil, herida en su infancia por un tumor blanco de la cadera, que la dejó contrahecha, y atacada después por la tuberculosis pulmonar, que iba poco a poco socavando su vida. El padre se rebelaba contra aquella cruel injusticia del destino, y culpaba a Dios. Teresa se había apoderado de una de sus manos y la oprimía tiernamente, para infundirle resignación. Su pena era menos teatral que la de Rogelio; pero, en el fondo, estaba más emocionada que él.

El dolor los aproximaba nuevamente, tras el pasajero enfado. Sus relaciones tenían ya la serenidad que reina entre los seres que han vivido largo tiempo juntos y en quienes el deseo sexual no se produce sino como una derivación de la costumbre; pero hacía seis meses que no se veían, encerrada ella en su cuarto de hotel, en la capital de Oriente, mientras él se afanaba por abrirse paso en La Habana, y la prolongada ausencia daba a su entrevista un sabor picante de novedad. La pena añadía un suave encanto al rostro serio de Teresa, y su dulce caricia fue infiltrándose en la sangre ardorosa del joven, que acabó por olvidar todas sus preocupaciones. La fría humedad de la noche y la complicidad del coche cerrado hicieron lo demás. Ambos guardaban silencio, cuando él, pasando un brazo por detrás del cuello de Teresa, la atrajo apasionadamente y murmuró con ternura a su oído:

—¿Por qué hemos de hablar de cosas tristes, en una noche como ésta?

Por toda contestación, cerró ella los ojos y quedó flácida y palpitante encima del corazón de Rogelio. Se dieron cuenta de sí mismos cuando el carruaje se detuvo a la puerta de una casa de la calle Virtudes, y el chauffeur, sin volver la cara, signo elocuente de que había visto u oído lo necesario, hizo sonar la portezuela y levantó la cortina. Llovía copiosamente, y el zaguán, a oscuras y desierto, parecía la boca de una caverna. Rogelio dejó entonces de oprimir entre sus brazos a Teresa, pagó al hombre de la gorra, que los miraba a los dos con aire socarrón, salvó la acera de un brinco y recibió contra el pecho a su querida, que saltó también ligeramente detrás de él. Estaban en su casa.

La entrada era fea y triste, y ambos quedaron un momento como paralizados ante el desagradable aspecto de aquellas paredes, desnudas y sucias, en que se rezumaba la humedad. Rogelio no había estado allí de noche, por lo cual experimentó la misma impresión que Teresa. El viento hacía chocar contra la puerta una muestra, groseramente pintada, donde se leía, a la luz de la calle, que era la única que alumbraba el zaguán, el siguiente letrero, escrito con caracteres rojos sobre fondo blanco: «Habitaciones para hombres solos y matrimonios sin niños».

Hacia el fondo del patio, el cual se veía más allá del oscuro vestíbulo al través de una ventana abierta, brillaba, bajo la lluvia, una pequeña bombilla eléctrica, cuyo resplandor mortecino añadía un rasgo de tristeza a la soledad de la entrada. Teresa vaciló antes de avanzar un paso, sintiendo el corazón oprimido en presencia de aquella lobreguez de cueva. Rogelio tomó una de sus manos para animarla, y ella se dejaba guiar dócilmente, cuando resonó en el silencio el rumor de dos voces airadas que disputaban. Ambos amantes se detuvieron de nuevo, sorprendidos.

En la penumbra aparecieron entonces un hombre y una mujer, forcejeando ella por retenerlo y él por desasirse de sus manos. Una y otro jadeaban ahora sin pronunciar una palabra. De repente el hombre, de un empujón más vigoroso, hizo rodar a su débil contrincante hasta la pared y huyó hacia la puerta. Se oyó un chillido penetrante de la mujer, y su voz increpó al fugitivo con un rabioso insulto y una desgarradora queja en que se traslucía toda su indignidad.

—¡Desgraciao! ¿Es de veras que te vas así?

—Vaya al diablo —rugió el hombre desde la calle, sin cuidarse de la lluvia que caía a torrentes sobre su cabeza—. ¿Crees tú que voy a salirme matando a un penco de tu clase?

Rogelio y Teresa se miraron.

—Ya te explicaré —dijo él un poco turbado, a manera de excusa por haberla llevado a vivir a una casa como aquélla.

Y echaron a andar silenciosamente en dirección a la escalera, que se hallaba a la izquierda del vestíbulo, precedidos por la mujer, que sollozaba y se retorcía arrancándose a pedazos la ropa y murmurando injurias, sin haber visto siquiera a los recién llegados que la seguían.

Subieron los viejos peldaños de piedra porosa, gastados en el centro. En el recodo llegaron a los oídos de Teresa grandes carcajadas y vio, empinándose hasta la claraboya, un cuarto del primer piso, muy iluminado, donde, al través de la lluvia del patio, se veían pasar hombres en mangas de camisa, riendo y gesticulando como locos. La joven subió el segundo tramo de la escalera, preguntándose con inquietud qué clase de huéspedes serían ésos. La mujer que iba delante desapareció, al llegar a lo alto, sin que viera Teresa por dónde.

Arriba, al menos, había luz. Las habitaciones que había alquilado Rogelio se abrían a un corredor de dos metros de ancho y unos diez pasos solamente de la escalera. El joven buscó las llaves en su bolsillo y se dispuso a entrar. Mientras tanto, su compañera examinaba la casa, con creciente curiosidad. El lugar donde estaban era un antiguo salón, que en otro tiempo ocupaba todo el frente y que había sido dividido por medio de tabiques de madera pintados de azul. De este modo, quedaba una hilera de habitaciones a la derecha, con frente a la calle, y un pasillo para llegar a ella, iluminado de noche por una bombilla pendiente del techo. Hacia la izquierda, el pasillo comunicaba con la galería que, bordeando el patio, daba acceso a otra hilera de cuartos, colocada en ángulo recto con la precedente. Todas aquellas piezas eran pequeñas y mezquinas, a juzgar por las que podían verse desde allí, y habían sido dispuestas, mediante subdivisiones sistemáticas, con el evidente propósito de aprovechar todo el terreno posible, hasta el punto de transformar en una estancia alquilable toda porción de la casa cubierta de techo. Sin ver más que esta parte del edificio, se adivinaba, pues, el resto: una profusión de habitaciones, especie de nichos la mayoría de ellas, distribuidas alrededor de un patio cuadrado, con pavimento este de grandes baldosas y adornado con viejos barriles pintados de verde y llenos de tierra, en los cuales crecían algunas plantas raquíticas. El piso bajo era, poco más o menos, lo mismo que el principal, y entrambos ofrecían un conjunto de abandono y de incuria poco a propósito para tranquilizar a Teresa.

Felizmente, el aspecto interior de su nueva vivienda no le produjo tan mal efecto. Se componía de una alcoba y de un saloncito tocador, ambos con balcón a la calle, amueblados con objetos baratos, pero limpios y nuevos, que habían sido comprendidos en el arrendamiento, igual que la luz, el baño y el servicio de agua en los lavabos. Pensó que podría aislarse en su pequeño nido, abriendo las ventanas del balcón y cerrando las puertas que daban al pasillo. Era una contrariedad que lloviera, porque hubiese puesto en práctica, sin demora, su idea y juzgado de la impresión que le produciría todo aquello cuando se encontrase sola. Sin embargo, miraba a su amante, con muda interrogación, que no era todavía un reproche. Rogelio había encendido las tres luces de los cuartos, para dar un poco de alegría al cuadro, y se creyó en el caso de dar explicaciones.

—No es muy bueno esto, ¿verdad? Pero no me fue posible hallar otra cosa, después de quince días de andar de un lado para otro, viendo habitaciones.

Su voz no se mostraba muy segura, porque mentía sin el menor escrúpulo. Lo cierto era que cuando todo estuvo dispuesto para que ella viniese, estaba entretenido en otras cosas, y se limitó a encargar a un amigo suyo, un jorobado alegre y servicial a quien llamaban por mote Rigoletto, que le buscase dos cuartos para una querida. El jorobado, siempre discreto, no preguntó de qué clase era aquella querida; se la imaginó a su antojo, y buscó solamente lo más barato. En cuanto a Rogelio, no vio las habitaciones sino dos días antes de la llegada de su amante, cuando era ya tarde para buscar otras.

Teresa movía la cabeza, pensativa, sin responder.

Él, interpretando esta actitud como una reconvención, añadió que si hubiera ido a tomar los cuartos a una de esas casas que no admiten a toda clase de inquilinos, la situación irregular en que ambos se encontraban hubiese acabado por llamar la atención, proporcionándole a ella una multitud de pequeñas humillaciones.

—¡Hiciste bien! —exclamó ella en un arranque de altivez herida—. Prefiero esto. Nada puede contagiárseme de toda esa inmundicia.

Y para dar a entender que aquél era un incidente terminado, dijo, casi enseguida, con una entonación completamente distinta:

—¡Qué viaje y qué salida de Santiago! ¡Creí, en los últimos días, que iba a acabar por perder la paciencia!

Se desnudaba, mientras tanto, rápidamente, porque tenía la espalda y el pecho empapados, mostrándose ya enteramente dueña de sí. Él se acercó y la besó en los dos hombros, con un leve estremecimiento de impaciencia en las guías de su bigote rubio. Pero Teresa, embargada por esa grave preocupación con que las mujeres ven cuanto se refiere a los detalles del hogar, tomaba posesión del suyo, moviéndose de un lado para otro, ordenando con mucha naturalidad los objetos y dejando para más tarde las expansiones de otra clase. Sacó de su pequeño saco de viaje dos peines, un cepillo de cabeza, una polvera y un relojito de mesa, y colocó este último junto a la cabecera del lecho, entre la palmatoria y la pera con botón de porcelana que servía para alumbrar la habitación sin levantarse de aquél. Cuando hubo terminado sus primeros preparativos se detuvo ante el cobertor, muy limpio y estirado, y los almohadones simétricamente dispuestos, colocados indudablemente por una persona que conocía sus gustos. Al deshacer la cama, para el arreglo de la noche, se fijó en una diminuta almohada igual a la que, desde niña, tenía ella la costumbre de tener bajo la mejilla mientras dormía.

—¿Quién arregló estos cuartos? —preguntó, sonriendo enternecida ante aquel rasgo al parecer insignificante.

—Le di una llave a Dominga y viene todas las mañanas a limpiarlos, desde que los tomé —repuso Rogelio, sin poder disimular completamente el mal humor que aquella pregunta le produjo.

—¡Mi pobre negra! —exclamó la joven, acariciando la almohadita con mano temblorosa—. ¿Pero no me escribiste que estaba colocada de cocinera?

—Y así es. Viene antes de ir a su trabajo.

Los ojos de Teresa se humedecieron y murmuró todavía, por lo bajo, muy conmovida:

—¡Pobre Dominga!

Para huir de su emoción, se puso a doblar febrilmente el cobertor, y a cambiar los almohadones por almohadas, que sacó de un cajón de la cómoda. No tenía que preguntar para saber dónde estaban las cosas, desde que supo que éstas habían sido ordenadas por su vieja nodriza. Cuando todo estuvo listo, se dejó abrazar por Rogelio, tiritando bajo la camisa húmeda, que se le pegaba al cuerpo.

—¿No traes otra en la maleta? —preguntó el amante, retrocediendo ante aquel contacto frío.

—Está mojada también. Me puse ésta al salir de Santiago porque llovía mucho a la hora de tomar el tren.

—Pero no puedes acostarte así.

Sonrió ella, por toda contestación, y moviendo los hombros, dejó caer la camisa a sus pies, quedando erguida en medio de la habitación, como una soberbia estatua de marfil antiguo. Era ésta siempre la iniciación de sus grandes banquetes amorosos, en los días en que su mutua pasión reverdecía. Rogelio la levantó a medias del suelo con un abrazo, y ella se abandonó a la dulce presión, con los labios entreabiertos por la voluptuosidad y el duro seno palpitante. El ruido del agua que caía sin tregua y el silencio de la casa la invitaban a entornar los párpados, como para morir, dejando caer, con un movimiento que era en ella habitual, sus larguísimas pestañas negras sobre la llama de sus ojos.

Se acostaron.

Dos horas después, mientras Rogelio descansaba, sufría Teresa a cada momento un sobresalto que la obligaba a veces a incorporarse en el lecho. Extrañaba el ruido de la calle, cruzada continuamente por automóviles que hacían sonar diferentes clases de bocinas, tan distinto a la quietud que reinaba en la ciudad oriental, llena de pendientes y vericuetos, donde había vivido los últimos años. También la despertaban asustada los movimientos de la casa, percibidos al través de los indiscretos tabiques de madera. Pensó que entre aquellas viejas paredes debía habitar una muchedumbre de trasnochadores, a juzgar por el número de los que entraban, el cual iba aumentando a medida que la noche avanzaba. No transcurrían diez minutos sin que resonase abajo un gran portazo, y luego los pasos de una o más personas, que subían la escalera rallando fósforos, pues las luces del patio y de los pasillos del piso alto se apagaban siempre a las diez y media en punto. Algunos subían cantando a media voz o silbando aires populares, sin cuidarse del sueño de los vecinos. Más tarde se oyeron voces enronquecidas y risas de mujeres que se refugiaban en su domicilio vibrando todavía con los últimos restos de la alegría de la calle. A Teresa le parecía a veces que estaba acostada en el corredor y que aquellas gentes pasaban rozando su cuerpo, tan cerca y tan claramente percibía sus palabras. No llovía ya, y a menudo el mismo silencio la despertaba. A las dos y media experimentó una sacudida más fuerte que las demás, a causa de dos que disputaban en la escalera con voces descompuestas, entre las que pareció distinguir la de la mujer que había subido delante de ellos. Temió que ocurriera una desgracia, y encendió la luz. La mujer profería insultos y amenazas, con expresiones soeces. El estallido seco de una bofetada cortó de pronto el diálogo, y casi enseguida se oyeron los pasos de las dos personas y los sollozos ahogados de ella, que ahora le pedía perdón a su acompañante, con gemidos de tórtola, llamándolo «mi padre» y jurando, como una niña, que no volvería a mortificarlo más. Teresa, nerviosa y convencida de que no dormiría en largo rato, se sentó definitivamente en el lecho y dejó encendida la luz.

Rogelio reposaba con la cabeza sobre el brazo doblado y el pelo, de color de bronce, caído sobre los ojos. Teresa apartó con ternura las greñas rebeldes y las distribuyó a los dos lados de la frente. En aquella posición de tranquilo abandono le pareció su amante más hermoso y más joven, con la piel de las sienes tirante y fresca todavía y los sensuales labios coloreados por una sangre vigorosa. Tenía treinta y cinco años, y representaba treinta, como a ella nadie le hubiera atribuido más de veinticinco, es decir, seis menos de los que contaba en realidad. El cuello de Rogelio, de una blancura casi femenina, se ofrecía a sus ojos graciosamente encorvados por el sueño, y mostraba la delgada cadenita de platino, de la cual pendía una medalla de la Caridad del Cobre, que él besaba supersticiosamente en los momentos de sus grandes crisis. Teresa no se atrevió a imprimir sus labios en aquel cuello, por temor a despertar al joven; pero lo contempló un buen rato extasiada, con una mezcla de gravedad y de arrobamiento, no exenta de cierta tristeza, que definía exactamente el carácter de su pasión. Entonces se fijó en un detalle que hasta ese instante no le había llamado la atención: la ropa interior de Rogelio era de seda, de un color muy pálido entre gris y azul, y lucía un juego de botoncillos de oro con monograma de esmalte, que ella no le había visto antes. ¿Por qué experimentó una dolorosa sorpresa y como una mordedura interior, relacionando oscuramente aquel hallazgo con la tardanza de él en acudir a la estación y con el mal humor de que había dado muestras a poco de recibirla? Movió la cabeza nerviosamente, atormentada por una idea que no llegaba a precisarse; mas rechazó noblemente la sospecha antes de nacer, y prefirió achacar el capricho de adornarse así a la vanidad, que había sido siempre el mayor defecto de Rogelio, y a la influencia que habría hecho en su ligera cabeza la vida refinada de la capital. Para distraerse, apartó la mirada de aquellas prendas acusadoras y contó los minutos, siguiendo el movimiento de las manecillas del reloj.

A las tres en punto, hizo un gesto que quería decir: «ya es hora», y se decidió a despertar al joven sacudiendo suavemente uno de sus hombros, mientras lo llamaba:

—Rogelio, Rogelio.

Se incorporó él, asustado, sin abrir los ojos.

—¡Eh! ¿Quién me llama?

—Vamos. Ya dieron las tres. ¡Levántate!

Rogelio se encogió de hombros, y se dispuso a proseguir su sueño.

—¡Bah! ¡Qué importa! Déjame dormir.

Teresa insistió pacientemente, ayudándolo a incorporarse, mientras le acariciaba las mejillas para animarlo.

Se arrojó al suelo, al fin, rezongando, y empezó a vestirse de muy mal humor, con las cejas contraídas y los ojos cargados de un rencor de niño.

De repente se paró delante del lecho, donde se había quedado Teresa, cubierta con las sábanas, y dijo:

—Es necesario acabar de una vez con esta comedia. ¿Para qué diablos tengo que levantarme en lo mejor del sueño y dejarte a ti? Es mejor quitarse decididamente la careta y asunto concluido.

La joven replicó, con mucha dulzura:

—¿Quién puede sentirlo más que yo, hijo? En tantos años, no he podido acostumbrarme todavía a verte salir, después de haber estado conmigo solamente la mitad de la noche. Pero nunca has dejado de amanecer en tu casa, ni debes hacerlo... ¡Soporta tu cruz, como la soporto yo!

Acabó él por mostrarse resignado, no sin antes hacer dos o tres ademanes de rabiosa protesta, y exclamó, mientras se ponía la camisa, todavía húmeda, que había tendido, al acostarse, sobre una silla, para que se secase:

—¡Bien sabe Dios que me someto a esta ridiculez solo por mi hija!

—Por tu hija y... por tu mujer, Rogelio; por las dos —arguyó valerosamente Teresa, frunciendo un poco el entrecejo al pronunciar el nombre de «la otra».

Después se quedó pensativa, con el codo en la almohada y la mejilla en la palma de la mano, contemplando distraídamente cómo acababa de vestirse su amante, en quien el sueño no se había disipado por completo. Aquellos momentos de la partida del joven fueron siempre, para ella, de una profunda melancolía, que disimulaba a fin de que él no desmayase en la obra de permanecer unido a su familia legítima. Ella era la fuerte, y tenía la obligación de mantenerse firme en su papel. Aquella madrugada, le pesaba más que nunca la separación, pareciéndole que iba a quedarse sola en un medio odioso y hostil, del que no podría esperar nada bueno. Cuando cambiaron el beso maquinal de la despedida, Teresa estaba bajo la penosa impresión de estas ideas. Luego oyó cómo se alejaba Rogelio, haciendo eses al andar por el pasillo, y sin cuidarse de encender cerillas para orientarse; escuchó sus inseguras pisadas en la escalera y esperó el ruido del portazo, que no tardó en resonar en el silencio, ahora completo, de la casa. Estaba sola en la ciudad inmensa y en la vivienda desconocida.

Permaneció aún algún minuto inmóvil en la misma postura, sintiendo cómo se agrandaba el vacío que bruscamente se había hecho en su alma. Enseguida suspiró, apagó la luz e hizo un desesperado esfuerzo sobre sí misma para conciliar el sueño.

No hacía dos horas y media que dormía con relativa tranquilidad, cuando una voz chillona se dejó oír a los pies del lecho, y una negra, vestida con el hábito del Carmen, se irguió delante de ella haciendo grandes gestos de sorpresa y abriendo desmesuradamente los brazos, para llevarlos luego a la cabeza, en escandalosa señal de júbilo.

—¡Alabao sea el Santísimo Sacramento! —decía a gritos la pobre mujer, como si hablase efectivamente con los santos. ¡Mi niña Teresita aquí...! ¡Eh! ¿Y eso qué es? ¿Cómo vino tan calladita, que su pobre negra no lo supo para ir a esperarla al paradero...? ¡Jesucristo crucificado, y qué linda está...! ¡Santa Bárbara piadosa...! ¡Dios la bendiga...!

—¡Dominga! ¡Mi negrita! ¡Dominga!

Saltó de la cama, descalza y completamente desnuda, sin perder tiempo en cubrirse con la sábana, y se arrojó llorando en los brazos de la fiel criada, que la tuvo largo rato oprimida contra su pecho.

II. Teresa y Rogelio

El verdadero nombre de aquella interesante mujer, que hemos visto precipitarse, con tan honda emoción, en los brazos de su vieja nodriza, era María Teresa Trebijo, y no Teresa Valdés, como se hacía llamar desde que su carácter arrebatado y voluntarioso la impulsó a dejar la casa de su hermano, cediendo a una invitación de éste, sin reclamar lo que legítimamente era suyo. Los Trebijo pertenecían a una de las más distinguidas familias de la época colonial, y estuvieron emparentados con lo más selecto de la sociedad de entonces. El padre de Teresa, el solemne Juan Jacobo Trebijo, hacendado, miembro de una gran firma comercial y hombre de inmensa influencia, había muerto dos años antes de la ruptura entre los dos hermanos y cuando Teresa estaba todavía interna en un colegio de religiosas. La madre había dejado de existir algunos años antes que su marido, sin dejar huellas de su paso por el mundo, y la joven solo recordaba de ella un rostro largo y pálido de apasionada, un pelo muy negro, unas lindas manos y el perfume penetrante que se desprendía de sus pañuelos, de sus cabellos, de su cestita de costura y de todo lo que tocaban sus dedos. Se llamaba Isolina, y le hablaba siempre a sus hijos con mucha dulzura. Teresa recordaba también que muchas veces la retenía apretada contra su pecho, hasta hacerle daño, y que suspiraba a menudo, mirándola. Cuando aquella melancólica mujer se extinguió, tan silenciosamente como había vivido, la niña estaba en el colegio, y no supo su desgracia sino después que la hubieron enterrado. La vistieron de negro, sin sacarla de la pensión, y lloró algunos días por los rincones, más por el efecto de sus propias palabras al repetirse que ya no tenía madre, que por un verdadero sentimiento de dolor, que aún no podía albergar su corazón demasiado tierno.

Cuando Teresa nació, hacía mucho tiempo que el amor de sus padres se había extinguido y que la inmensa fortuna territorial de los Trebijo mermara un poco, a consecuencia lo primero de hondas divergencias de carácter entre los dos cónyuges y lo segundo a causa de la abolición de la esclavitud. Aún eran muy ricos, sin embargo, y la fortuna que Isolina aportó al casamiento vino a acrecer el patrimonio que algún día correspondería a sus hijos. Juan Jacobo era materialista, a pesar de su fanatismo religioso, avaro y autoritario, y su mujer sentimental, delicada e ignorante, como casi todas las cubanas bien nacidas de aquella época. Hirió a la pobre joven, al obligarla a codearse con las esclavas de quienes tenía hijos ilegítimos, y siguió engendrando en ella otros, solo por el absurdo deber de acostarse juntos los casados, que coloca al hombre moral muchas veces un poco más bajo que las peores bestias. Cuando Sebastián y Teresa vinieron al mundo ya no existía ningún lazo de estimación ni de afecto entre aquellos dos seres. El primero murió del crup antes de cumplir los cinco años y la segunda fue casi relegada al olvido dentro del triste caserón, lleno de criados, donde habitaba la familia. Casi todos los halagos del padre eran para José Ignacio, que se parecía a él, aunque, de carácter más dúctil y más solapado, procuraba disimular aquellos de sus defectos que podían atraerle la murmuración de las gentes. Juan Jacobo Trebijo era un déspota, que tenía la misma ruda fe, el mismo instinto de dominación e igual apego a los bienes materiales que sus antepasados, los héroes de la conquista americana. La religión era a su juicio indispensable, porque resumía la más alta confirmación del poder social, como lo era el espíritu reaccionario en política, amenazado por fracmasones, republicanos y separatistas. Así, Dios fue para él una especie de aliado todopoderoso, que legitimaba la esclavitud del negro, enviando buenos rendimientos en el azúcar a los creyentes y surtiendo su lecho de frescas y apetitosas mulatas, y a quien era preciso reverenciar por ello sinceramente. José Ignacio, en cambio, no creía en Dios ni en el diablo, aunque le convenía que los demás no le imitasen y se guardara de expresar en alta voz su ateísmo. Tampoco se mostró intransigente en política, y al terminarse la revolución del 95, hizo alarde de sus ideas avanzadas, jurando que había enviado quinina y balas a los levantados en armas. En general, aceptaba todo lo que no le perjudicase directamente; pero en su interior había una rigidez dura y seca, muy semejante a la del autor de sus días. Era catorce años mayor que Teresa y después de la muerte de su hermano, Sebastián, no le perdonaba a aquélla el haber nacido, para arrebatarle la mitad del cariño de su padre y del techo de la casa. La niña, por su parte, no tenía de los Trebijo sino la ruda obstinación, la voluntad inflexible y la robustez del cuerpo. De la madre había heredado el desinterés, la delicadeza de los sentimientos y cierto altivo desdén hacia todo lo que no se amoldara a sus ideas, que la obligaba a callar y a parecer algunas veces torpe o demasiado sumisa. A los doce años, era apasionada y generosa, alegre y dulce, indolente e irascible, según las circunstancias. Poseía dos magníficos ojazos negros, de mirada a ratos dura y con frecuencia soñadora, semejantes, en esto último, a los de la madre; pero, coqueta por temperamento, atenuaba lo primero, que podía pasar por un defecto, y lo segundo, que pugnaba en ocasiones con su orgullo, dejando caer sobre ellos, con mucha gracia, la pantalla de sus párpados adornados de lindísimas pestañas y de una lánguida pesadez de criolla de pura sangre. Desde esa edad, aquel cuerpo, lleno de encantadoras promesas, aquellos lindos ojos y el vigor expresivo de sus facciones hacían presagiar en ella a la encantadora y extraña mujer que fue después.

En el espacio que medió entre la muerte de sus padres, Teresa vivió casi privada de afectos en el hogar de los Trebijo, el poco tiempo que pasaba fuera del colegio. Su sed apasionada de caricias tenía que permanecer comprimida entre un anciano frío y reservado, a quien la vejez convertía en misántropo y que no se sintió nunca atraído por su hija, y un hermano, mucho mayor que ella, que tampoco le profesaba un gran cariño. A menudo los criados la sorprendían llorando de despecho en algún rincón; pero la chiquilla hacía un llamamiento a todo su orgullo y se secaba las lágrimas, imponiéndose la obligación de reír y jugar bulliciosamente durante el resto del día. Esto no sucedía más que el primero y tercer domingo de cada mes y en las vacaciones de Semana Santa y de Navidad; mas era lo bastante para que volviera con gusto a su convento, llevándose a él una vaga impresión de vacío interior. El único calor que el alma de la niña recibía en su casa procedía de su nodriza, la negra Dominga, que la amaba con la obsesión intransigente y casi feroz con que las mujeres de su raza suelen unirse a los hijos de los blancos que criaron a sus pechos. Dominga aborrecía a José Ignacio tanto como idolatraba a Teresa. Había, a causa de esta doble pasión, una eterna rivalidad entre la negra y Ana, la mulata, otra de las viejas esclavas de la casa y antigua manceba de Juan Jacobo, que había amamantado a José Ignacio mientras criaba al hijo nacido de sus amores con el amo. Ana quería a José Ignacio con una pasión semejante a la de Dominga por Teresa. Las dos criadas se odiaban, aunque sin revelárselo mutuamente, sino por frases cortantes y alusiones indirectas. Teresa asistía a las escenas que esta rivalidad provocaba, y aunque no estaba en edad de comprender la causa, sufría la influencia del ejemplo en el curso del desarrollo de su corazón. Las dos rivales eran incapaces de faltarle el respeto a cualquiera de los hijos de su señor; pero Dominga se desahogaba a solas con la niña, y por ella supo esta muchos de los defectos de su hermano. Teresa acabó por pensar que Dominga constituía su única familia, aislándose con la negra en algún rincón, mientras permanecía en su casa. Dominga le refería historias de aparecidos y de santos, entremezcladas con el relato de pasiones salvajes. Solía decir: «Cuando el negro Jacinto era marido mío...», o: «En ese año era yo la mujer del mulato Esteban, que fue cochero de tu papá», mostrando una naturalidad en que no podía advertirse la más leve sombra de malicia. Teresa, que era inteligente y tenía una imaginación muy viva, tomaba nota de todo y oía con mucho interés aquellos cuentos, algunos de los cuales tuvieron por escenario su propia casa y se remontaban hasta la época de su abuelo.

En el colegio le enseñaron todas las cosas innecesarias que forman la educación de una señorita de nuestro país y de nuestra época. Aprendió a pintar, a tocar el piano, un poco de inglés, otro poco de canto y mucho de religión, de filosofía y de historia antigua. Se codeó con una multitud de jovencitas de familias acomodadas, crecidas entre exagerados mimos, dotadas unas de atroz precocidad y otras de tremenda gazmoñería, pero casi todas de una frivolidad encantadora de pájaros, cuyos ideales eran el lujo y el baile, y en cuyos caracteres se notaba algo de borroso y de vacilante, como hijas de una sociedad en pleno proceso de formación, que no ha adquirido aún los rasgos propios de su fisonomía. Teresa entrevió el mundo de los placeres y la voluptuosidad al través de sus relatos y adquirió hábitos de elegancia y aficiones mundanas, que eran como una compensación a su encierro y a sus tristezas domésticas. Su belleza y la fortuna de su padre le atrajeron desde el principio admiradores entusiastas y envidias rencorosas, obligándola a vivir en las caldeadas regiones de la pasión. Se le censuraban su ingenuidad, que rayaba a veces en la inconveniencia, y la audacia de sus ideas, que expresaba a menudo tal como las concebía. Ella se encogía de hombros ante las murmuraciones, con un desprecio casi tan grande como el que sentía por los elogios exagerados. Era independiente, tenía su carácter propio y no se doblegaba bajo la presión de ninguna voluntad ajena. Las monjas le temían un poco, a causa de su firmeza, respetaban mucho el nombre de Juan Jacobo Trebijo, y no se atrevían nunca a contrariarla abiertamente. Teresa tuvo un desarrollo precoz, y poseía un aire de serenidad que sentaba muy bien a su lindo rostro de morena ardorosa. Parecía una mujercita, antes de haber cumplido los trece años, adoptando a veces actitudes de persona formal. Sin embargo, adoraba las fiestas, el baile y las galanterías que los jóvenes murmuran al oído de las muchachas, cosas que solo conocía por lo que le contaban las demás, y se preparaba para gozar ampliamente de ellas más tarde, cuando las circunstancias y la edad se lo permitiesen. Tenía el fuerte optimismo de los seres creados para el amor, y a pesar de las negruras de su tristísimo hogar, sus cóleras y sus lloros de abandonada no eran de larga duración; optimismo derivado de una buena salud y de una sangre rica, de una sexualidad fuerte y de un espíritu libre de enfermizos terrores, para quien el mundo era hermoso mientras hubiese ojos para contemplarlo.

Cuando la sacaron del colegio, diciéndole que su padre agonizaba y que era preciso que se vistiese pronto si quería encontrarlo vivo, experimentó una emoción mucho más honda que cuando le anunciaron que su madre había muerto. Tenía entonces catorce años y vestía casi de largo, porque las conveniencias exigieron que se le hiciese ropa cada tres meses, a causa de su extraordinario crecimiento. No sentía un gran cariño por el autor de sus días, pero la conmovieron profundamente el espectáculo de la muerte y su decorado. Su padre, ahogándose de su último ataque de angina de pecho, se la mostró con un gesto a José Ignacio, como si quisiera hacerle una postrera recomendación, reclamada perentoriamente por su conciencia. Después vinieron el féretro negro, los grandes cirios amarillos, cuya luz parecía llorar en pleno día con sendas lágrimas de cera, los amigos enlutados y solemnes que hablaban a media voz y daban suaves palmaditas en las espaldas, el coche dorado y reluciente, con muchas parejas de caballos envueltos en gualdrapas negras: todo dispuesto para rendir la primera jornada del viaje hacia la eternidad... Teresa se sintió acongojada, y lloró sinceramente. Su hermano la había abrazado con una emoción que jamás había usado con ella, en tanto que Ana, Dominga y todos los antiguos criados rondaban alrededor del féretro, sobrecogidos y llorosos, cual si con el amo se fuera el alma de la vieja casa. Una semana después volvió Teresa al colegio, donde pasó todavía unos meses más, entregada por primera vez a penosas meditaciones acerca de su situación.

Al instalarse definitivamente en su casa, pasado este último período de vida escolar, la sensación de vacío que embargaba su alma fue más honda que cuando solo iba allí por breves días. Su hermano se pasaba todo el tiempo en la calle, y ella quedaba dueña absoluta del vetusto caserón, que tenía ecos y sonoridades de subterráneo. Almorzaba y comía muchas veces sola, y se acostaba algunas noches sin haber visto a José Ignacio en toda la jornada. Éste la trataba generalmente con fríos cumplidos, y a menudo como a una chiquilla que tiene bastante con que la dejen jugar en un rincón, y no la llevaba a ninguna parte. En cambio la dejaba en libertad de entrar y salir con las amigas, no frunciendo el ceño sino cuando le presentaban las cuentas de la modista. En realidad aquella señorita, sola con él en una casa, y que no le permitía usar por completo de su libertad de soltero, le fastidiaba cada día más. Quiso mandarla a un colegio de los Estados Unidos, a fin de que completase su educación, como él decía, pero Teresa se negó resueltamente. Entonces le censuró, con cierta aspereza, a la joven, su indocilidad y su espíritu demasiado independiente, asegurándole que las mujeres así no eran bien aceptadas por nuestra sociedad.

—Y es para que me acepten menos para lo que quieres que vaya a perfeccionar mi independencia a los Estados Unidos, ¿verdad? —dijo irónicamente la rebelde niña.

José Ignacio se mordió los labios, renunciando a luchar con su hermana en el terreno de las discusiones, donde sería siempre derrotado, y se resignó a esperar el auxilio de la casualidad.

Tres o cuatro meses después de su salida del colegio, empezó Teresa a contraer intimidad con una mujer de cuarenta años, la viuda de Riscoso, tía de una de sus íntimas amigas, que suplantó con mucha facilidad a su sobrina en el corazón de la jovencita. Era una mujer muy fresca todavía, muy cuidada, muy elegante, muy viva, de ademanes desenvueltos, con una gran nariz dominante en el rostro expresivo y unos lindos dientes de gozadora que procuraba enseñar continuamente. Tenía un loco afán de notoriedad, y hablaba y reía alto, en la calle y en los tranvías, observando de reojo si llamaba la atención del público. José Ignacio, poco escrupuloso en elegir las relaciones de su hermana, no paró mientes en aquella amistad, contentándose con saber que la de Riscoso tenía una posición independiente y se la recibía en todas partes. La viuda se encargó de completar la educación social de Teresa. Era muy libre en su manera de hablar, lo que agradaba a la chiquilla, que estaba ávida de enseñanzas positivas y las escuchaba con ojos de sensual asombro. Había vivido muchos años sometida a la tiranía de un marido viejo y despótico, que tardó demasiado en morirse, y al recobrar su libertad, tenía, ella también, sed de placeres, de aire libre y de ruidosas expansiones. Por eso hablaba con tanto horror de los amantes como de los maridos, prefiriendo el flirtee y los pasatiempos ligeros y arrullando los oídos de la vehemente Teresa con las máximas de una filosofía alegre y despreocupada. Y esa moral nueva, desenvuelta, atrevida, era precisamente lo que encantaba a la joven, halagándola en sus más arraigados instintos de independencia, y la impulsaba a buscar la compañía de la experta jamona, con más ahínco que la de las jóvenes de su edad.

En poco tiempo, el sentimiento que las unía llegó a ser tan fuerte que se las veía juntas por todas partes. La guerra de independencia había terminado, y la ciudad estaba sucia, casi hambrienta y triste; pero las dos mujeres encontraban siempre ocasiones y lugares donde divertirse. Los que las veían andar por las calles, arrogantes, esbeltas y vestidas a la última moda, dejaban asomar a los labios una sonrisa maliciosa; sobre todo, al fijarse en la hermosa joven, cuyos ardientes ojos se movían inquietos y como impacientes, y cuya nariz recta, de alas vibrantes, se levantaba como la de un sabueso que olfateaba el aire sin saber adonde dirigirse. De la viuda de Riscoso decían entonces las personas de buen sentido: «Es una loca», terminando la exclamación con una sonrisa, señal evidente de que solo se le atribuía la intención de pecar y de que nadie creía que hubiera pasado ya de las tentaciones a los hechos. La viuda, que sabía aprovecharse de aquella situación favorable, inició a Teresa en una parte de los secretos de su vida. Ella y otras que pensaban del mismo modo habían formado un pequeño círculo de vividores discretos, que se reunían en días previamente escogidos, con todas las prácticas de una sociedad secreta. Su objetivo era divertirse un poco, sin comprometerse mucho, y los miembros eran admitidos después de un riguroso examen. Aquella asociación, especie de fracmasonería galante, se fundó, algún tiempo antes, con motivo de las visitas a los campamentos del Ejército Libertador, convertidas en alegres giras donde se solazaban muchas personas de ambos sexos de la buena sociedad. Cuando ya no hubo campamentos que visitar, los asociados más recalcitrantes permanecieron unidos y trataron de organizar almuerzos, bailes y paseos campestres, que tenían por escenario la pequeña finca de recreo de algún iniciado, en los alrededores de La Habana, o cualquier lugar famoso y poco concurrido de las cercanías. Las tales escapatorias, a las que trataba de darse siempre un cariz de buen tono, se mantenían en la más inviolable reserva, requisito indispensable para que continuaran celebrándose. No se hablaba mal de las mujeres, y se guardaban las formas al realizar ciertas locuras. Así existían algunas, como la de Riscoso, de las cuales nadie podía decir quién fuese el vencedor, si lo hubo. Había entre los hombres militares norteamericanos, caballeros de edad madura y maneras distinguidas, muy pocos jóvenes y cierto diplomático extranjero, mundano y agradable, que se ocupaba en los asuntos de su consulado como la viuda de Riscoso en astronomía. En cuanto a las mujeres, las había solteras, casadas y viudas, sin más nexo entre ellas que la afición común a la risa y a las cosquillas. Si estas últimas eran simples entretenimientos «sin consecuencias», o si iban más allá de los límites precisos de la coquetería, es cosa difícil de averiguar, sobre todo ahora, en que las sociedades de esa índole se han multiplicado hasta la saciedad y en que de aquélla apenas se conserva el recuerdo. Lo cierto es que la viuda y Teresa se entendían acerca de sus asuntos con un guiño o cambiando discretamente la posición del abanico, y que a la natural impetuosidad de la jovencita le sirvió más de una vez de freno la experiencia y el ojo siempre avizor de su amiga. Una tarde, a los tres meses de la entrada de Teresa en aquel mundo equívoco, las dos mujeres llegaron en su audacia hasta penetrar en casa de un soltero rico, donde el cónsul y dos o tres amigos las esperaban. El pretexto fue examinar unas pajareras recién instaladas; pero se bebió champán, hubo conversaciones de color subido y se permitieron algunas libertades, como de costumbre. El cónsul asediaba de cerca a la joven, a quien consideraba un bocado regio y tenía el proyecto de acabar aquel día su conquista. Teresa poseía un alma demasiado sincera y una «animalidad» harto despierta para poder continuar sin peligro un juego semejante.

El galán la arrastraba ya, embriagado de vino y de deseo, hacia un cenador rústico que había en el fondo del jardín; y hubiera sucumbido sin gloria en aquel vulgar combate, si la viuda, dándose cuenta a tiempo, no se hubiera interpuesto, arrancándola casi a viva fuerza de las garras del seductor. Al salir, ambas con las mejillas encarnadas y los ojos brillantes, la de Riscoso, alarmada, se creyó en el caso de reñir a su amiga.

—¡Cuidado, hija! Has estado a punto de hacer una burrada, y si no intervengo a tiempo... ¡Bonita la hubiéramos hecho...! Esto que acabamos de hacer no puede repetirse, y menos contigo, que no tienes fuerzas para dominarte.

Y enseguida le dio consejos encaminados a prevenirse contra esa clase de sorpresa. Aquel cónsul era un pelagatos, y además estaba casado en su país. Una mujer no debe nunca comprometerse seriamente por un hombre así. Divertirse, está bien; pero lo otro, ¡diablo!, lo otro era muy serio...

Entre los «iniciados» había un tal Rogelio Díaz, a quien se le había admitido en la asociación, a pesar de su extraordinaria juventud, porque era dueño de una linda quinta de recreo en las afueras de la ciudad, y porque, no obstante el no haber cumplido todavía los veinte años, estaba casado y tenía una niña. Era hijo único de un antiguo vista de aduana de la época colonial, que lo había criado fastuosamente y que, al morir, tres años antes, les dejó a su viuda y a él una fortuna, cuya ascendencia nadie conocía y que el hijo derrochaba pródigamente. Estas noticias no hicieron a Teresa una impresión tan viva como el lindo bigotito rubio y la cara sonrosada del adolescente, que tuvo el privilegio de encantarla desde el día en que lo conoció. Aquel niño tenía unas espaldas de atleta y un aire de petulancia que rara vez deja de agradar a las mujeres. Además, la historia de su matrimonio, tal como él la refería, era sentimental y añadía un nuevo atractivo a sus naturales prendas. Teresa hizo de ese adonis casi en pañales su compañero preferido, y después de su aventura con el cónsul, que la obligó a proceder con mayor cautela, su amistad con Rogelio se hizo más estrecha. La de Riscoso miraba con desconfianza este idilio, adivinando un amor en germen en aquel sentimiento que parecía al principio de mera simpatía. Movía la cabeza, con aire de mal humor, y redoblaba sus máximas filosóficas.

—Las mujeres —decía— tenemos que pensar bien lo que hacemos. Para cometer necedades, cuando la necesidad es mucha, conviene a veces más pedirle una limosna de cariño a hombres que no sean de nuestra clase... Si el panadero de tu casa dice que un día le abriste la puerta de tu cuarto, cuando fue a llevarte el pan, nadie lo creerá... ¿Me entiendes? Muchas veces en saber estas cosas consiste la verdadera práctica de la vida.

Teresa no aceptaba aquellas ideas, sino aparentemente. Desde el principio comprendió que no podía contar con la complicidad de la viuda en lo que se refiriese a Rogelio, y se propuso disimular su inclinación delante de ella. Esto acabó de enfurecer a la experta jamona, y para disuadirla, le contó la historia del joven, no como él la refería, sino como era en realidad. No tenía ni seriedad, ni constancia. Había sido sucesivamente estudiante de derecho, de medicina y de agronomía, para declararle luego a su padre que su verdadera vocación consistía en ser militar. El padre lo había criado, como crían a sus hijos únicos la mayor parte de los españoles que se han enriquecido en Cuba y la totalidad de los cubanos acomodados: riéndose de cuanto hacía y dejando que obrase como le diera la gana. Muerto el viejo, los resultados no se habían hecho esperar. Tuvo una hija con una pobre muchacha, enfermiza y débil, que había sido seducida antes por un viajante de comercio, y quién sabe por cuántos más, y la madre, que era muy religiosa, una verdadera santa, quiso que se casara con ella, para que no se perdiese su alma. Esto era bastante para comprender la clase de veleta con quien tenía que habérselas. Y además, se trataba de un chiquillo, que estaba más a propósito para ponerse un babero que para ser tomado en serio. La señora de Riscoso se exasperaba al hablar de estas cosas, y procuraba vigilar estrechamente a su amiga, hasta el punto de convertirse en un verdadero agente de policía. Otras veces miraba a Teresa, con el ceño fruncido, y dejaba escapar avisos llenos de reticencias.

—¡Cuidado! ¡Cuidado! ¡Que te desbocas!

Cierto día le declaró ásperamente y sin ambages:

—Aunque el matrimonio sea un disparate, es mejor casarse que dejarse engañar como una estúpida.

Las relaciones entre ambas se agriaron un poco, a causa de aquellas frases, en que había a menudo excesiva dureza. Tuvo Teresa que esconderse para hablar con Rogelio, y no le perdonó a la viuda que la obligara a hacerlo. Esta conducta determinó la primera complicidad entre los dos jóvenes: fue necesario que se confesaran su mutua inclinación, a fin de tomar precauciones. Teresa consideró a Rogelio como un perseguido, y se prometió a él sencillamente, sin vanos pudores, con su tranquila audacia de virgen voluntariosa a quien el peligro excitaba y hacía reír al mismo tiempo. «Si no aspiro a casarme nunca, puedo hacer lo que quiera con mi persona», pensaba, alejando con este razonamiento cuantos escrúpulos pudieran presentársele. Rogelio, loco de deseo, le propuso la fuga y el divorcio, a la vista de todo el mundo, y ella dejó esos proyectos para más tarde. Lo importante era el verse a solas, lo cual no era fácil sin la ayuda de la Riscoso. Teresa no perdió el tiempo en tratar de ablandarla. Quiso recibir al joven en su casa, mientras José Ignacio estuviera fuera; pero había muchos criados, y tuvo miedo a un escándalo demasiado grande. Entonces se acordó de Dominga, como último recurso, y, con la decisión con que ponía en práctica todas sus ideas, esperó una ocasión favorable y le confió el secreto de su amor, añadiendo, para prevenir las objeciones de la pobre negra, que ya se había entregado a Rogelio, cuando en realidad solo habían cambiado algunos besos furtivos, casi delante de la viuda, y cuando ésta aún no había empezado a oponerse resueltamente a aquella locura. También le aseguró que el joven era soltero y que la pediría en matrimonio en cuanto terminase su carrera. Al concluir, se echó a llorar, implorando la ayuda de «su negrita». Dominga retrocedió espantada, con las manos en la cabeza. ¡No! Con ella no debía contar para eso. ¡El caballero José Ignacio la mataría, si se enterase!

Teresa se enjugó las lágrimas, para echarse a reír del terror de su nodriza.

—¿Pero tú no me has dicho que tuviste muchos maridos sin haberte casado? ¿Qué tiene de particular entonces que yo tenga uno solo?

La negra movió la cabeza, con una mezcla de cariño y de ironía.

—¡Eh! ¡Y eso! ¿Desde cuándo ustedes, los blancos, son iguales a nosotros? Tú eres la señorita Teresa Trebijo y yo la negra Dominga.

Pero Teresa la besaba, le decía «Minga», «mi negrita», sabiendo que no resistiría mucho tiempo, y Dominga acabó por dejarse enternecer, asegurando que José Ignacio las mataría a las dos, si llegara a enterarse. Después, inquieta por el porvenir de «su niña», intentó aconsejarla: ¿por qué su novio no pedía su mano, prometiendo que se casaría al concluir la carrera? Teresa inventó una serie de mentiras, y acabó asegurando muy formalmente que antes de seis meses estaría casada, con lo cual quedaron vencidos los últimos escrúpulos de la pobre mujer.

La joven se entregó a Rogelio, en una casita amueblada deprisa para ella sola. A partir de aquel día, Dominga la llevaba a ver a su amante, a las dos de la tarde, y la iba a buscar a las seis, los jueves y los sábados, con la misma tranquilidad con que, en otro tiempo, la compañaba al colegio. Teresa fue llevando a «la casita» sus polvos, sus perfumes, un kimono de seda y unas zapatillas bordadas. Se olvidó de todo, empezando por olvidarse de sí misma. Era el suyo como un deslumbramiento interior, provocado por los manantiales de placer que había visto brotar de pronto del tumulto de sus sentidos. Dejó de ver a la viuda de Riscoso, y ni se acordó siquiera de ella. Su amante la adoraba como a una diosa. Jamás había poseído a una virgen, ni estrechado en sus brazos a una mujer tan hermosa, y su entusiasmo se revelaba por una serie de conmovedoras atenciones y del extático asombro, que colmaban de ternura el corazón de la joven. Teresa pensaba que el goce de una dicha así bien valía el sacrificio de unos cuantos pudores, unido al valor de arrostrar algunos peligros.

Aunque en dos meses no tuvo ocasión de encontrarse una sola vez a su antigua amiga, la de Riscoso y ella no estaban, de hecho, reñidas. La ruptura sobrevino una tarde en que la viuda, enterada de todo, se presentó inesperadamente en su casa, declarando, al entrar que aquella sería su última visita.

—¡Hija, me has dejado lucida! —añadió con acritud—. Y yo tan inocente de todo, mientras los demás, sin duda, me achacan la culpa de lo sucedido... Por eso solamente vine, porque no quiero, de ningún modo, cargar con el sambenito.

Teresa la escuchaba, hosca y altiva, sin pronunciar palabra. La viuda, un poco desconcertada por este recibimiento, se expresó con más claridad, declarando que después de «lo hecho», no podía ella seguir apareciendo como encubridora ante el mundo y el hermano, y que era menester que hicieran pública la separación de las dos, «por lo que pudiera suceder».

—Te autorizo para que le des publicidad a «lo hecho» hasta en los periódicos, si lo crees necesario —le dijo secamente la joven—. Por mi parte no habrá inconveniente —y le volvió a medias las espaldas, ante lo cual la viuda salió furiosa, sin despedirse.

Dos días después, José Ignacio lo sabía todo. ¿Por quién? Ni siquiera se detuvo Teresa a pensarlo. La borrasca estalló sin nubes que la anunciaran. El hermano, tan solemne como su difunto padre, entró al anochecer en la casa, como hacía habitualmente para cambiar de traje, aunque comiera fuera. Pasó por el lado de Teresa, sin mirarla, y se encerró en su cuarto. La muchacha presintió la tempestad, y se dispuso a recibirla. Un momento después, Ana, toda azorada y con la voz temblorosa, le transmitía, en nombre de José Ignacio, la orden de abandonar inmediatamente el hogar que había deshonrado.

—¿Y por qué no vino él mismo a decírmelo? —preguntó arrogantemente la joven, que tenía más valor que su hermano.

Ana vaciló.

—Dice que porque tiene miedo de no poder contenerse —repuso tímidamente—, al fin. Por último, le manifestó que José Ignacio «exigía» que viviese siempre lejos de La Habana, a fin de evitar el escándalo, y que Dominga quedaba también despedida en aquel instante. La pobre mulata tenía los ojos llenos de lágrimas, frente a Teresa, que la miraba sin pestañear, un poco pálida solamente, y con una sarcástica sonrisa en los labios. Ana no se atrevía a moverse, esperando un recado, una frase cualquiera, un signo de siempre posible reconciliación. Pero Teresa nada decía.

—¿Qué le digo? —se atrevió a preguntar la vieja criada, con el alma en suspenso.

—Que está bien —repuso Teresa con voz seca y firme.

—¿Nada más?

—¡Nada más!

Ana se retiró, sollozando. Conocía el carácter de los Trebijo, y sabía que no quedaba esperanza de arreglo, una vez pronunciadas aquellas palabras por los dos hermanos.

En un instante, la joven había adoptado su resolución. Tomó de un anuario dos vestidos, un poco de ropa blanca y algunos pequeños objetos de uso corriente, e hizo dos paquetes, apresurándose para salir antes de que la noticia se divulgara por la casa. Dejó abiertos los estuches de sus joyas sobre la cama, como para indicar que no los abandonaba por olvido, y conservó solo las dos magníficas perlas que llevaba en las orejas, que eran un recuerdo de su madre. Hecho esto hizo llamar a Dominga, cuya consternación no le permitía el uso de la palabra, pues Ana acababa de enterarla, en secreto, de lo que sucedía. El momento era tan trágico y solemne, que las dos viejas sirvientas, olvidando sus rencores, se abrazaron, espantadas y como aturdidas por el golpe. Dominga ayudó a su ama, sin pronunciar palabra ni la una ni la otra. Cuando todo estuvo listo, bajó con el mismo silencio, a buscar un coche. Teresa atravesó el zaguán, erguida y firme, y no dirigió siquiera una última mirada al vetusto hogar que dejaba para siempre. Dominga la seguía, como un autómata.

¿Había sido aquel triste desenlace consecuencia de un hábil plan preparado por José Ignacio para deshacerse de la hermana, que le estorbaba, y usurpar su fortuna? Si no era así, las malas lenguas lo dijeron, al menos. Más de todos modos, menester es confesar que semejante obra, por su paciente trama y por la finura de observación que requería, estuvo casi fuera de los límites de la previsión humana y hubiera hecho honor a un psicólogo de profesión.

Teresa se hizo conducir, palpitante y un poco desorientada, al pequeño nido de sus amores. Sabía que Rogelio no iría hasta el día siguiente, a las dos de la tarde, y se estremecía interiormente, pensando en la alegría y la sorpresa del amante, cuando abriera, con su otra llave, y la encontrara, ya instalada, esperándole. Tal vez esta idea la galvanizó, impidiéndole derramar una lágrima. Y no se equivocaba. Rogelio saltó de júbilo cuando le comunicaron la noticia. Aquélla fue una tarde memorable, de grandes éxtasis, de proyectos locos, de besos efusivos y largos que parecían encerrar el secreto encanto de la eternidad. Rogelio habló de un propósito que acariciaba desde hacía tiempo: la plantación de un gran cafetal, con útiles y procedimientos modernos, del cual se proponía sacar millones. Ahora tenía la seguridad de que su verdadera vocación no era el derecho, ni la medicina, ni el arte militar, sino la agronomía, lo que siempre pensó, y su destino estaba encerrado en el café, del cual los cubanos no se cuidaban ya y que enriquecía a los extranjeros. Teresa no entendía una palabra de cultivos, pero la idea le gustaba, porque era de él. Hablaron de ella con calor. Una corriente de entusiasmo los arrastraba, agitándolos y haciendo que, por un momento, se creyesen amos del mundo. Por lo pronto, acordaron que ambos partirían para New York, dentro de tres días, en viaje de novios, que les serviría al mismo tiempo para ver las máquinas de arar, y que llevarían a Dominga. La mujer y la hija de Rogelio se quedarían en La Habana, durante los tres o cuatro meses que estuviesen fuera los amantes. El único inconveniente era que en los Estados Unidos no había cafetales; pero el talento de un hombre lo suplía todo: estudiando bien la siembra del algodón, por ejemplo, se tenía una idea de lo que debía de hacerse con el café. Rogelio se encargaba de obtener de su madre el dinero suficiente, asociándola a sus vastas empresas. Teresa olvidó completamente su humillación y su pena, al ser despedida de su casa como una criada. Vio delante de sus ojos cielos amplios, horizontes dilatados, un mundo nuevo y una existencia vibrante como la onda que dilataba entonces su corazón de quince años...

El programa se cumplió al pie de la letra. No fueron cuatro meses, sino dieciocho, de locuras, durante los cuales Rogelio se olvidaba frecuentemente de escribir a los suyos, y cuando lo hacía era para hilvanar interminables mentiras acerca de sus proyectos y de sus estudios. En ese tiempo tuvo Teresa un niño que murió a los noventa días de nacido, de una enteritis. La madre del joven, que había acogido con calor la idea de que éste pensase seriamente en trabajar, se vio obligada a vender la quinta que poseían cerca de la capital y a hipotecar unas tierras, y empezó a alarmarse con la tardanza. Después, ante una nueva petición de dinero, amenazó con embarcarse para New York con la nuera y la nieta, si Rogelio no regresaba enseguida. Todavía pudo él engañarla algunas semanas, con diferente: excusas, pero tenía a su lado a Teresa, que lo excitaba a cumplir con su deber de todos modos, y fue necesario resignarse a la vuelta. A fin de ganar unos días más, los dos amantes embarcaron directamente para Santiago de Cuba, y desde allí escribió Rogelio a su familia para que se le reuniese. ¡La madre quedó espantada cuando supo que se había gastado cerca de 20.000 pesos y que no había vendido ni un pequeño arado de vapor, de los que su hijo anunciaba, ni un solo instrumento de agricultura! ¿A qué había ido entonces? Sin embargo, era sufrida, y se calló como había hecho siempre mientras vivió su esposo.

Rogelio había arrendado unas tierras, a seis leguas de la ciudad, e instaló en ellas a Teresa; la madre, la mujer y la hija quedaron en la población, tranquilas respecto al porvenir. Así quedó organizada la nueva vida de aquel doble matrimonio de un hombre que apenas contaba veintidós años. Rogelio dividía con exactitud el tiempo entre las dos familias, gracias al ascendiente que la querida tenía sobre él y al inquebrantable propósito de Teresa encaminado a impedir que el joven abandonase por completo sus obligaciones.

—Tomo la parte que me pertenece, ni más ni menos —solía pensar la extraña muchacha— y la pago con lo que me corresponde de sacrificio. Ella tuvo, al casarse, más de lo que esperaba: tiene su nombre y sus derechos de esposa... Yo tengo su corazón y sus mejores caricias... Que cada cual conserve su puesto, y la justicia entre todos.

Éste era como un resumen de los sentimientos de Teresa y la razón moral que la inducía a vivir tranquila y sin remordimientos a pesar de la innata rectitud de su espíritu. Otras veces se explicaba con igual claridad, hablando con su amante.

—Cuando un hombre no quiere ya a una mujer otra lo atrae.

Esto quiere decir que si no me encuentras, te hubieras enamorado de una parecida a mí... Y yo no soy injusta: no me excluyo de la regla. Mañana tal vez halles a otra que te guste más, y harás lo mismo conmigo. Desde ahora me someto a esta ley, lo que le demostraría a todo el mundo que obro de buena fe, si ese «todo el mundo» estuviese dentro de mí... En lo único en que deseo que nuestro cariño se diferencie de los demás es en que creo que debemos decirnos mutuamente todo lo que sintamos, hasta el deseo de separarnos, si algún día llegamos a este extremo. Con las mujeres que piensan como yo no es preciso ser hipócritas...

Y, enseguida, mirando fijamente al joven, como si quisiera que sus palabras penetrasen hasta el fondo de su alma, agregaba:

—¿Me juras que si llegas a cansarte de mí serás tú el primero que me lo digas?

Él juraba, sonriendo, y ella declaraba con mucha gravedad, dejando caer los párpados sobre el fuego de pasión de sus ojos:

—¡Yo también te juro lo mismo!

Rogelio acabó por convencerse de que era cómodo dejarse querer en ambos hogares, alternativamente. Todas sus vanidades estaban satisfechas, con aquel arreglo. Se le envidiaban sus riquezas, que él exageraba en sus conversaciones, y la hermosura de su querida, que pocos habían visto, porque Teresa no salía de la finca, y de quien muchos hablaban por referencia, atribuyéndole al feliz amante las proporciones de un héroe de novela. Rogelio se pavoneaba, ebrio de orgullo, con inconsciencia propia de sus años y la endemoniada llama de presunción que le ardía desde niño en el pecho. Aquella juventud de provincia, sin ideales ni aspiraciones, encenagada en las luchas de la política local, que la degradaban, y que compartían su aburrimiento entre las contiendas municipales, el juego, el café y las mujerzuelas de baja estofa, a los cuales acudían diariamente sus más conspicuos miembros, bostezando y arrastrando los pies de fastidio, veía en el joven apenas salido de la adolescencia, que ocultaba en el misterio de la selva a una hermosísima criatura robada en La Habana a su familia, una especie de monstruo de corrupción, digno, por todos conceptos, de que se le admirase. Como él, casi todos aquellos muchachos se habían criado en la calma dulzona de hogares llenos de paradojas y de enfermizas ternuras, y tenían la misma movilidad vacilante del carácter, el mismo descreimiento e idéntica despreocupación acerca del objeto real de la existencia; pero lo que les faltaba era la suerte, las riquezas y el golpe de azar o de audacia que les trajera al lecho a una linda virgen encadenada con guirnaldas de flores y dispuesta a enterrarse en vida en cualquier rincón del mundo, con tal que el galante caballero de sus sueños la quisiera un poco. La leyenda realzaba el prestigio de Rogelio a sus propios ojos también. Era inmensamente feliz, y no hubiese cambiado su vida por la de un rey. Acabó por creerse destinado a altas empresas, a la política y las grandes combinaciones financieras, por ejemplo, y se entretuvo mientras incubaba su ambición, en hacer que dieran brillo a sus botas amarillas de colono rico y en lucir las cazadoras que le enviaba de La Habana su sastre y los finos sombreros de fieltro o de jipijapa con que se adornaba. Su tímido bigotito de adolescente echó arrogantes y robustas guías por aquel tiempo, completando el aire de importancia y la hueca altivez de su figura de conquistador. Era un buen mozo, y aunque Teresa lo adoraba y él le correspondía a su modo, tuvo algunos éxitos amorosos de menor importancia, que hubieran llenado de dolor a la pobre ingenua, si hubiesen llegado a sus oídos. Así pasaron semanas y meses, sin que se diera cuenta de que transcurrían, sumido en una especie de sopor voluptuoso, y sin que se molestara en contar las horas.

Entre tanto, los acontecimientos seguían su curso en torno de él, casi inadvertidos, a pesar de la dolorosa gravedad de algunos de ellos. Su hija, Llillina, se enfermó, y estuvo mucho tiempo tendido en el lecho su débil cuerpecito de anémica y con una polea y un peso de plomo tirando día y noche de su pierna encogida. En cambio, Teresa le dio otros dos niños, robustos y saludables, que esta vez no se malograron. Cuanto a los negocios, de los que él jamás se cuidó en serio, iban de mal en peor, con gran descontento de la pobre vieja, que callaba siempre, sin atreverse a formular un verdadero reproche. Rogelio montaba excelentes caballos, criaba perros de caza y gallos de pelea, se tumbaba a dormir largas horas en una hamaca, bajo el cobertizo de su casa de campo, y tenía abandonado el cultivo a pequeños colonos y empleados que le robaban.

De café no se había sembrado una sola planta. Él se disculpaba, afirmando que aquél había sido un insensato proyecto, hijo de su pasada inexperiencia en achaques de agricultura. La verdadera riqueza estaba en la caña, que otros se ocupaban en explotar por él y con su dinero. Por su parte, no comprendía las ventajas del campo, sino viviendo como él vivía. Su madre era una santa, y solía creer cuanto le contaba para tranquilizarla, o, al menos, lo fingía así. El principal dolor de la infeliz mujer consistía en estar enterada de todo y no ignorar ninguna de las particularidades de la existencia de aquel hijo único. Por dignidad no hablaba de eso, y aun hacía esfuerzos porque su nuera no se enterase de lo que era público y notorio en toda la villa; pero sus nietos la hacían padecer y llorar a solas, y hubiera corrido a abrazar de buena gana a los dos ilegítimos a quienes no conocía. Si algunas veces la ruina, que adivinaba próxima, la hacía estremecerse de terror, era por ellos, por los infortunados pequeños, a quienes imaginaba desamparados y perdidos en la existencia. Fuera de esos momentos de profunda congoja, tenía el fatalismo resignado de las mujeres cubanas, tan propicio para el martirio. La esposa de Rogelio, por su parte, se concretaba a seguir el ejemplo de su suegra, por cuyos ojos veía, y no tenía opinión propia en aquella casa, en la cual había entrado a pesar de su indignidad. Desgraciadamente, la salud de la buena anciana decaía visiblemente, minada por la sorda pena de haber sido ella, quizás, la causa del infortunio de su hijo, ya que casi lo había obligado a casarse, y por el dolor de verlo en pecado mortal, teniendo hijos lejos de la Iglesia. Un año después del nacimiento del último niño de Teresa, la muerte se dibujó en los nobles rasgos del semblante de aquella mártir. Al mes siguiente, se extinguía, con suave y silenciosa calma, como había vivido.

Rogelio la lloró un poco, y continuó luciendo sus flamantes polainas de cuero amarillo, cuando se disfrazaba de campesino, y sus elegantes trajes de población, las veces en que se cansaba de representar consigo mismo esta comedia. Un día, estando próximo a cumplir los treinta años, se dio cuenta de que se arruinaba y de que su cutis perdía, con el Sol, aquella seductora blancura que fue el orgullo de su primera juventud. Entonces maldijo la agricultura, liquidó apresuradamente sus negocios, buscó una casa para Teresa, en la ciudad, y se dispuso a emprender su gran obra política, con la esperanza de recuperar en poco tiempo cuanto había perdido. El cambio de vida se realizó en menos de dos meses, porque cuando Rogelio se proponía una cosa no aceptaba demoras. Desde aquella época comenzó la serie de sus noches compartidas entre las dos mujeres. Ya no se quedaba dos o tres días en cada una de las casas, alternando con perfecta regularidad, porque no tenía el pretexto de la finca y de las distancias. Pasaba las primeras horas de la noche rondando por la ciudad y en casa de la querida, y cuando ésta lo despertaba, un coche, alquilado por meses y que lo esperaba siempre a la misma hora, lo conducía a la de su mujer. Salía de un lecho tibio para entrar en otro no menos caliente, y eso era todo. Al principio, renegaba un poco; luego se acostumbró. Su fortuna, mientras tanto, corría un peligro, el de las hipotecas, que la gravaban. Rogelio las transformó en ventas, creyendo que con eso remediaba el mal, y siguió haciendo su vida ociosa de potentado. Los políticos lo explotaban ahora, como antes lo hacían sus colonos. Así pasó otro año, al cabo del cual el joven quedó desilusionado y curado de su ambición política. Se aburría, e hizo dos viajes a Matanzas, en compañía de Teresa, con el vago deseo de aproximarse a la capital, cuyo recuerdo empezaba a atormentarle. Allí conoció a cierto agente de bolsa, que le habló de fortunas maravillosas hechas en un día, y cuando volvió a su casa llevaba esta idea dándole vueltas en el cerebro. No hizo nada, al instalarse de nuevo entre los suyos. ¿Para qué, si tendría siempre sobre sus empresas lo que él llamaba «su mala suerte»? Siguió gastando lo mismo que cuando existía su capital, y aturdiéndose para no pensar en su ruina; pero su carácter se agrió, e inconscientemente hizo suyo el aire malévolo y desdeñoso de sus amigos, que se mofaban de todo con estúpidas risotadas y encubrían su ineptitud con el desprecio a las cosas serias de la vida. En el fondo, mientras acababa de arruinarse, mantenía firme una secreta esperanza: la de aquella fortuna que su querida podría reclamar cuando se le antojase. Teresa le arrancó un día bruscamente esta última ilusión, al decirle:

—Jamás le daré a mi hermano el gusto de que sepa que necesito algo de mi casa.

—Pero lo que es tuyo...

—Yo no tengo «mío», sino a ti —repuso ella—; y eso mientras me quieras.

Rogelio conocía bien el valor de esta palabra, «jamás», en boca de su querida. No insistió, pues, por aquellos días; pero le guardó rencor por la negativa, pensando, por primera vez, que había sacrificado su juventud y sus bienes en beneficio de seres ingratos, incapaces de hacer lo mismo con él. Sin embargo, le quedaba el consuelo de que aún no sabían su mujer y Teresa lo cerca que estaba la miseria, y que acaso, cuando se enterase, la segunda cambiaría de modo de pensar. Sufrió otra decepción: al saber la verdad, las dos mujeres quedaron consternadas y como aturdidas por el golpe; pero Teresa habló de reducir los gastos, y aun de trabajar todos, si era preciso, sin nombrar para nada a su hermano.

—Pero, tú podrías si quisieras... —insinuó él, tímidamente.

—No; no. ¡Todo menos eso! Es mi único capricho.

Se marcaba en su bella frente el plieguecillo de la obstinación, que el amante conocía tan bien de memoria, y su voz se tornaba áspera y resuelta. Estas escenas se repitieron muchas veces, con pequeñas variantes.

El desastre económico de Rogelio trascendió al público, a pesar del cuidado con que él lo ocultaba, y el joven devoró a solas la humillación de ver que nadie se acordaba ya de su antiguo papel de héroe de novela. Habían quitado de la escena a Lovelace, y en su lugar quedaba la lastimosa figura de un mentecato. Conservó, sin embargo, su aplomo y su elegancia de hombre mimado por la suerte, con un insensato afán de engañar todavía a las gentes, y el orgullo de sus ojos, de un límpido tono de acero, de sus cabellos bronceados y de su bigote rubio, entre cuyas levantadas guías se había enredado, en otro tiempo, más de un corazón de aventurera. Aprendió a jugar, y perdía casi siempre, «porque no tenía habilidad para defender el dinero», como decían sus compañeros. Su aburrimiento crecía, y con él su odio a la ciudad que había presenciado sarcásticamente su derrota. Cuando se le agotó el último centenar de pesos lloró como un niño, quiso matarse (pura comedia), se arrojó sucesivamente en brazos de sus dos mujeres y les pidió perdón, confesando que siempre había sido un idiota y prometiendo que se dejaría guiar por ellas en lo sucesivo. Para consolarlo, su mujer le mostró el escondite donde guardaba sus economías y las prendas que fueron de su difunta suegra, y se reanimó de pronto, porque no se había acordado de aquellas alhajas, que valían un dineral. Tal vez se arrepentía de haber confesado antes de tiempo su completo fracaso, pensando que había allí con qué probar todavía la fortuna. Pero siguió manifestándose contrito y pesaroso, y no salió más de una de sus casas, sino para meterse en la otra. Se había tomado el acuerdo que todos volverían a la capital, donde era más fácil abrirse paso. Al cabo de un mes, Rogelio marchó solo a vender una casa, situada en un barrio extremo de La Habana, que su esposa heredara tres años antes de una tía, y a preparar el alojamiento de la familia y de Teresa. Hubo dificultades. La herencia era colateral, y el dominio, adquirido ab-intestato, no se consolidaba sino al cumplirse los cinco años del fallecimiento. Fue además necesario que la propia heredera fuese a fin de formalizar ciertos trámites. Teresa se quedó en Santiago, con sus hijos y con Dominga, y esperó ansiosamente su turno.

Mas, al hallarse lejos de su amante, el valor de la joven flaqueó un poco. Y como una epidemia se declarase, tres semanas después, en el barrio en que vivía, perdió la cabeza y envió a Dominga, con los niños, a La Habana, abandonando ella la casa para ir a encerrarse en el cuarto de un hotel de la población. Rogelio le reprochó su proceder, a vuelta de correo, pero admitió a los niños, a los cuales hizo entrar en un colegio, y no hablaba de llevarla a su lado. Los meses pasaron, y el joven no parecía tener prisa en sacarla de allí. Daba excusas y refería las dificultades con que tropezaban para vender la casa de su mujer. Teresa no advertía en sus cartas el tono de un hombre desesperado, y a pesar de ello no albergó la menor duda en su alma sincerísíma.

Al fin se decidió el amante a traerla, puesto que algún día habría de hacerlo de todos modos, y después de darle a Rigoletto el encargo de buscar dos habitaciones baratas, aguardó con calma saboreando su libertad y con cierto nostálgico pesar al repetirse que pronto tendría que emprender su doble existencia de casado, sin dinero y sin esperanzas. Su corazón de pájaro había envejecido.

III. Un día bien empleado

Al salir de casa de su querida, Rogelio, medio dormido todavía, tomó maquinalmente a la derecha, y en pocos segundos, andando como un autómata y rozando, a veces, las paredes con la manga, llegó a la Avenida del Prado. No había un alma ya en aquellos lugares, tan concurridos en las primeras horas de la noche. La acera de El Anón, blanca y lavada por la lluvia, parecía más ancha bajo los potentes focos de luz de la fachada del café, cuyas puertas estaban cerradas hacía largo rato. Más allá, el Parque Central se adormecía, desierto también, bajo la sombra de sus árboles y entre las hileras de monumentales columnas de los edificios circundantes, como la explanada de un viejo coliseo rodeado de gigantescas ruinas.

Rogelio abarcó todo este cuadro con una mirada malhumorada y displicente. Vivía a un extremo de la ciudad, en la calle de Oquendo, cuyo solo nombre le producía el efecto de una espina clavada en su orgullo, y pensaba, con ira, en la estupidez de esta vida de doble matrimonio, que volvía a empezar para él, con todas sus pequeñas molestias. Distrayendo el sueño con las injurias que se propinaba a sí mismo, y fatigado por los excesos que la novedad de tener a Teresa a su lado le hizo realizar aquella noche, se dispuso a esperar el tranvía en la esquina de Neptuno, apoyándose ligeramente en la columna del portal. En menos de medio minuto bostezó tres veces y maldijo otras tantas a la empresa de los «eléctricos», que solo hacía circular sus carros cada media hora después de las doce. Le faltaba el valor para atravesar la calle e ir a despertar a uno de los dos o tres cocheros de punto, que dormían en sus pescantes, pegados a la acera del parque, y deseaba, por otra parte, persistir en sus propósitos de economía que le vedaban gastar las 2 pesetas de la carrera en vez de los 10 centavos del carro. Se resolvió a esperar, con un gesto de cómica resignación. Al cabo de un rato, creyó que iba a quedarse dormido, adosado a la columna, mojada todavía por el agua de la noche. Su espalda y sus riñones estaban también húmedos por la misma lluvia, y le producían una desagradable impresión de frío. ¡Qué divertida existencia la suya! Un nuevo bostezo y una corriente de aire, que lo hizo estremecerse, obligáronle a adoptar una resolución extrema: tomó impulso para vencer su indecisión y cruzó resueltamente los cincuenta metros que lo separaban de los coches, entrando en el primero que tuvo a su alcance, después de despertar al auriga. Dio desde el asiento la dirección de su casa, y se acomodó en un ángulo para dormir algunos minutos, encantado de la excelente idea que había tenido. Al detenerse el carruaje frente a una casita, de tejado bajo y pobre aspecto, abrió los ojos y reconoció la suya, por la vieja puerta pintada de rojo y la estrecha ventana con reja, donde se deshilachaba una cortina descolorida. El joven se dejó caer a la acera, con el llavín en la mano, pagó al cochero y abrió suspirando. El mobiliario de la sala, en la que entró al atravesar el dintel, era tan mezquino como el exterior de la casa: unas cuantas sillas, compradas de relance, una antigua consola con mármol y un pequeño espejo lo constituían todo. Después de cerrar sin ruido la puerta, Rogelio se guió por la luz de la primera habitación, separada de la sala por una mampara que permanecía entreabierta toda la noche. Hacía allí se dirigió, andando de puntillas, y empujó la hoja, evitando que chirriaran sus goznes. Había en aquel cuarto dos camas con mosquitero, una a cada lado, y en medio, sobre una repisa adosada a la pared, una lamparilla de aceite ardiendo ante una imagen de San Roque. Los que dormían no hicieron el menor movimiento que denotase que habían advertido la entrada del recién llegado. Se oía la respiración suave y acompasada que salía del mayor de los lechos, y otra más alta y fatigosa, cuya falta de ritmo sobresalía en el silencio de la alcoba y que provenía del lecho más pequeño. Rogelio, sin detenerse, por temor a despertar a los que descansaban, atravesó rápidamente la habitación y entró en la suya, que era la segunda, donde se desnudó deprisa, arrojándose luego en la cama, sin cambiar de ropa interior.

A las once de la mañana lo despertó la voz de su mujer, que charlaba en el comedor con una vecina. Hablaban de algo que había sucedido la noche anterior, mezclando las palabras «sobresalto», «médico», «mucha sangre»; pero tan aprisa, con ver tantas exclamaciones e incoherencias que Rogelio no pudo entender lo que decían, y creyó que se trataba de algún crimen descrito en los periódicos. Tomó un cigarrillo, medio soñoliento aún, y se quedó fumando, tendido de espaldas en el lecho y entretenido en ver cómo las espirales del humo subían, retorciéndose, y se deshacían al llegar cerca del techo.

De pronto se abrió la puerta, y la figura alta, seca y desdentada de su mujer, se dibujó en el umbral. Vestía como una criada y llevaba el cabello sencillamente recogido y pegado a la frente con el sudor. Al entrar, fijó en el marido una mirada de tímido reproche.

—Anoche por poco no se murió Llillina —dijo, lanzando la noticia al rostro de Rogelio como una acusación—. Te la hubieras encontrado muerta esta mañana... Tuve que mandar a buscar al médico, y no la encontró bien.

Bajaba los ojos para reconvenirle, cual si tuviera empeño en hacerle comprender que, cuando se trataba de ella, su resignación no tenía límites, pero que, en ese instante, lo que decía era en nombre de su hija.

Rogelio la acogió con autoridad y dureza, según la costumbre que había adquirido para evitar sus quejas.

—Y ahora, ¿cómo está? —preguntó, lacónicamente, tratando de ocultar su verdadera inquietud, porque solía experimentar crisis sentimentales hacia su hija, aunque atribuía su enfermedad a la mala sangre de la madre.

—Ahora está bien; pero el médico dice que no debe levantarse...

Vaciló un momento, indecisa, y al fin se aventuró a proferir otra indirecta recriminación atreviéndose ahora a mirarlo frente a frente.

—No hace media hora que estuvo aquí otra vez el doctor... Por cierto que me preguntó por ti, y me vi obligada a decirle que estabas durmiendo todavía...

Rogelio, apoyado en el codo y sin dejar de fumar, la contemplaba con expresión de sarcástico reto, y replicó, enseguida:

—Con lo cual has dado prueba, como siempre, de tener un gran sentido común... Mire —añadió, tratándola de usted, lo que hacía cuando deseaba ser obedecido sin réplica y ya impaciente—, coja esa ropa que se mojó anoche, y póngala a secar. Más valía que lo hubiera hecho antes, en lugar de estar conversando con todas las pirujas del vecindario.

Le hablaba como a una sirviente, cuando se permitía encolerizarle, haciéndole ver la diferencia de rango que había entre los dos y el insigne favor que le había hecho cuando cometió la tontería de casarse con ella, después de haberle hecho un hijo. Por su parte, Florinda aceptaba su papel, con su lógica de mujer del pueblo, a quien los trabajos y las humillaciones empezaron; a curtir desde la infancia y que sabía darse siempre su lugar. Ordinariamente, los rigores del marido contribuían a acrecentar su natural humildad de bestia de trabajo, acabando por desarmarle, porque, más que malo, aquel hombre era, sobre todo, débil y voluntarioso.

Ella enrojeció, avergonzada de haber sido cogida en falta, y tomó, sin replicar, la ropa que le indicaban, doblándola cuidadosamente sobre el brazo. Después, salió con mucha calma, diciendo con su invariable docilidad de esclava:

—Cuando quieras puedes pedir el almuerzo.

Rogelio, disipado ya su enojo, sintió el escozor del remordimiento, viéndola alejarse, flaca, sin atractivos ya, a los treinta y seis años, y convertida en una pobre vieja que solo vivía por su hija y por él. Su fealdad, que lo irritaba de continuo, poniendo de relieve ante sus ojos de vanidoso la imbecilidad que había cometido al hacerla su mujer, tenía algunas veces el poder de conmoverlo, llenándole de compasión hacia la infeliz resignada, solía decirse, en tales momentos, que si los demás no se rieran de él por tener una mujer semejante, hubiera sido dichoso, con ella, para cuidarle, y con Teresa y con las otras, para las verdaderas expansiones del amor. Aquella mañana, a su momentánea conmiseración de otras veces se agregó la súbita reacción de su afecto de padre, que se renovaba en él por inesperados accesos. En cuanto desapareció Florinda, saltó de la cama, dispuesto a reparar su falta y jurándose que pasaría el resto del día al lado de la pobre enfermita, que lo idolatraba. Todo un confuso programa de regeneración y de enmienda germinó en su cabeza, mientras se ponía apresuradamente los pantalones, una camisa limpia y una americana de seda china, que sacó del anuario, y se colocaba con mucho cuidado el ajustador de goma sobre las guías del bronceado bigote, que mojó y peinó, frente al espejo, con evidente satisfacción. Hecho esto, corrió al lecho de Llillina, cuyo mosquitero estaba ahora levantado y sujeto a los dos lados con anchas cintas de raso azul.

La niña, que estaba acostada de espaldas, con los ojos muy abiertos, dejó escapar un grito de júbilo y se apoderó de una mano de su padre, apretándola apasionadamente contra la mejilla.

—¡Papaíto mío! ¡Ya te tengo aquí!

—Sí, gloria, y estaré contigo todo el tiempo que tú quieras. ¡Ya verás!

Lo prometía de buena fe, extasiado ante el rostro lindo y demacrado de la chiquilla, con una emoción que estaba a punto de convertirse en llanto.

Llillina tenía los rasgos delicados, los ojos grandes y azules, húmedos siempre por la ternura, el cabello rubio y una expresión de sensibilidad y de inteligencia en el semblante que la hacía parecer un ángel entre las almohadas. Su cuerpecillo, débil y contrahecho, se perdía bajo las sábanas, sin el menor relieve de pubertad, a pesar de sus quince años ya cumplidos. Dijérase que aquel pobre ser vivía solo por la fuerza del sentimiento que se refugiaba en su interesante cabecita de apasionada. Rogelio le acarició la frente y distribuyó, con mimo, sus bucles sobre la almohada. Después se preguntó, con desaliento, cómo había podido engendrar una criatura tan endeble, mientras permanecía en pie junto al lecho, envuelto en la ardiente mirada de adoración de la niña, que no se saciaba de contemplarlo.

—¡Qué mala estuve anoche, papá! ¡Creía que no iba a verte más!

—Pronto estarás buena, corazón, con el favor de Dios... Pero no hables ahora; no te sofoques, porque te volvería la sangre.

Iba a sentarse a la cabecera del lecho, resignado a su voluntario papel de enfermero, cuando se presentó Florinda. La buena mujer sonrió al ver la actitud de su marido y al notar la expresión de felicidad que inundaba el semblante de la hija. Le bastaba con esto para sentirse completamente dichosa, libre ya de todo resentimiento hacia el padre ingrato, y le dijo, con su habitual dulzura, ratificándole con otra maternal mirada su completo perdón:

—Vamos, hijo; ya tienes tu almuerzo. Luego volverás con Llillina.

—Sí, sí; ve, papá.

Almorzó, solo, en un ángulo de la mesa, pues Florinda, que cocinaba y hacía todos los quehaceres de la casa desde que no podían pagar criados, lo había hecho en la cocina, hacía más de una hora. La esposa le ponía los platos delante, silenciosamente y con la ternura, casi religiosa, que le había inspirado siempre aquel buen mozo con quien se había casado, sin pretenderlo. Le gustaba desempeñar este humilde papel, escondiéndose cuando venían los amigos de Rogelio y viviendo casi todo el día en la cocina, que era su refugio y su lugar predilecto. Desde que viera al joven mimando y acariciando a su hija y observó el semblante de satisfacción con que la enfermita acogía estas gentilezas, todo su rencor de la víspera se había desvanecido como por encanto, dejando su lugar a esa especie de optimismo activo, sereno y un poco apático que constituía el fondo de su carácter. Florinda era madre solamente. Conocía, como todo el mundo, la historia de su marido con Teresa, y lejos de sentirse celosa, compadecía a la pobre muchacha «engañada», que, al menos, se había entregado virgen y renunciado a un gran porvenir. Como todas las mujeres, la de Rogelio le tenía un profundo respeto al mito de la virginidad, sobre el cual se funda una buena parte de los dogmas y las preocupaciones sociales. Este respeto, incomprensible en las propias poseedoras del fetiche, que están en el caso de conocer, por lo mismo, lo que es, lo que vale y de qué materia está hecho, nos explica algo de la vida interna de aquella vulgar criatura en quien el instinto maternal se había desarrollado exageradamente a expensas del embotamiento del resto de la sensibilidad y de casi el pensamiento. Rogelio se aprovechaba de esta disposición de ánimo, dejándose cuidar como un ídolo y profesándole a su mujer el afecto con que se reciben las caricias de un animal adicto, sin perjuicio de alejarlo con una patada cuando molesta. Le parecía muy natural que ella le sirviera de criada y se estuviese siempre pendiente de sus gustos para guisarle los mejores platos, después del favor que le había hecho llevándola al altar, y se mostraba a menudo desdeñoso con las comidas que le servía. En cambio, cuando le agradaba una cosa y lo decía, la pobre mujer se ponía hueca de orgullo y se consideraba más que recompensada. Aquel día, Rogelio estaba preocupado y nervioso por la llegada de Teresa, la enfermedad de Llillina y el recuerdo de todos sus fracasos, y no dijo pestes, como de costumbre, de la necesidad de comer en aquella pocilga. Tragó deprisa lo que le dieron, tomó el café sin saborearlo y después de ordenarle a su mujer que le llevara el periódico de la mañana al cuarto de la niña, se dispuso a seguir representando, por el momento al menos, su papel de padre.

—¿Cómo estás, hijita?

—Mejor, mucho mejor.

La extraordinaria sensibilidad de aquella chicuela influía en la marcha aparente de su mal, y le ocasionaba súbitas mejorías y recaídas inesperadas. Ahora tosía menos, respiraba con más libertad y no sentía aquel odioso cosquilleo debajo de la garganta que la obligó a escupir tanta sangre durante la noche. La alegría la impulsaba a moverse continuamente bajo las sábanas.

—Papaíto, ¡qué feo estás con esa goma sobre los bigotes! —exclamó, en un arranque de hilaridad, al verlo acercarse a la cama.

—¡Chst! El médico no quiere que hables mucho, ni que te rías.

Se resignó, con un mohín de despecho, y él tomó el periódico que Florinda acababa de traerle, no sin antes elegir el más cómodo de los asientos que había a su alcance. La habitación recayó en su pesado silencio, que hacía más triste el parpadeo de la lamparilla de aceite, ardiendo, en plena claridad del día, a los pies de San Roque. Llillina entornaba los ojos y soñaba despierta, obligada a permanecer tranquila, a su pesar. Rogelio hojeaba el periódico, con el pensamiento fijo en otra parte. Aquel ambiente de pobreza y aquella vulgar decoración, compuesta de muebles baratos, paredes desconchadas y ropas de camas ordinarias y feas, tenía el poder de atacarle los nervios, sugiriéndole el deseo de huir de ella. Los únicos lujos de aquella humilde vivienda, a la que Florinda había llevado su olor a pueblo y a supersticiones, se habían concentrado en la habitación que él ocupaba, donde había un gran armario de espejo, una excelente cama de nogal y un buen lavabo que le servía de tocador; y por eso, solo allí se encontraba a gusto, cuando estaba en la casa. En aquel instante, como siempre, le parecía que el techo le iba a caer encima, y experimentaba una extraña desazón que le impedía leer. Además, aquellos periódicos solamente hablaban de los imbéciles que figuraban en la política, y esto acababa de exasperarlo. Al fin, dejó caer el papel y se quedó con los dedos entrelazados sobre la rodilla y la vista fija en el suelo, entregado a una amarga meditación. Acusaba mentalmente a Teresa de ser la causa de esta miseria, por su estúpido empeño de dejarse arruinar por su hermano, y sentía renacer su rencor contra ella, como si también tuviese la culpa de la enfermedad de su hija. Su despecho lo llevó a pensar en todas las tonterías que había hecho en la vida, muchas de las cuales eran, tal vez, irreparables.

Lo pasado acudió entonces a su memoria, mientras la habitación, en silencio, se adormecía bajo el peso de la siesta y Llillina, forzada a seguir callando, se entretenía en plegar delicadamente con los dedos el borde de la sábana. Había tenido dos hermanos, que murieron antes que él estuviese en edad de recordarlos, a pesar de que, según había oído decir, fueron muy robustos. Su padre era español, y había sido coronel de voluntarios y vista de aduana. Robaba mucho en su empleo; pero tuvo la manía de la ostentación, tirando el dinero a manos llenas, y solo dejó al morir una fortuna muy inferior a la que se le atribuía y 50.000 duros de un seguro de vida. Rogelio recordaba con mucho cariño a esta especie de nabab sonriente y bonachón, que cuando el niño estaba enfermo, vaciaba en su cama las gavetas de monedas de oro, para que jugase con ellas. Su casa parecía un bazar, llena de cuadros, de cristalería, de cajas de música, de objetos inútiles y valiosos, que el vista compraba sin discernimiento y hacía colocar donde cupiesen. Él, Rogelio, no tenía más contrariedad que la que le producían cuidándolo del aire y de los catarros y obligándolo a meterse en la cama en cuanto estornudaba. No podía desear una cosa sin que, enseguida, viese realizado su anhelo. El padre soltaba el dinero; la madre, que era cubana, los besos y los mimos, y en este encantador ambiente de leyenda oriental transcurrió toda su niñez. En el colegio, adonde fue cuando acababa de cumplir doce años, era un muchacho que se roía las uñas, se afeitaba con un pedazo de vidrio para que le saliese más pronto la barba, aprendía obscenidades junto con el catecismo, se vestía como el hijo de un duque, hablaba vanidosamente de las grandezas de su casa y decía horrores de Dios y de los santos, por dárselas de hombre, escondiéndose luego para besar arrepentido la medalla de la Caridad que siempre pendió de su cuello. Rogelio mostró, desde sus primeros años, un temperamento sensual e inclinado a la molicie; la educación que le dieron no hizo sino completar estas tendencias naturales. Ninguno de los vicios que atormentan la naciente virilidad de los escolares dejó de hacer presa en él. Tuvo aventuras amorosas entre sus mismos compañeros, que le valieron una terrible reputación; y como era osado y jactancioso, él mismo se encargaba de abultarlas, completándolas con toda clase de mentiras. Después, cuando terminó el bachillerato, los amores fáciles de lupanar y algunas criaditas de su casa, cazadas al descuido, se encargaron de encauzar sus ardores por otros derroteros. Pero a la gloria de Rogelio le faltaban dos blasones: adquirir una de esas enfermedades del amor, que los colegiales consideran como la verdadera consagración de un hombre, y hacer una conquista seria, una de esas mujeres que no se compran por 2 duros y que tan fácilmente consiguen los héroes de novela. Su vanidad sufría por la falta de estas dos cosas. En cuanto a la primera, por más que se esforzó porque lo incluyeran en las listas de los heridos en los dulces combates, nunca logró conseguirlo. En lo que se refiere a la segunda, no tardó en presentársela, bajo forma de

Florinda, que era algo que podría presentar a sus amigos como un triunfo que no estaba al alcance de ellos.

A los diecisiete años, conoció a la muchacha que después llegó a ser su esposa y que era mayor que él. El amante de Florinda, empleado en una casa de comercio de la ciudad, venía a ver con frecuencia al padre de Rogelio, y ambos se encerraban durante horas enteras, hablando de sus negocios en la aduana. El viejo envió dos o tres veces a su hijo a casa del agente, para comunicarle urgentes noticias, y el joven se prendó de la querida, mientras hablaba con el hombre de negocios. Aunque era delgada y tenía los modales encogidos, como si tuviera siempre miedo de hablar, Florinda poseía el encanto y la frescura de la juventud, un lindo pelo y unos hermosos ojos que, por lo general, estaban fijos en el suelo. Además, a la edad que entonces tenía Rogelio, la pasión se muestra rara vez exigente en materia de encantos femeninos. Florinda era huérfana, y había sido criada por una tía, quien la recogió, cuando la niña se quedó sin madre, para hacerla trabajar mucho y darle muy mal trato. Ambas pertenecían a una familia de obreros, cuyos recursos escaseaban con frecuencia, agriando el carácter de sus miembros y haciéndolos poco propicios a la indulgencia. La tía le pegaba a la joven por cualquier simpleza, y su marido, que era un hojalatero brutal y autoritario, la molía también a golpes, porque pretendía, en secreto, deshonrarla y la muchacha se negaba a sus caprichos. El novio de Florinda, que era el viajante a quien ya conocemos, la redimió de esa esclavitud, sacándola de casa de sus parientes y poniéndose a vivir con ella. Solía también pegarle cuando se enfadaba, pero sus golpes le parecían caricias a la muchacha, comparados con los otros. Rogelio era todavía demasiado tímido, pese a toda su corrupción, para emprender la conquista de aquella dulce mujer que lo trastornaba. Tuvo que esperar a que el viajante se cansara de ella y la abandonase; pero, en aquellos días, murió su padre, y durante los que dejó de verla, la joven, falta de recursos con qué sostenerse por sí sola, se había visto obligada a aceptar las proposiciones de un viejo, que la mantenía. Sin embargo, las maneras elegantes de Rogelio habían conseguido interesar el corazón de Florinda, y el joven halló, en esta segunda etapa de sus amores, un camino mucho más llano que el que había imaginado. El viejo fue la víctima. Lo engañaron primero, y lo despidieron después, sin contemplaciones, considerándose Rogelio demasiado rico para tener que compartir con otro su dicha. Florinda quedó encinta desde los primeros días de su unión, y estuvo a punto de morir al dar a luz. Poco después, intervino en aquellos amores la madre de Rogelio, escandalizada ante el pecado que se cometía, e hizo que el matrimonio se celebrase, lo que le atrajo la veneración que siempre profesó Florinda a esta sencilla mujer y que no dejó, en lo sucesivo, de consagrarle un solo instante. A Rogelio, que no podía tener aún el concepto claro del compromiso que contraía, le encantó simplemente la idea de poder acostarse con su querida en su propia casa, y se dejó conducir a la boda, sin el menor disgusto.

—¡Qué idiota fui! ¡Qué idiota he sido siempre! —se dijo amargamente el joven, al llegar a este punto de sus recuerdos, haciendo un movimiento tan brusco que Llillina se incorporó sobresaltada.

Y enseguida recordó, con un gesto de lástima hacia sí propio, la época en que el amor de Teresa fue como un deslumbramiento en su alma, como un choque brusco que lo aturdió, seguido de una especie de vértigo, del cual no se había librado todavía. La entrega, tan fácilmente obtenida, de aquella linda niña, que no había sido antes de nadie, cerraba la herida que en su amor propio había abierto su casamiento y le daba una elevada idea de sus propios méritos. Fue necesaria la ruina, con todo su cortejo de pequeñas humillaciones, para arrancarle de la plácida embriaguez de aquellos amores. La miseria hizo también germinar en su corazón el primer brote de rencor hacia su querida. La acusó de haberlo aturdido de tal modo con sus caricias que lo convirtió en un ser incapaz para los negocios, con lo cual quedaban plenamente justificados sus fracasos. Se sublevó contra la especie de dependencia en que vivía, con respecto a la joven, cuyo carácter era más enérgico que el suyo y lo dominaba siempre. Naturalmente, estas acusaciones y estas rebeldías se manifestaban solo cuando estaba lejos de Teresa y hacía esfuerzos desesperados por libertarse de su yugo. Cerca de ella, la muchacha, que no podía sospechar siquiera la existencia de aquellas luchas, recobraba completamente su imperio sobre la carne y sobre la voluble voluntad del amante. Así habían vivido años enteros, compartiéndose Rogelio entre su familia ilegítima, con la cual estaba hasta la aproximación de la madrugada, y la mujer, ya fea y ajada, que la ley le había dado, en cuya casa amanecía siempre, por mandato expreso de la querida. En sus ratos de aburrimiento, se burlaba amargamente de la docilidad con que cumplía esta doble cadena de deberes conyugales, sabiendo de antemano que jamás tendría la energía suficiente para reorganizar su vida. ¿Qué ventajas le reportaba el amor de Teresa? En lugar de una mujer hermosa, hubiera podido poseer cien, si la hubiese dejado abandonada, después de divertirse algún tiempo con ella, como hacen todos los hombres de verdadero mundo y de sentido común. ¿Y cómo le pagaba Teresa su lealtad? Obstinándose en su estúpida idea de considerarse muerta para su familia y en que el animal del hermano la heredase en vida. Rogelio no podía comprender que una persona cuerda pudiera pensar de este modo. Él había dado lo suyo, sin contarlo, y ella no podía arrancarle al hermano egoísta y tirano lo que ahora sería la tranquilidad y la dicha de todos. Demasiado materialista para concebir ciertas enfermizas delicadezas del corazón, Rogelio pensaba solamente que su cariño pesaba menos en el de Teresa que el recuerdo de su familia, y este pensamiento excitaba sus celos. «En este caso —se dijo cien veces—, debo separarme de ella, y que vaya a reunirse con los que quiere.» Los hijos no le preocupaban mucho, toda vez que él era el pobre y ellos los ricos. Cuando Teresa se encontrara sola, reclamaría lo suyo, obligada por la necesidad, ya que era demasiado orgullosa para prostituirse y no había aprendido a ganarse la vida con su trabajo. Su rencor se condensaba, por lo general, en esta clase de proyectos, que nunca realizaba. En una época, tuvo la obsesión de casarse con Teresa, después de divorciarse de su mujer; pero las tímidas alusiones que aventuró en este sentido encontraron un asombro y una protesta tan vivos por parte de la joven, que él mismo se convenció de lo descabellado del plan. No había, pues, otro camino que resignarse y sufrir, puesto que siempre le faltaría la entereza suficiente para echar a un lado los necios compromisos que había contraído y buscar su felicidad sin pensar en los demás.

Pero los últimos seis meses que había vivido en La Habana, lejos de Teresa, ocasionaron un profundo cambio en la dirección de sus ideas. Adquirió nuevas amistades de hombres y de mujeres, que influyeron mucho en su espíritu. Tomó parte en la vida sensual y fácil de la ciudad, llena de aventureros de la política dispuestos a gozar sin escrúpulos de todos los placeres, y le pareció que franqueaba el paraíso de sus sueños, cuando ya su pobreza no le permitía entrar de lleno en las diversiones de los otros. Entonces condenó con más energía todo su pasado, y tuvo accesos de sombría desesperación que le hacían maldecir cuanto había querido. Las cartas de Teresa, siempre serenas y apasionadas, le excitaban los nervios. ¿Por qué no se quedaba allá, de una vez con sus hijos, y no lo fastidiaba más? Sin embargo, le contestaba con cierta regularidad, procurando alargar lo más posible su ausencia, y se consolaba entregándose con furor al trato de las pecadoras lindas y bien vestidas que encontraba al paso. Fue la suya un ansia loca de desquitar el tiempo perdido, durante la cual se consideró libre de la influencia que sobre él ejercía su querida. Cuando le trajeron, inesperadamente, los niños, sufrió una verdadera contrariedad. Se imaginaba que era ya otro hombre y que lo pasado no tenía el derecho de intervenir en sus asuntos. Antes de que aquéllos llegasen se había preguntado algunas veces si no sería mejor que le escribiese a su querida diciéndole rudamente la verdad y rompiendo con ella. Conocía muy bien a Teresa para saber que, si daba ese paso, no le molestaría con la menor queja y que todo quedaría resuelto con solo el mal rato de redactar la carta. Pero no tuvo el valor de hacerlo a su tiempo, y después de tener a su lado a Armando y a Rodolfo, comprendió que ya no sería posible semejante ruptura. Teresa no le inspiraba ya deseos, sino aversión; así, al menos, lo creía sinceramente Rogelio. Cuando no fue posible prolongar la ausencia de la querida y se decidió el viaje de ésta, andaba el amante en los preliminares de una nueva pasión, con una mujer que ejercía poderoso imperio sobre su vanidad y su carne. Era una impura, rubia y de formas opulentas, que se exhibía en la ciudad manejando con mucha gracia su propio automóvil; que ostentaba como nombre de guerra el mote de la Aviadora, y se presentaba en público casi desnuda. La noche anterior, a pesar de haberle telegrafiado Teresa que llegaría en el Central, estaba él en casa de su nueva amiga y estuvo a punto de olvidar la hora del tren. Fue a regañadientes, como al cumplimiento de una obligación penosa, y se quedó asombrado de sentirse otra vez encadenado al influjo de aquella mujer, a quien creía completamente desligada de su corazón. Había bastado el primer beso para remachar de nuevo los eslabones de la vieja cadena.

—¡Idiota, sí, y más que idiota! —se dijo otra vez, con rabia, dando un papirotazo al periódico, que aún estaba en su regazo y que rodó ruidosamente al suelo—. ¡Un mentecato, de quien las mujeres harán siempre un juguete!

Después, volvió a quedarse inmóvil largo rato, con los ojos casi cerrados y los músculos de la cara contraídos, negándose a pensar, para que se calmase aquella dolorosa agitación interior que le hacía tanto daño y que jamás le conducía a una solución de sus dudas. Solo la tirantez de la goma que oprimía sus bigotes le obligaba a veces a hacer un gesto casi imperceptible.

—Papaíto, ¿te quedaste dormido? —dijo Llillina, al cabo de algunos minutos dedicados a contemplarle fijamente.

Las pupilas apasionadas y dulces trataban de penetrar hasta el fondo de sus pensamientos, acaso adivinando la borrasca interior, con su precoz intuición del dolor y de la vida. Él se levantó, a fin de huir de la insistente interrogación de aquella mirada, y empezó a dar paseos por la habitación. Se aburría, y bostezó dos o tres veces, estirando los miembros, sin detenerse. Llillina volvió a hablar.

—¿Quién limpió hoy la casa, papá?

—Tu madre, supongo... como siempre.

—¡La pobre! ¡Y yo sin poder ayudarla! No sé cómo habrá podido arreglárselas sola, con la limpieza y la cocina.

A Rogelio le mortificaba siempre el ver a su hija trabajando febrilmente en los quehaceres de la casa, a pesar de su debilidad y de su cojera, aunque sabía que ése era el único placer de la niña, y replicó, con acento de mal humor:

—Tu madre es una loca permitiéndote que limpies y que te sofoques, delicada como estás. Probablemente por eso no acabas de ponerte buena.

Ella hizo un gracioso mohín de contrariedad, y él reanudó sus paseos. Después, como Llillina lo viera bostezar todavía, tres veces seguidas, le dijo, mostrando su hermosa sonrisa de bondad y de indulgencia:

—Papá, ¿por qué no te vas o te acuestas un rato? Yo también tengo deseos de dormir.

Decía esta inocente mentira con el fin de relevarlo más fácilmente de su compromiso, sabiendo lo penoso que era para aquella naturaleza frívola y caprichosa el tener que renunciar a sus habituales gustos. Él se detuvo junto al lecho, sin poder disimular completamente su satisfacción.

—¿Tienes sueño, mi hijita? Entonces te dejo, y voy yo también a dormir un rato. Cuando te despiertes me llamas, ¿quieres?

Desde la puerta le dirigió, al salir, una sonrisa y un gentil ademán de despedida con la mano. Llillina, que entornaba los párpados y fingía encontrarse dominada por el sueño, abrió enseguida los ojos y se echó a reír de su piadosa superchería, cuando tuvo la seguridad de que estaba sola.

—¡Pobre papá! —exclamó luego aquel ángel, con un suspiro—. ¡No puede vivir contento sino en la calle!

Rogelio se tendió en su cama, con la delicia con que los perezosos llegan siempre al término de un trabajo cualquiera. Estaba todavía fatigado de la mala noche, y no tenía aún hecho el programa de aquella tarde. Pensaba vagamente en Teresa, que sin duda lo estaría esperando, y acabó por encogerse de hombros, diciéndose que ya inventaría más tarde alguna disculpa. A los diez minutos, estaba profundamente dormido.

Florinda lo despertó a las tres y media, diciéndole que tenía el baño preparado. La esposa seguía mostrándose tierna y sumisa, como siempre que lo veía permanecer mucho tiempo en la casa. Lo primero que había hecho fue poner sobre una silla y muy cerca de la cama la ropa que Rogelio se había quitado la noche anterior, ya seca y planchada, la misma por la que tuvo que sufrir la reconvención de aquella mañana, a fin de que la viese en cuanto abriera los ojos. Rogelio sonrió disimuladamente, al verla mientras se estiraba, desperezándose. Pero no le dijo nada, deseoso de conservar siempre intacta su autoridad.

—¿Vas a afeitarte?

—Sí.

Con mucho cuidado, sacó ella de una gaveta del anuario el jabón, la brocha y el estuche de la navaja automática y lo colocó todo, delicadamente, sobre el mármol de la mesa de noche. Aunque se movía con la rapidez y la seguridad de una mujer hacendosa y acostumbrada al trabajo, andaba de puntillas, para no hacer ruido, como en la alcoba de los enfermos. Rogelio notó con placer que el sueño había disipado el mal humor y las negras ideas de la Mañana, y que volvía a poseerle el optimismo y el deseo de gozar, que formaban el fondo casi inalterable de su carácter cuando se olvidaba de que no tenía dinero y no le torturaba la envidia. Le pidió un cigarrillo a su mujer, con una sonrisa bastante parecida a un gesto de cariño, y habló volublemente del relato de un crimen pasional que había leído en el periódico, mientras Florinda pensaba, mirándolo con dulzura: «No es malo; son esos condenados amigos los que lo pervierten». Cuando saltó de la cama, ceñido todavía el aparato de goma que amoldaba sus bigotes, hizo una alegre pirueta y enarcó el pecho, orgulloso de sus músculos, de su salud y de la agilidad de sus miembros, que no habían perdido aún la frescura de los veinte años.

Cinco minutos después, se hallaba completamente absorto en la minuciosa labor de convertir la piel de su rostro en una superficie lisa como la seda, donde no asomase ni el más pequeño cañón de barba. Estiraba el cuello, palpando las asperezas con la yema del dedo, y pasaba enseguida el filo de la navaja, con mucha delicadeza, entornados los ojos por el deleite que le producía aquella leve caricia del hierro. Su temperamento sensual y su indolencia se revelaban en estos detalles del cuidado de su persona y en la sonrisa que había sucedido a la rabiosa contracción de sus facciones, no hacía aún tres horas. A veces se apartaba del espejo para ir en busca de la brocha y añadir más jabón a la piel, y mientras se ablandaba la barba, silbaba o tarareaba en voz alta un danzón, siguiendo maquinalmente el ritmo con sus piernas, con lo que demostraba su desmedida afición de bailador. Al concluir de afeitarse, lo dejó todo sucio y revuelto, para que su mujer lo arreglase, atravesó en calzoncillos el comedor y la cocina y entró perezosamente en el baño, que era un cuartucho húmedo y nada elegante, con la regadera de la ducha pendiente del techo, el suelo resbaladizo de ladrillo rojo y unos cuantos clavos en la pared, a guisa de percheros, para colgar las ropas y las toallas.

Estaba desnudo, blanco y fuerte como un dios, y envuelto en la lluvia de la regadera, cuando su mujer entró, con la naturalidad que nace de la costumbre, en el cuartito de baño. Rogelio interrumpió un momento la caída del agua para oírla.

—¿Quieres que te enjabone la espalda?

—No, hoy no.

—Está bien. Si necesitas algo da unos golpes en la puerta, pues estaré en la cocina. Te dejo las medias y la ropa interior en una silla, fuera del baño, para que no se mojen.

Por toda contestación, abrió él de nuevo el grifo de la ducha, y ella se retiró, con la misma tranquilidad sonriente, como si, pasada ya la época de las ilusiones pasionales, aquella piel blanca y aquellos miembros robustos no tuviesen otra significación que la de un objeto de culto doméstico.

Terminado el baño, Rogelio, ya seco, fresco y oliendo al perfume del jabón, se puso sucesivamente los calcetines de seda, la cadenilla con la medalla de la Caridad, las ligas grises, ajustadas sobre la piel desnuda de las pantorrillas, los calzoncillos cortos, de suave tono de malva y la camiseta, del mismo color, con su complicada hilera de botoncillos de oro. Aquella indumentaria íntima, un poco llamativa, que había provocado el mudo asombro de Teresa, la noche anterior, era ahora su orgullo. Se contempló con deleite, así ataviado, ante el mal espejillo del cuarto de baño, y solo entonces se decidió a soltar la goma que aprisionaba sus insolentes bigotes rubios, silbando otra vez las notas de su aire favorito, mientras se dirigía a su habitación a completar el vestuario.

Un momento después, oyó que llamaban a la puerta y prestó atención: su mujer cambiaba breves palabras con un hombre, y casi enseguida se presentó en el cuarto con las cejas un poco fruncidas y la voz temblorosa.

—Ahí está ése preguntando por ti —dijo, sin mirarlo.

Frente a la Luna del armario Rogelio levantaba, con mucha minuciosidad, las guías de su bigote, alisándolas suavemente con un cepillo, entre los dientes del peine. Se volvió majestuoso.

—¿Quién es ése?

—¿Quién ha de ser? ¡El descarado! ¡Paco! ¿Vas a recibirlo?

El marido se irguió, magnífico en su indignación.

—Y ¿desde cuándo no he recibido yo en mi casa a mis amigos...? ¡Dígale enseguida que pase al cuarto!

Florinda salió, sin replicar, dejando solo oír un leve suspiro. Rogelio la miró burlonamente, mientras se alejaba, satisfecho de haberle dado una buena lección.

Entró un joven alto, moreno, de ojos vivos y rostro completamente rasurado, que, después de estrechar negligentemente la mano de Rogelio, se sentó en el lecho, sin cumplidos, sacó un cigarrillo y cruzó las piernas.

—¡Parece que a tu mujer no le gusta verme por aquí! —exclamó, con una carcajada.

—¡Bah! No le hagas caso. ¡Es una bestia! —repuso el dueño de la casa, encogiéndose de hombros.

La trataba así, delante de sus amigos, para dárselas de hombre fuerte. El otro, sin detenerse más en aquel incidente, pasó a nuevo asunto.

—¿Vino anoche, por fin, la gallina? —preguntó, con aire misterioso, clavando en su amigo una mirada de malicia.

Rogelio se ruborizó ligeramente.

—Sí.

—¡Vaya, te felicito! —dijo Paco, con irónico acento—. ¡Ya tienes diversión para un rato!

Y enseguida, sin transición, con el énfasis peculiar, mezcla de desdén, de cinismo y de volubilidad, con que trataba todas las materias, sin dar importancia a ninguna, añadió:

—Supe que te pasaste ayer toda la tarde en casa de la Aviadora.

Rogelio, que acababa de dar los últimos toques a su peinado, se volvió sorprendido, con otra ligera oleada de sangre en el rostro.

—¿Quién te lo dijo?

—Ella misma. Me confesó que «le caes» muy bien.

A pesar del aplomo que fingía para imitar en todo a su amigo, Rogelio no pudo contenerse y soltó una necedad.

—Creí que, desde que te separaste de ella, no ibas a su casa...

Paco se echó a reír, con su habitual impertinencia.

—Visitarla, nunca, porque no he querido echarle a perder sus negocios... Cuando vivía conmigo era ella quien iba a dormir a mi casa... Pero hablamos algunas veces, si nos encontramos... Tú sabes, como todo el mundo, que yo soy el hombre de sus ilusiones... ¿Tienes celos?

Rogelio se mordió los labios, y replicó tratando de copiar con exactitud el tono de aquel presuntuoso:

—¿Yo? ¡Estaría bueno que los tuviera de una «mesalina» de esa clase!

Hablaban en voz alta, sin cuidarse de la esposa que podía oírlos, y como si estuviesen en el café. Paco, sobre todo, alentado por el otro, exageraba su desdén hacia la dueña de la casa. De pronto, el primero exclamó, impidiendo con un ademán que su amigo acabara de hacerse el lazo de la corbata:

—¡Verraco! ¡No aprenderás nunca a vestirte!

65

Con sus hábiles dedos, que manejaban la seda como los de un modisto consumado, rectificó lo que había hecho Rogelio, y se alejó un paso para contemplar su obra, teniendo el alfiler de perla entre los labios.

Rogelio hizo un mohín de despecho, y lo dejó hacer. Le mortificaba el aire de superioridad de su amigo, pero no podía pasarse sin él. Paco era el secretario de un político influyente, antiguo abogado de provincias que se moría de hambre en su pueblo y a quien nuestras luchas partidaristas habían convertido en pocos años en un personaje. Gastaba dinero sin contarlo, se proclamaba a sí mismo árbitro de la galantería y de la elegancia, se le veía casi siempre en compañía de su ilustre jefe, y como tenía audacia y aplomo y hablaba de todo en voz muy alta se le recibía en todas partes con grandes agasajos. Las malas lenguas de su provincia decían que el magnate que lo protegía había seducido a una de sus hermanas, casándola después con un empleadillo del gobierno civil, a fin de evitar el escándalo; y hasta hubo una vez cierto conato de duelo, por haberse permitido un periódico, en época de elecciones, hacer una alusión demasiado directa a la susodicha historia. Pero aquéllos eran asuntos ya olvidados. Paco subía como la espuma, se vestía como un millonario y se hacía desear por las impuras, a quienes hacía alarde de despreciar públicamente, con groserías y brutalidades de antiguo chulo. Rogelio se esforzaba en tomar por modelo a este arquetipo de la distinción masculina, y le perdonaba las pequeñas humillaciones que le hacía sufrir, con tal de que lo vieran pasear por la ciudad en compañía del héroe. Vestido ya, de blanco como el otro, desde el cuello hasta los zapatos, se detuvo un instante, indeciso, pensando si le faltaba algo. Entonces tuvo un rasgo destinado a deslumbrar a Paco y cobrarle la que le había hecho: abrió la gaveta del armario, donde guardaba lo que restaba del producto de la casa que había vendido su mujer, y rompiendo negligentemente un cartucho de oro, echó un puñado de monedas en su bolsa de plata. Aquel acto quería decir: «Ya ves como no soy tan pobrete como supones», pero el elegante, acostumbrado a ver rodar las monedas, no paró mientes, al parecer, en semejante bagatela, y Rogelio tuvo que morderse los labios nuevamente.

—¿Listo ya? ¿Vamos?

—Sí: ¿adónde?

—A dar vueltas; a «comer bolas» por ahí...

Pero, en la puerta de la calle, se acordó Rogelio de Llillina, de la promesa que le había hecho a la niña y de todos sus propósitos de enmiendas, y retrocedió, un tanto contrariado, suplicando a Paco que lo excusase durante medio minuto.

Entró en el cuarto, de puntillas. La enfermita sonreía, examinando las estampas de un libro, medio incorporada sobre el codo. Al oír a su padre, levantó la cabeza, sin dejar de sonreír, y se quedó contemplándolo embelesada, mientras él se detenía a pensar en la mentira que iba a decirle.

—Hijita —murmuró, por fin, con la voz un poco temblorosa—: como estás mejor, voy a salir un rato con un amigo que vino a buscarme para un negocio. ¿Quieres?

—Sí, papá; ya estoy casi bien.

Le hizo seña de que se inclinara, y con sus delgados dedos le arregló delicadamente los pliegues de su camisa de seda, fijando más abajo el alfiler de perla que había prendido Paco en la corbata.

—Ahora luce mejor. ¡Estás muy elegante de blanco, papá!

Le ofreció la frente, y él la besó con ternura, escapando enseguida.

Cuando se encontró de nuevo en la puerta de la calle, libre ya de las pequeñas contrariedades del hogar, exhaló un suspiro de alivio, alegrándose de no haber encontrado a Florinda por ninguna parte, en el momento de la salida. Paco, en pie en medio de la acera, se entretenía en contemplar descaradamente a una jovencita, que estaba en la ventana de la casa contigua, donde había instalada una pequeña carpintería. Era una niña, como de catorce años, con el vestido casi a la rodilla, el pelo sobre la espalda y un gran lazo negro coronando el peinado. Hacía gala de una exagerada seriedad, bajo la insolente mirada del joven, y se encogía sobre el antepecho, como una perrita de lujo que teme manchar su lana. Paco notó que las medias eran de seda, el seno y las piernas demasiado desarrolladas para su lindo vestido de bebé, y que en las mejillas sobraba un poco el colorete. Pero le gustó la chiquilla, con su aire misterioso de ingenua, su rigidez de coqueta y el sabor picante de sus gracias, mostradas con tranquilo impudor.

—¿Y eso...? —le dijo a su amigo, cuando lo tuvo a su lado.

Rogelio sonrió discretamente y dio en voz baja algunos detalles; era hija del carpintero, que se había arruinado por hacer de ella una señorita. Cuando él, Rogelio, vino a vivir a aquella casa, todavía hacían muebles al lado y se disfrutaba de cierto bienestar. Ahora trabajaba el padre solamente, y no a todas horas, porque, por lo visto, los encargos escaseaban. Paco se fijó entonces en el contraste entre aquella niña tan cuidadosamente ataviada y el aspecto triste de la sala desierta, con sus bancos y sus montones de virutas, que servía de marco y de fondo a la figura de aquélla, y volvió a preguntar, sin poder dominar su curiosidad.

—¿Pero ella...?

Y acompañó la frase con un gesto significativo.

Esta vez, Rogelio se echó a reír francamente.

—¡Oh! Ella, según dicen las malas lenguas del barrio, es un angelito que perdió las alas hace más de un año. Se cuenta que anda con viejos, por ahí...

—¡Me lo figuraba! ¡Vamos!

Echó un brazo por debajo del de Rogelio, y ambos pasaron tan cerca de la ventana, que el hombro de Paco casi rozó la frente de la desdeñosa, sin que ésta diera señales de haberlo advertido. El joven detuvo un poco la marcha, y dejó caer en su oído algunos piropos fuertes, que la niña oyó impasible y altanera; pero, cuando se alejaron, alzó la cabeza y devoró un instante con la mirada a los dos hombres, mostrando, en una fugaz sonrisa, sus blancos dientes de viciosa.

—¡Quién fuera viejo! —exclamó todavía Paco, con un cómico suspiro y en voz bastante alta para que la chiquilla pudiera oírle. Y, enseguida, cambiando bruscamente de tono—: ¿Te parece que tomemos aquel coche?

—¿Tienes ya hecho el programa?

—No; ya te lo dije. Iremos a buscar a Veneno para que nos dé vueltas en su máquina. ¡Lo de siempre! ¡A aburrirnos y a tragar bilis en esta Habana indecente y estúpida! Pasearemos por donde quieras; comeremos luego en el Central, y después iré donde se te antoje. Lo que no quiero es dejar de estar, en el Central a las siete y media, porque tengo que ver allí a una persona...

—¿Mujer u hombre?

Paco se puso serio.

—Mujer; pero no como tú te imaginas... Se trata de un asunto delicado, de una verdadera dama... no quiero más «cascos» ni más líos con gentes de la vida.

El coche se había acercado, y saltaron alegremente al interior del mismo, uno después del otro, gritando:

—¡Al parque!

Entonces, sentados con cuidado para no arrugar sus trajes blancos, hablaron de mujeres. A Paco empezaban a aburrirle aunque no contaba más que veintisiete años. A su juicio, eran imbéciles cuando se dejaban arrastrar por arrebatos sentimentales, e insoportables cuando no querían. Luego, era una contrariedad el tener que tratarlas mal, única manera de que lo adorasen a uno. Si tuvieran al menos la discreción de saber cuándo estorbaban y no fueran tan pegajosas. Por su parte, hacía constar que le cansaban enseguida, con sus estupideces. Para un rato, sí, una chiquilla, como aquella del carpintero, era un encanto. Empleaba el tono seco y despectivo con que se expresaba acerca de todo el mundo, prodigando las frases gruesas y las palabras del arroyo y llamando verracos a los que no pensaban como él. Y Rogelio sentíase humillado, al comparar sus pobres hazañas de tenorio con las de aquel alegre vividor, que hablaba de soberanos puntapiés en el trasero para despedir a las queridas, en cuanto empezaban a ponerse empalagosas.

Se desahogó, a su turno, contando a Paco por centésima vez su famosa aventura, la única de que podía, en realidad, envanecerse, la muchacha de buena casa, loca por él, que corrió a echarse en sus brazos, sin reparar en que era casado y entregándole una pureza auténtica junto con su gran hermosura...

Paco movió la cabeza irónicamente.

—Pero, en ese caso, hijo mío —le replicó—, permíteme que te lo diga, te has portado como un verdadero mentecato.

—¿Por qué?

—Porque es lo mismo que si te hubieras casado, y porque esa mujer es rica y permite que estés en la miseria...

—¡Oh! Tanto como en la miseria... —repuso el pobre vanidoso, palideciendo, como si acabaran de inferirle un ultraje.

—Sí, en la miseria —insistió Paco con vehemencia—. ¿Para qué tratas de ocultarlo? ¿No me has pedido a mí mismo un destino de 100 pesos? Pues bien, te aseguro que no ha nacido la mujer capaz de hacerme una cosa parecida...

Rogelio acabó por convenir en que era verdad lo que su amigo decía, y acusó cobardemente a su difunta madre de haber sido a causa de todas sus desgracias.

Después guardó silencio, mordiéndose nerviosamente las guías del bigote, mientras el otro, satisfecho de la superioridad que tenía sobre él, hablaba volublemente de sus proyectos y de sus nuevos amores. Quería encontrar una mujer rica, para casarse, pero eso más tarde. Por lo pronto, estaba metido en una verdadera aventura con una mujer de sociedad, cuyo marido era un hombre de grandes energías y que llegaría lejos en la política. La muchacha, un encanto; pero la empresa tenía sus peligros, sus contrariedades. Todavía no había tenido la oportunidad de «hacerle nada», lo que lo ponía frenético... Y al imbécil de su principal, el senador, le gustaba también, sin que el marido, que no tenía un pelo de tonto, pusiera mala cara. ¡La cosa era para reírse! Paco hablaba de las mujeres, como si fueran todas unas perdidas que estaban a la disposición de cualquiera, y no tenía escrúpulos en llamarlas por sus nombres. Ellas y su propio porvenir, que preparaba cuidadosamente, eran por lo general el único asunto de sus conversaciones. Por el momento era feliz y nada le inquietaba; tenía dos de las doce colecturías que gozaba su protector, el ilustre padre de la patria; en total, 300 pesos al mes, y 100 que cobraba de los gastos secretos. Sin embargo, esto no le impedía pensar en el mañana. Ahora lo necesitaban, porque nadie sabía anonadar con más insolencia, a un visitante importuno, señalándose con una sola frase la distancia que había entre un simple mortal y un senador de la república, o tal vez, sencillamente, porque le era simpático al prócer; pero el mejor día lo dejaban en la calle, sin un centavo, y eso era precisamente lo que deseaba evitar. Su principal, aunque era abogado, no sabía escribir, y él tenía que corregirle las faltas de ortografía. Además, era avaro, voluble, lascivo y tan vanidoso que solía discutir con él sobre asuntos gramaticales, cualidades todas que podían dar lugar, en cualquier momento, a una ruptura entre ambos. En una ocasión, por ejemplo, se empeñó en sostener que jaiba se escribía con v y se creyó aludido cuando le replicó que era el mismo caso de burro. Fue aquélla una discusión memorable, que le impidió integrar el quórum en la última sesión de una legislatura donde habían de aprobarse los presupuestos. El Estado se quedó seis meses sin la ley que debía regular su vida económica, solo porque uno de sus grandes servidores se imaginó que lo comparaban con un asno... En fin, él, Paco, no era un verraco, como tantos otros. Quería conquistar su independencia, y lo conseguiría. La mujer que ahora cortejaba iba a servirle de mucho en su empresa...

—En cuanto a ti, la Aviadora puede convenirte. Es «buena hembra», tiene un gran cuerpo y le gusta divertirse... Yo fui quien le puso el nombre de Aviadora, porque se vuelve loca por un rato de «aviación». Con una mujer de esa clase, nunca hay compromiso serio... Pero tienes que demostrarle que eres hombre y darle su mano de golpes de cuando en cuando, como le hacía yo, para que te quiera de veras; de lo contrario, se burlará de ti, y no sacarás nada en limpio con ella... Lo mejor que tiene es que no te costará nada, porque tiene «amigos» que le dan mucho dinero, y hasta puede sacarte de algún apuro...

Se echó a reír cínicamente, y le dio al otro un golpe en el hombro, al ver la cara de idiota con que le escuchaba.

—¡Necesitas despabilarte un poco, verraco! —añadió con aire de afectuosa compasión.

Después, advirtiendo que llegaban al parque, gritó al cochero:

—¡Arrima a la «acera»!

—¿A cuál, señor? —preguntó cándidamente el gallego, sin detenerse.

—¡Al café de Inglaterra, animal! ¿Lo entiendes ahora?

Bajo los pesados soportales del antiguo Louvre, frente a la explanada del Parque Central, los grupos habituales de desocupados paseaban su aburrimiento, moviéndose de un lado para otro, en un espacio de cincuenta metros cuadrados cercano a la calle de San Rafael. Predominaban los trajes claros, de buen corte, los sombreros de paja, y las actitudes indolentes. Algunos extranjeros se mostraban entre los demás, sin mezclarse con ellos, o se hacían limpiar el calzado en los altos sillones alineados entre las columnas. A esta hora, la «acera» empezaba a animarse, ofreciendo siempre el mismo espectáculo de rostros rasurados, de sonrisas burlonas y de alegres charlas, que muchos habitantes de La Habana no pueden dejar de contemplar siquiera sea un instante al día. Al descender del coche Paco y Rogelio, unas cuantas personas acogieron afablemente al primero, que era muy conocido en todas partes, y con aire indiferente al segundo, que no formaba parte de los habituales contertulios de las tardes del Inglaterra. Pero tenían prisa, y apenas se detuvieron unos segundos a saludar a los amigos. Rogelio, molesto por el recibimiento, que le mostraba la insignificancia de su persona en la capital, seguía a Paco, mordiéndose los labios. Atravesaron la sala del café, casi desierta, oscura y como aletargada en el severo lujo de sus vitrinas, sus espejos y sus mesas de caoba, y se encaminaron directamente a la barra, donde el buen gusto exigía que se bebiese en pie.

—Dos high balls con Canadian Club Whisky —pidió Paco, echando ruidosamente sobre el mostrador un águila de a 20 pesos.

En aquel instante, se le acercó un hombrecillo moreno y seco, con cara y ademanes de mono, que vestía un uniforme gris de chofer y llevaba la cabeza cubierta con una gran gorra del mismo color.

—¡Hola, Veneno! —exclamó el joven al verle—. Pide algo que tomar.

El recién llegado, sin hacer caso de la invitación, explicó su presencia, jadeante todavía por la carrera que acaba de dar de un lado a otro de la avenida del Prado, y tuteando a Paco, con una absoluta familiaridad.

—Te vi desde el parque, y corrí para saber si quieren la máquina... No quiero que se me vuelva a meter por el medio el negro Cayuco, como el otro día, porque voy a tener que partirle la cara aquí mismo... El carro de él no puede compararse con el mío...

—Tienes razón: el tuyo es mucho mejor. Toma algo.

Ya satisfecho, Veneno pidió una ginebra aromática, y preguntó a los dos amigos, mientras se la servían:

—Entonces, traigo la máquina ahora mismo, ¿verdad?

—Sí.

Apuró la copa de un trago, sin tomar agua después, y se alejó a la carrera, saltando por encima de las cestas de flores, que una vendedora había depositado en el suelo a su espalda. Ni siquiera oyó las injurias con que la mujer, indignada, le persiguió mientras pudo verlo. Rogelio y Paco se echaron a reír de aquella cómica agilidad y de la cólera de la florista.

—¡Es un perfecto sinvergüenza! —exclamó el segundo, con acento de tierna admiración.

No habían acabado de paladear a pequeños sorbos sus high balls, cuando apareció nuevamente Veneno a la puerta del café manejando ahora un gran automóvil rojo, de cuarenta hp, con los asientos forrados de gris, detrás de cuyo timón casi desaparecía su mísera figurilla de mico lujurioso y su imponente gorra del mismo color de los almohadones del carruaje. Llegó con aire de importancia, haciendo mucho ruido con la bocina, abriendo el escape del motor y parando en seco, para que todo el mundo se fijase en él. Los dos jóvenes, excitados por el olor de la gasolina, lo aplaudieron, antes de tomar asiento en los anchos cojines, donde sus cuerpos se hundieron, experimentando una voluptuosa sensación.

—¿Adónde vamos?

—Como siempre: a comer bolas, por el Prado, por el Malecón; por donde te dé la gana... Después te diremos.

—All right.

Fumaron. La tarde estaba magnífica con un cielo diáfano, un aire tibio y la ciudad como lavada por las lluvias de los días anteriores. Veneno partió rápidamente, sin conceder mucha importancia al gesto de enfado del policía de tráfico, que, montado en apacible caballo negro, se mantenía en el centro de la explanada, erguido y digno, a la bélica sombra de su casco prusiano. A semejanza de muchos cubanos de su clase y de otras más elevadas, aquel truhán vivía en el mundo como en un alegre jardín que le perteneciese en pleno dominio. Su diversión consistía en precipitarse con su máquina sobre los transeúntes, para verlos huir espantados, e increparlos entonces burlonamente con su voz chillona: «¡Eh, compadre! ¿Estás ciego?» —les gritaba, después de haber estado a punto de romperles un hueso. Y a las personas del sexo débil—: «¡Por Dios, señora, cómprese espejuelos para ver mejor!» Su especialidad era, además de guiar con soltura y correr con gran velocidad, proporcionar a los alegres clientes de su parroquia estas grotescas escenas, amenizadas con las mejores desvergüenzas de su repertorio. Aquella tarde no las prodigaba mucho, porque la víspera se había visto obligado a pagar una multa por infracción del reglamento del tráfico; pero conservaba su habitual desprecio hacia las míseras criaturas que andaban a pie y su odio a las leyes. Cuando las calles estaban despejadas, volvíase y sostenía largas conversaciones con sus pasajeros.

En la avenida del Malecón lo hizo así, dejando que la máquina corriese libremente. Soltó una carcajada, excitado por el recuerdo de una historieta que hacía rato le retozaba en la mente, y dijo:

—¿Saben ustedes? La otra noche poco faltó para que me llevaran a la cárcel.

Le preguntaron, y explicó que varios hombres le alquilaron la máquina para ir al campo, e hicieron subir después a una jamona muy pintada, que los esperaba en la otra esquina, ordenándole a él que tomara la carretera de Guanajay. Lo hizo como le mandaron, y en un lugar solitario, bajo unos árboles, lo obligaron a hacer alto. La mujer y los hombres bajaron, riendo todos, y como una hora más tarde regresaron solamente los primeros y le dijeron que volviese a la ciudad. Al principio creyó que aquellos bandoleros habían cometido un crimen; pero luego supo de labios de ellos mismos que se habían limitado a darle una suiza, a quitarle las joyas que llevaba y a dejarla desnuda en la carretera, no sin antes propinarle unos fuertes correazos en las nalgas con los cintos. La jamona, que era una mujer de sociedad, soportó el ultraje sin proferir un grito, y se guardó muy bien de dar parte a la policía. Pero los de la secreta se enteraron, no sabía cómo, y pretendieron interrogarle. Pasó un mal rato, aunque en recompensa, pudo enterarse del nombre de la dama.

—¿Cómo se llama? —preguntó indiscretamente Paco.

El granuja vaciló, rascándose la cabeza. Por fin, dijo:

—Por tu madre, viejo: guárdame el secreto. Mira que no me conviene que se sepa lo que pasa en mi máquina, porque nadie querría alquilarla... La mujer se llama la viuda de Riscoso, y parece que le gusta la «aviación»... Ella misma consiguió que la policía no siguiera averiguando, y a mí me mandó 50 pesos para que me callara.

Rogelio había hecho un gesto de asombro, pero lo reprimió enseguida, y no quiso decir que conocía a la heroína de la aventura. Lejos de esto, preguntó con indiferencia muy bien fingida:

—¿Y ellos? ¿Quiénes eran?

—¡Apaches! —respondió Veneno, con elocuente laconismo, volviendo a empuñar en firme la rueda del timón.

Dieron la vuelta al parque de Maceo y retornaron enseguida hacia el Prado, ajustándose a la ruta de ese monótono paseo a la orilla del mar que constituye el encanto de todo habanero de nuestros tiempos.

Rogelio y Paco se exhibían, con las cabezas descubiertas, los sombreros en las rodillas y el aire de conquistadores, sonriendo a las mujeres y abandonándose voluptuosamente a la caricia del aire. Para el primero, sobre todo, era motivo de orgullo el pasearse en compañía de Paco, en una máquina que muchos podrían creer que era suya. Aunque la suerte se empeñara en mantenerlo alejado de sus favores, los nervios del amante de Teresa estaban hechos exclusivamente para el placer y no servirían jamás para otra cosa. Sobre los cojines, mecido por la suave vibración de los neumáticos, olvidaba completamente sus penas. Miraba ávidamente a las jóvenes que iban por la calle, y hubiera deseado poseerlas a todas a un tiempo. De pronto, su compañero le dio con el codo.

—¡Eh! ¡Ahí tienes a la Aviadora!

En dirección opuesta venía un elegante automóvil gris, de dos asientos, guiado por una hermosa rubia, muy pintada y empolvada, que mostraba los senos por la abertura de un ancho escote y apoyaba en el timón las dos manos cuajadas de sortijas. A su lado iba sentado, en actitud hierática, un pequeño groom negro, cuyo rostro de carbón se destacaba poderosamente sobre la inmaculada blancura de su uniforme.

—Luce bien esta tarde, ¿verdad? —volvió a decir Paco, sonriendo maliciosamente a su amigo, que se había puesto de pronto serio.

La mujer hizo, al pasar, un amistoso signo, y los dos hombres saludaron familiarmente con la mano. Rogelio había perdido ligeramente el color.

—A ésa le sucedió una noche, el año pasado, lo mismo que a la viuda del cuento —exclamó con sorna Veneno, sin volverse.

—¿Cómo? ¿Cómo? —dijeron al mismo tiempo los dos amigos.

Pero Veneno, después de soltar la especie, parecía arrepentido de su indiscreción.

—No sé, no sé. Es un secreto. A Carmela le pasan ciertas cosas, por su carácter... Pregúntenselo a ella, si lo quieren saber.

—Pero, ¿fue en tu máquina?

—No; en mi máquina, no; pero yo sé todo lo que pasa en La Habana. Ustedes pueden tener la seguridad de que lo que no sepa Veneno, no lo sabe nadie.

Rogelio iba a insistir, deseoso de saber más; pero Veneno hizo un ademán señalando a un hombrecillo, de rostro huesudo, lampiño y como enterrado entre los hombros y una enorme giba en la espalda, que caminaba con mucho desenfado por la acera del Anón del Prado, llevando un pantalón a gruesas rayas oscuras, una vieja americana de alpaca, un junquillo en la diestra y el sombrero insolentemente echado hacia atrás.

—¡Rigoletto! —le gritó Paco, mientras Veneno soltaba una gran carcajada a manera de saludo.

El interpelado se volvió, hizo una burlesca reverencia, y trató de proseguir su camino, con la imperturbable dignidad de un Diógenes que se pasea al Sol. Pero Paco hizo parar el automóvil, y lo obligó a aproximarse.

—¿Quieres venir?

—No; gracias. Me pervertiría, sin provecho para mí ni para nadie.

—Entonces, toma una copa con nosotros.

—¡Borrachos! ¿Acaso creen ustedes que todo el mundo tiene sus vicios? Yo estoy aquí esperando a una persona respetable, con quien tengo negocios.

No pudieron convencerle, empeñado el bufón en que no le fastidiasen aquella tarde, y se resignaron a dejarlo en la acera con sus filosóficos pensamientos; pero antes, Rogelio, después de una ligera vacilación, le deslizó casi al oído:

—Si vas a Virtudes y ves a Teresa, no vayas a decirle que me has visto.

Rigoletto se irguió, simulando una gran indignación.

—¡A Teresa! ¡Qué sé yo quién es Teresa! ¿Acaso has tenido la cortesía de presentarme a esa señora?

—No —replicó prontamente Rogelio—; pero eres lo bastante descarado para presentarte tú mismo, y por eso te lo advierto.

Rigoletto se llevó dos dedos a los labios e hizo un burlesco ademán de formar con ellos un candado.

—Puedes vivir en paz, bello Petronio: seré mudo como el amo de tu amigo Paco en una sesión del Senado.

—¡Vete a la m...! —exclamó éste, un tanto amostazado por la broma, volviéndole a medias la espalda al jorobado, que le miraba burlonamente.

Veneno hizo funcionar el timón y empezó la ronda estúpida del alcohol, a través de las dos o tres barras elegantes consagradas por la moda del día. Un Manhattan en Vista Alegre, otro high ball en Inglaterra o en el Plaza, ginebra o ron para el chofer y miradas incendiarias para todas las mujeres encontradas al paso. Era la diversión favorita de una juventud melancólica y sin ideales, en la extraña ciudad del trópico, llena de lujuria y de Sol. Aquella juventud difería solamente en el traje y en el barniz exterior, que era un poco más brillante, de la otra que Rogelio había conocido en provincia, girando incesantemente entre el club político, el garito y la mancebía. Una y otra compartían su espíritu entre el sensualismo y la ostentación, y si bebían, contrariando sus naturales tendencias a la sobriedad, era únicamente por hacer público alarde de sus vicios y por mostrarse como hombres despreocupados y fuertes a los ojos de las jóvenes galantes. A veces a la puerta de una de las barras, se reunían tres o cuatro automóviles, descendiendo de ellos grupos de jóvenes, de ademanes desenfadados, que se encaminaban directamente a la cantina y bebían de pie, dejando a un lado las mesas vacías. Enseguida, los autos, ocupados de nuevo, daban la vuelta hacia la avenida del Malecón y emprendían velozmente la marcha, junto al mar azul que se dilataba en ancha perspectiva hasta el horizonte. Cruzaban en opuestas direcciones otros automóviles, cargados de mujeres con trajes claros y vaporosos velillos bajo los sombreros o sobre las cabezas descubiertas. Rogelio y Paco las miraban de frente, queriendo devorarlas con la vista. Después se hablaban al oído o se tocaban con el codo comunicándose alguna picardía. Rogelio pensaba, con despecho, en la vida que hubiese podido hacer si tuviera dinero. Tenía la cabeza débil, y empezaba a sentir el mareo producido por las frecuentes libaciones. Los dos empezaban a aburrirse de la monotonía de aquel paseo, y hasta de las caras, siempre sonrientes y provocativas, de las mujeres. De pronto, al desembocar por duodécima vez frente a la explanada del parque de Maceo, Paco le gritó a Veneno:

—¡Sal de esta perrera, Luis! Este mar, esa estatua a caballo y todos estos imbéciles dando vueltas me revientan... Entra en la ciudad y paséanos por el barrio que quieras.

Dócil como un autómata, el chofer dio la vuelta al pie del gran monumento consagrado a la memoria del héroe, torció a la derecha por Belascoaín, luego en Lagunas, a la izquierda, y se internó en la red de calles estrechas, con las aceras deshechas, donde los transeúntes hacían prodigios para mantenerse en equilibrio, mientras la fila interminable de vehículos de todas clases congestionaban el tráfico, produciendo una constante impresión de vértigo. Los pequeños automóviles Ford, guiados por hombres de una responsabilidad moral aproximadamente parecida a la de Veneno, pululaban como hormigas apresuradas, en medio de un exagerado ruido de bocinas. Pero el encanto de aquellas calles de viejo estilo, con fachadas bajas y desiguales, entre las que se destacaba aislada la de algún moderno edificio, y cafés abiertos y llenos de luz, donde se aglomeraba una multitud abigarrada, de piel policroma, con todos los tonos, desde el blanco de marfil al negro de ébano, no consistía en su pintoresco aspecto de vida al aire libre, sino en las ventanas con rejas al nivel del arroyo, ocupadas, a aquella hora, por lindas muchachas vestidas con trajes claros y adornadas con flores o lazos en el corpiño. Detrás de ellas se veía a veces todo el interior de las casas, construidas con una familiaridad provinciana, al pesar del tono de gran ciudad que ha adquirido nuestra capital y del cambio operado en sus costumbres. Era una especie de tácito convenio entre sus habitantes de ambos sexos: las jóvenes se acicalaban para recibir en las rejas los piropos de la tarde, y los hombres terminaban febrilmente su trabajo del día, con ansia de prodigarlos. No hay entre nosotros casi nada que hacer, fuera de la sensualidad, y todo predispone a ella: el clima, el cielo, la sangre árabe que nos legaron nuestros antepasados andaluces, el trabajo a que nos dedicamos y la educación que nos dieron. La feria de miradas y sonrisas duraba hasta el anochecer, sin que la monotonía del espectáculo fatigara a los habaneros, satisfechos siempre de la vida. Rogelio y Paco reían a carcajadas, y se comunicaban picardías, dándose con el codo, al pasar por el lado de algunas muchachas. En La Habana, no obstante su medio millón de almas, casi todo el mundo se conoce de trato o de nombre, como en una población de tercer orden, y aquellos desocupados tenían más motivos que muchos para estar al tanto de la vida de los demás. Veneno los ayudaba con sus conocimientos acerca de la vida secreta de la capital, y con frecuencia, al divisar a una joven muy modestamente reclinada en el antepecho de su ventana, volvía el simiesco rostro y hacía un guiño que significaba: «Esta lo es; anótenlo», al que seguían miradas expertas de los dos amigos, que evaluaban los encantos de la dama, con expresión de chalanes en un mercado. Perdidos en las calles de la ciudad y fuera de su ruta ordinaria, bebieron en los cafés de ínfimo orden y en las pequeñas cantinas de los suburbios. Era un encanto aquella novedad, y la aceptaron con júbilo. Después se inició el aburrimiento, como una secuela de la creciente pesadez del alcohol. Las interminables paradas en las esquinas, para dar paso al tráfico de tranvías y carruajes, los exasperaban. Además, empezaban a encender las luces, y aquello se ponía horriblemente triste. Paco acabó por gritar otra vez, después de una fuerte interjección y unos cuantos bostezos:

—¡Al Central, Luis! ¡Esta Habana es estúpida!

Regresaron en silencio, Rogelio completamente mareado por las bebidas y Paco nervioso, como siempre que se dirigía al encuentro de un nuevo amor. Al llegar al restorán, eligió el segundo un sitio adecuado, en un recodo de la estrecha y larguísima sala atestada de mesas, y se dispuso a observar hombro, mientras le alargaba la mano, después de haber hecho a la señora un respetuoso saludo. Entonces alzó los ojos, reprimiendo un movimiento de contrariedad, al reconocer a los dos hombres, a los cuales examinó un momento, antes de estrechar la mano de Paco, como si calculara rápidamente la extensión de un peligro.

El joven presentó a su amigo:

—Mira, Mongo; ésta es la persona de quien te hablé anteayer: Rogelio Díaz, correligionario nuestro.

Y volviéndose hacia Rogelio:

—El teniente coronel Ramón Lucas, a quien sus amigos le decimos Mongo, y su esposa.

El señor Lucas, un poco malhumorado, cambió su plato, colocándose al lado de su esposa y ofreció las dos sillas que quedaban enfrente a los dos amigos. Por lo general hablaba cortésmente a todo el mundo y hacía gala de un carácter alegre y hasta un tanto desenfadado; pero delante de su mujer no le gustaban las bromas con hombres jóvenes y bien portados. Así fue que, deseando terminar pronto, abordó fríamente a Rogelio, una vez terminados los saludos de rúbrica:

—Efectivamente, señor Díaz, Paco me habló acerca de un destino para usted en Hospitales, Cárceles y Presidios; pero él debió decirle lo que le contesté: que, en vísperas de elecciones, eso es imposible. Además, le sugerí que sería mejor camino dirigirse al senador Chivero, de quien él es secretario y que podría hacer mucho por usted, porque es hombre más influyente que yo.

Rogelio sintió que un piececito, avanzando cautelosamente por debajo de la mesa, tocó el suyo, sin duda por equivocación; y como él se apartara discretamente, la frente de la señora de Lucas se tiñó de un leve rubor.

El marido se había puesto otra vez a partir, con mucha gravedad, su pechuga de pollo. Ella hacía lo mismo, con sus deditos llenos de sortijas, que manejaban delicadamente el cubierto, y guardaba silencio. Parecía una colegiala, comiendo, con aire muy formal, delante de su preceptor. Y sobre su rostro impenetrable de virgencita parecía extenderse un halo de inocencia.

Paco afectaba no mirarla siquiera, y hacía esfuerzos por animar la conversación, retenido por la magia incomparable del atrevido piececito, que había hallado, seguramente, su verdadero camino. Habló de un proyecto de ley de subastas en que Lucas estaba interesado, y que era lo que le obligaba a ser amable con él, aun estando su mujer delante. El coronel trató asuntos de moral y clamó contra la venalidad de los empleados públicos y las corrupciones administrativas de la época. Paco y Rogelio le hicieron coro con lamentaciones parecidas, y los tres convinieron en que Cuba era un país abyecto. El encanto del piececito, ahora prisionero entre los suyos, hacía elocuente a Paco, y en cuanto a Rogelio, a quien el vino de la comida había acabado de aturdir, sentía que el piso se balanceaba un poco bajo su silla y hablaba mucho más que de costumbre para ocultar su turbación.

Cuando estuvieron solos bajo los portales del Central, después de haberse despedido de los Lucas, Paco dio rienda suelta a su risa y dijo:

—¿Qué te parece el puritano? Es supervisor de hospitales y cárceles, y roba en los suministros, en las subastas, hasta en el aire que respiran los asilados y los presos... Por eso le interesa la ley de marras, que pone todos esos servicios en sus manos, y le ofrece la mitad de lo que produzca el negocio al ilustre Chivero, mi principal y amigo... Pero la mujer es deliciosa, ¿qué tal te pareció?

—¡Muy linda...! ¿Ya?

—Todavía. El hombre, ya tú lo has visto, no tiene nada de verraco, y no le da oportunidades... Pero, por lo mismo que es un vivo, cree muy difícil que puedan pegársela, y esto facilita algo la tarea, con paciencia y astucia. Vamos: te invito a concluir la noche; acompáñame a casa de unas amiguitas, y tal vez haya «aviación» después, si la vieja no está allí...

A pesar de su ligera embriaguez, Rogelio tembló acordándose de Teresa, a quien no había visto desde la noche anterior, y se excusó, envidiando secretamente la libertad de aquel despreocupado, que no tenía obligaciones y podía ir adonde quisiese.

Paco lo envolvió en una mirada irónica, tendiéndole la mano.

—¡Es verdad! Me olvidaba de que eres un hombre doblemente casado... Ve a cumplir honestamente con tus deberes y... ¡buen provecho!

Se echó a reír de su propio chiste, mientras se alejaba deprisa, y dejó a Rogelio anonadado y vacilante en mitad de la acera, sin saber qué pensar ni qué decir.

—¡Estúpido! ¡Estúpido! —acabó por repetirse a sí mismo el amante de Teresa—. ¡Yo solamente me lo he buscado!

Y emprendió lentamente la marcha hacia casa de su querida, con aire de profundo desaliento.

IV. Vida nueva

A la semana de su llegada, conocía Teresa a todos los vecinos de aquella extraña vivienda donde la había instalado su amante. Los fue observando uno a uno, y a cada nuevo descubrimiento experimentaba una herida del amor propio, al cual logró sobreponerse sin embargo, con un esfuerzo de su alma valerosa. La dueña de la casa era una antigua encargada de burdel, que logró hacer economías; pero el edificio pertenecía a un acaudalado comerciante español, siendo ella solamente arrendataria, con un largo contrato. Aquella mujer, gruesa y sonriente con los inquilinos que le pagaban con puntualidad, no exigía a éstos mucho en materia de comportamiento, por lo cual su casa era una de las preferidas por los estudiantes y las mujeres de mal vivir. Tal fue uno de los primeros datos adquiridos por Teresa, después de las equívocas escenas que había presenciado la noche en que por primera vez subió la ancha y gastada escalera de piedra que conducía a sus habitaciones.

Así supo que el interior que había entrevisto por la claraboya, al otro lado del patio, donde se movían locamente extrañas figuras en mangas de camisa, era un cuarto en que vivían tres estudiantes de provincia, a quienes retenía en casa la lluvia aquella noche. La mujer que forcejeaba con un hombre en la penumbra del vestíbulo, y de la cual huyó éste, hallándose casi a punto de derribarlos a ella y a Rogelio cuando atravesaban el zaguán, era una joven alegre, llamada Carlota; y fue la misma que, habiéndose decidido más tarde a salir a la calle en busca de su amante, a pesar de la hora y de la lluvia, subió con él la escalera, insultándolo groseramente, y recibió, en el rellano, aquella sonora bofetada que la hizo cambiar de tono y suplicar y gemir como una niña cogida en falta.

Había además otros estudiantes y otras mujeres, solas o con sus queridos en diferentes habitaciones de la casa; amén de unos cuantos dependientes y viajantes de comercio, empleados del Estado y gentes sin ocupación conocida: todo un mundo equívoco y pintoresco, cuyas costumbres variaban desde la más desvergonzada algazara al mutismo y la discreción más completa. La mayoría de las mujeres salía poco después de oscurecer y regresaba por la madrugada. Teresa oía abrir y cerrar la puerta y percibía el murmullo de las conversaciones en el pasillo. Por las mañanas no se sentía el menor ruido en los corredores; pero a partir de las doce, la animación empezaba: llegaban mujeres muy ataviadas, que dejaban detrás de ellas como una estela de perfumes fuertes, y ociosos que deseaban matar el tiempo del mediodía. La posición de sus habitaciones permitía a la amante de Rogelio darse cuenta de todo el movimiento de la casa y no perder una sola de las palpitaciones de aquella vida, nueva para ella, cuyas manifestaciones la sobrecogieron en un principio, al paso que la llenaban de curiosidad. En la casa había un cocinero que servía comidas a los inquilinos que lo solicitaban, cobrándoles una módica cuota semanal. Dominga ajustó con él la de la joven, y por las mañanas, cuando venía a hacer la limpieza, le preparaba el desayuno en una cocinilla de alcohol. Desde el segundo día, la negra, alarmada por la clase de gentes que veía en los cuartos, le había dicho a «su niña»:

—Teresita, mi hija, esta casa no es propia para ti. No viven aquí sino gentuza y mujeres malas. Don Rogelio no debía de haberte traído.

Teresa disimuló. Desde los primeros momentos había sentido una sorda mortificación al verse confundida con aquellas gentes, y tuvo que confesarse que su amante no había mostrado mucho tacto en la elección de vivienda. La especie de vacío que sintió en el alma la primera noche de su instalación, se renovó varias veces después en presencia de escenas que la sonrojaron. Sin embargo, no le gustó que Dominga le dijera, con tanta crudeza, lo mismo que ella había pensado. Su orgullo se había impuesto a la humillación. Ella misma se lo dijo a Rogelio: «No se contagia moralmente más que la que quiere contagiarse»; y la idea de que era preferible una sociedad de perdidos a las miradas desdeñosas y los fríos desprecios que hubiera tenido que soportar viviendo entre otra clase de personas, acabaron de tranquilizarla. Lo que le molestaba más era el ser blanco de la curiosidad de todos sus convecinos y sentirse espiada continuamente. Esto la obligó a trazarse un plan desde el principio: mostrarse cortés con todo el mundo, dejarse ver solo lo estrictamente necesario y mantener a distancia a cuantos pretendieron estrechar amistad con ella. Para conseguir estos fines, le servía de mucho que sus dos habitaciones tuviesen balcón a la calle: abriendo las ventanas y cerrando la puerta de entrada, tenía aire, Sol, distracción y se aislaba del resto de la casa. Después hizo instalar un grifo de agua en su tocador, y evitó la molestia de salir al baño, donde se establecía una vergonzosa promiscuidad de todos los inquilinos. En cambio, la alegría de la joven al encontrarse otra vez cerca de sus hijos, a quienes podría ver en el colegio cuantas veces lo deseara, contribuía a sustraerla a todo motivo de disgusto y a robustecerla en su empeño de afianzar y consolidar su existencia.

Sus momentos de verdadera expansión eran, sobre todo, por las mañanas, cuando se hallaba a solas con Dominga y podía evocar lo pasado; por más que le mortificaban muchas veces los juicios de su nodriza acerca de Rogelio y el sordo rencor que abrigaba contra él, por haber sido la «causa de la desgracia de su niña», como decía. La negra se conmovía a veces hasta verter lágrimas, al ver a Teresa en aquella pobreza, y teniendo que esconderse de sus antiguas amistades, y ésta solía abrirle a medias su corazón, cuando con sus confidencias no le entregaba un arma para combatir a su amante.

Dominga no podía creer que Teresa viviera tranquila en aquel medio y que no echara de menos el que había abandonado.

—Si hubiera tenido una familia o siquiera un gran cariño —le había dicho la joven en cierta ocasión— tal vez me pesaría mucho ahora lo que hice. Pero en mi casa era más bien una carga para mi hermano, que nunca me quiso... Como quiera que sea, tengo ahora hijos y afectos que entonces me faltaban... ¡No me arrepiento de nada!

Y le confesó que, al principio, cuando se vio encerrada en las soledades del campo, había echado de menos las diversiones y el ruido de la ciudad, preguntándose más de una vez si quería bastante a Rogelio para sacrificarle todo esto que su alegre carácter reclamaba. Después, los hijos la habían hecho una mujer seria. Si su amante la abandonase algún día tendría bastante con ellos...

—Y contigo —añadió al notar que la negra hacía un movimiento de despecho y que sus ojos, animados siempre de una pasión sin límites, se humedecían.

No se atrevió a confiarle, sin embargo, la dolorosa inquietud que le inspiraba Rogelio desde su llegada a La Habana; lo que se le ocurría pensar de la ropa interior del amante, de sus modales, del tufillo de alcohol que notaba frecuentemente en su boca y de los pretextos con que a veces disculpaba el poco tiempo que permanecía a su lado. Verdad es que la abrazaba siempre con la misma pasión y que se olvidaba de todo cuando lo poseía la embriaguez de sus caricias. Pero Teresa no podía dejar de advertir aquellos pequeños síntomas aislados, indicios de que la capital ejercía una peligrosa influencia en el carácter débil y vanidoso de Rogelio. A la joven le hubiera aliviado el desahogarse con aquella vieja sirviente, cuya adhesión hacia ella alcanzaba y aun sobrepasaba los límites de un verdadero cariño maternal; mas le temía a la cólera de Dominga, que después de haber protegido sus amores, hasta el punto de que sin ella hubiera sido difícil que se consumase su caída, había concebido una profunda aversión al amante, desde el instante en que supo que era casado y que no podía devolver el honor a su niña. Teresa sufrió pues, sola y sin una queja, el dolor de aquellas primeras espinas que se clavaron en su alma de amorosa.

—Es necesario que te saquen de aquí, Teresa —le decía casi todas las mañanas la negra, a vueltas con su tema de siempre—. Las gentes de esta casa te van a dar algún disgusto...

La joven sonreía, segura de sí misma y dispuesta a desafiar el peligro, si lo había allí. Adivinaba alrededor suyo una sorda inquina y una malsana curiosidad por parte de muchos de sus vecinos. Las mujeres la vigilaban para sorprender sus secretos y su manera de vivir, y algunos hombres pretendieron acercársele, tanteando el terreno con diferentes pretextos. Pero Teresa se reía de todo eso y proseguía su existencia habitual sin dar muestra de que advirtiese la persecución de que era objeto.

Una tarde, a los seis días de vivir allí, observó, desde el rincón donde cosía, que dos mujeres, que no eran de la casa, pasaban y volvían a pasar por el corredor, deteniéndose en su puerta para atisbar al interior. Por el espejo vio que una de aquellas mujeres era joven, rubia, un poco gruesa, y que vestía de un modo llamativo, mostrando las piernas bajo las faldas de seda demasiado cortas. La otra era una mulata, de color claro y pelo lacio, muy erguida y elegante también, y que usaba con mucha afectación unos impertinentes de oro con mango de concha. Teresa se echó a reír de la manera con que llevaba continuamente este artefacto a los ojos, sobre todo cuando pasaba ante su habitación, y tuvo la idea de salir y de mostrarse para que la viera bien. Como su temperamento emotivo y resuelto no admitía la demora, una vez concebido el propósito, se dirigió lentamente a la puerta y la abrió por completo, permaneciendo algunos segundos apoyada en el marco, sin aparentar que se fijaba en las dos importunas. Éstas, por su parte, pasaron muy cerca de ella, examinándola de alto a bajo de un modo insolente, y se alejaron hacia el interior de la casa, cuchicheando y dándose golpecitos con el codo. Teresa, muy tranquila, las vio desaparecer en el recodo del pasillo, y solo entonces volvió a colocar la puerta como estaba y tomó de nuevo su costura.

No obstante esta calma, se quedó pensando un buen rato en las dos mujeres y preguntándose si habrían venido por simple curiosidad o con otro objeto. Recordó que la mulata había llamado a la otra Carmela, y se le quedó presente en la memoria este nombre. También pensó en que muchas mañanas Dominga había tenido que borrar sucias inscripciones, ejecutadas con tiza en su puerta, y desembarazar ésta de basuras, arrojadas allí intencionalmente, sin duda, y se esforzó en adivinar si estos hechos tendrían alguna relación con el incidente que acababa de ocurrir. Por cierto que Dominga concedía una gran importancia a aquello de las basuras y las examinaba todos los días con la atención de un experto que trata de darse cuenta de la verdadera naturaleza de una sustancia al parecer inofensiva. La joven se reía de todas estas pesquisas, dándole bromas acerca de su significado.

—No te burles, hijita. Tú no sabes de ciertas cosas; pero es necesario vivir prevenidos, porque la gente es muy mala —decía sentenciosamente la negra, sin darse por vencida.

—¡Ah, sí! ¡La brujería! —exclamaba alegremente Teresa—. ¿Y podrías tú encontrar el contraveneno para una de esas cosas puestas ahí?

Dominga movía la cabeza con aire misterioso.

—El «daño», mi hija, tiene más facilidad para entrar que para salir... Pero muchos de ustedes, los blancos, no creen y hasta se burlan como tú, y por eso les suceden más de cuatro desgracias... Lo que tu marido debe hacer es sacarte de aquí, porque tú no tienes muy bueno el «ángel», que digamos...

—¿Pero has visto algo? —interrogaba la joven maliciosamente, deseosa de embromarla un poco más todavía.

—No sé —concluía la negra, con un cómico enfado.

Teresa evocaba el recuerdo de todos estos pequeños episodios, uniéndolos, sin saber por qué, a las extrañas maniobras de las dos mujeres, y acabó por divertirse interiormente con todas sus puerilidades y con la ridícula presunción de aquellas «damas», tan tiesas y tan pintadas. Su corazón no conocía el temor. Lo había probado quedándose sola muchas noches, en mitad de la selva y entre gentes desconocidas, mientras Rogelio estaba ausente del famoso cafetal de antaño. Entonces dormía tranquila, pensando que las puertas eran sólidas y que guardaba en la mesa de noche una excelente pistola belga, con diez tiros. Podría decirse, además, que su alma de amazona amaba el combate, tal vez a causa de algún viejo atavismo, en el cual resurgía la sangre de los corsarios y de los negreros que desafiaban la furia del mar y la saña de los cruceros ingleses. Ni por un instante sintió celos, ni pensó que alguien tratara de arrebatarle el amante, con probabilidades de éxito. Solo veía el lado burlesco de la aventura y el anuncio de chistosos incidentes que acaso vinieran a distraer el tedio de sus largas horas de ociosidad.

Aquel mismo día, después de haber almorzado sola, como de costumbre, y de haber ocultado el mantel, los platos y los restos de la comida, tuvo una de las sorpresas que se habían repetido, por desgracia, en aquellos seis días. Dieron dos golpecitos a la puerta, y al abrir, se encontró cara a cara con Rigoletto.

El enano se descubrió con uno de sus grandes ademanes de eterno bufón, un poco menos exagerado que los que empleaba con otras personas, y permaneció en el dintel, mostrando su feo rostro lleno de expresión, su hocico de zorra y su ancha frente coronada por largos cabellos oscuros que empezaban a faltar junto a las sienes. Teresa sonrió al verlo. Era, de todas las personas a quienes había conocido o entrevisto en aquella nueva etapa de su vida, la única a favor de la cual se sentía animada de un espíritu de benevolencia y aun de simpatía. Por eso no lo recibió en el pasillo, como hacía con los demás, sino que lo hizo entrar, con franca cordialidad.

—¿Qué me trae hoy, Ri...?

Se detuvo, sonriente y confusa; pero salió del paso, con su hermosa sinceridad, diciendo:

—Usted va a hacerme el favor de decirme su nombre, porque el otro... el que yo le iba a dar, es seguramente un apodo...

Rigoletto se echó a reír. Después se puso serio, mirándola, un poco turbado ante sus ardientes ojos negros y su bata blanca que caía recta hasta los pies, moldeando la amplitud y la redondez del seno.

—He olvidado mi otro nombre, señora; Rigoletto me dice todo el mundo, y he concluido por no conocerme a mí mismo sino por éste...

—Pues bien, Rigoletto, ¿qué mala noticia me trae hoy?

—Confieso, señora, que soy un monstruo, un anuncio de desventura, un ave agorera y maléfica que presagia catástrofes... pero ése es mi destino... Por hoy mi embajada se limitaba a hacerle saber que Rogelio tal vez no pueda venir ni a la noche siquiera...

—Pero no es que siga mal Llillina, ¿verdad? —repuso ella con cierta inquietud, dominando un gesto de impaciencia.

—No, señora, Llillina está levantada y mucho mejor. Se trata de un viaje, en compañía del coronel Mongo Lucas, de quien piensa Rogelio obtener un destino.

—¡Un viaje! ¿Adonde?

Rigoletto vaciló un segundo.

—A Guanajay, señora —dijo, con su habitual desparpajo.

—¿Y ese coronel, ¿quién es?

—¡Un genio, hija mía! ¡Un hombre imponente y magnífico! ¡Una de las más sólidas columnas de nuestra República, fundada «con todos y para todos»! El coronel Mongo Lucas, elevadísimo funcionario de nuestra administración, no es un ser humano: es una institución, es casi la patria... Solo que probablemente no es coronel, y tal vez, tampoco se llama Mongo Lucas...

Teresa, a pesar de su despecho, se echó a reír, al oír el tono con que fueron pronunciadas estas palabras. Rigoletto la divertía, ayudándola a disipar su mal humor, y lo obligó a sentarse. Recordaba lo que sabía de la vida de aquel hombrecillo, burlón incorregible, parásito eterno, famoso «muñidor» electoral, hilvanador admirable de despropósitos, comensal de todas las mesas donde reinase la alegría y amigo sincero de todas las pecadoras a quienes hacía reír o consolaba en sus pequeñas penas, haciéndose pagar con besos sus chistes y sus delicadas ternezas, casi fraternales muchas veces. Rogelio le había contado algunas de las astucias y de las aventuras de aquel extraño vividor; y la joven, apartándose de la opinión de todo el mundo, creía adivinar, bajo la grotesca envoltura del jorobado la silueta oculta de un hombre de talento y de corazón. Rigoletto, por su parte, era menos irónico cuando hablaba con ella, y parecía profesarle cierta amistad, que no era peligrosa para la joven, tratándose de un pobre contrahecho como aquél. Teresa le agradecía las delicadezas con que la trataba, y la ausencia, en la conversación, de las frases gruesas y las bromas de mal género que empleaba con todo el mundo. Nada hay que conmueva tanto a las mujeres como esas pequeñas distinciones que las colocan, en el concepto de un hombre, siquiera sea una línea más alta que a las otras que las rodean. Por antinatural y ficticia que sea la virtud, ese solo sentimiento de emulación que llena casi toda el alma femenina, encierra la razón y la fuerza de la honestidad y basta para mantener viva en ella la llama del sacrificio. De ahí que Teresa le perdonase fácilmente a Rigoletto el que únicamente viniera a verla para traerle nuevas desagradables, y que se distrajese oyéndole, como si se tratara de un antiguo amigo a quien solo se ve de tarde en tarde.

Aquel día tenía también el interés de saber quiénes eran las dos mujeres, que la habían obligado a salir a la puerta con aire de reto, y que el jorobado no podía dejar de conocer. Así fue que desde las primeras palabras abordó el tema, describiendo a la rubia y a su compañera, sin decir dónde las había visto. Rigoletto no la dejó concluir.

—¿Carmela, verdad? Y la otra es más alta, con la piel de un subido tono de ámbar, y una majestuosa manera de llevar los lentes a los ojos para examinar a los míseros mortales, que la hace tropezar y enredarse las piernas en la falda, como si jugara a la «gallina ciega»... ¡No necesito saber más! La rubia es la Aviadora, y su amiga la deliciosa Margot, descendiente híbrida, aunque en línea directa, de Menelick, emperador de Abisinia, lo cual da la clave de aquello del ámbar... ¿Dónde las vio usted?

—Aquí.

Rigoletto frunció vivamente el entrecejo y se echó hacia atrás en la silla, exclamando, sin poder reprimirse.

—¡Aquí!

Le pesó enseguida su arrebato, porque vio que los grandes ojos de Teresa se fijaban en él con inquietud y curiosidad, y quiso arreglarlo, utilizando todos los recursos de su inagotable aplomo. Cuando tuvo la seguridad de que se había extinguido completamente en aquellas hermosas pupilas la llama encendida por una cruel sospecha, que él mismo había neciamente provocado, quiso saber detalles, y la joven le refirió, con mucha naturalidad, lo que viera y lo que hizo. Pero Rigoletto había perdido de súbito una gran parte de su verbosidad y de su alegría. Miraba alternativamente el suelo y el rostro sereno de su bella interlocutora, y acabó por no saber qué decir, lo cual era muy raro en él.

Felizmente vino a sacarlo de su incomprensible turbación el clamor de muchas voces enronquecidas y de pasos que invadían la escalera, subiendo precipitadamente. Las voces repetían, casi con ferocidad, el estribillo:

Rah, rah, rah, rah. El partido liberal no va.

Teresa se incorporó en el asiento.

—¿Eso qué es?

—¡Nada! —repuso con calma Rigoletto—. Son los estudiantes que hacen campaña electoral, bebiendo y riéndose... ¡Juerga patriótica...! Ha sido un buen reclamo de los políticos profesionales el lanzarlos por ese camino; pero ellos no ven en lo que hacen más que la diversión.

Algunas voces de mujeres se mezclaban a las de los manifestantes y resonaban ahora claramente en el pasillo. Teresa se llevó las manos a las orejas, molesta por aquellos aullidos.

—¡Viva el partido conservador! —gritó uno, casi frenético, junto a la misma puerta de la joven.

Todas las mujeres de la casa respondieron, entusiasmadas, saliendo de las habitaciones y precipitándose al encuentro de los alborotadores.

—¡Viva!

El hocico de zorra de Rigoletto se alargó en una sonora carcajada, que duró largo rato, y cuando se restableció un poco el silencio, detrás de la muchedumbre bulliciosa que se dirigía hacia el fondo de la casa, exclamó:

—¡Es gracioso que esas damitas sean reaccionarias en política como son fanáticas en religión y sentimentales en literatura! El otro día le presté a una *La tierra*, de Zola, y cuando hubo leído las primeras páginas quiso tirarme el libro a la cara, llamándome «marrano». Quieren historias de amores platónicos, de pasiones contrariadas y románticas, donde triunfe siempre la virtud...

Ahora son conservadoras y votarían por la monarquía y el poder temporal del Papa, si las dejaran...

—¿Pero usted también no es conservador? —interrogó Teresa maliciosamente.

—Anarquista y conservador, sí, señora. ¡Son aparentes contradicciones que suelen verse con mucha frecuencia en esta tierra...! Soy conservador (confieso mi pecado), tal vez por la misma razón que anima a esas señoritas...

Se había olvidado el incidente de la Aviadora. Rigoletto contó anécdotas chistosas de la ruda campaña política que se llevaba a efecto en aquellos días. Conocía la historia y los hombres de su país, y retrataba a éstos, con dos rasgos, de cuerpo entero, mostrándolos como era. Él tenía el encargo de mixtificar el censo, para lo cual poseía una rara habilidad en una oficina electoral, y gracias a eso vivía. Era una misión alta y noble la suya: restringía el sufragio; contrarrestaba el poder de la demagogia; resucitaba, como Cristo, a los difuntos... Su trabajo era solo en el período electoral, y el resto del tiempo se lo pasaba cobrando su sueldo sin hacer nada. Pero aquella brillante y fecunda vida tenía sus quiebras. La semana anterior, por ejemplo, lo hicieron subir a una tribuna erigida en la plaza pública. Se preparaba a inundar al pueblo bajo la ola de su elocuencia, y, sin embargo, el desenlace fue desastroso. Sus imbéciles correligionarios habían hecho demasiado alta la tribuna, y apenas le llegaba la nariz al borde de aquel baluarte de las libertades ciudadanas... El resultado fue una silba formidable. Desde que lo vieron empezó la risa y los gritos: «¡Rigoletto!» «¡Rigoletto!», acompañados de carcajadas y otros ruidos menos gratos y nada limpios, que se multiplicaban endiabladamente, ahogando su voz. Tuvo que retirarse ante la hilaridad soberana de la muchedumbre, pensando en que el ser demasiado populares perjudica muchas veces a los grandes hombres...

Teresa se reía hasta tener que secarse las lágrimas, más que del relato, de los cómicos gestos del narrador, que le sacaba partido a su ridícula figura para burlarse tanto de sí mismo como de los demás y trataba de reproducir gráficamente la escena. Hacía calor, a pesar de ser aquél uno de los últimos días de octubre. Por las dos persianas del balcón abiertas de par en par, entraba el Sol hasta la mitad de la habitación, trazando en el suelo grandes paralelogramos de luz, por donde cruzaba a veces la sombra del vuelo de un gorrión. Rigoletto se quedó un momento mirando aquel vulgar efecto luminoso, que daba, sin embargo, tan profundo aspecto de intimidad y de placidez a la habitación, en aquella discreta hora de la siesta. Pensaba que sería delicioso vivir esas horas del mediodía, en una absoluta identificación de afectos, con una mujer así y en un cuarto semejante. Y no obstante, la hermosa estaba punto menos que abandonada por el amante, que prefería correr con otras en automóviles por las carreteras; porque lo del viaje en compañía de Lucas sabía él bien que era una mentira. Rigoletto se decía que en el mundo los bienes andan muy mal distribuidos. Lo sacaron de su momentánea abstracción dos voces que se acercaban por el pasillo y que se detuvieron en la puerta. Teresa y él prestaron atento oído.

—Mal día, señora Flora, para complacerla a usted en lo que desea —decía una de aquellas voces, que era de hombre, con tono bondadoso y marcado acento español.

En efecto, la casa entera parecía en ebullición o habitada por una legión de locos, y de la calle venían también rumores de grupos que pasaban discutiendo y voces y risas aisladas, que indicaban un estado de febril excitación en el pueblo.

—Pero si es muy poco lo que quiero que mire, don Rudesindo: un vistazo de pasada, y no le molesto más.

Teresa reconoció la voz de Flora, la casera, a quien pocas veces se veía fuera de su habitación interior del piso bajo, donde vivía con un mozalbete de dieciocho años, a pesar de haber cumplido ella los cincuenta. Rigoletto se acercó a la joven, y le dijo al oído:

—Es don Rudesindo, el propietario de la casa. ¡Me escapo!

Sin despedirse, saltó como un clown, y casi pasó por entre las piernas del caballero, que permanecía indeciso en la puerta y se quedó mirándole estupefacto.

—¿Da usted su permiso, «señorita» Teresa? —dijo la voz meliflua de Flora, que tenía también un marcado acento español y pretendía ser singularmente armoniosa.

—Adelante.

Entró Flora, que era una matrona gruesa y sonriente, con el enorme seno a duras penas comprimido bajo la coraza del corsé, y dos gruesos brillantes pendientes de las orejas, que resaltaban bajo el cabello muy negro y lustroso. La seguía un señor alto, de barba gris y partida al centro con una raya vertical muy bien hecha, que le daba cierto aspecto diplomático. Vestía un terno claro de verano y usaba lentes unidos a la solapa por un diminuto botón de oro, con monograma, y una cadenilla del mismo metal. Al descubrirse brilló en plena luz su calva venerable, poblada de cabellos claros muy bien peinados y distribuidos con cierta coquetería. La vista de Teresa debió producirle una agradable e inesperada sorpresa, porque su semblante cambió de pronto, al fijarse en los encantos de la joven, y saludó con la más galante reverencia que pudo hallar en su repertorio. Después, durante todo el tiempo que permaneció allí, continuó mirándola disimuladamente, con aire de discreta codicia, cuando las dos mujeres no podían observarlo.

Flora hizo brevemente la presentación:

—Don Rudesindo Sarmiento, propietario de la casa, que viene a ver las reparaciones que hacen falta.

Teresa conocía, como todo el mundo, aquel nombre por los periódicos, por los prospectos de ciertas grandes empresas, por haberlo visto muchas veces en la vieja muestra de un inmenso y lóbrego almacén de la calle de Ricla, seguido del indispensable apéndice, S. en C., y por el reclamo hecho alrededor de sus obras piadosas. Ahora se sorprendía al ver al dueño de aquel nombre, tan pulido y tan elegante, cuando ella se lo imaginara un rudo y grosero patán cargado de oro e incapaz de pronunciar tres palabras seguidas. Y es que don Rudesindo pertenecía a la aristocracia del comercio habanero. Como casi todos los españoles enriquecidos en Cuba, era de humilde cuna; pero había ido refinándose paulatinamente, a medida que sus negocios prosperaban y su fortuna crecía. Era, más que asturiano, ovetense, paisano de Flora, a cuyos parientes conoció en España, y vivía orgulloso de su ciudad, como un noble de su abolengo. La familia, sin embargo, le retenía en Cuba. Sus hijos eran cubanos, su mujer lo había sido también, y hasta él mismo, después de treinta y cinco años de vida en el trópico, le temía un poco al frío de sus montañas. Presidía en La Habana la Asociación de Padres de Familia para el Saneamiento de las Costumbres, y afectaba modales rígidos cuando hablaba de la corrupción del ambiente y del poco amor de las gentes por el trabajo. Por eso, aquel día el espectáculo de la orgía electoral lo ponía fuera de sí e imprimía en sus dignas facciones de hombre útil a la sociedad, una muda contracción de asco y de protesta.

—¡Vaya unos cafres! —murmuró, sin poder contenerse, refiriéndose a la algazara de los estudiantes—. ¿Querrá usted creer, Flora, que anoche han matado a un pobre negrito en un meeting, a dos cuadras de mi casa? Desde un automóvil, a toda velocidad, dispararon sobre la multitud, y una bala alcanzó, como siempre, al más inofensivo... Soy extranjero y no puedo hablar. Pero mis hijos son cubanos, y no intervienen en estos asuntos. ¡Qué han de intervenir! Los elementos serios del país se echan a un lado, y dejan que la canalla siga... ¡Por eso van las cosas como van! ¡Y los yanquis relamiéndose de gusto!

Enseguida, empujado por sus ideas rencorosas, saltó de la política a las instituciones locales, después de rehusar con un ademán y una sonrisa el sillón que Teresa le ofrecía.

—¿A que no sabe usted la nueva diablura que se le ha ocurrido al Departamento de Sanidad? ¡Vamos, adivínelo...! Pues nada menos que suprimir las cuevas de ratas de los almacenes y hacer desaparecer todos esos bichos en un santiamén... En casa, el remover las mercancías, echar pisos nuevos y tapar huecos, cuesta ya más de 3.000 duros... Y sin embargo, con agujeros, y ratas y todo lo malo que tenemos, en diez años no ha salido enfermo uno solo de los dependientes. Pero esos señores mandan y amenazan, y no hay sino bajar la cabeza y hacer lo que quieran.

Se detuvo, ya desahogada la bilis, y solo entonces recordó el motivo de su presencia allí y preguntó, con voz más dulce, a la arrendataria:

—Vamos a ver, Flora, ¿qué obras desea usted hacer aquí?

Eran puertas que no cerraban bien y algunas tablillas de las persianas, rotas: total, bagatelas, pero los inquilinos se quejaban, con razón. Don Rudesindo, sin dejar de mirar de reojo a Teresa, declaró que el cuarto era inhabitable, con gran asombro de la gruesa casera, que abrió mucho los ojos, sin comprender bien. Don Rudesindo deploraba la fealdad de estos viejos caserones, con sus puertas anchas, sus techos de gruesas vigas y sus pisos de horribles losas rojas y amarillas. De pronto se volvió hacia Teresa, con la sonrisa que empleaba en otro tiempo para ofrecer medias de seda muy baratas a las compradoras lindas:

—Vaya, si se decide usted a pasar cuatro días de molestias, le hago poner el piso de mosaico. ¡Cójame la palabra!

Y con sus ojillos penetrantes, que brillaban detrás de los lentes, fijos paternalmente en la hermosa inquilina parecía inquirir:

—¿Qué le parece este rasgo?

Teresa accedió con una sonrisa y dio las gracias, sin gran entusiasmo. Don Rudesindo se dirigió entonces a su arrendataria, para disculpar aquel acto de generosidad; aunque no era necesario, porque la casera aceptaba siempre sus decisiones con una servil complacencia.

—¡Hay que saber conocer a las personas! —dijo el comerciante—. Al primer golpe de vista se nota que la señora no está acostumbrada a vivir en pocilgas como ésta...

Y ya lanzado en las sendas de las prodigalidades, prosiguió:

—Además le mandaré pintar las puertas, componer los cristales del medio punto e instalar el vertedero para el baño, de que me habló Flora el otro día... ¡Qué tal! ¿Está satisfecha?

Esta vez sí lo estaba plenamente Teresa, a causa de la promesa del vertedero que le permitiría tener un cuarto de baño en forma, sin verse obligada a salir de sus habitaciones ni preocuparse con la manera de botar las aguas sucias. Don Rudesindo lo comprendió así, y dando por bien empleado el dinero que todo aquello iba a costarle, añadió jovialmente:

—Lo malo está en que ésta —y señalaba a Flora—, que se pasa de lista, va a querer ahora que le haga nueva el resto de la casa, con el pretexto de lo que he prometido aquí... Aunque ya la amarraremos corto...

Pero la jamona, con su fino olfato de mujer y de antigua celestina, había entrevisto la debilidad del propietario y lo echó todo a broma, dispuesta a sacarle cuanto se le antojase.

—Bien, bien; eso lo veremos más tarde. ¡La verdad, don Rudesindo, es que ya era tiempo de que se le ablandase a usted el corazón e hiciera algo por la casa, que bien abandonada está!

Salieron, no sin que el galante viejo hiciera a Teresa nuevas propuestas de que estaba dispuesto a escuchar cuantas demandas de arreglo le hiciera en lo sucesivo. Flora y él bromeaban discretamente al acercarse a la puerta, y la primera se volvió para decirle a la joven, cediendo al sutil instinto de casera, que jamás la abandonaba:

—No podrá usted quejarse «de nosotros» y de la visita que le hemos hecho, «señorita» Teresa. Sus cuartos serán lo mejor de la casa.

Cuando Teresa se quedó sola, corrió el pestillo de la puerta, para evitar la llegada de nuevas visitas, y fue a tenderse perezosamente en una mecedora, con un libro, que tomó al azar, de los tres o cuatro que había sobre la mesa de noche. Su irregular situación la había acostumbrado a las interminables soledades que le imponían las ausencias de su amante, y las aceptaba, procurando no medir el tiempo. Pero aquel día su alma, demasiado aislada y como perdida en el bullicio de la casa y la animación de la calle, se sentía débil, y experimentaba cierto sobresalto al pensar que no vería a Rogelio hasta la noche siguiente, siéndole forzoso permanecer encerrada allí y sin ver a nadie, por lo menos hasta que llegase Dominga por la mañana. Tenía ahora sed de caricias, de palabras tiernas que reanimasen un poco su fe; porque, sin confesárselo, ésta no tenía la enérgica entereza de otras veces. También pensaba vagamente y con cierta inquietud en aquel viaje inesperado de Rogelio, al cual su espíritu, demasiado recto, no podía dar el significado de una traición o de una mentira, a pesar de la visible turbación de Rigoletto al hablarle de él. Mas su estado de ánimo no obedecía, en concreto, a una causa determinada. Era más bien una suma de secretos deseos, de indefinidas congojas y de ligeros presentimientos, creadores de esa especie de opacidad crepuscular de la conciencia de las mujeres, sobre la cual funda el amor tan inolvidables horas de fusión y de deleite, si por acaso aparecemos, llenos de ardor y de optimismo, en el instante preciso en que nuestra querida languidece bajo la enervante influencia de aquellos recónditos sentimientos y se amontonan sobre su frente sombras que solo los besos pueden borrar...

No abrió el libro. Su imaginación se alzaba con un vuelo corto sobre cosas pasadas y presentes, con preferencia sobre las que evocaban ideas melancólicas. El estado de su corazón se resumía en la fórmula que ella misma había enunciado, hablando con Dominga, en uno de aquellos instantes de suprema lucidez en que el alma humana tiene el poder de sintetizar en un solo pensamiento el juicio acerca de una vida entera: no se encontraba mal en su actual situación, porque tenía hijos y porque al entrar voluntariamente en ella no había abandonado otros afectos. En cuanto a la figura de su amante, si había perdido tal vez parte de los encantos primitivos, se presentaba ante sus ojos con el prestigio indefinible de ser el padre de aquellos niños y quizás con el atractivo de la debilidad y del infortunio, que excita siempre el interés de las almas fuertes. No podían ocultarse a un espíritu como el de Teresa ni la perezosa indolencia, ni la constante irresolución, ni la vacía arrogancia de aquel hombre, que parecía condensar en sí los caracteres salientes de su raza; pero esa misma incapacidad del ser amado para la vida, si defraudaba un poco al ideal romántico de la mujer, anudaba nuevos vínculos en el corazón de la querida, desenvolviendo en ella cierto instinto suplementario de maternidad y de protección que la hacía considerarse a sí misma indispensable en la vida. Por eso sufría Teresa profundas torturas cuando Dominga sacaba a colación, indirectamente y como de soslayo, los defectos de Rogelio, que nadie mejor que ella conocía. Puede decirse que en el instante en que comienza esta historia, el amor de nuestra heroína, aunque imperfecto desde su origen, no había sido quebrantado por ninguna desilusión irreparable, a pesar de los años de vida común transcurridos y de la irregularidad y necesaria intermitencia de sus relaciones.

Jamás, desde su fuga con Rogelio, el tormento de los celos había hecho presa en el corazón de Teresa. Por tal motivo, los pequeños descubrimientos que fue haciendo en la manera de vestir y los modales del amante, que tan extraordinariamente le habían chocado, no llegaron a ser otra cosa sino leves mortificaciones, que permanecían fijas en alguna zona dolorida de su alma, pero que no pasaban de la superficie de ésta. Tal era también el efecto que le producía la idea del viaje improvisado en compañía de aquel coronel de quien no recordaba haber oído hablar nunca a Rogelio. La cualidad predominante en el carácter de Teresa era la lealtad. Desde los comienzos de su amor le había jurado al amante y le había hecho jurar, al mismo tiempo, que antes de recurrir a la traición una y otro se confesarían recíprocamente el estado de su corazón, si algún día dejaban de quererse. Teresa admitía el enfriamiento o la muerte lealmente declarada de la pasión, pero no concebía el engaño. Y como, en repetidas ocasiones, Rogelio y ella habían hablado con entera franqueza de aquel asunto y él se mostraba absolutamente conforme con sus principios, la joven descansaba en esa confianza, con la misma tranquilidad con que dormía en el cafetal, después de cerciorarse de que estaban bien cerradas las puertas.

—¿Quién era ese Mongo Lucas? —se preguntó varias veces, en medio de sus divagaciones mentales, sintiendo que este solo nombre aumentaba su mal humor.

Bostezó también a menudo, buscando posturas cómodas en el sillón y encolerizándose contra la estúpida alegría de los políticos, que no cesaban de alborotar. Su carne sufría, no saciada aún después de la abstinencia de varios meses en que se vio obligada a vivir; pero procuraba apartar el pensamiento de las ideas que pudieran excitarla.

—¡Si iré a convertirme en una neurasténica! —pensó, con amargo reproche de sí misma.

Entonces quiso leer, para distraerse, y abrió el libro al azar. Era una novela que describía la hipocresía de un buen burgués que besaba con más mimo a su mujer los días en que iba a casa de la querida. Sintió como una ola de sangre en la cabeza, y arrojó el libro al suelo, con rabia.

En la calle, un grupo de entusiastas, que pasaba en un automóvil, llevando un gran estandarte, cantaba a estentóreos gritos:

> Tumba la caña,
> anda ligero;
> ¡mira que viene el mayoral
> sonando el cuero!

Teresa los amenazó, desde su asiento, con el puño, aunque no podían verla, y se quedó otra vez inmóvil y pensativa.

V. La Aviadora

En el dormitorio de su lindo departamento de la Avenida del Golfo, donde a pesar de ser cerca del mediodía, los transparentes de color verde musgo estaban cuidadosamente corridos y reinaba una discreta penumbra, Carmela abrió los ojos, desperezándose, y llamó a la criada:

—Josefina.

Entró una galleguita sonrosada, viva, con ojos de malicia que reían en su rostro picaresco.

—Señora.

—¿Qué hora es?

—Pasan de las once y media.

Carmela bostezó, estirando otra vez los miembros entumecidos por el sueño y frotándose los ojos con ambas manos. Estaba medio desnuda en el lecho, cubierta apenas, con una camisa que no le llegaba a las rodillas y por cuyos numerosos calados asomaba la carne. Sus lindas piernas, un poco gruesas, pero torneadas y finas en los tobillos, aparecían completamente descubiertas, cruzadas una sobre la otra y calzadas con medias negras y ligas azules, como si hubiese estado preparada para una exhibición.

—¿A qué hora se fue Pega-Pega?

Se refería a Angelín Sarmiento, el mayor de los hijos de don Rudesindo y uno de los «amigos» que contribuían a sostenerla, a quien la burlona criadita había dado aquel nombre porque se pasaba el día llamando a Carmela, desde el teléfono de su almacén. Se quedaba a dormir una o dos veces a la semana, cuando ella se lo permitía, y escapaba al amanecer, temblando ante una reprimenda del padre, que era muy severo en su casa.

—A las seis. Creo que no había Sol todavía —respondió la muchacha.

Carmela hizo un gesto de aburrimiento y de asco. Y como si recordara alguna cosa de repente, gracias a una extraña asociación de ideas, volvióse a medias en la cama, y, después de palpar un momento entre las fundas, sacó un pequeño rollo de billetes de banco, y dijo displicentemente, alargándoselo a la criada.

—Toma. Pon eso en la gaveta.

El armario estaba abierto, frente al lecho de gruesas columnas de bronce, y en su interior se veían las ropas y los objetos en desorden, como si al buscar cada cosa, la dueña sacara a puñados y revolviera negligentemente su contenido. La criada, a quien las costumbres de la casa predisponían a una familiaridad excesiva, exclamó, riéndose ante aquel revoltijo, mientras guardaba el dinero:

—¡Uf! ¡Parece que aquí anduvieron gallinas!

Y enseguida, cambiando de tono:

—¿Pega-Pega le trajo eso? ¡No es mal chico!

Pero Carmela se encolerizó de pronto.

—¡Y el trabajo de soportarlo! Es joven y se viste bien; pero me revuelve el estómago... ¡Cada día le canta el pico con más fuerza...! Si lo quieres te lo regalo, con todo su dinero...

Josefina se encogió de hombros, acostumbrada ya a los desplantes de su ama, y se puso a poner en orden los frascos, los juguetes y los objetos de plata de la cómoda. Aquella habitación, siguiendo una costumbre muy generalizada en Cuba, era a la vez alcoba y tocador, y mostraba las huellas de los diversos estados de fortuna de su dueño y de la generosidad de los distintos amantes.

Sin acordarse más de Angelín, Carmela se frotó otra vez los ojos e hizo nuevos esfuerzos para desperezarse.

—¡Tengo sueño todavía! ¿Quién ha venido?

—Anita, que está desayunando en el comedor.

—¿Y quién más?

—Nadie. Habló Margot por teléfono. También hablaron «el general» y el señor Pendales. Dicen que llamarán más tarde. ¡Ah! ¡Y el viejo don Plácido también habló...!

—¡Otro por el estilo! —exclamó la Aviadora; y ordenó, para disipar su mal humor—: Dile a Anita que entre.

La criada decía «Margot», «Anita», nombrando a las amigas de la casa, en un olvido completo de las jerarquías, que a nadie le chocaba allí. En cambio, la escala del respeto era aplicada estrictamente a los hombres, según su posición, a pesar de los motes burlescos con que a veces les designaban el ama o la sirviente. Así, el general, político influyente y hombre temible en las altas esferas del Estado, tenía su tratamiento militar; el abogado Pendales, criminalista y gran intérprete de la Constitución, era casi siempre «el señor

Pendales» y en las ocasiones solemnes «el doctor Pendales»; y en cuanto al anciano usurero, a quien la Aviadora sacaba trabajosamente más de 100 duros mensuales, por recibirlo algunos ratos al mediodía, era invariablemente «don Plácido», aunque se le antepusiese, por lo general, la calificación, un poco despectiva, de «viejo».

Josefina, que había salido un instante a cumplir el encargo de su ama, volvió seguida de una joven delgada, morena de tez mate y lindos ojos oscuros, con el vestido de seda a media pierna y el aire desenvuelto de un pilluelo. Al entrar, fijándose en la desnudez que Carmela mostraba con tan perversa complacencia, aun a las mujeres, exclamó, por todo saludo, con su aguda voz de falsete:

—Carmela, ¡qué nalgas tienes! ¿Hasta dónde vas a llegar?

Y soltó una picardía, guiñando un ojo y nombrando al general, a propósito del cual corrían ciertas bromas entre las mujeres alegres.

Carmela, halagada, enarcó más las caderas, y aun se volvió complacientemente, para que pudiera apreciarse aquella belleza en toda su amplitud. La tenue seda de la camisa, acribillada además de calados, no ocultaba nada, ni blancuras, ni durezas admirables distribuidas por todas partes. Anita sonrió con envidia, y Josefina, habituada a todo aquello, se entretenía en doblar con mucha calma las ropas esparcidas y amontonadas sobre los muebles.

—¿Hiciste lo que te encargué? —preguntó a su amiga la Aviadora.

—Sí; no entran en su cuarto más que el marido y Rigoletto. El otro día, sin embargo, estuvo don Rudesindo, con Flora; y ahora le están poniendo el piso de mosaico a las habitaciones... Parece que «tu suegro» se ha encaprichado por ella...

—¡Bah! ¡Si es una vieja con dos hijos casi grandes ya! El otro día la vi bien de cerca, y por cierto que me dieron ganas de tirármele arriba y arrancarle el moño a la muy indecente. ¡Quién sabe de qué cloaca habrá salido, y hay que ver la importancia que se da...! Además, no parece muy limpia...

Anita protestó:

—No, hija; la mujer «está buena». No vayamos ahora a desacreditarla, porque es la querida del hombre.

Carmela hizo un signo de despecho, y se encogió brutalmente de hombros.

—Bueno. Así y todo se lo llevé la otra tarde delante de sus mismos ojos. Fue el día que te dije que tenía ganas de arrancarle el moño, y el mismo que tú viste en su casa a Rigoletto y al viejo Sarmiento... ¿No sabes lo que fui a buscar allí? Pues a esperar a Rogelio para ir juntos a Matanzas...

—¿De veras?

—¡De veras! Él no quería porque parece que es un poco «hembra», a pesar de los bigotes que tiene... Pero le hablé claro: «Si no te conviene así, no vuelvas a mirarme la cara». Y se decidió. En la misma esquina subimos los dos en la máquina...

—¿En la tuya?

La Aviadora se mostró ofendida.

—No, hija, gracias. ¡No hago esos papeles! No es tan lindo el nene para que yo lo lleve y le pague la gasolina... Él llevó la máquina de Veneno.

Los ojos viciosos de Anita brillaron queriendo adivinar el desenlace. Sabía que había sido «un capricho», y no «un negocio», y se decidió a preguntar, sonriendo maliciosamente.

—¿Y es como tú lo querías?

—¡Bah! —dijo Carmela con un mohín desdeñoso, alzando sobre la almohada la espesa masa de sus cabellos teñidos de rubio—. ¡Cualquier cosa!

Y añadió despectivamente, después de una pequeña pausa:

—Es bastante «soso», el pobre. Y de «modernismo», nada; ¡hay que enseñarlo...! «Llegué» una vez, ni se sabe cómo...

La otra soltó una sonora carcajada, y hasta Josefina, que limpiaba en aquel momento una jarra de porcelana con un paño, se quedó un momento con ambas cosas en el aire, riendo también groseramente. Después Anita, poniéndose seria de repente, movió la cabeza.

—No hay duda, hija —exclamó, dirigiéndose a Carmela—, de que Paco es el hombre que tú has querido y quieres todavía.

La Aviadora se estremeció, como si le hubieran pasado un trozo de hielo por el espinazo.

—¡Con toda mi alma! —repuso—. Cuando lo veo se me enfrían los labios todavía... Pero por todo lo que el mundo tiene no volveré a vivir con ese desgraciao.

—Y por Rogelio, ¿qué sientes?

—¡Me gustaba algo! ¡No mucho! Pero el debut no fue bueno, y esto ha hecho que se me disipe un poco la idea. ¡Qué sé yo...! Si me decido a seguir adelante el juego, no es sino para quitárselo a esa pretensiosa...

Se había levantado, calzada con unas zapatillas de baño, y se envolvió negligentemente en un kimono de seda. Al andar por el cuarto arrastraba con pereza los pies, balanceando mucho las caderas. Era alta, lo que hacía que no chocara su incipiente gordura. Pero el desarreglo y los vicios habían marchitado un poco su semblante, lo cual se notaba más en aquel instante al acabar de salir de la cama, sin polvos ni afeites.

Carmela había sido casada, y tenía, antes de entrar de lleno en el torbellino de la vida galante, cierto refinamiento de modales y de gustos. La sedujo un primo de su marido, mucho más joven que éste, que la incitó luego a fugarse del hogar y reunirse con él en La Habana, donde cursaba el último año de derecho. El amante estimuló todos sus deseos de placeres y de lujo, y la dirigió en sus primeros pasos por el camino del vicio, ayudándola a gastar el dinero ganado. Cuando se recibió de doctor, contrajo matrimonio con una joven rica, y la dejó plantada en mitad del arroyo. Carmela solo tuvo que agradecerle a aquel vicioso la refinada educación que le diera en pocos meses, preparándola para ejercer sabiamente su nueva profesión. La joven era alegre; le gustaban la música de los bailes, el aturdimiento de las orgías y las expansiones al aire libre sobre un automóvil lanzado en vertiginosa carrera. De ahí el mote de Aviadora, con que la designaron sus bulliciosos compañeros de correrías. Tuvo dos o tres pasiones, entre las cuales la de Paco fue la más honda, y un nuevo capricho cada semana. Un amante, que la explotaba, la hizo cupletista, y recogió algunos aplausos en un teatrito de la capital. Pero se cansó pronto de la esclavitud de los ensayos y de la tiranía del público, y utilizó su popularidad para rodearse de un grupo de «amigos» serios. En La Habana es difícil que una mujer galante pueda vivir de las liberalidades de un solo hombre. Nuestros ricos son tacaños, como si conservaran todavía en esto la tradición de sus venerables antepasados, los tenderos y los almacenistas de tasajo, que a duras penas amasaron sus fortunas. La gran riqueza patrimonial no existe ya, y la de los políticos, enriquecidos por el fraude, es demasiado reciente para que pueda pesar en un balance de nuestras costumbres nacionales. Por eso, la mayoría de las mujeres como Carmela, tienen que conformarse con que sus gastos sean pagados por una especie de sociedad en comandita, en la cual los deberes y los derechos de los socios están cuidadosamente reglamentados. La Aviadora tenía a don Plácido, al general, a Pendales, a Angelín y a los que la enviaban a buscar de las tres o cuatro casas de citas con las cuales mantenía relaciones de negocios. Tenía un auto, que guiaba ella misma, 2 o 3.000 duros en el banco, aquel lindo departamento en la Avenida del Golfo y tres criadas, Josefina, la cocinera y un negrito. Pertenecía, pues, a la aristocracia del hetairismo habanero, y se le tributaban homenajes y envidia por las infelices que no habían podido llegar a tal altura. Una de éstas era la pobre Anita, cuya historia fue mucho menos brillante, y que vivía, en compañía de su madre, en un cuarto interior de la casa que habitaba Teresa. Su vida podía referirse en pocas palabras. A los doce años, después de titubear un poco ante varias proposiciones de compra, su buena mamá optó por la de un señor muy respetable y ya maduro, que, después de desflorarla, estuvo gozándola unas dos semanas todos los días y a quien no volvió a ver más tarde sino de lejos. Supo luego que aquel caballero era un conocido industrial, y se cruzó muchas veces, en el Prado, con su esposa y sus hijas, muy ataviadas y elegantes, que se fijaban en ella, sin comprender por qué aquella chiquilla las miraba con tanta insistencia. A partir de aquel tiempo, la madre se hizo cargo de administrar sus intereses. La dejaba divertirse y tener caprichos, pero no le permitía amantes; y, aunque procuraba no emplear muchas veces el rigor, solía molerle a palos las costillas, si no la obedecía de buen grado. En el instante en que la conocimos, Anita tenía diecisiete años y llevaba cinco de vida alegre. Era bonita, frágil y risueña, se vestía bien y gustaba por su perversidad burlesca y a veces un tanto ingenua, que era como un picante adorno esparcido sobre su persona.

Al salir de la cama, envuelta en la seda de su kimono, lo primero que hizo Carmela fue abrir el balcón y echar un vistazo a la calle.

—¡Diablo! —gritó desde allí—. No me acordaba de que hoy eran las elecciones. ¡Y qué frío está todo! ¿Viste a los soldados, con bayonetas, cerca de los colegios?

Anita se encogió de hombros, sin responder, porque nada de aquello le interesaba. Al fin, Carmela, después de permanecer un rato al Sol, con la mano sobre los ojos, sirviéndole de pantalla, se aburrió a su vez, y entró alegremente, resumiendo su opinión en una sola frase:

—¡Qué brutos!

Almorzaron las dos en un ángulo de la mesa, echando a un lado el tapete de damasco rojo y el jarrón del centro, y sin consentir que pusiesen el mantel. ¿Para qué, si estaban allí sin cumplidos? Carmela, que tenía mejor educación, usaba el cubierto y llevaba con mucha satisfacción la copa a la boca, rozándola apenas con el borde de los labios; pero Anita hacía mucho ruido al sorber la sopa y desarticulaba con los dedos los huesos del pollo, riendo cuando la salsa saltaba y se veía obligada a esquivar el busto para que no se manchase su blusa de seda. El vino ponía tiernos los ojos de la Aviadora y hacía subir la sangre a sus mejillas. Hacia la mitad del almuerzo, gritó a Josefina:

—¡Ni a Dios le abras la puerta, eh! Di que no estoy.

—¿Ni a Margot?

Carmela vaciló. Miraba con ternura a su amiguita y sonreía. Al fin dijo:

—Margot no vendría hoy. En todo caso, hablaría primero por teléfono.

Tomaron el café, sentimentalmente, tendidas en sendas poltronas de bambú, frente al mar, de un azul de prusia inverosímil y de una serenidad lacustre. Carmela suspiraba y entornaba los ojos, hablando de la suciedad de los hombres, que eran todos iguales, y Anita sonreía socarronamente, fingiendo que no comprendía la causa de su brusco enternecimiento.

De improviso sonó el timbre del teléfono, y se oyó la voz de Josefina que decía:

—Es Margot —con cierto aire de reticencia.

Carmela corrió al aparato. Su voz se dejó oír, con inflexiones dulces y humildes de enamorada, como si contestase a un altivo interrogatorio.

—No, mi santa, no; me levanté tarde: a las doce... No, nadie. Fue Angelín el que me dio la lata quedándose hasta por la mañana... ¿Que si estoy sola ahora? Sí, sola, santona, solita. ¿Y tú...? ¡No, no, no! ¡Te lo juro por los huesos de mi madre! ¡No te engaño!

Se volvió con presteza, antes de colgar el receptor, y guiñó maliciosamente un ojo a Anita, que se retorcía las manos para contener la risa.

—No viene hoy —dijo la Aviadora con un suspiro de satisfacción—. Le tiene miedo a las elecciones.

Acababa apenas de pronunciar estas palabras y de adoptar de nuevo en la mecedora una cómoda postura, cuando se oyeron en la escalera pasos precipitados de hombre y los gritos de Josefina, que subía detrás tratando de detener al importuno.

—Pero si la señora no está aquí. Salió temprano y no almuerza en casa... ¡Oiga, oiga! ¿Adonde va, señor?

Anita solo tuvo tiempo de esconderse en la alcoba de Carmela, y ésta salió, airada, al encuentro del que así hollaba la santidad del domicilio.

Se encontró cara a cara con Rogelio, congestionado y radiante, que celebraba, con su traje claro y su ligero sombrero de pajilla, la belleza de aquel día primaveral de noviembre. Los lindos bigotes de mosquetero dulcificaron un poco el mal humor de la Aviadora y detuvieron la injuria en sus labios temblorosos.

—Hijo; la verdad es que tienes un extraño modo de entrar en las casas —se contentó con decirle, no sin cierta aspereza.

Él la miró sonriendo, y quiso cogerle el mentón, lo que evitó la joven con un ágil movimiento.

—¡Y qué! —repuso sin dejar de mirarla—. Después de lo que ha habido entre nosotros, ¿no tengo el derecho de hacerlo así?

Contra lo que esperaba, la respuesta fue seca y vibrante.

—¡No!

Rogelio cambió de color dos veces y sus manos temblaron. Miró con recelo en torno suyo y dijo con mal reprimida ira:

—¿Había alguien aquí contigo?

—¿Y a ti qué te importa? —replicó ella, desafiándolo con la mirada, mientras se plantaba delante de él, con los brazos en jarras.

Rogelio se acordó de los consejos de Paco: «¡Rigor! ¡Rigor! ¡Palos! Si cae uno debajo, le mean encima, como las perras...» Hizo un gesto, como para apoderarse violentamente de una de sus manos; pero ella, sin hacer el menor movimiento, fijó en él las pupilas con tal glacial resolución, que el amante de Teresa se sintió sin fuerzas para llevar adelante su amenaza, y dejó caer los brazos, murmurando con amargura:

—Entonces lo que haces es jugar conmigo, ¿verdad?

Carmela se apaciguó a su vez y respondió con calma, sentándose e indicándole el sillón que antes ocupaba Anita:

—No, hijo. No tenemos ningún compromiso tú y yo. Me gustabas; me gustas todavía. Pasamos juntos unas horas muy sabrosas, y esto es todo... Tú sabes que nunca hablamos de que fuera, por ahora, tu querida...

Rogelio se mordió los labios. Se le recordaban prescripciones unánimemente acatadas del código de la galantería, que dividen en tres categorías inmutables a los hombres aceptados en el lecho de las impuras: el que paga, el que posee con justo título y el capricho sin consecuencias que no va más allá de las horas empleadas en su satisfacción. Entre nuestra gente alegre, el primero y el último son designados con nombres que no es menester consignar aquí, aunque indiquen claramente el lugar que ocupan unos y otros en la mente de las vendedoras de placer. A este código y a la seriedad con que fueron pronunciadas las últimas explicaciones de Carmela, no tenía Rogelio nada que oponer, y aun temió perderlo todo si la irritaba demasiado, por lo cual, a su vez, adujo razones, dejando para mejor ocasión los consejos de Paco.

—Sin embargo, tú has tenido exigencias, que me daban ciertos derechos... ¿Porqué me expusiste a tener un disgusto con la mujer con quien vivo? ¿Por qué has tenido celos de ella?

La Aviadora protestó con un ademán iracundo y una sarcástica carcajada.

—¡Celos! ¡Celos yo de «eso...»! ¡No, hijo! ¡Está muy vieja ya, y esta que te está hablando muy «buena» todavía y muy joven para tener celos de un pescado semejante...!

Rogelio sintió que una oleada de sangre encendía sus mejillas y experimentó el deseo de saltar al cuello de Carmela, para obligarla a tragarse sus palabras. Estuvo a punto de gritar, en un vanidoso alarde de amante ofendido: «¡Eso es mentira! ¡Es envidia! ¡Yo, que las conozco íntimamente a las dos, juro que en la comparación sales perdiendo!». Pero pensó que era ridículo un amante, casi un esposo, defendiendo a su querida, delante de otra mujer, con quien había dormido, y se contentó con encogerse de hombros, dejando que la Aviadora desahogase su rabia. Carmela hizo el resumen de su opinión con una frase, que le dirigió al rostro como una saeta:

—Tú lo que haces es estar comiendo mucha fana por ella.

Rogelio optó por reírse despectivamente, mostrando su olímpico desdén de hombre superior, ante los desplantes de aquella Eva despechada, pero ella no cedió en su empeño agresivo y exclamó, brillándole otra vez los ojos con aire de reto:

—¿Quieres la prueba?

—Sí.

—Pues óyela: ¿Qué me dijiste a mí el día que fuimos a Matanzas, respecto a lo que te exigí de que no mandaras aviso a casa de esa mujer? ¡Acuérdate bien! Te echaste para arriba el bigote, jurándome que «nunca tenías la debilidad de participarle a tus mujeres adonde ibas, y que si eso no le gustaba a tu querida, sería mucho mejor, porque te proporcionaría el medio de quitártela de encima». ¿Es así o no es así...? Y entonces, ¿qué fue a hacer Rigoletto al cuarto de ésa, cuando todavía no habíamos salido, y mientras tú estabas escondido en la barbería de la esquina, esperando el automóvil?

Rogelio, que había perdido un poco el color, quiso disimular. No sabía; Rigoletto iba allí casi todos los días... Pero Carmela se mostró implacable, y le salió al encuentro con aire de triunfo.

—Sí —dijo sarcásticamente—. Va casi todos los días a decirle que no te esperen porque «vas a Guanajay con el coronel Mongo Lucas...». ¡Conmigo es inútil andar con mentiras, porque averiguo todo lo que quiero...! Y estoy esperando ver al sinvergüenza jorobado, para calentarle las orejas, porque sé también que hablaron de mí...

Rogelio, muy confuso, bajaba los ojos, en silencio, sin saber qué decir. Y ella entonces, echándose hacia atrás en el sillón y cruzándose el kimono sobre el busto con un movimiento que le era familiar y que ajustaba la seda sobre las redondeces de la carne, acabó de anonadarle con sus palabras.

—Por eso no quiero nada con hombres comprometidos... Los busco para mí sola, porque no me gusta recoger las sobras de nadie... ¡Un rato, como el que estuve contigo, está bien! ¡Pero, fuera de eso, nada...! ¡Ya lo sabes de ahora para luego!

¿Dónde estaban los enérgicos propósitos de Rogelio, las frases fulgurantes y autoritarias con que pretendía encadenarla a su capricho y que tan bien había ensayado antes de entrar en aquella casa, dispuesto a forzar todas las consignas? ¿Dónde los planes de violencia, madurados sabiamente, mientras se repetía con amargura que era menester cambiar de sistema con las mujeres y no permitir que le pusiesen «el pie en el cogote»? Tembloroso y rojo como la grana, no encontró más que una acerba queja, comprendiendo vagamente que su derrota iba a empezar a hacerse ridícula.

—Sin embargo, Paco tenía una querida cuando te comprometiste con él, y eso no te impidió darle todo lo que ganabas y dejar que te moliera a golpes.

Carmela se incorporó en el asiento, con los ojos chispeantes.

—¡Golpes a mí! ¿Te lo dijo él, verdad...? Lo intentó una vez, el muy desgraciao, y le estampé una jarra del tocador por la cabeza... Lo que es cierto es que le maté mucho el hambre y que cuando lo conocí no tenía ni calzoncillos que ponerse.

Muy nerviosa, como siempre que se acordaba de Paco, se entretuvo un rato en denigrarle, con una saña tan refinada, que ponía de relieve, sin quererlo, todas las torturas de su alma. Era como si experimentase un gran alivio arrojando sobre el ídolo inmundicias, que a veces parecían besos. Contó que se había congraciado con su senador Chivero, obligándola a que se acostara con él, y que otras veces los celos lo llevaban a presenciar, oculto, sus entrevistas con los hombres. Y acabó por enternecerse, hablando de las ingratitudes de aquel egoísta, con dos gruesas lágrimas asomadas al borde de sus grandes ojos pardos.

Rogelio sintió que la aguda espina de la envidia se clavaba en su alma, en presencia de aquella persistente ternura, y se aproximó dulcemente a la joven, que ahora no trató de rechazarle. La emoción de los recuerdos la predisponían a sentir nuevamente el encanto de los bigotes rubios, la tez blanca y el pelo de color de bronce del amante de Teresa, impulsándola como a una especie de rabioso desquite. Casi maquinalmente, los dos se acercaron, poniéndose en pie. Hubo un momento de dulce silencio, que rompió la voz conmovida de Rogelio.

—Óyeme, Carmela —dijo—. No quiero saber más que una cosa: ¿sientes todavía por mí lo que sentías antes de nuestro viaje a Matanzas?

—Sí —murmuró ella, bajando los ojos como una virgen.

—Entonces, déjame quedar contigo esta tarde.

La Aviadora se estremeció. Su fino oído acababa de percibir un ligero ruido en la alcoba, como si Anita, impaciente, hubiese dejado caer al suelo un objeto pequeño.

—No, mi hijito —repuso, envolviéndolo en una mirada llena de ardientes promesas—. ¡Aquí no! Yo te diré el día, y saldremos como la otra vez... Háblame por teléfono mañana a las dos.

Se pegó a él, ardorosa y zalamera, y le entregó los labios, bebiendo largamente en los del joven la dulzura de la caricia, con los párpados entornados y el seno palpitante.

—Ahora, vete —le dijo de repente, al separarse, empujándolo con suavidad hacia la escalera.

Obedeció como un niño, bajando deprisa, cual si le diera alas aquel vapor de embriaguez que bullía en su sangre y trastornaba sus ideas. A los primeros pasos por la acera, se calmó, de pronto, y acortó el paso. Siguió un rato a lo largo de la Avenida del Golfo, llena de Sol y adormecida, frente al tranquilo mar, como las ruinas de una ciudad desierta. Solo a lo lejos se veían, aquí y allá, grupos inmóviles junto a las fachadas, entre los que se destacaban las manchas amarillas del uniforme de los soldados. Eran los colegios electorales, donde las últimas horas de la votación transcurrían aburrida y silenciosamente, restituido el pueblo a su escéptica pasividad habitual, después de la ruda agitación llevada a efecto en sus masas por los políticos de oficio. Algunas veces turbaba la quietud de la callada avenida el paso de un coche o de un automóvil, atestados de hombres de todos colores y mostrando enormes cartelones con el nombre de la agrupación política que los pagaba impreso con caracteres muy visibles. Andaban a escape, con su carga de carne inconsciente, durante un momento galvanizada por la pasión, y se detenían bruscamente, para verterla en la acera, al lado de los grupos que esperaban turno a la puerta de los colegios. Rogelio caminaba al azar, no sabiendo en qué emplear aquella tarde, que se había prometido cálida y voluptuosa y que resultaba ahora insufrible y vacía lejos de Carmela; aunque en el interior del galán resonase, como un alegre campanilleo de esperanza, el eco dulce de la promesa, y sintiera aún en los labios el picante sabor del beso, cuya humedad no había desaparecido todavía. Le preocupaba, sobre todo, el hecho de no saber dónde meterse, en aquella estúpida tarde de elecciones, y de tener que vagar solo por las calles, entregado al tumulto de sus ideas, que empezaban a molestarle. Toda su vida podría resumirse en la agitación de su ánimo en aquel momento: la inquieta lucha por asegurar la posesión del goce presente, la rabiosa cólera ante todo lo que retardaba la satisfacción de un placer esperado, semejante a la del niño a quien niegan un juguete, y su indiferencia enfrente de las complicaciones o las vagas amenazas de lo porvenir. Sin embargo, aquel día experimentaba cierto temor, pensando en que Teresa había visto ya a Carmela y que tal vez de un momento a otro estallaría sobre su cabeza la tempestad. Y andaba deprisa para aturdirse, apartando las ideas enojosas y buscando un medio para matar el tiempo, porque le horrorizaba la idea de recluirse en su casa a las cuatro de la tarde.

De improviso vio venir, en sentido contrario al que él seguía, a Angelín Sarmiento, muy sosegado, con su faz serena de joven serio y su elegante terno oscuro que daba realce a sus lentos ademanes de hombre de provecho y que tiene bien asida la clave de la dicha. Traía un paquete en la mano, en forma de caja de bombones, que se apresuró a ocultar disimuladamente al enfrentarse con Rogelio. Los dos se estrecharon las manos, con mal fingida cordialidad, y el primogénito de don Rudesindo supo borrar de su semblante la sombra de contrariedad que le produjo el encuentro tan cerca de la casa de la Aviadora, de cuyas relaciones con él sabía que se murmuraba un poco.

—¿Qué tal de elecciones? ¿Viene usted de votar? —le dijo Rogelio, después de los primeros saludos.

El otro hizo un gesto de asco, como si la pregunta hubiera sido: «¿Sale usted de una letrina?», y se apartó un poco antes de responder:

—¡De votar! ¡Nunca voto! Ni siquiera estoy inscrito como elector... Le dejo el cuidado de salvar la patria a esos «ciudadanos» que van ahí.

Su voz chillona e irónica reforzó el vocablo «ciudadanos», mientras que, con la mirada y el ademán, mostró un coche, que casualmente pasaba por allí, ocupado por seis o siete mestizos y negros; haciendo brillar, al extender el brazo, las piedras de sus sortijas. Era el gesto de púdico retraimiento con que los cubanos que producen se apartan de nuestra podredumbre comicial y política. Angelín Sarmiento casi se escandalizaba de que Rogelio lo creyese capaz de votar. Pero éste, para embromarlo un poco, recordó algunas frases que había oído pronunciar a los oradores callejeros, anatematizando aquella orgullosa abstención de los más cultos y los mejores, y las repitió, resumiéndolas, en tono de amistosa censura:

—Sin embargo, el voto es un deber más bien que un derecho. Y si los buenos se retraen, ¿cómo podremos quejarnos de que los intrigantes se apoderen de la cosa pública?

Sin abandonar su expresión de repugnancia, Angelín Sarmiento dejó asomar a los labios una compasiva sonrisa.

—Nuestro único deber, amigo Díaz, es pagar... ¡y pagamos! Que tiren, que derrochen o que se roben lo que les demos, es cosa que nos importa muy poco... ¡Afortunadamente el suelo es rico...! ¿No alcanza el impuesto para satisfacer todos los sucios apetitos de esas gentes, y se hace menester realizar empréstitos? ¡Qué los hagan, en buena hora, y pagaremos también, sin chistar! Lo único que pedimos es que no se altere la paz: que no se vayan a la guerra civil, llevados de sus inmundas pasiones. Trabajando en paz, les daremos cuanto nos pidan... excepto el que formemos parte de su innoble comparsa... Mi padre tiene un amigo que da al bandido Solís 500 pesos anualmente para que respete sus propiedades, y 3.000 al ayuntamiento rural donde están enclavadas éstas, y no sabe con cuál de las dos contribuciones recibe más provecho, toda vez que el ingreso entero del municipio se invierte también en mantener vagos...

Rogelio sonrió ante esta audaz y sarcástica comparación que colocaba al Estado, en una brillante república hispanoamericana, a la misma altura moral del famoso forajido, y, muy divertido interiormente quiso seguir tirando de la lengua al austero joven, pero éste, que tenía sin duda los minutos contados, le tendió la mano con mucha amabilidad, dando por terminada la conversación.

—En fin: no vale ni siquiera la pena de hablar de ello, amigo Díaz... Me alegro de verle bien... Y un consejo de amigo: «¡No se mezcle en ese barullo!».

Consultó rápidamente el reloj, antes de ponerse en marcha, y se alejó con rapidez, probablemente para recuperar el tiempo perdido.

—¡Qué mentecato! —murmuró Rogelio, con un mohín de desprecio, viendo cómo se perfilaban las fuertes espaldas del descontento mancebo, bajo la cruda luz de la calle, inundada de Sol. Y prosiguió su camino, ahora indolentemente, con el aire de un paseante que se aburre.

Solo que, en vez de continuar por la Avenida del Golfo, torció por Blanco a la derecha, para seguir Colón y llegar diagonalmente al Prado. A lo largo de las calles estrechas con sus aceras hechas para exigir a los transeúntes portentos de equilibrio, el monótono espectáculo de la elección se repetía hasta la saciedad: grupos aburridos o nerviosos en medio del arroyo y soldados amarillos bostezando de tedio sobre los inofensivos fusiles armados de ancha hoja de acero. En una esquina le pareció entrever a Veneno, hundido detrás del timón de su enorme máquina roja, que pasaba como un alud, envuelto en humo y polvo, llevando a varios señores de la política muy animados en una discusión, con grandes movimientos de brazos y cabezas. De vez en cuando se arremolinaban los grupos a la puerta de los colegios, y los soldados corrían requiriendo las armas. No eran gran cosa: algún forro descubierto o un conato de riña junto a las mesas, donde los matones de oficio vociferaban un instante acerca de su intención de poner fuego al globo terráqueo. Desde lo hondo de su interno despacho Rogelio sentía surgir la indignación ante aquella farsa, tan bien reglamentada, y casi sentíase inclinado a dar la razón a Sarmiento, tres cuadras más allá del punto en que lo dejara proseguir su camino hacia la casa de Carmela, con su caja de bombones bajo el brazo. Pensó que tal vez porque esperaba a ese estúpido no se atrevió ella a recibirlo en su cuarto, como él quería, y se rió interiormente del papel de todos aquellos «paganos», compadeciendo sinceramente a las pobres mujeres que tenían que soportarlos. Pero, ¿es que no había sido él mismo también un «pagano» toda su vida? La idea, brusca y cruel, le azotó el rostro como un cachete; pero la apartó con mucha dignidad, diciéndose que si, por desventura, lo había sido, no lo sería en lo sucesivo. La imagen de Paco se abrió paso en su mente, como un contraste y como un ejemplo; sin embargo, la envidia y el rencor, nacidos en el instante en que vio las lágrimas arrancadas a la Aviadora por su recuerdo, hicieron que se le ofreciese aquella vez deslustrada y flaca aquella brillante figura. La barajó con toda la indecencia electoral que se ofrecía a sus ojos y de la cual vivía el insolente mozo, y acabó repitiéndose que era un farsante que a fuerza de mentiras había logrado engañar a muchos y a quien las mujeres arrojaban jarras por la cabeza. Poco a poco, el antiguo amante de Carmela, los políticos y las elecciones formaron en su pensamiento una misma cosa, repulsiva y sucia —algo como una masa podrida en que se hundían, semejantes a gusanos, las ideas despectivas de Angelín Sarmiento— y La Habana misma se le ofreció a la manera de un cubil infecto, donde los hombres de su mérito se sumergían hasta el cuello en el cieno o morían tristes y arrinconados en algún agujero desconocido. Miró a todos lados en busca de un coche, con el propósito de ir a su casa y encerrarse en ella, huyendo de todas aquellas cosas desagradables y absurdas; pero, en día de elecciones, no era fácil encontrar vehículos que alquilasen, y las quince o veinte cuadras que había de recorrer a pie le parecieron una distancia infranqueable, vista al través del creciente desfallecimiento de su voluntad. Cuando vacilaba, sin saber qué rumbo tomar, vio a Rigoletto, que salía, a la carrera y riendo, de un colegio electoral, y se dirigía a un grupo situado en la esquina. La faz radiante del jorobado se alargaba aún más que de costumbre por la malicia y la excitación de la lucha comicial, y movía los brazos como aspas de molino, por encima de la cabeza, mostrando la corbata deshecha y la camisa abierta. Al volverse vio a Rogelio y se paró en seco, irguiendo el busto deforme, con su mejor gesto declamatorio.

—¡Qué hermoso espectáculo! —exclamó con irónica afectación—. ¡El pueblo concurriendo a depositar en las urnas su voluntad soberana! ¡La renovación constitucional de los poderes públicos! ¡La hermosa y fuerte democracia extendiendo bajo el Sol el emblema de su poderío; el voto regenerador, purificador y libérrimamente expresado...! ¡Qué bello, qué bello todo esto...!

Se detuvo, soltó una gran carcajada, y agregó, dirigiéndose al grupo:

—¡Y qué animal ese presidente de mesa, a quien acabo de meterle sesenta y siete votos negros, por otros tantos blancos!

—¡Estás borracho, desprestigiao! —dijo una voz del grupo, entre risas de sus compañeros.

Rigoletto, alzándose sobre las puntas de los pies, le dirigió una fulminante mirada de reto.

—¡Ebrio de ideas, burros! ¡Ustedes, en cambio, no se embriagan sino con ginebra!

Iba a seguir su peroración pero se lo llevaron violentamente a otro colegio donde hacía falta su presencia, haciéndolo entrar a viva fuerza en un automóvil, con gran cartelón blanco y letras rojas, que había parado en la esquina. Algunos correligionarios suyos, de caras patibularias, entraron detrás de él en el carruaje, cerrando con estrépito la portezuela. Rigoletto gesticulaba y reía, protestando de la coacción que se llevaba a efecto sobre su persona, al despedirse de Rogelio.

—¡Un atentado, chico! ¡Una indigna violación de los derechos individuales! ¡Adiós! Cuando me dejen charlaremos...

El automóvil partió, y Rogelio se quedó otra vez solo sobre la acera, maldiciendo de aquella estupidez de las elecciones que lo condenaban irremisiblemente a una larga tarde de aburrimiento. Todavía dio algunos pasos, sin rumbo determinado arrastrando lánguidamente las piernas; y de pronto, al llegar a la esquina próxima, tuvo como una súbita inspiración, y, torciendo resueltamente a la derecha, se dirigió a casa de su querida, donde al menos podría acostarse y descansar al fresco.

VI. La pescadora de caña

Una mañana —dos meses después de las elecciones— al regresar Teresa del colegio de religiosos, donde iba semanalmente a visitar a sus dos hijos, se halló de manos a boca con Flora, que salía de su cuarto, situado al pie de la escalera, que era el lugar desde donde podía vigilarlo todo, y siempre misteriosamente cerrado. La joven venía alegre, fresca su alma, como si acabara de salir de un baño, después de la hora pasada en el refectorio del colegio entre los dos queridos ángeles, cada día más desarrollados, más cariñosos y más saludables. Había hecho el viaje de regreso a pie por economía y por aligerar un poco las piernas, bajo el cielo plomizo y el aire cortante de aquel día de invierno, y anduvo deprisa apretando contra el cuerpo su ligero saco de calle y mostrando el lindo talle enfundado en un traje sastre de color azul oscuro que la hacía parecer más delgada. La casera le dirigió un piropo:

—¡Qué bien está usted, señorita Teresa! Parece, caminando, una jovencita que vuelve del colegio...

—Y del colegio vengo —respondió la joven, sonriendo del equívoco.

Se detuvieron un momento ambas a hablar junto al umbral. Flora, por precaución, cubría con su grueso cuerpo, donde la grasa quería estallar bajo la rigidez del corsé, la puerta, apenas entreabierta, que, sin duda, ocultaba a su mozalbete bien arrebujado entre las sábanas.

—¿Y los niños? ¿Bien?

—Bien y contentos. Me han dado alegría que traigo para una semana.

—Hace usted una vida muy triste, señorita Teresa; muy triste y muy sola, siempre encerrada... Créame a mí, que soy una mujer de experiencia: los hombres no saben agradecer esa clase de sacrificios...

Teresa frunció levemente el entrecejo y reprimió un gesto de impaciencia. Aunque venía llena de indulgencia para todo el mundo, le repugnaba aquella mujer, siempre tan peinada y tan risueña, que llamaba —señorita—, con cierto énfasis, a todas sus inquilinas que no eran casadas, a fin de marcar las distancias, puesto que ella, aunque había sido prostituta y alcahueta, fue llevada a la iglesia, como Dios manda, con el último chulo que tuvo y que, por fortuna, reventó al poco tiempo de darle su nombre. Sabía la joven que, debajo del exterior meloso y sonriente de la jamona, había un alma dura, viciosa y utilitaria, que no iba más que a su negocio y que no le perdonaba a nadie un centavo.

—En fin, hija, ése es asunto suyo, y yo no debo meterme. Lo que quería decirle es que tuvo visita arriba y que no pudimos entrar porque usted no me dejó la llave...

Sonreía, mirándola. Teresa, sorprendida, exclamó:

—¡Una visita! ¿Quién?

—Don Rudesindo, que vino a ver cómo habían quedado sus habitaciones, después de terminada la obra.

Su sonrisa se alargó más aún, y se atrevió a proseguir con un malicioso guiño:

—Yo creo que no es solamente el cuarto lo que le interesa...

Teresa se puso en guardia.

—Entonces, ¿qué?

—¡Dios me perdone! ¡No lo sé! Pero me figuro que el viejo anda medio chiflado... por la inquilina.

—¿Le ha hecho él el encargo de que me lo diga? —le preguntó la joven con mucha calma, mirándola a su vez frente a frente.

Flora se escandalizó.

—¡Él! ¡Santo Dios! No será capaz de hablarme de una cosa así, ni por su salvación eterna... Usted no conoce a don Rudesindo, hija mía...

Teresa dejó oír una sonora carcajada, que vibró un momento en su garganta con notas musicales de contralto.

—¡No hay duda de que tengo suerte, doña Flora! —exclamó irónicamente—. Es un honor muy grande para mí que ese caballero olvide a sus nietos para pensar en una inquilina «tan poco visible» como yo, según usted opina... ¡Felicítelo por la elección!

La rozagante casera vaciló, un poco amostazada.

—¿Lo toma usted a broma, señorita Teresa?

—No puedo tomarlo de otra manera, doña Flora —respondió secamente, encaminándose con mucha dignidad a la escalera, y dejando plantada a la jamona, que no abandonó por eso su expresión obsequiosa y un tanto socarrona. Solo cuando la vio desaparecer en el recodo, se encogió brutalmente de hombros y entró en su cuarto, cerrando por dentro la puerta.

Teresa se había visto obligada a adoptar esa táctica defensiva, siempre alerta, desde que vivía en aquella casa, para repeler cualquier intento de ultraje a su dignidad o su persona, y sin dejar por eso de mostrarse atenta con todos. Sabía que, al menor indicio de debilidad por su parte, estaba perdida, sola como estaba casi siempre ante la audacia de los hombres y las intrigas de las otras mujeres. A pesar de que no tenía una gran experiencia de la vida, su sagaz instinto femenino la hizo ver que ésta había cambiado completamente para ella desde que se instalara con su amante en una casa de inquilinato de la capital. En Oriente, los trabajadores de la finca primero, y luego, en Santiago, los vecinos de la casa donde vivía, la trataban como la esposa de Rogelio, aceptando su situación como la cosa más natural del mundo. Aquí era la querida «de un hombre casado». Se sentía objeto de la curiosidad general, de la crítica de todos y del desprecio de muchos. Las mismas mujeres públicas repetían de manera que pudiese oírlas: «¡Mi querido es un hombre libre, así es que no como sobras de nadie!», usando la misma frase, casi clásica, con que Carmela había rechazado a Rogelio. Por su parte, los hombres se creían en el caso de considerarla como a una presa fácil. Al mismo Paco, amigo íntimo de su amante, tuvo que «ponerle la cara seria», por haberse propasado dos o tres veces delante de ella. La convicción de que tendría que defenderse continuamente contra los asaltos de un mundo que no era el suyo se impuso a su espíritu, después de las primeras semanas de malestar que había pasado en aquella casa; pero, lejos de arredrarla su delicada situación, sentía excitados en lo más hondo sus instintos de amazona, y experimentaba cierta voluptuosidad en mantenerse siempre ojo avisor y dispuesta al combate. Ahora se encogía de hombros, riéndose, cuando Dominga, firme en su idea, insistía en aconsejarla que se mudase de casa. No era franca y expresiva sino con Rigoletto, el más desvergonzado de todos los que trataban, pero que era con ella respetuoso y solícito y tenía, para hablarle, extrañas delicadezas, que la dejaban a veces maravillada. Entre aquellos dos seres tan desemejantes, en efecto, se habían ido anudando poco a poco los lazos de una fuerte y sincera amistad. Fuera de ella, Teresa se mostraba inabordable y desafiaba sonriente el peligro, siempre sobre sí misma y segura de su fuerza.

Después de las elecciones, por otra parte, las ocasiones de luchar y de repeler a los indiscretos se hicieron más frecuentes. La casa entera bullía en fiestas desde que se supo el resultado de aquellos memorables comicios. Había triunfado la coalición de partidos políticos que derrocó al que estaba en el poder, obteniendo la victoria, ¡con el apoyo del propio gobierno! En la casa, donde casi todos los inquilinos eran conservadores, se rió, se bebió y se cantó durante muchos días, creándose un ambiente de confraternidad al que era muy difícil sustraerse. Los vecinos que jamás habían hablado charlaban animadamente, y algunos se abrazaban en los pasillos y en la escalera. La mayoría de ellos se entregaba a sueños de grandeza, esperando que el nuevo gobierno recompensaría con soberbio destino a cada uno de sus electores. Se oía por todas partes: «Ahora sí que vamos a estar bien», en medio de una fuerte corriente de optimismo que dilataba todos los labios. Sucedió, mediante la influencia de esa embriaguez general, que el hielo que separaba a Teresa de algunos de sus convecinos quedó roto. Cruzaban ante su puerta caras risueñas que la interpelaban sin conocerla: «¡Qué le parece! Cuba tiene ahora lo que necesitaba...». Y después de esta introducción se detenían un momento y conversaban de los asuntos de actualidad. Teresa procuraba evitar estos encuentros, pero no siempre lo conseguía. Así conoció a los estudiantes, a cuatro o cinco mujerzuelas, a sus queridos y a la madre de Anita, que hablaba siempre con voz doliente y mostraba los ojos llorosos cuando se refería a «la desgracia de su hija». La joven los mantenía a todos a cierta distancia, comprendiendo que solo se acercaban a ella con miras interesadas; pero desde que hablaban con frecuencia y se estableció entre ellos la familiaridad de ciertos pequeños servicios, como el préstamo de un periódico, del jabón o de un carretel de hilo, le era más difícil conservar su primitivo aislamiento. A los hombres de la casa les impuso poco a poco el respeto con su actitud fría y reservada, y a las mujeres fue señalándoles la línea de la cual no debían pasar. Sin embargo, lo que más la encolerizaba eran las indirectas e insinuaciones de Flora acerca de ciertas personas que se interesaban por ella y a las que nunca la jamona se olvidaba de calificar de «serias y discretas»: hombres, en una palabra, que «le convenían a cualquier mujer decente». De don Rudesindo no le había hablado hasta entonces. Y la joven, en el fondo, lamentó que lo hubiese hecho, porque tuvo que modificar su juicio sobre aquel venerable anciano, a quien había considerado bueno, afable y generoso desde el primer momento.

«Es un fastidio el tener que tratar siempre con estas gentes», se dijo, mientras subía los últimos peldaños de la escalera, sin que el incidente hubiera conseguido turbar la excelente disposición de su ánimo en aquel instante.

Sacó alegremente la llave, que llevaba en la bolsa de mano, y penetró en su cuarto; pero cuando se volvía para cerrar nuevamente la puerta, sus ojos tropezaron con un sobre que había sido arrojado por debajo de ésta. Se agachó a cogerlo, con un ligero sobresalto, porque otras veces le habían dirigido de la misma manera cartas insultantes y mensajes obscenos, naturalmente sin firma. Rompió el sobre, temblando ligeramente. Esta vez era un anónimo en toda regla, hecho con letras recortadas de periódicos y pegadas en una hoja de papel de cartas, y había sido enviada por correo.

Decía así:

—¡Boba! ¡Estúpida! ¡Aguantona! ¡Cuándo dejarás de atracarte...! Tu Rogelio no hace más que papeles ridículos por Carmela, la Aviadora, que no lo quiere ni para que... (aquí una frase infame). Si quieres convencerte vigila la casa Avenida del Golfo número... y me lo agradecerás.

Miró el sobre, que estaba escrito a máquina, y observó que la ortografía era buena, a pesar del trabajo que tuvieron que realizar para recortar, una a una, las letras. Después lo redujo todo a menudos fragmentos, y fue a arrojarlos, con mucha calma, al depósito de agua sucia que había en su lavabo.

Pero, por grande que fuesen su serenidad y su confianza en el amante, no pudieron evitar que una sacudida, semejante al efecto de un pinchazo, la estremeciese de pies a cabeza, cuando regresaba de hacer desaparecer los pedazos de la inmunda misiva, sacudiéndose las manos con asco. Era que el nombre de la Aviadora despertaba recuerdos dormidos en su memoria y la obligaba, a pesar suyo, a pensar en hechos anteriores. Volvió a ver la provocativa actitud de aquella mujer, la tarde en que se encontraron por primera vez frente a frente, y se quedó absorta ante aquella evocación, con las cejas dolorosamente contraídas y los brazos pendientes a lo largo del cuerpo.

Sin que su pensamiento adquiriese una orientación determinada, recordó todos los pequeños hechos que le habían chocado durante los últimos tiempos: los trajes, las maneras y la preocupación de Rogelio, el cual parecía, a ratos, empeñado en copiar a Paco en los menores detalles y tenía otras veces accesos de sombrío mutismo, que él achacaba a crecientes apuros de dinero y que ella desdeñaba, con su acostumbrada indiferencia hacia los intereses materiales. Se lo había dicho más de una vez: ¿a qué torturarse por semejantes simplezas? El día en que no hubiese para pagar dos cuartos, vivirían en uno; y si ni para éste alcanzaba, trabajaría ella, como tantas otras mujeres que son capaces de ganar su sustento. Pero ahora, despierta la primera sospecha por el vil aviso, se preguntó, a despecho de su optimismo, si serían ciertamente asuntos de dinero los que trastornaban de tal modo el carácter y las costumbres de su amante, hasta el punto de hacerle pensar con frecuencia que se transformaba en otro hombre. Otras observaciones aisladas y otros recuerdos acudieron en tumulto a su cerebro, repentinamente excitado, semejante a las capas de hilo que se envuelven alrededor del eje del carretel, mientras gira éste con vertiginosas vueltas unido al volante del devanador. Iba a aventurarse en una peligrosa pendiente de conjeturas, en desacuerdo con su habitual manera de sentir, cuando se sobrepuso a sí misma enérgicamente, rechazando las infames suposiciones que empezaban a asaltarla y preguntándose con altivez si iba a colocarse a la misma altura que el miserable autor del anónimo. Fue como si una fuerza desconocida cambiara de improviso el curso de sus ideas; y tan inmediatamente siguió el alivio a la cruel desgarradura de la sospecha, que experimentó algo parecido a la sensación de un bálsamo derramado copiosamente en su interior. Enseguida pensó, con cruel desdén, que era hacerse a sí misma muy poco favor el imaginar que una mujer como aquella Carmela pudiese suplantarla en el corazón de Rogelio, y se creyó completamente tranquila, sin otro malestar que un leve remordimiento por haber creído capaz a su amante de descender a tales bajezas.

Sin embargo, la alegría de que había dado muestras al entrar, llenó por entero su alma con la imagen fresca y sonriente de sus dos hijos, quedó como empañada en su bello rostro de facciones serias, donde las emociones parecían reprimidas sin cesar por el esfuerzo del orgullo. Dio algunas vueltas por la habitación, quitándose los largos clavos del sombrero, con aire distraído, y a continuación fue a abrir, a pesar del viento y del frío, una de las ventanas del balcón. La habitación parecía otra, con el piso brillante, las paredes recién pintadas y los cristales de las lucetas renovados y limpios. Rogelio, con el apasionamiento con que acogía siempre las cosas nuevas, había puesto estores claros en los huecos del balcón, y consagró una semana entera a barnizar por sí mismo los muebles y a fijar cuadritos y adornos en los testeros. Después habló todavía durante unos cuantos días de empapelar las paredes, para acabar de embellecer el conjunto, y concluyó por abandonar todos estos proyectos caseros y por perder el primitivo entusiasmo, llevado por nuevos arrebatos de fantasía o acostumbrada ya su vista a lo que antes le había cautivado. El piso y las maderas de muebles y puertas lucían, bruñidos por Dominga, sin una mancha ni un polvillo. Teresa, que había salido temprano, lo encontró todo en orden, y sonrió a esta limpieza, como lo hubiera hecho a una persona allí presente, con un gesto de tierna gratitud. En el otro cuarto, sobre una mesilla portátil, cubierta con una servilleta blanca, estaban su plato, su vaso y su cubierto, preparados para el almuerzo. Entonces se acordó de que, cuando venía por la calle, sentía el apetito estimulado por la marcha y el frío, y se admiró de que se le hubieran disipado las ganas de almorzar.

Diez minutos después, cuando el muchacho de la cocina entró con la bandeja tapada con un paño muy limpio, de la cual exhalaba un grato perfume y un ligero vapor blanquecino, le dijo, señalándole la pieza contigua, con un ademán displicente, sin moverse del sillón donde se había acomodado para dejar correr el tiempo siguiendo su costumbre de esperar siempre sin hacer nada:

—Ponlo por ahí, donde quieras.

El muchacho obedeció; y Teresa se incorporaba para cerrar la puerta detrás de él, a fin de que nadie viniese a molestarla, cuando se dibujó en el dintel la figura de Carlota, un poco encogida, como siempre que se acercaba a aquel cuarto.

—¿Se puede?

—Adelante —dijo Teresa con aire indiferente.

La muchacha vestía su traje habitual de casa: una sencilla falda, muy ligera, sobre la camisa, y un largo abrigo de seda negro, especie de salida de teatro, que le llegaba casi hasta las corvas. Como un contraste con aquella pobreza del vestido, lucían sus piececitos calzados como para un baile con finos zapatos de charol de corte bajo y hermoso tacón que aumentaba en tres pulgadas su estatura. No era ni fea ni bonita; pero tenía la frescura de la juventud, un talle flexible y unos lindos dientes, de los que parecía estar particularmente orgullosa. Al entrar, mostró un desgarrón en la tela, bastante usada, de su abrigo, mientras examinaba con una furtiva mirada la fisonomía de Teresa y los más apartados rincones del cuarto.

—Dispénsame, hijita, que te moleste; pero esos bandidos del once (así llamaban a la habitación de los estudiantes), con sus juegos me han hecho esto, y si mi marido lo ve se me arma... ¿Tienes alguna hebra de seda por ahí?

La tuteaba probablemente desde la primera vez que hablaron, porque ambas vivían en la misma casa, porque eran mujeres, porque la otra era la querida de un hombre y ella la de todo el mundo y porque Carlota practicaba, en su más absoluta pureza, los ritos de esa encantadora familiaridad cubana que tiende a derribar todas las barreras de respeto y a suprimir las jerarquías. Y mientras Teresa, con la prudente resignación que se había impuesto, se levantaba a buscar la seda, tomó asiento, sin que se lo brindaran, aunque colocándose al extremo de la silla, como para significar que permanecería allí poco tiempo.

—Me meto en el cuarto de ellos, porque me aburro; y después de todo, no son malos... Yo no podría vivir como tú, hija, encerrada en estas cuatro paredes.

Eran, poco más o menos, las mismas palabras de la casera, reprochándole su retraimiento, que todo el mundo en la casa juzgaba inexplicable. Teresa sonrió y dijo, alargándole el carretel:

—Pues yo me encuentro muy bien así.

La otra la miró para averiguar si decía la verdad, y acabó por encogerse desdeñosamente de hombros.

—Debe ser cierto, puesto que lo haces; pero por mi parte te aseguro que no le guardaría tantas consideraciones a un hombre. ¡Cuando éstos no la hacen a la entrada, la hacen a la salida...! Yo pasé hambre al lado del que «me perdió», y mientras tanto él comía en su casa muy buenos bocados... Después, cuando se enamoró de una señorita de sociedad, arregló en dos meses su matrimonio y me dejó en la calle como un perro...

¿Por qué sintió Teresa, al oír estas vulgares palabras, algo como una extraña mordedura interior, que la hizo palidecer ligeramente? ¿Podía haber alguna semejanza, siquiera remota, entre la historia de aquella muchacha del arroyo, perezosa, indolente y seducida por vicio y por miseria, y la de su noble pasión, aceptada y satisfecha con la plena conciencia de todas las responsabilidades que de ella se derivaban? Y entre Rogelio y aquel mozalbete desconocido, que salía de casa de su querida para dirigirse a la iglesia y casarse con otra, ¿qué relación podía existir? Teresa miró a la pobre joven con una expresión de interés y de simpatía en que palpitaban sus propias congojas, no bien definidas aún, y le pareció que algo se proponía Carlota al venir allí, aunque no se hubiera atrevido aún a expresarse francamente. Hasta creyó distinguir cierta intención malévola en sus pequeños ojos pardos, que la obligó a recogerse rápidamente en sí misma y ponerse en guardia.

La muchacha hablaba sin cesar de los hombres, de sus ingratitudes y sus porquerías, y de pronto dejó caer un nombre en la conversación, el de Carmela, la Aviadora, espiando con el rabillo del ojo el efecto que producía. Aquélla sí que sabía explotarlos y sacarles partido, puesto que tenía automóvil propio, criados y dinero en el banco. No quería a ninguno, porque sus gustos eran otros; pero se volvían locos por ella, locos hasta el punto de olvidarlo todo y entregarse a los extremos más ridículos.

Teresa, erguida y grave, guardaba silencio. Pensó un momento escupir su desprecio al rostro de aquella vil criatura, hacia quien se había sentido atraída un instante, expresándole lo que pensaba de aquella célebre Aviadora y de toda la asquerosa banda que, desde aquella misma casa, le hacía coro. Pero se reprimió, contentándose con mirar fríamente a su interlocutora, cuando ésta se cansó de hablar, y decirle al cabo de una breve pausa:

—Si te sobra hilo, no tienes que devolvérmelo, porque me queda otro carretel.

Carlota se puso en pie, un poco turbada al comprender que la despedían con delicadeza y murmuró algunas excusas antes de salir. A pesar de la guerra sorda que todos en la casa le hacían a la querida de Rogelio, no pudo la joven evitar que la intimidara la actitud, siempre altiva y afable, de aquella mujer, que en nada se parecía a ella.

—Hija, si te ha ofendido lo que te he dicho, perdóname —balbuceó—. Después de todo, lo que cada uno haga es cosa que a mí no me importa, y cada cual vive como le parece, ¿no es así?

Y empleando otra vez su tono zalamero de vendedora de amor, acostumbrada a desarrugar entrecejos, agregó:

—¿Te enojaste?

Teresa sonrió levemente, envolviéndola otra vez en una mirada glacial.

—¿Por qué? Nada tengo que ver tampoco con lo que hacen los demás...

Aquella noche, cuando Rogelio se presentó, Teresa estaba casi decidida a referirle francamente el contenido del anónimo y la visita de Carlota, que indudablemente tenía alguna relación con éste. Había pasado todo el resto del día malhumorada y como abstraída en una meditación, cuyo objetivo, sin embargo, permanecía oscuro en su mente. De vez en cuando, el recuerdo de la Aviadora y el de Carlota saltaban bruscamente en medio de aquella niebla gris del pensamiento; pero sin determinar una verdadera explosión de cólera o de celos. A las tres de la tarde vino a darse cuenta de que no había almorzado y de que todavía tenía puesto el traje de calle con que había ido al colegio. Fue a la mesilla y encontró fría su comida, por lo cual, sin ocuparse más en eso, empezó a desnudarse lentamente, sustituyendo el vestido azul por una amplia y sencilla bata de franela. Su vacilación principal consistía en decidir si debía enterar a Rogelio de aquellos ecos de la maledicencia de la casa, o si, por el contrario, era mejor despreciarlos y callar, como había hecho hasta entonces. Había cerrado la puerta, con doble vuelta de llave, después de la salida de Carlota, y cerró también la ventana, porque sentía frío. Luego se arrebujó en un montón de lana, y esperó, encogida en su sillón favorito, balanceándose a veces con aire distraído y dejando que la imaginación se desatase sola y se entretuviese en un vuelo lento y melancólico. Nunca le pareció más largo el tiempo de la espera, a ella que tan acostumbrada estaba a esperar, ni tan aburrida la soledad. A las seis volvió el muchacho de la cocina, que se llevó intactos los platos del almuerzo y trajo la comida. Teresa, molesta por la tirantez que sentía en el estómago, tomó maquinalmente algunos bocados, estremeciéndose de frío, y volvió a su sillón, después de haber hechado una rápida mirada hacia la calle, al través de las persianas. Y cuando a las nueve Rogelio, con su llave, abrió desde afuera la puerta, le saltó al cuello, impetuosa, como en los días en que, teniendo indispuesto a uno de sus niños, veía llegar al amante después de muchas horas de angustia pasadas en silencio a la cabecera del enfermito, cuyo mal era solo un catarro, una indigestión o unas anginas.

Rogelio la miró sorprendido. Venía de mal humor, como le acontecía con mucha frecuencia en aquellos días de dudas, de decepciones y de cóleras concentradas.

—¿Qué hay? ¿Te ha sucedido algo?

Ella casi se avergonzó de su arranque, y en un segundo quedó borrado el propósito de hablarle de las pequeñas mortificaciones que venían ocasionándole desde su llegada a aquella casa.

—¿Fuiste al colegio? —preguntó él, después que ella, sin hablar, le dio a entender que nada anormal había sucedido.

—Sí. ¿Y tú? Los niños te esperaban...

Rogelio se ruborizó un poco, vacilando.

—No pude —dijo al fin—. Todo el día estuve de plantón en la antesala del senador de Paco, sin conseguir verlo.

Teresa movió la cabeza, apenada, y murmuró:

—¡Pobrecitos! ¡Estaban locos por abrazarte!

Enseguida, habló con calor de ellos. ¡Estaban tan sanos, tan formales! Les llevó los nuevos uniformes de invierno, y llegaron a tiempo, porque crecían con tanta rapidez que ya los otros estaban próximos a reventar por las costuras. También les llevó los dulces que había comprado la víspera. Estaba segura de que todos serían para Rodolfo, el mayor, que era el más glotón, pues Armando apenas los probaba. En cambio, este último, tan presumido como siempre, mostró más alegría por los uniformes azules con los botones dorados. Armando se había arrancado ya el último de los dientes de leche que le quedaba.

Rogelio la oía distraído, mientras medía a largos pasos la habitación, con la frente contraída, la espalda encorvada por el frío y las manos en los bolsillos de la americana. Entraba por las junturas de las puertas un soplo helado, y el viento era tan fuerte que los estores temblaban, a pesar de estar cerradas todas las ventanas. Teresa notó la preocupación de su amante, extrañándole el que no se hubiera metido rápidamente en la cama, entre exclamaciones y gestos friolentos, como hacía siempre que reinaba un tiempo como aquél. Dejó de hablar de los niños, y se acercó a él, obligándolo a detenerse, al apoyar dulcemente las dos manos en uno de sus hombros y el mentón sobre los dedos entrelazados.

—¿Qué tienes, hijo? Te encuentro preocupado esta tarde.

Él la miró de hito en hito, sin devolver la caricia, y respondió con otra pregunta:

—¿Sabes tú lo que queda en mi poder de la venta de la casita? ¡500 pesos mal contados!

Y como ella le interrogase con los ojos, ansiosa de saber adónde quería ir a parar, exclamó con ira mal reprimida:

—¡Quinientos pesos! Es decir, dos meses de vida aquí y allí, economizándolo todo, hasta el aire que respiremos... ¿No te parece que es motivo suficiente para estar preocupado?

Había dureza y amargura en su voz; amargura y dureza que no usaba con su querida, a quien vivía en cierto modo subordinado, sino cuando se trataba entre ellos la gran cuestión de intereses que los dividía. Teresa, dolorosamente sorprendida, se apartó un poco, y él reanudó sus paseos, más sombrío aún, como si lo que hubiera deseado decir y no había dicho le quemase interiormente.

De improviso, antes de que ella hubiese tenido tiempo de reflexionar, se plantó de nuevo a su lado y le dijo, en tono más reposado y a medias confidencial, estas palabras:

—Ahí tienes por lo que no fui hoy a ver a los niños... Dentro de dos meses no podré seguir pagándoles el colegio, y tal vez tampoco podremos darles de comer... ¡No tuve valor para verlos! Por eso no fui... En cuanto a mí, cuando llegue el momento, ya sabré lo que tengo que hacer...

Pronunció las últimas frases con voz fúnebre, casi llorosa, y un gesto trágico, bajo los erguidos mostachos de mosquetero, que hizo temblar un instante a Teresa.

Hubo un breve silencio. Fue ella quien lo rompió, después de asirle una mano, obligándolo, con dulce firmeza, a sentarse a su lado.

—Escúchame, hijo, y no te desesperes así. Los hombres no piensan ciertas locuras por cualquier simpleza. Es verdad que las cosas han ido mal; que ya no estamos como estuvimos antes; pero podemos reducir los gastos aquí; yo puedo trabajar y ayudarte un poco; tal vez te den el destino que pretendes, antes de esos dos meses, lo cual no es difícil, puesto que tu partido está en el poder...

¡Su partido! Rogelio había figurado en todos, y con seguridad no sabía cuál era el suyo. Se dejaba arrastrar por odios y entusiasmos momentáneos, declarando enfáticamente hoy contra lo que enalteciera a grandes voces ayer, y odiaba sobre todo al gobierno, quienquiera que fuese el que lo ejerciera. La interrumpió, erguido, sarcástico, destilando en la mirada toda la hiel acumulada en aquellos últimos días por la despectiva frialdad de los políticos y la incomprensible conducta de Carmela, que se obstinaba ahora en cerrarle la puerta.

—¡Colocarme yo! —exclamó—. No tengo ya la más leve esperanza. Estos canallas son como los otros; un montón de desalmados dispuestos a entrar a saco en el presupuesto, que les parece poco para ellos solos. ¡El senador de Paco da asco! ¡Mongo Lucas es un tipo abyecto, que se sostiene a flote porque ha echado su mujer en los brazos de Jiménez, el hombre todopoderoso del día! ¡Una verdadera polilla, que acabará con el país...! No hay esperanzas, mi hijita, ninguna esperanza, te lo aseguro...

Cerró los puños y los ojos, rechinando los dientes con rabia, en una crisis casi infantil de desesperación, y se dejó acariciar un buen rato por su querida, inclinada la frente sobre el seno de ella y ocultando los ojos que la ira había humedecido.

De pronto recordó que se había propuesto tener aquella noche con Teresa una entrevista decisiva acerca de la única tabla de salvación que le quedaba, en el angustioso hundimiento de todos sus sueños anteriores, y, haciendo un esfuerzo sobre sí mismo, se dispuso a aprovechar el momento en que la emoción de la joven la colocaba en una situación favorable para intentar aquella prueba. Extendió desmayadamente un brazo por encima del cuello de la amada, y murmuró muy cerca de su oído, exagerando el tono doliente de la voz:

—Solamente tú, mi cielo, podrías, si quisieras, salvar la situación de los pobres niños.

Contra lo que esperaba, ella no hizo, como otras veces, un movimiento de altivez para imponerle silencio desde las primeras palabras. Lejos de eso, acarició su frente con la mano que tenía libre y preguntó con mucha dulzura:

—¿Cómo?

Rogelio se estremeció levemente y tuvo como un súbito deslumbramiento de esperanza.

—Reclamando lo que es tuyo; lo que ni siquiera es tuyo, mejor dicho, porque es de tus dos hijos —repuso con la más tierna inflexión que pudo dar a su voz temblorosa.

Teresa bajó la frente, presa de una intensa emoción, y pareció reflexionar acerca de la justicia de aquella tremenda observación que le salía al paso. Jamás se había mostrado tan dócil a las razones de su amante. «Ya es mía», pensó él, y prosiguió con calor, observándola de reojo mientras hablaba:

—Tú sabes que jamás conté lo mío, cuando tenía algo. Pero ahora comprendo que no puedo más. Estoy hundido, desesperado, y tiemblo por nuestros pobres niños. Por eso he pensado seriamente en que ahora te toca a ti hacer lo que yo hice, aunque sin tirar estúpidamente a la calle el dinero, como lo tiré yo cuando aún no tenía experiencia de la vida... ¿Ves tú? Mi súplica de ahora para que hagas lo que sé que te repugna, es como el grito de un náufrago que, desde el agua, le ruega al compañero que empuñe el timón y salve a los otros. ¡Y bien parecido a un náufrago que empieza a ahogarse soy yo!

Se detuvo, maravillado de su propia elocuencia, sobre todo de esta imagen del naufragio que se le había ocurrido sin saber cómo y que le parecía admirable.

Teresa continuaba guardando silencio, pensativa. De repente alzó la cabeza y dijo, en voz muy baja, cual si hablara consigo misma:

—¿Y eso podría intentarse ahora, después de tantos años?

Rogelio vio los cielos abiertos, y tuvo que hacer un gran esfuerzo para reprimir el grito de júbilo que estuvo a punto de escaparse de su pecho. Sin embargo, su brazo, que ceñía aun el cuello de la joven, tuvo una contracción nerviosa, a la cual respondió Teresa con un vago ademán de recelo.

—¡Qué duda cabe, mi hijita! —se apresuró a responder—. A una reclamación tuya tendrían que darte el capital, los intereses y las cuentas de tu tutela.

No hace todavía una semana que hablé sobre eso con el abogado Carriles...,
naturalmente, sin decirle de quién se trataba... Tú sabes que Carriles es uno
de nuestros abogados jóvenes de más talento... Pues bien, se echó a reír y
me dijo que le llevara el negocio y pondría en posesión de los bienes a la
heredera antes de tres meses; pero que sin duda lo que yo le contaba era
una fábula, porque no había en el mundo una sola persona capaz de hacer
lo que yo le atribuía a la muchacha de mi cuento...

Teresa continuaba dando muestras de una honda perplejidad. Eviden-
temente, la súplica desesperada de su amante y el recuerdo, demasiado
fresco, de los niños, cuyas imágenes no se habían apartado un instante de
su mente desde aquella mañana, hacían vacilar muchas de sus ideas más
firmes. Por primera vez se preguntaba si lo que había hecho, y de lo cual tan
orgullosa se mostraba en su fuero interno, no habría sido una gran necedad
y un atentado contra los derechos de Rodolfo y Armando, y si Rogelio no
tendría razón. Recordaba que, entre la multitud de pobres vendedoras de
amor que venían de visita a la casa, le habían señalado a una linda españolita, de quien se decía que había sido seducida y lanzada al vicio por José
Ignacio Trebijo, un señor muy respetable y muy rico, a quien nadie podría
suponer ligado a Teresa por un parentesco tan próximo. ¿Era para contribuir
a esa obra de lenta y retinada inmoralidad para lo que sacrificaba a sus
hijos, a su amante y su propio bienestar? Un ciego impulso de odio, que no
había sentido ni en el instante en que con tanta dureza se vio arrojada del
hogar que fue de sus padres, la precipitaba contra el recuerdo del hermano
egoísta e hipócrita, que tan poco se asemejaba a ella. Si fuese en aquel instante dueña de lo que era suyo no viviría en aquella horrible casa, obligada
a codearse con la infamia, la miseria y el vicio, ni la harían sufrir con sus
calumniosas insinuaciones mujerzuelas como Carlota, ni estaría expuesta a
que una Flora, más o menos alcahueta todavía, y un don Rudesindo, fijaran
en ella los ojos, confundiéndola con las otras inquilinas de la asquerosa vivienda. Sus lindas cejas de voluntariosa empezaban a contraerse, indicio de
que detrás de ellas iba formándose una de esas determinaciones profundas
que constituían la clave de su carácter, y dijo, después de otro breve instante
de reflexión:

—¿Dónde tiene su bufete ese señor Carriles tan incrédulo?

—En los altos del Banco Provincial, cuarto 204 —se apresuró a contestar Rogelio—. Pero, ¿para qué quieres saberlo? Él puede venir aquí, si tú quieres.

Teresa no respondió enseguida, y él, impaciente, insistió:

—¿Vas a decidirte a verlo?

Movió ella suavemente la cabeza.

—Es posible que sí —declaró la joven, con el dulce abandono que había mostrado desde el principio de aquella importante conversación.

Entonces el amante, incapaz de contenerse por más tiempo, la atrajo contra su pecho, ebrio de gozo, y la besó en los ojos, en los labios, en la frente, en los negros cabellos, mientras ella se defendía riendo, temerosa de que la hiciera caer del sillón con sus locuras. En aquel instante, Teresa era feliz. Olvidaba sus dudas, sus tristezas, sus indeterminados presentimientos, y se entregaba a la alegría de haber llevado un poco de júbilo a aquel hombre, un momento antes tan abatido, a quien ella consideraba dotado de un alma noble y buena, un poco infantil y débil en el fondo, pero más digna, por eso, de sus maternales cuidados. ¡Qué recompensa podría compararse a la de hacer un minuto el papel de providencia para los únicos tres seres a quienes amaba en el mundo! Desgraciadamente, Rogelio, en el paroxismo de su entusiasmo, queriendo halagarla, dejó escapar estas frases ardorosas e imprudentes:

—¡Tú verás, vida, cómo seremos más felices que antes! Óyeme: tengo proyectos. Nos casaremos, porque me divorciaré en los Estados Unidos, y hasta podremos llevar a Llillina a vivir con nosotros... Entonces podremos ir juntos a todas partes, y te divertirás un poco, pobrecita mía; porque bastante encierro has llevado a pesar de que tenías un carácter tan alegre cuando nos conocimos. ¿Te acuerdas?

Teresa se había quedado fría en sus brazos. Cierto que su natural bullicioso y alocado de los quince años había tenido que sufrir una dolorosa comprensión en los moldes de la nueva vida que había adoptado voluntariamente; pero desde que fue madre, como le había confesado ella a Dominga, no echó de menos ningún goce de los que había perdido. En cambio, le hería profundamente la deslealtad con que su amante pretendía pagar una complacencia suya que en definitiva podía reducirse al valor de un puñado de oro. Para ciertos espíritus delicados una felonía fríamente concebida, aunque no se ejecute, es cien veces menos excusable que los peores crímenes perpetrados bajo el imperio de la pasión. Un fariseo honrado puede clamar ante el sanhedrino por la crucifixión de cualquier Cristo, aun clavarlo al madero por sus propias manos; pero mientras exista el mundo, los dineros de Judas pesarán siempre como un oprobio en las conciencias puras. De ahí que Teresa, que le había oído decir muchas veces a Rogelio que estaba dispuesto a huir de su familia legal para vivir solo con ella, sintiéndose halagada secretamente con esto, aunque se lo reprochase en alta voz, experimentara un malestar muy cercano a la repugnancia al escuchar de sus labios una insólita proposición de matrimonio en el instante en que ella se disponía a entregarle su dinero. Era la querida, y estaba orgullosa de serlo. ¿Para qué hablarle de ocupar por sorpresa el primer puesto cuando tan alto había ella sabido colocar el segundo? Fue tan desagradable la impresión que sintió al entrever la figura moral de Rogelio en su verdadero tamaño, que no se atrevió a seguir hablando del mismo asunto, y cambió hábilmente de conversación, mientras se desmoronaban en su interior los hermosos propósitos que acariciara un momento antes y renacían de golpe las incertidumbres que había conseguido desterrar de su conciencia.

Sin darse cuenta del verdadero estado de ánimo de su querida e incapaz de comprender las causas del súbito cambio, Rogelio presintió en el acto que la bella ocasión que había asido se le escapaba, que Teresa, sometida un instante, recobraba su libertad de acción, y que le sería difícil encontrar otra oportunidad como aquélla. Insensiblemente, sus dos cuerpos, enlazados por el abrazo, se apartaron uno del otro, y la noche no tuvo el final que habían hecho presagiar las tiernas confidencias y el calor de las emociones con que empezara.

Al día siguiente, Rogelio, que casi podía considerar las palabras de la joven como una promesa formal, intentó recuperar el terreno perdido, obligándola a ratificarlas y a darle una forma definitiva al supuesto compromiso. Para eso, adoptó un aire al parecer indiferente, y le dijo, afectando una tranquilidad que estaba muy lejos de sentir:

—Anoche no acabamos de fijar la manera de establecer enseguida tu reclamación. ¿Quieres que te mande mañana al doctor Carriles?

Para Teresa, toda sinceridad y buena fe, aquella manera insidiosa de entrar en materia, cuya verdadera doblez no podía ocultarse a su sagaz penetración de mujer, era como una segunda herida, cuando aún no se había calmado el escozor de la primera. No vaciló, pues, y repuso con mucha calma:

—No; por ahora, no. He reflexionado bien, y pienso seguir otro camino.

Rogelio le dirigió de soslayo una mirada cargada de rencor. Sin embargo, disimuló, y dijo, aparentando todavía una perfecta naturalidad:

—Entonces, ¿irás tú a ver al abogado? Seria conveniente que yo lo supiera antes para avisarle.

Teresa se recogió un instante en sí misma antes de responder:

—En mi plan no entra para nada el abogado, por ahora. Le escribiré a mi hermano que, si no se hace cargo de la educación de mis hijos, me veré obligada a ir a los tribunales. ¿No eran los niños lo que más te preocupaba?

—Sí.

—Pues por ese lado puedes estar tranquilo. De eso me encargo yo.

Rogelio se sentía humillado, casi hasta saltársele las lágrimas. Su esfuerzo por sonreír resultaba una triste mueca, y al cabo, del fondo de su alma se escapó la pregunta indecisa, tímida, que apenas se oyó y que no pudo recoger a tiempo:

—¿Y nosotros?

Teresa lo miró compasivamente.

—¡Oh, nosotros trabajaremos! He pensado también en eso y me he asignado asimismo mi parte en la lucha. ¡Ya verás!

Rogelio no se atrevió a contradecirle, ni a dar salida a los duros reproches que se elaboraban tumultuosamente en su alma, mientras se repetía, con despecho, que había perdido la fuerza moral sobre aquella mujer, al presentarse siempre delante de ella en una actitud de niño. En aquel instante odiaba a Teresa, con el odio solapado y sombrío con que los débiles responden siempre al poder que los tiraniza. Y meditaba venganzas, humillaciones que imponerle a su vez, complaciéndose en recordar a Carmela en presencia de ella y burlándose interiormente de sus románticos escrúpulos, con las frases que hubiera empleado Paco para juzgarlos.

—Está bien, hija mía —fue lo único amargo que pudo decirle—. Comprendo que he sido otra vez un tonto al hablarte de estas cosas. Y puesto que lo has pensado bien, sabrás lo que haces.

¿Era una amenaza? Teresa no lo interpretó así; pero en cuanto a pensarlo, sí que lo había pensado suficientemente. Toda la noche, desde las doce, hora en que se retiró él con el pretexto de que más tarde habría mucho frío en la calle, y una buena parte del día, estuvo dándole vueltas a las mismas ideas. Tuvo que reconocer, con pena, que Rogelio no había sabido colocarse a la altura moral de sus dos sacrificios, ni cuando salió orgullosa y desnuda de su casa, ni en el instante en que se disponía a olvidar sus más arraigados escrúpulos por acceder a sus ruegos. Esta prueba de la mezquindad de un alma, de cuya pureza no quiso ella dudar jamás, la llenó de un gran desaliento. Otras veces su pensamiento se había detenido en el umbral de la verdad, sin desear penetrar en ella; pero en esta ocasión no pudo impedirlo, y la verdad le hacía daño. ¿Para qué, pues, inmolar el reposo de su conciencia ante la perspectiva de una recompensa tan pobre? Lo que Teresa llamaba el reposo de su conciencia era aquella tranquilidad de su alma que le producía el convencimiento de haber pagado todo lo que había hecho en la vida. Su moral se condensaba en una aspiración de suprema justicia y de personal superioridad. Se decía que para que su hermano adquiriera el verdadero derecho de despreciarla —era necesario que hubiese puesto a la puerta de su casa y junto con ella la fortuna que le correspondía—. No habiéndolo hecho, ella, a pesar de su caída seguía siendo mejor que él y no le debía nada. A quienes les debía era a la esposa legítima de Rogelio, a la hija de éste y a la sociedad. A las primeras les pagaba con su propia deshonra noblemente aceptada como un castigo, y con la renuncia de toda ambición personal; y en cuanto a la segunda, ¿no nacía cada individuo con el derecho de suicidarse? Ella mataba a Teresa Trebijo, rica heredera, con todo lo necesario para gozar de los bienes de la existencia, y hacía nacer de sus cenizas a Teresa Valdés, pobre y libre como el aire. Pero para que estos propósitos pudieran dar origen a esa paz interior que tan indispensable era a su espíritu, era menester que fuesen sinceros; de otro modo tendría que despreciarse a sí misma como a la más vil de las hipócritas. A Teresa le producía un dolor agudo que Rogelio no leyese estos sentimientos en el fondo de su alma y que no fuese capaz de comprenderlos. ¡Cuánto no hubiera dado ella porque él los compartiera, y cómo lo habría adorado si hubiese tenido la delicadeza de ser su colaborador y su sostén en aquella obra en que la pobre ilusa ponía todo el fuego de su amor propio! Vista al través de estos nobles ideales, la figura de Rogelio, tal como acababa de mostrarse a los ojos de su amante, tenía que resultar extraordinariamente empequeñecida. Tal vez lo que de aquel hombre sedujo más a Teresa fue su desinterés al casarse con la muchacha pobre y deshonrada que había sido su querida y su gallardo desprecio hacia las fórmulas de la sociedad. Y he ahí que, sin el menor sonrojo, este rebelde caballeresco proponía el sacrificio de la mujer legítima para recompensar a la querida por la donación de unos cuantos miles de pesos. Sin embargo, Teresa, en vez de creerse engañada desde el principio, prefirió pensar que la vida en la ciudad y las malas compañías habían corrompido el corazón de su amante; aunque no por eso estuviera menos amenazada su felicidad.

Estuvo tres días encerrada, para evitar que la torturasen con anónimos y visitas, y rumiando en silencio sus ideas, sin que nada en su exterior denotase la tempestad interna, cuando estaba con ella Dominga o Rogelio. Delante de éste, sobre todo, aparentaba no recordar una letra de las conversaciones que tan hondamente la habían conmovido. El amante continuaba tétrico, y solo a duras penas lograba dominar su rencor. Trataban de engañarse mutuamente los dos, procurando ocultarse sus verdaderos sentimientos, y resultaba una situación falsa, de la cual se apartaban más desunidos después de cada entrevista. Al cuarto día Rogelio no fue, ni avisó como tenía la costumbre de hacer cuando faltaba. Teresa lo esperó hasta las dos de la madrugada, y se acostó llorando. Para colmo de tristeza, los días eran nublados y fríos, de una pesadez oscura y lloviznosa que se infiltraba solapadamente en el alma. Cuando se presentó el amante a la noche siguiente, Teresa no le dirigió ni un reproche, y aceptó sus débiles excusas con inalterable calma. Echaba de menos a Rigoletto, a quien no veía hacía dos semanas, y no se atrevía a hablar con Dominga de sus íntimas desventuras. Ya no era solamente un desaliento pasajero lo que la dominaba, sino un sombrío presentimiento, que acaso venía preparándose desde muchos meses antes en su alma, y que cada nuevo día se agrandaba, como una implacable confirmación. Ahora le parecía imposible el restaurar su antigua vida, por medio de la abnegación y el trabajo de los dos. ¿Por ventura servía Rogelio para trabajar? No era tacaño ni contaba el dinero cuando lo tenía; pero no podía vivir sin él y carecía de fuerza para ganarlo. Si algún día llegaba a ser malo, no lo sería jamás por instinto sino por aquella desordenada avidez de goces, aquella incurable vanidad y aquella invencible pereza de la que ninguna influencia extraña podría libertarlo. Teresa, entristecida por aquellas ideas, escribió una carta a su hermano, hablándole de sus hijos, los cuales no podrían deshonrarlo, pues su padre, al nacer ellos, mediante dinero les había fabricado un nombre en el registro civil, y haciéndole entrever que si se hacía cargo de su educación "asta que tuviesen dieciocho años, jamás reclamaría lo suyo.

Después, esperó el desastre, con cierta serenidad fatalista, sin hacer el menor esfuerzo por evitarlo. Como le sucedía con Rogelio, no podía resignarse a creer que aquel hermano implacable, de quien no tenía un solo recuerdo tierno, estuviese desprovisto enteramente de corazón.

Pero el desastre no llegó tan pronto. Semejante a esas criaturas resignadas que, al despertar de una pesadilla donde han visto el puñal cerca de la garganta, cierran los ojos esperando el golpe, y al abrirlos se asombran de no hallar al pie del lecho al asesino, Teresa se acercó al fin de aquella crisis, sin que su vida hubiera cambiado gran cosa en los pocos días que duró su incertidumbre. Rogelio jugaba ahora, aunque con más prudencia que al principio de su ruina, y venía a verla siempre con más o menos regularidad. Cuando ganaba, olvidaba sus penas y mostrábase cariñoso y optimista. Por otra parte, el deseo carnal lo empujaba hacia su querida, haciéndolo aparecer amable y risueño al tomarla en sus brazos. Sin embargo, la joven no experimentaba ya en ellos aquella dulce embriaguez que la hacía olvidarse de todo, hasta de los más evidentes signos de la inconsistencia moral de su amante. Sin negarse jamás a sus deseos, permanecía bajo sus caricias casi indiferentes y como distraída, mostrando esa sumisa pasividad de las mujeres, que explica el que muchos matrimonios divididos por el odio se llenen en pocos años de hijos. Rogelio no estaba huraño y sarcástico sino cuando perdía, y aun así, nunca logró sustraerse al ascendiente que ella ejerció siempre sobre él. Teresa, a pesar de sus desilusiones, llegó a preguntarse si realmente las cosas, en el estado a que habían llegado, no tendrían absolutamente remedio, y su alma valerosa se impuso al dolor, encontrando nuevas energías para esperar y vivir.

Solo Dominga, a pesar de su escasa cultura y de su pobre inteligencia, olfateaba en el aire la desgracia y se mostraba reticente y reservada. Gruñía por los rincones, murmurando no se sabe qué extraños presagios o qué sombrías reflexiones; parecía más envejecida y más fofa, y únicamente salía de su misterioso mutismo para repetir a cada instante la misma frase, moviendo la cabeza con aire de profunda convicción:

—Múdate, Teresita, mi niña. Esta casa trae desgracia para ti. ¡Créeme y múdate!

VII. Impuras e impuros

La ra, la ra, la ra, la ra...

Era Rigoletto que hacía, en el cuarto de los estudiantes, la cómica entrada de su homónimo en la corte del duque de Mantua.

Recibió una lluvia de protestas y de injurias, a modo de saludo.

—Déjanos estudiar, energúmeno.

—¡Estamos trabajando!

—¡Vete al diablo y no vuelvas por aquí hasta después de junio!

El conjunto de hombres y cosas era pintoresco: un armario, medio desvencijado, abierto, dos camas deshechas, con las ropas en desorden, y a los dos lados de la tosca mesa, que les servía para todo, Federico Cintura y Armando Quintales, alumnos del tercer curso de derecho, provistos de sendos libracos, sobre los cuales casi apoyaban las narices; mientras que en la tercera cama y en paños menores, el magnífico Juan Francisco Masilla, estudiante de medicina, permanecía tumbado de espaldas, sin hacer nada, y lanzaba filosóficamente bocanadas de humo al techo amarillento del mosquitero, sin prestar atención a lo que hacían sus compañeros. Para añadir algunas pinceladas al cuadro, pongamos el cubo del agua sucia del lavabo en el centro del cuarto, numerosas colillas en el suelo, prendas de vestir sobre todas las sillas disponibles, y la bandeja con las tazas vacías del desayuno, sosteniéndose, por un milagro del equilibrio, al borde de un montón de libros colocados sobre el único velador que había en la estancia y entre el candelero y un par de babuchas chinas de paja. Las ventanas que daban al patio estaban abiertas de par en par, dando fe con ello de la indiferencia de los dueños de aquella habitación hacia las opiniones y el pudor ajenos, y de la hermosa tolerancia de los otros vecinos, embargado cada cual por sus negocios e incapaces de escandalizarse por la exhibición, más o menos inocente, de unos cuantos jóvenes en calzoncillos.

Rigoletto se detuvo en mitad de la estancia, abarcando el cuadro con una sola mirada; luego soltó una carcajada.

—¡Vayan a hacer gárgaras con el trasero! —exclamó—, Vengo a este burdel, porque no tengo dónde meterme hoy. ¡No se estudia en un segundo domingo de carnaval!

—Es que no tenemos dinero, innoble bufón —declaró melancólicamente Masilla, entre dos chupadas de su cigarro—. Solo tú, si no fueras un miserable avaro, podrías sacarnos del apuro.

Los otros dos se engolfaban en una discusión, sin hacer caso del visitante.

—¡Yo no estudio eso!

—¿Por qué?

—Porque no me gusta perder el tiempo. Lo único que debemos saber es lo que se necesite estrictamente para el examen. ¡Ni una palabra más!

—Pero luego cuando salgas, cuando tengas clientes, ¿cómo te la compondrás? Si no sabes nada, te pondrás en ridículo...

El otro se encogió de hombros.

—¡No seas estúpido! Cuando salgamos, tu padre y el mío se encargarán de buscarnos lo que necesitamos. ¡Los sabios se mueren de hambre! Ahí tienes a Coloma; es un animal y tiene una gran clientela y un inmenso prestigio, y gana más de 50.000 pesos al año. Para hacer lo que él ha hecho no se necesita romperse la cabeza... Además, tú sabes que ni a ti ni a mí nos van a suspender en los exámenes.

Hablaba con aire de profunda convicción, aludiendo con las últimas palabras al respeto que inspiraban sus nombres a los profesores de la Universidad, por ser ambos hijos de hombres influyentes de provincias, con quienes era siempre conveniente estar en buenas relaciones. ¿Desde cuándo se había visto que se desaprobara el examen del hijo de un cacique amigo del gobierno, en un país hispanoamericano? Aquella juventud burlona, descreída, altiva y perezosa, heredera del orgullo de casta de los antiguos colonos, obedecía invariablemente a la ley del menor esfuerzo en todos sus actos y por eso no es extraño que los dos amigos se pusiesen prontamente de acuerdo ante la magnitud de los argumentos aducidos.

—Tienes razón. ¡Al diablo los libros! Rigoletto tiene la culpa de que se establezca hoy aquí el desorden —dijo Quintales, apartándose bruscamente de la mesa y haciendo rodar la silla.

Hizo una pirueta y arrojó al aire el volumen que tenía en la mano, que fue a caer sobre una de las camas, después de describir una elegante parábola entre la lámpara y las telarañas del techo.

—Sí, hijos míos; yo tengo la culpa de que se malogren las bellas esperanzas que hay encerradas en esas luminosas molleras. Pero en pago de mi falta, voy a pagar el coñac de todo el día. Dentro de diez minutos nos traerán una botella que dejé pagada en el café.

—¿Pagada? ¡Viva Rigoletto! —exclamó Cintura, haciendo con su libro lo mismo que Quintales acababa de hacer con el suyo.

—¡Viva! —respondieron las tres voces restantes, pues el jorobado, aunque adoptando un aire de modesta repugnancia, se había creído en el caso de tributarse a sí mismo aquel pequeño homenaje.

—¿Dónde hay baile hoy? —preguntó Masilla, desperezándose al conjuro mágico del coñac y de la broma.

—En todas partes: en el Nacional, en casa de Boloña, en la de Pastora y en algunas residencias privadas del smart set —respondió Rigoletto, cuya principal función consistía en estar enterado de todo—. Además, por si esto te interesa, se bailará también, según me han dicho, en casa de cierto «súcubo», llamado Sensitiva, en el callejón de Bernal...

Llegó el coñac, y en un instante quedaron lavadas en la palangana las tazas del desayuno y alineadas solemnemente a lo largo de un lado de la mesa. Faltaba una, y se recurrió a un vaso de dientes, después de limpiarlo con mucho esmero al chorro del grifo del lavabo. Cintura, Quintales y Masilla se pusieron púdicamente los pantalones, quedándose los tres en mangas de camisa.

Se echó el cubo a un lado y se desocuparon las sillas necesarias, colocándolas cerca de la mesa.

—Faltan mujeres —observó sabiamente Quintales.

—Ya vendrán, en cuanto sientan el olor de la bebida —dijo el estudiante de medicina.

Cintura movió la cabeza, con aire de duda.

—Tal vez, no —repuso—. Anoche, antes de que ustedes llegaran, hubo «película» en el cuarto de al lado: el querido le dio a Carlota la gran pateadura, y esta mañana la vi pasar con un pañuelo mojado en un ojo.

—¡Bah! ¡Eso qué le importa a ella!

Estaban acostumbrados a aquellas escenas, que oían todos los días, al través de las puertas o del pasillo. Cuando no era el amante de Carlota, era el apache de la francesa que vivía al otro lado del corredor o la madre de Anita, que insultaba o golpeaba a su hija por asuntos de dinero. Las muchachas gemían al recibir los golpes o injuriaban a sus verdugos, exceptuando a la francesa, que jamás se quejaba, aunque la matasen, y después se reían de los palos y de quien los diera. No parecían muy desgraciadas por eso, y se dejaban arrastrar por su sed de amor y de diversiones, que era precisamente lo que por lo general provocaba el castigo. Sentían cierto punzante goce en escamotear a sus dueños una parte del dinero ganado en su triste comercio, para gastarlo luego en bagatelas, y en cometer pequeñas infidelidades, tanto más gratas cuanto más peligrosas resultaban para la integridad de su piel. Los estudiantes, que habían sido más de una vez la causa de aquellos implacables vapuleos, se divertían con los apuros momentáneos de las muchachas, sabiendo que a muchas les gustaba el ser tratadas así, y recibiendo con aquel juego cierta especie de sádica excitación.

—¡Qué lástima que no hubieras estado anoche aquí, para consolarla después del trance! —dijo irónicamente Masilla dirigiéndose a Rigoletto.

El truhán alargó, con cómico gesto, su faz de zorra, e hizo girar dos o tres veces en las órbitas el blanco de los ojos, como al influjo de picantes recuerdos. Le daban bromas por su costumbre de aprovechar el desbordamiento de sentimentalismo de aquellas señoritas para hacerse querer ardientemente algunos minutos, como si fuera un instrumento de consuelo y de venganza enviado por Dios en el instante de las grandes crisis. Él mismo solía decir cínicamente, refiriéndose a estas pasajeras aventuras suyas, que el amor es como los bizcochos, que no deben comerse secos, saben mejor cuando están mojados con lágrimas.

—¡Pobrecita! —exclamó el bufón, con voz sepulcral—. ¡Cómo debe de haberme echado de menos!

Quintales dio otro giro a la conversación.

—Rigoletto, ¿quieres decirme a qué extraña casualidad debemos el que nos hayas invitado hoy?

El jorobado sonrió, y dijo sencillamente:

—Me han agrandado un poco la botella en pago a mis grandes servicios...

Hablaron entonces apasionadamente de política. En el fondo, carecían de ideales precisos en esta materia; pero les arrebataba el influjo de las palabras, y éstas eran suficientes para despertar en sus corazones las chispas del odio de sectas. Para los unos, los liberales eran sencillamente unos ladrones sin escrúpulos, y para los otros, los conservadores pretendían erigirse en casta privilegiada, amenazando hundir el país en el cieno de una oligarquía desprovista de verdadero patriotismo. Felizmente para los oídos de los vecinos, en aquel cenáculo no había más que un miembro del partido de la oposición, y éste era Masilla, hombre flemático y roído por el escepticismo, que a veces ponía de oro y azul a los jefes de su partido, a lo cual correspondían caballerescamente los otros haciendo lo propio con los suyos. Desde el momento en que no se ponía en tela de juicio la intangibilidad de la secta, podía discutirse entre amigos y confesarse mutuamente las íntimas lacerías. Se demolía todo lo existente a golpes furiosos, emitiéndose y aceptándose los principios morales más estupendos. La América Latina no ha producido aún el paciente y modesto historiador de sus costumbres privadas que contribuya a explicar la génesis de esos grandes y disparatados movimientos políticos de rebeldía y de reacción que sacuden casi continuamente nuestros pueblos. El extranjero, cuya mirada no puede ir más allá de la superficie del cuerpo social, se pasma al observar que, entre nosotros, hombres de verdadero talento emiten las más inconcebibles paradojas políticas; que individuos de gran corazón se prestan a desempeñar infames papeles; que quien ofrendó la vida en aras de la libertad pueda ser convertido por las circunstancias en instrumento de la tiranía; que muchos de los que obedecen sacrifican gustosos sus intereses, con tal de que sean sus ídolos los que manden, y que, habiendo en nuestros pueblos innumerables hombres inteligentes, cultos y probos, sea tan escaso el número de los que se distinguen por su honradez al frente de los intereses públicos. Y es que no saben hasta qué punto penetra en el corazón y la conciencia de la masa la inmoralidad de una clase directora, cualquiera que sea su color político, que considera al Estado como la mejor fuente de producción abierta a sus iniciativas. El mal ejemplo que corroe y que infecta viene sin cesar de arriba, y a fuerza de contemplar diariamente el espectáculo de la indisciplina, la injusticia y el fraude en las altas esferas, todo sentimiento sano acaba por embotarse en el alma de los de abajo, para dejar su puesto a las malas pasiones o al descreimiento. ¿Cómo queréis que sea una juventud donde la inmunidad parlamentaria ampara el delito común, el indulto vacía las cárceles en los días de elecciones, el hombre de elevada posición social asesina en plena calle, sin perder por eso la consideración de los demás y todo el mecanismo democrático para la renovación del poder se apoya en el matonismo y el miedo, dos cosas opuestas y aun contradictorias que se unen para sustentar una sola y al parecer irremediable vergüenza nacional? ¿Dónde está el alma de bastante temple, la conciencia de suficiente rectitud para mantenerse erguida y pura frente a la general podredumbre, sin dejarse ablandar por el contagio o abatir por el rencor y el escepticismo hasta convertir al hombre que la lleva en una unidad sin valor ni nombre entre el inmenso número de los retraídos? Los jóvenes que acabamos de conocer eran hijos legítimos de su raza y de su tiempo. Se mostraban siempre frívolos, vanidosos, incapaces de un esfuerzo sostenido, dueños de un carácter que podría ser gráficamente representado por una línea ondulada, con la despreocupación propia de los seres educados para formar parte de una casta afortunada, y cien veces más dispuestos a oírse llamar bribones que a pasar por tontos. Juzgaban de un solo golpe de vista a los hombres y las cosas, emitiendo su opinión, casi siempre desfavorable, en forma seca, cortante y despectiva. Decían de una persona: «Es un idiota», de una función teatral: «Es una porquería», de un gobernante: «Es un ladrón», o de un político: «Es un sinvergüenza», y quedaba condenado el asunto sin apelación, como si no hubiera cosa en la vida digna de tomarse en serio, ni aun la vida misma, y merecedora de una atención prolongada. Esta sencilla psicología, puesta de relieve a todas horas y particularmente en los momentos en que se trataban con apasionamiento las cuestiones de interés público, encerraba el germen de las clases directoras de lo porvenir, corrompidas además hasta el tuétano por el ejemplo de las de hoy, y bosquejaba anticipadamente lo futuro, si antes un cataclismo nivelador no venía a torcer la plácida evolución de los acontecimientos.

Excitados por las primeras libaciones, hablaban todos al mismo tiempo, gritando y riendo muy alto, y no disminuía el tumulto de las voces sino cuando se alzaba sobre ellas el tono agudo de la de Rigoletto, reclamando el silencio. Comentaban la genial salida del alcalde de la ciudad, que, después de dos años completos de absoluta inacción, al frente de un municipio en completo estado de desbarajuste, acababa de dictar un decreto sobre la unificación del color en las gorras de los motoristas de los tranvías, el cual empezaba con estas luminosas palabras: «Resultando: que no es propio de pueblos de alta cultura, como el nuestro, la indiferencia ante los asuntos de público ornato, y que uno de los que más imperiosamente reclaman la atención del gobernante es el que se refiere al porte y tocado de los conductores de vehículos urbanos, etcétera». A Masilla le parecía una burla al pueblo, el que un elevado funcionario se entretuviese en semejantes trivialidades, cuando tantos y tan graves problemas reclamaban su atención; pero se atribuyó su censura a intransigencia política, y los otros dos se encargaron de la defensa del alcalde. Rigoletto resumió la controversia, gritando para hacerse oír.

—¡Me parece bien! Es el segundo paso dado para civilizarnos. El primero se lo debemos a los americanos, que nos enseñaron a usar el inodoro, aunque parcialmente, pues se nos olvida algunas veces tirar de la cadena...

El sarcasmo fue mal recibido. Lo insultaron llamándolo españolizante y mal patriota. Los tres asumieron la defensa del país, a pesar de sus diferencias de opiniones, sin perjuicio de sostener dos minutos más tarde que era un pueblo nauseabundo, si llegaba el caso. Afirmaron que había progresos evidentes y hombres de talento y bastante cultura general; mucha más que en otros pueblos de América. Era indigno hablar mal de Cuba, por mero gusto. En ningún país del orbe los hombres eran tan inteligentes y tan despiertos. Rigoletto reía socarronamente.

—Sí —replicó—; solo que sucede aquí lo que pasaba al dulce de la tía Olalla...

Sus antagonistas se quedaron un momento en suspenso, esperando alguna barbaridad.

—¿Y qué era eso?

—Muy sencillo: la tía Olalla hacía dulces, y compraba los huevos más frescos, la esencia de vainilla más pura, el azúcar más blanco y los más famosos ingredientes... Lo único malo era que al juntarlo todo en un caldero y revolverlo un poco, resultaba mierda.

Soltaron todos una gran carcajada, y la discusión hubiera terminado allí, si Masilla, deseoso de zaherir un poco a sus adversarios políticos, no la hubiera vuelto a plantear, diciendo:

—Después de todo, el decreto del alcalde bien puede ponerse al lado de aquel otro proyecto del secretario de agricultura, que aconsejaba plantar cacao al borde de las carreteras públicas, a fin de que el pueblo pudiese tomar chocolate barato.

Se alzó nuevamente la gritería, sin que nadie pudiera entenderse. Afortunadamente entró Anita, risueña, en traje muy ligero de mañana, atraída por el escándalo.

—¡Eh, basta de política! —gritó Quintales—. ¡Delante de las mujeres es una grosería!

—¿No te decía yo que vendrían en cuanto les diera el olor? —exclamó triunfalmente el futuro médico.

La muchacha había llegado como a su propia casa, tal era la costumbre de entrar allí a todas horas, y se puso enseguida a poner en orden la habitación, echando a un rincón la ropa sucia, retirando el cubo del agua y arreglando las camas.

—¡Eres una perla, chiquilla! Harías bien en dejar a la vieja y venir a vivir aquí...

—¿Con quién?

—¡Con los tres! ¡Turno riguroso y equitativo y derechos reglamentados! ¿Quieres?

—¡Límpiese! ¡Son ustedes muy poca cosa para eso! ¡Y están bastante feos los tres!

Se insultaban cariñosamente, como buenos camaradas. En realidad, cada cual había tenido su hora de capricho en el corazón de la joven, con el beneplácito de la mamá, que no consideraba peligrosos a estos vecinos; pero aquello era en ciertos momentos, cuando la naturaleza lo pedía. Hasta pudo haber sucedido que el propio Rigoletto hubiera encontrado antaño alguna oportunidad de consolarla. Pero su cualidad dominante era la discreción en ciertos asuntos, y nunca hablaba de ellos sino mucho tiempo después de acaecidos. Las mujeres sabían apreciar esa virtud, y lo trataban como a un verdadero amigo, sin burlarse de su ridícula figura, y teniendo, por lo general, que agradecerle una multitud de pequeños servicios que estaba siempre dispuesto a prestarles cuando no se trataba de dinero.

Anita aceptó una copa, sin aspavientos; pero se negó a que se la sirvieran en el vaso de dientes. ¡Tenía sus razones! Los demás rieron de su desvergüenza.

—Oye, Anita, ¿qué le pasó anoche a Carlota? —preguntó maliciosamente Cintura.

La muchacha se irguió, protestando, entre irónica e indignada.

—¡Hijo, qué abuso! ¡Tiene un «farol apagado» y un hombro negro, y según parece el canalla de Azuquita la hizo dormir después en el suelo! ¡Ésas son las gracias de los chulos! Pero las mujeres tienen la culpa ¿verdad? Yo ni saludo siquiera a los hombres de esa clase.

Hizo un gesto de dignidad ofendida, para apoyar su protesta, semejante al de todas las mujeres cuando se trata de condenar la conducta de otra a quien consideran inferior.

—¡Vamos! ¿No has tenido nunca nada con alguno de ellos? —dijo Quintales.

—¡No, viejo! Mi único chulo es mi madre —replicó ella, con tal expresión de malicia y de cinismo que los cuatro hombres soltaron una carcajada.

—Pero te pega también —objetó Masilla.

—Sí; pero, como no tiene fuerza, no me marca el cuerpo, y es como si me acariciara... Cuando la veo coger un palo, huyo y no puede alcanzarme.

Masilla se levantó de pronto, dirigiéndose a la puerta. Era la hora en que la francesa pasaba para dirigirse a su burdel, donde permanecía todo el día y una gran parte de la noche, y el joven había oído sus pasos en el corredor. La mujer avanzaba por el pasillo, con un leve crujido de seda, los ojos bajos y el aire serio y modesto de una colegiala que se encamina a la pensión. Era alta, rubia, de carnes opulentas, y tenía el rostro ligeramente manchado de pecas. Al pasar saludó al estudiante, entre dientes, sin volver la cara.

—Buenos días.

—¡Un momento, Blanche! Venga a tomar una copa con nosotros. Es el santo de Rigoletto.

Se volvió a medias, dejando que sus duras facciones se iluminaran con una sonrisa de amabilidad profesional, en que apenas podía distinguirse un leve destello de simpatía hacia el joven, y prosiguió su camino con el mismo paso.

—No puedo. ¡Muchas gracias!

Aquel «no puedo» era, al mismo tiempo, un abismo y un poema. Blanche no era libre: había sido vendida por un apache como esclava, en 250 pesos, al que poseía actualmente el derecho de explotarla. Todos en la casa lo sabían y miraban con profunda curiosidad a la extraña pareja. Ella y su amante tenían siempre el mismo aspecto frío y reservado y hablaban muy poco. A duras penas saludaban a los vecinos, viviendo como un honrado matrimonio entregado solo a sus negocios y que no desea codearse con los demás. Se entendían entre sí más con la mirada que con la palabra, y rara vez los oídos más curiosos lograron percibir, detrás de la puerta de su habitación, siempre cerrada, rumor de cuchicheos y de risas ahogadas. Menos frecuentes aún eran las desavenencias domésticas, en que solo se oía el golpe seco de los bastonazos, sin que respondiera a ellos el más leve lamento de la mujer ni pudiera escucharse la voz airada del hombre. Solo a la mañana siguiente, se veía pasar a Blanche más derecha, con los ojos un poco enrojecidos y una contracción más severa en su rostro de monja.

—¡Qué! ¿Sales para mirar a ese casco? —le gritó Anita a Masilla, con aire de reconvención y de despecho.

Él respondió sencillamente, desde la puerta:

—Sí; me gustaría adornarle la cabeza al francés.

—¡Vaya un gusto, hijo! ¡Para eso busca una yegua!

Expresaba el desprecio que todas las impuras de la casa, pertenecientes a una clase un poco más elevada, y que tenía otro precio en el mercado, profesaban a aquella miserable carne de marineros y de soldados. Para demostrarlo con más fuerza, Anita escupió ruidosamente en el suelo y pisó varias veces la saliva, lo cual era en ella la expresión más alta de la repugnancia y del desdén.

—¿Azuquita está ahí? —preguntó Quintales, dando otro giro a la conversación.

—No —dijo Anita—; salió esta mañana muy temprano.

—Entonces trae a Carlota. Eso la distraerá un poco.

—No va a querer, chico. ¡Como tiene el ojo así!...

—¡Qué importa! Tráela. Nosotros somos de confianza...

—No; que vaya Rigoletto a buscarla. Conmigo no querrá venir.

—¡Yo! ¡No, hija! —exclamó el truhán fingiendo un profundo terror—. ¡Tengo las nalgas muy sanas y muy hermosas para que las desorganicen de un puntapié!

—¡Lo que tú eres es un gran sinvergüenza! —declaró la muchacha, a modo de piropo, encaminándose a la puerta para cumplir por sí misma el encargo.

Un momento después entraba de nuevo, conduciendo por la mano a Carlotta, que sonreía con cierto embarazo. Todos rodearon a la joven, dirigiéndole preguntas, entre compasivos y burlones. Tenía una mancha oscura debajo del ojo izquierdo y el párpado hinchado, y vestía sencillamente una falda oscura, sobre la camisa, y una chambra suelta, detrás de la cual temblaban sus senos. Pasado el primer momento de confusión, se impuso su habitual descaro.

—¿Qué fue eso, hija?

—¡Una salvajada de Azuquita! El día menos pensado me separo de él... Pero ya me la había cobrado antes...

—¿Qué le hiciste?

Llevó una mano con los dedos abiertos sobre la frente y simuló unos cuernos, riendo cínicamente. Los demás le hicieron coro.

—¿Cuándo? ¿Con quién? —preguntó Masilla, intrigado.

—Hace tres noches, con Veneno... Me llevó en la máquina al campo, y algún sinvergüenza hablador se lo dijo a Azuquita... ¡Se la pegué, me dio y estamos en paz! Pero no me gusta quedar así —añadió rencorosamente—; quiero siempre deberle algo, y no pasará de hoy.

Dirigió al estudiante de medicina una mirada larga y ardorosa.

—¿Con quién...? —dijo éste con voz ligeramente insegura, porque había adivinado...

—Contigo, a las nueve, en casa de Luisa, la de Blanco —repuso Carlota, alargando los labios, como en un beso, al acabar la frase, y satisfecha de su venganza, más sabrosa desde el momento en que la cita era dada así delante de testigos.

Era el eterno juego de las pasiones y del amor propio excitado, entre la impura y su compañero de abyección; el honor salvaje del chulo —endiabladamente parecido en el fondo al otro honor, al de las personas decentes—, que se asoma a sus labios en forma de sonrisita cruel, y que parece decir a su querida: «Si me pones en ridículo, haciéndome perder mi prestigio delante de los de nuestra clase, te deslomo», frente a la astucia de la mujer y su deseo de no parecer una tonta demasiado sometida a la férula de su hombre, y en oposición a todas las sutiles traiciones que existen siempre en germen en la mayoría de las almas femeninas. Lucha de vanidades inocentes, no provista a veces de lances caballerescos y que no se opone, aunque parezca incomprensible, a los más vehementes extremos de la pasión y del sacrificio entre los dos amantes, y en que los castigos y las infidelidades se aceptan anticipadamente como hechos naturales, y muy a menudo sin rencor duradero...

—¿Pero vas a ir así a casa de Luisa esta noche? —le dijo Anita, escandalizada, a la otra, mostrándole con el dedo su ojo enfermo.

—Lo tapo con la crema y los polvos, y no se conoce. ¡No es la primera vez!

Enseguida, como un soldado que exhibe con orgullo sus cicatrices, Carlota levantó la manga de su chambra y enseñó el hombro amoratado. Luego, con el sencillo impudor de su costumbre de desnudarse delante de los demás, levantó sus faldas y mostró otras señales de golpes, sobre las carnes redondas y frescas.

—¡Me ha puesto como a una mula cerrera el muy arrastrado! —dijo como resumen—. Pero ya no me duelen...

—¿Con qué te dio, hija?

—Primero con la mano, y después con la varilla de hierro de la cama. ¡La suerte fue que se doblaba un poco!

Hacía alarde de todas aquellas vergüenzas complaciéndose en dar detalles; y como uno de los hombres preguntase burlonamente si hubo reconciliación después, la joven enrojeció un poco y dijo luego con descaro:

—Sí, esta madrugada.

Anita no pudo contenerse y protestó, indignada.

—¡Ay, chica! Lo que soy yo te juro que no viviría nunca con un hombre de ésos, ni sería capaz de besar a nadie después de haberme estropeado así.

Carlota tenía bastante buena educación. Había sido empleada de una oficina del Estado, donde la sedujo su jefe, que la abandonó al poco tiempo por otra, y a pesar de su temperamento naturalmente vicioso, sabía expresarse bien, hablaba algunas veces con seriedad y era dada a mostrar su experiencia del mundo en forma de observaciones más o menos filosóficas. Así fue que suspiró y dijo:

—Pues es el único recurso que nos queda, aunque no te guste. ¿Con quién va una a vivir? ¿Con un caballerito de éstos, que tiembla ante la idea de presentarse ante un juez correccional? ¡No!; ellos se van, a la larga, con las señoritas, con las damas de sociedad, y nos dejan en la calle. Los otros no tienen por qué avergonzarse de nosotras, ni nosotras de ellos...

En el acto, arrepentida de su franqueza y deseando borrar el mal efecto que sus palabras hubieran podido producir en Masilla, su amante de corazón aquella noche, se fue impetuosamente hacia él y le estampó un sonoro beso en la boca, exclamando:

—No creas nada de eso, mi santo. ¡Ha sido una broma!

Aquélla fue la señal para que la alegría se desatase de nuevo. Las copas circularon, y los chistes fuertes, las palabrotas, rodaron también de boca en boca. Se festejaban las bodas de un día de Carlota y Masilla y el supuesto santo de Rigoletto. Cualquier cosa era un pretexto entre aquellos locos para organizar una juerga monumental. La «novia» vigilaba sin cesar al lado de la puerta, presta a escapar hacia su cuarto si su querido subía la escalera. Afortunadamente la claraboya permitía ver con bastante anticipación todo el que llegase a la altura del recodo.

—Dice Azuquita que si me coge en este cuarto me mata —dijo la muchacha, entre temerosa y risueña.

—¡Ya se guardará muy bien de eso! —gritó heroicamente Masilla, mostrando sus formidables puños de atleta—. ¡Lo destripo!

—¡Lo destripamos! —rectificó con mucha seriedad Rigoletto—. Es más eficaz siempre la acción colectiva.

Y levantando por encima de la cabeza la taza casi llena, donde apenas había bebido dos sorbos desde que se iniciara la fiesta, agregó:

—Pero propongo que, antes de destriparlo, lo inscribamos en la asociación de defensores de la moral que preside don Rudesindo, el digno propietario de esta casa.

—¡Qué lástima que no tengamos dinero! —exclamó Quintales, cuya embriaguez era siempre triste.

Su melancolía se propagó instantáneamente a toda la reunión, que presentía una aburrida noche de carnaval después de las fugaces locuras de aquella mañana tan bien empezada. El propio Masilla, a pesar de su triunfo, se dejaba arrastrar por la ola de general desaliento, cuando la providencia empujó rudamente la puerta de la habitación y cayó en medio de los circunstantes maravillados, en forma de un mocetón cuadrado, con grandes bigotes caídos, como los de los chinos, y manos enormes, callosas y atenazadas que sostenían una caja y un paquete cuidadosamente embalados con muchas vueltas de bramante.

—¡Bartolo! ¡El gran Bartolo! ¡Bartolito! —gritó alborozado Cintura, saltando al cuello del recién llegado—. ¡Has venido como dedo en... ojo! ¡Nos salvas!

Ante la apostura y la sonrisa de aquel palurdo gigantesco, las dos mujeres se miraron un tanto confusas, pero las palabras del joven estudiante de derecho les devolvieron en el acto la tranquilidad, y entonces examinaron de reojo y con curiosidad la facha del nuevo personaje. Vestía éste un traje de dril, de rayitas negras y blancas y encasquetado hasta las cejas un enorme sombrero jipijapa, que no se quitó al entrar. No llevaba chaleco, sino una ancha faja de cuero ceñida a la cintura, y por debajo de la americana, demasiado corta, sobresalía el cañón, negro y lustroso, de un formidable pistolón. Por lo demás, el tal Bartolo mostraba en todos sus movimientos el aplomo y la majestad propios del bruto que conoce su fuerza y que no se ven por lo general sino en los paquidermos y en otros grandes animales que viven solos en el desierto.

—¿Qué nos traes, Bartolo?

—Lomo de puerco ahumado, longaniza, frutas, un queso y dulces que tu mamá hizo ella misma para mandártelos.

Cintura saltó varias veces de gozo.

—¡Un banquete, Bartolo! ¡Un verdadero banquete...! Y 20 pesos que me darás por cuenta de papaíto, porque no me queda ni una peseta —añadió, iluminado súbitamente por genial idea.

El gigante sonrió, mostrando sus dos hileras de dientes blancos y parejos, como dos cuchillas. Después sacó lentamente una bolsa de lana, corrió con mucha parsimonia los anillos metálicos y separó uno a uno cuatro moneditas de oro del montón de otras semejantes que la llenaba. Los ojos de las dos muchachas brillaron de codicia, e instintivamente se aproximaron al campesino, olfateando un buen negocio.

—Tu papá va a poner el grito en el cielo —dijo Bartolo, echando en las manos del joven las cuatro piezas—; pero yo me encargaré de amansarlo...

Cintura empezó a arrepentirse de no haber pedido 50 duros; mas ya era tarde, y tuvo que conformarse con lo que había, obtenido tan fácilmente.

—Almorzaremos aquí —exclamó, dirigiéndose a sus compañeros—. ¿Qué les parece? ¡Tendremos un día completo! Y Bartolo y las niñas se quedarán con nosotros, porque es justo y necesario.

Desde hacía unos instantes, Carlota se mostraba un poco inquieta y dirigía miradas recelosas a la claraboya de la escalera.

Los otros formaron grupos. El palurdo, metido en broma, celebraba los pies de Anita, dirigiendo a la impura miradas hambrientas.

—¡Y si tú vieras lo que está más arriba! —prorrumpió Cintura con una risotada—. Esta muchacha, aunque parece flaca, tiene buenas cosas... A ver, Ana, enséñale las piernas a Bartolo para que vea que es verdad.

La joven iba a hacer un mohín desdeñoso, pero se acordó de la bolsa, sustituyéndolo en el acto con una muestra de complaciente descaro, y alzó un momento las faldas, dejándolas caer enseguida.

Quintales la recompensó tomándola por la cintura y levantándola como una pluma, mientras las pupilas del rústico lanzaban un destello de salvaje lujuria. Cintura se acercó a él, y antes de pasar adelante en el camino del desorden, quiso enterarse de cosas serias.

Se informó de la salud del padre, la madre y las hermanas, que le enviaban besos y abrazos y contaban las horas deseando que llegase junio para tenerlo allá. El año no había sido muy bueno, pero don Federico, el cacique respetado y temido en toda la comarca, ganaba siempre mucho, aunque por lo general se pasara quejándose de la situación. Después deseó el joven enterarse de los asuntos de otras personas, y preguntó qué era lo que le había sucedido a Luciano Candela, un muchacho del pueblo, poco más o menos de la misma edad que él, a quien el mes anterior habían encontrado muerto de varios machetazos y encerrado en un saco de lona, entre unas cañas. Bartolo se rascó el cabeza, un poco perplejo.

—¿Qué le pasó? Pues que se la arrancaron —repuso con cierta sorna.

—Ya lo sé; los periódicos dieron cuenta del hallazgo del cadáver. Pero ¿quién lo mató?

Nuevo embarazo del campesino, que no sabía cómo contar aquello.

—¡Cosas de la política! —dijo al fin—. Luciano era majadero, y don Federico, tu papá, lo había salvado muchas veces de un percance... Pero a lo último, se puso muy inconveniente, y ya el viejo no pudo hacer nada... Dijo que hicieran lo que quisiesen, porque el muchacho era cabeza dura, y al día siguiente le sucedió el tropiezo...

Cintura no quiso preguntar más, y aun se reprochó el haberlo hecho, mientras Rigoletto decía para su capote: «He ahí seguramente a uno de los que cosieron el saco». Fue preciso disipar el ligero malestar que aquel incidente ocasionara, y se pusieron todos a desembalar los regalos con febril actividad pinchándose los dedos con los clavos. En eso, Carlota, que había creído distinguir la sombra de Azuquita en el recodo de la escalera, escapó hacia su cuarto, saltando como una cierva. Fue una falsa alarma, y volvió al poco tiempo cuando ya los comestibles estaban expuestos sobre la mesa y la algazara reinaba de nuevo entre todos los concurrentes.

Los jóvenes reían de la cínica ocurrencia de Rigoletto, empeñado en llamar a Bartolo «mi querido igorrote», con grandes muestras de deferencia hacia su imponente persona. El palurdo acabó por amostazarse, más que por las palabras, por la figura de aquella especie de enano, feo y zumbón, que le hablaba gritando, como si fuera sordo, y le preguntó a Cintura, con el entrecejo un poco fruncido:

—¿Qué es lo que quiere decir este hombre con eso de algarrote?

—Es como si te dijera: «mi querido correligionario» —repuso el joven, conteniendo la risa—, porque es también de los nuestros.

Bartolo saludó entonces al jorobado con la más amable de sus sonrisas. Pero Masilla, deseoso de lanzar una buena sátira a sus adversarios políticos, estuvo a punto de echar a perder el arreglo.

—En La Habana —dijo—, le llaman, por cariño, igorrotes a los del partido de usted.

Cintura y Quintales abrieron la boca para protestar, y lo hubieran hecho ruidosamente, si la mirada cómicamente alarmada y suplicante de Rigoletto no les hubiera impuesto silencio. Su mala impresión se borró totalmente, y aun rieron todos del chiste, cuando Bartolo, volviéndose hacia el hijo de su dueño y señor, le dijo con perfecta ingenuidad.

—Fico, vas a ponerme en un papel esa palabra para decírsela también a los amigos de allá.

Ahora Rigoletto, pasado el peligro, se disponía a referirle al rústico político la historia de su único ensayo oratorio, tan desastrosamente terminado al iniciarse, por la falta de seriedad del público, y para hacer más a lo vivo su papel acababa de subirse a una silla y trataba de reproducir su actitud en el instante de escalar la tribuna. Como la vez anterior, no le dejaron empezar, y en un segundo su cuerpo fue el blanco de diferentes proyectiles, de los muchos que se encontraban a mano en el cuarto. Esta ruidosa interrupción sin duda entraba en el programa ideado por Rigoletto.

—¡Infeliz! —le gritó Quintales—. Cuando acabes de quedarte calvo vas a parecer un mono viejo.

—Como tu padre, Armandito —replicó prontamente y sin inmutarse el agresivo payaso—; como tu digno padre, el ilustre prócer provinciano, cuya luminosa y pulida testa es el orgullo de la República.

La burla estalló bulliciosamente a expensas del pobre muchacho, cuyo chiste se volvía contra él, porque nada podía evocar más fácilmente la imagen de un viejo gorila que las cortas patillas grises, los vivaces ojillos, la mandíbula inferior redonda y prominente y la pelada cabeza del autor de sus días, a quien con tan mala intención acababa de recordar Rigoletto. El joven enrojeció y guardó silencio, preparando el desquite durante la tregua que siguió a aquella nueva algazara; tregua que aprovecharon las dos muchachas para aproximarse un poco más a Bartolo, atentas al negocio, aun en medio del más alegre desorden. La tal defección molestaba un poco a los estudiantes, los cuales veían disminuido el prestigio de sus frescos rostros ante la bolsa repleta del campesino y las miradas lujuriosas de sus ojos bovinos. Hubo un momento en que la melancolía, que duerme como un fatídico sedimento en el fondo de todas las locuras humanas, dio muestras de subir a la superficie. Se miraron unos a otros disgustados y con las cabezas pesadas por las estúpidas libaciones, de cuyo exceso daba fe la botella casi vacía. Y en ese instante resonó la voz vengativa de Armando Quintales, que había encontrado por fin el punto débil de la armadura del jorobado y se disponía a descargar el golpe.

—Rigoletto, anoche ganó tu amigo Rogelio treinta monedas en el Círculo Reformista.

Al oír el nombre de Rogelio, Rigoletto hizo un casi imperceptible ademán de disgusto; pero se repuso en el acto y respondió burlonamente:

—¿De veras? ¡Pues no me dio nada!...

—Te lo digo —prosiguió el otro, ensañándose, con una ironía rencorosa— para que no te tomes ahora tanto trabajo en llevar y traer paquetes de costura al cuarto de la «señora» Teresa, y porque me da pena verte convertido en un mandadero.

Rigoletto iba a contestar, impetuosa y seriamente, porque no era cobarde, a pesar de su pequeñez y de su ridícula figura, de la cual parecía él cómicamente orgulloso; pero recordó a tiempo que ése no era su papel y trató de disimular desviando el tema de la conversación. Fue inútil. El asunto a que se refería Quintales apasionaba los ánimos en aquellos días, y se generalizó la charla sobre él. Tratábase de los frecuentes viajes de Rigoletto del cuarto de Teresa a un almacén de confecciones de la calle de San Rafael, llevando y trayendo la obra de costura que aquélla despachaba afanosamente y en silencio, dejando terminadas tres docenas de sayas cada dos días. La actitud del jorobado, a quien no se le creía capaz de un oficio semejante, había despertado la curiosidad y el asombro de los ociosos de la casa, y hacía dos semanas que no se hablaba de otra cosa en toda ella. Los hombres opinaban que aquella fiebre de trabajo era pura gazmoñería y deseos de singularizarse, puesto que ¿adónde conducían esos pujos de virtud en una mujer que era la querida de un hombre casado? En la clasificación estrecha que la mayoría de los hombres hace de honradas e impuras no caben jerarquías, y aquellos jóvenes, pertenecientes a una generación de epicúreos acostumbrados a burlarse de casi todo los sentimientos elevados, tenían además muchos pequeños agravios que vengar de la extraña mujer, que, siendo abiertamente rebelde a las leyes sociales, se obstinaba en vivir como una honesta. Pero Carlota, apartándose un momento de Bartolo, que estaba como un bajá entre sus dos favoritas, asumió con calor la defensa de Teresa.

—Ustedes no pueden comprender ciertas cosas, porque son unos brutos, y dispensen el piropo —dijo encarándose con ellos—. A mí no me era simpática la mujer, y hablé también muy mal de ella, creyéndola una orgullosa; pero ahora no pienso del mismo modo y apruebo lo que hace, trabajando y no dejándose engañar por otro hombre... ¡Ojalá yo hubiese hecho lo mismo! Porque no es nada divertida esta vida para nosotras, y es preferible cien veces romperse los dedos con la aguja... En cuanto a Rigoletto, hace lo que ninguno de ustedes sería capaz de hacer por una mujer, aunque se tratase de una hermana.

Quintales lanzó una carcajada y replicó:

—Todas ustedes son románticas, a pesar de la vida que hacen... Rigoletto no piensa como tú crees, ni nada por el estilo. ¡Él va a su negocio y nada más! ¡Es su táctica...! Y si no, pregúntale si no va a buscar el premio, como siempre...

A pesar de su aplomo sin límites, de su experiencia de la vida y del descaro habitual en que se encerraba, como la tortuga en su concha, el pobre contrahecho perdió por un momento el dominio de sí mismo. Palideció; su cabeza lució más lamentablemente hundida entre los hombros demasiado altos, y en lugar de su genio agresivo, solo encontró protestas vagas y un aire de gravedad que desfiguraba de modo lastimoso su burlona fisonomía. Era demasiado hábil en aquel juego de la broma y de la lucha de frases para ignorar que una actitud seria y digna acabaría de ponerlo en ridículo y de rebajar su prestigio delante de aquellos muchachos, y determinó retirarse, como un general próximo a sufrir por primera vez la vergüenza de la derrota. Por fortuna, Masilla acudió en su socorro.

—¡Y a ti qué te importa, Armando! Deja a Rigoletto operar; y si es como tú dices, que le haga buen provecho...

La aparente defensa hacía, en realidad, una pérfida insinuación que dejaba abierto el camino de la sospecha; pero tuvo el poder de desviar la burla, haciendo callar a Cintura. La embriaguez es voluble, cuando no toma la forma pesada de un estribillo, y aquellos jóvenes empezaban a sentir hondamente sus efectos. Ahora Bartolo tenía sentada en las piernas a las dos muchachas, una en cada rodilla. Rigoletto se aprovechó del desorden para escapar.

—¡Vuelvo enseguida! —gritó desde la puerta.

—¿Vuelves, de veras?

—Sí; enseguida.

En el pasillo se detuvo, antes de dirigirse resueltamente al cuarto de Teresa. Estaba turbado y como abatido todavía, por el efecto de las últimas emociones, y se frotó con fuerza los párpados.

Es posible que quisiera detener una lágrima comprimida detrás de ellos y próxima a saltar indiscretamente.

VIII. El corazón de Rigoletto

Cuando hubo recobrado su calma y su aplomo, se aproximó a la puerta de Teresa, no sin antes cerciorarse de que no le seguían, y arañó en ella como los gatos cuando quieren entrar en las habitaciones. Le abrieron enseguida, como si aquélla fuese una señal acordada de antemano. Teresa estaba en pie, en medio de un gran desorden de telas y de sayas, acabadas ya, que invadían las sillas, la pequeña mesa de labor y la máquina de coser. Más delgada, más pálida, más erguida y con las ojeras agrandadas por el insomnio y la fatiga, al disminuir un poco la gordura que acusaba el principio de su madurez, su belleza ganaba y se hacía más suave y más interesante. Hizo a Rigoletto un saludo amistoso y lo invitó a sentarse, desocupando con presteza una silla.

¡Qué hay, Emilio! ¿Ha sabido usted de Rogelio hoy? Hace dos días que no viene.

Rigoletto iba a decir: «Sí; anoche ganó 150 pesos, y es un sinvergüenza»; pero se contuvo piadosamente, y respondió con sencillez:

—No; no he sabido.

Su actitud engañó a la pobre mujer, que nada sospechó de lo que le ocultaba, e hizo un gesto como para poner su destino en manos de Dios. Enseguida, sustrayéndose al dolor de aquellas ideas, mostró al recién venido el desorden de «su taller», con un ademán orgulloso, y exclamó:

—¡Qué le parece! ¡Se trabaja!, ¿eh? Van aligerándose mis dedos, y dentro de poco haré una docena al día.

Rigoletto miró conmovido el montón de telas y de sayas, y luego a la costurera. Había caído del rostro del desdichado la máscara sardónica con que se presentaba en público, y solo quedaba en la expresión de cansancio del vencido, iluminada a medias por el resplandor de un dulce sentimiento. Desde que conocía a Teresa, aquel cuarto era su refugio predilecto y el lugar donde pasaba las mejores horas de su existencia. Le había ido confiando a su única amiga los pequeños secretos de su vida, obteniendo de ella análogas confidencias. Su mordacidad habitual se convertía, al encontrarse a su lado, en una discreta charla, a veces festiva y hasta ligeramente irónica, en que el principal objeto de sus burlas era él mismo. Por él supo Teresa que vivía con su abuela, anciana señora de cerca de noventa años, siempre achacosa, con quien gastaba cuanto dinero podía conseguir. Se llamaba Emilio, sin otro apellido, pues su padre lo había tenido con una corista del teatro Cervantes, a quien se lo quitó más tarde para llevárselo al hogar materno y confiarlo a los cuidados de la buena anciana, que había sido su único sostén en la infancia. A los tres años el mal de Pott desatendido lo dejó contrahecho para el resto de su vida. Su padre emigró al Brasil, de donde mandó dinero al principio, y murió algún tiempo después en la pampa argentina. Él, Rigoletto, había aprendido a ser desvergonzado e insolente en la dura escuela de la vida.

—Vea usted —le decía a Teresa—: Si supieran los que me admiran que tengo la debilidad de poseer una abuela como cualquier hijo de vecino, perdería irremediablemente mi prestigio.

Después se mofaba discretamente de su condición de «hijo del amor», ponderando la belleza de éstos, y acababa por sostener que los jorobados tenían que ser cínicos, si querían vivir, a fin de anticiparse a las burlas de los demás y obtener que los dejasen tranquilos. De su experiencia de la vida se desprendía esta deducción amarga: nuestras penas, nuestros dolores y nuestros sentimientos no les interesan a los demás y solo sirven para que se diviertan con ellos los indiferentes. Teresa pensaba lo mismo, y he ahí tal vez el motivo de que sus dos temperamentos, al parecer tan diferentes, simpatizasen desde el principio.

—Solo hay dos personas en el mundo que sepan que me llamo Emilio y que soy nieto de mi abuela: ésta y usted —le decía algunas veces Rigoletto.

En cuanto a Teresa, podía mostrarse más exclusiva: únicamente delante de aquel extraño amigo había hecho a menudo alusión a sus íntimas tristezas de amante, pues ni aun Dominga, que la había visto nacer, pudo jamás obtener de ella una franca confesión de sus penas. Tal vez la certidumbre de que la singular figura de aquel hombre excluía toda hipótesis de amor, en su mente y en la de los demás, contribuyera a anudar más fácil y prontamente los lazos de su amistad, o quizás influyese en ella la misteriosa atracción con que los grandes infortunios largo tiempo comprimidos se buscan y se completan. Lo cierto es que Teresa, cuyo corazón conservaba vacío el espacio destinado al amor fraternal, llegó a emplear más profundas y delicadas franquezas con Rigoletto que con su propio querido. El jorobado la hacía reír y llorar al mismo tiempo, al referirle las minuciosas precauciones de que se valía para ocultarle a todo el mundo su vida doméstica y su domicilio. Lo creían avaro y ruin, porque jamás disponía de un centavo y vivía sobre los demás como un parásito, y él dejaba que cada cual pensase lo que quisiera. Por su parte, la joven se creía obligada a depositar en él la misma confianza. Lo llamaba siempre Emilio, con su voz grave y musical, que adquiría, al pronunciar este nombre, extrañas modulaciones de afecto. Le confió que Rogelio, aunque pagaba siempre el cuarto, había llegado poco a poco a desentenderse de los otros gastos, olvidando el pago de su comida y la pensión del colegio de sus hijos, y le pidió su ayuda para trabajar por sí misma, a lo que se aprestó de buen grado Rigoletto. A veces, en momentos de mayor franqueza, le abrió aún más su corazón: Rogelio satisfizo siempre todas las ansias de su alma apasionada, pero nunca sus innatos anhelos de ternura. No era malo, a su juicio, pero era egoísta y seco. Por eso su intimidad, a pesar de haber durado tantos años, no tuvo jamás esos delicados matices del sentimiento, que tan bien suelen armonizarse con los intermitentes arrebatos del deseo, y de los cuales se mostraba secretamente ávido su corazón, entristecido lejos del calor del hogar. Rigoletto, sediento también de cariño desde su niñez, lo escuchaba y lo comprendía todo; pero no sospechaba Teresa el daño que sus confidencias hacían en el alma de aquel desdichado que no podría ofrecerse jamás a ella, como él quisiera hacerlo, para redimir sus dolores. Sin embargo, Rigoletto no era totalmente inconforme. Asociado a medias a la vida de la joven, se consideraba casi feliz. Llevaba y traía la obra del almacén de confecciones, apretando con más fuerza contra su pecho el paquete que contenía las sayas hechas, las cuales conservaban aún el perfume de las manos de Teresa. Iba también al colegio donde estaban los niños, para llevarles las ropas y las golosinas que la madre les mandaba, y solía agregar algunas de estas últimas por su cuenta. Lo que Teresa ganaba era solo para pagar la pensión de aquel colegio. La comida provenía de manos de Dominga, que apartaba dos veces al día un plato para —su niña— de la cocina en que trabajaba. De esta manera, encerrada entre dos grandes abnegaciones, Teresa sentía menos sus dolores, y tenía a veces momentos de verdadero olvido.

Se comprenderá fácilmente, ahora que conocemos los detalles de la única amistad de Rigoletto, cómo las palabras de Armando Cintura pudieron trastornar tan completamente a un hombre como él y hacerle perder con tanta facilidad el auxilio de su proverbial desfachatez. Este mismo estado de ánimo contribuyó a que fuera más intensa su emoción, al oír las valerosas frases con que Teresa se refería a sus progresos en el trabajo.

—¿Qué pasa hoy en el cuarto de los estudiantes, Emilio? —preguntó ella, un momento después, sentándose a la máquina y disponiéndose a reanudar su labor en presencia de él.

—Fui yo quien tuvo la culpa de ese desorden —respondió Rigoletto—. Anoche le escribí una carta de amor a un dependiente del café de la esquina, dirigida a una criadita de la vecindad, y tan elocuente le pareció que me hizo el obsequio de una botella de coñac... Yo no bebo más que por cubrir las apariencias, y se me ocurrió divertirme, mientras llegaba la hora de venir aquí, emborrachando a esos muchachos. Le dije pues, a mi generoso cliente que la trajese a la habitación de esas tres esperanzas de la patria, y ahí tiene usted toda la historia...

Teresa sonrió indulgentemente de la ocurrencia de su amigo y guardó silencio, acelerando el movimiento del pedal, mientras el índice de su mano izquierda dirigía nerviosamente la costura bajo la aguja. Durante algunos minutos, la mirada de Rigoletto fue de aquel dedito fino y activo al rostro serio, ligeramente ladeado sobre el trabajo y absorto en él con una atención obstinada. Al fin, elevando la voz para dominar el ruido de la máquina, se decidió él a decir:

—Teresa, he venido hoy para hablarle de un asunto que le conviene.

Disminuyó ella la velocidad del pedal y repuso sencillamente:

—Ésta es la última obra de máquina. Lo que viene después será a mano y podremos hablar.

Todavía transcurrieron unos momentos de trabajo febril y de muda y casi religiosa contemplación, y al cabo de ellos, la mujer, levantándose y sacudiendo en el aire la pieza, casi terminada, exhaló un suspiro de satisfacción. Enseguida, apartó la máquina, trajo la cesta de la costura y dispuso las sillas cerca del sillón que ella iba a ocupar, a fin de tenerlo todo a mano.

—Ahora nada me impide escucharle, Emilio.

—¡Oh! ¡No es largo! Es casi seguro que conseguiré para usted un destino en Hacienda. Me lo han ofrecido, y cuando salga de aquí, iré a buscar la contestación definitiva.

Teresa movió la cabeza, con aire de profunda contrariedad.

—Tenemos que abandonar ese proyecto, amigo mío. Rogelio no quiere...

Rigoletto se incorporó, asombrado.

—¿Por qué?

La joven vaciló.

—Porque dice que no soy todavía bastante vieja para eso —respondió, al cabo, dejando caer los párpados sobre el magnífico brillo de sus ojos oscuros, con aquel movimiento, tan exento de coquetería y, sin embargo, tan lleno de gracia, que le era habitual en sus instantes de confusión.

—Pero eso es una locura —objetó Rigoletto, casi indignado—. Un destino sería mucho mejor para usted que este horrible trabajo, tan duro y tan mal retribuido, y además ganaría el triple...

Pensó: «Cuando no se cumplen ciertos deberes es una iniquidad ejercer derechos que revientan a una inocente, que, por añadidura, es la parte más débil»; pero no se atrevió a decirlo, tal como lo sentía, y se concretó a añadir, con irónico acento:

—¿Tiene celos Rogelio ahora?

Teresa alzó los ojos, en señal de ignorancia, y repuso con mucha tranquilidad:

—Parece que, después de tantos años, no me conoce todavía lo bastante. ¡Una mujer peca en cualquier parte, o se da su lugar donde quiera! ¿Y en dónde más expuesta que aquí mismo...? No he discutido con él, porque me he propuesto no hacerle un reproche por nada. Si viene, lo recibo bien; si no viene, lo espero siempre, y si se le antoja que me cruce de brazos y me deje morir de hambre, dispuesta estoy a que se cumpla mi destino... Le hablé anteayer de la necesidad de buscar una plaza para mí en una oficina, ya que a él le es difícil colocarse, y frunció las cejas, declarando que una mujer joven no debe entrar en estos centros de corrupción... Me sorprendió, porque, en realidad, me creo casi vieja ya; pero no repliqué una palabra, dispuesta a decirle a usted que no se molestara más buscando esa plaza...

Rigoletto volvió a fijar en ella la mirada, con angustia y admiración.

—¿Pero él...? —dijo.

—Él, ¡juega...! —contestó Teresa con acento tan desolado y hondo, que el otro se estremeció a pesar suyo.

Había un mundo de ideas diferentes y de sentimientos no expresados en aquella sola frase: «¡él, juega!», dicha con tal expresión de concentrada amargura. Jugar ¿no lo es todo: la vergüenza, el vértigo y la crueldad de una pasión incurable? Sí: Rigoletto sabía que jugaba, y sabía algo más. El capricho, seguido de vaga desilusión, que había concebido la Aviadora por Rogelio, se había convertido, a causa de los celos de Margot, en una verdadera obsesión. Los amantes no podían verse, sino a hurtadillas y de tarde en tarde, porque la implacable mulata vigilaba con los cien ojos de Argos; pero sus esfuerzos, sus amenazas y los actos de violencia de que había sido víctima Carmela no conseguían más que excitar hasta la rabia los deseos de ésta. ¿Cuánto tiempo transcurriría antes que el drama estallase con un desenlace o con otro, y quién sufriría las consecuencias? Rigoletto compadecía a Teresa y experimentaba, sin embargo, cierta secreta alegría al pensar que los lazos que unían a esta interesante mujer con su amante estaban próximos a romperse. No tenía esperanzas de sustituir jamás a éste en el corazón de la querida; pero aborrecía, sin poderlo evitar, a ese hombre, a quien profesaba algún afecto unos cuantos meses antes. Lo que le dolía era la pena que tendría que sufrir Teresa en el inevitable calvario que había de recorrer desde allí hasta su completo desengaño. ¿Y después? El jorobado, gran conocedor de la vida, le temía a la reacción del carácter en las mujeres del temple de aquélla. Tampoco él podía explicarse la terquedad de la joven, al rehusar obstinadamente la reclamación de lo suyo; aunque se veía obligado a reconocer la entereza de su voluntad, y se alegraba, sin confesárselo, de que fuera pobre y desgraciada, porque de esa manera podía prestarle una multitud de pequeños servicios y tenía el pretexto para permanecer más tiempo cerca de ella. De todos modos, bendita terquedad aquella, que había sido tal vez la causa más poderosa del alejamiento de ambos amantes.

—Hace una semana que no abro las ventanas de ese balcón, ni veo siquiera a mis hijos —dijo Teresa, tratando de llevar la conversación a un tema menos penoso, y sin poder salir del círculo de sus tristezas.

—Hace usted mal: el encierro enferma y aniquila.

—¡Bah! De ese modo no me molestan. Si sigo así, creo que acabaré por odiar a todo el mundo. Cuando un animal agoniza, las auras tiñosas empiezan a aproximarse en bandadas... He tenido que dejar de saludar a doña Flora, que llegó a hacerme insinuaciones demasiado vergonzosas con respecto al dueño de esta casa, y casi estuve a punto de arrojar de aquí a Paco, el amigo de Rogelio. Todos creen tener derecho a divertirse con una mujer que ha sido de un hombre sin el requisito del matrimonio...

—Ese Paco es un canalla —dijo Rigoletto con voz sorda.

Teresa se encogió de hombros, con aire displicente.

—¿Y los demás? Le aseguro a usted que se necesita más dignidad para ser la querida de un hombre que para ser su esposa. La mujer legítima tiene a su alrededor muchas barreras protectoras, que para nosotras no existen. Pero cuando el asedio es más implacable es cuando el hogar hecho a espaldas de la ley amenaza ruina... No me arrepiento de nada, ni soy gazmoña. Si volviera ahora a empezar a vivir, me daría otra vez al hombre que quisiera, con la misma tranquilidad con que lo hice con Rogelio. Tampoco digo, como las santurronas, que una mujer solo puede tener un amor en su vida. El mal consiste en que al hombre que quise se le agotó tal vez el cariño, cuando el mío todavía no había muerto...

Hizo una pausa, y suspiró casi imperceptiblemente. Después prosiguió:

—Hablando de estas cosas con usted, me desahogo y siento alivio. No le he faltado jamás a Rogelio, ni con el pensamiento, y no lo haré mientras me conserve a su lado. Si tuviera la intención de hacerlo, se lo diría sin temor. Por eso no puedo consentir que nadie me manche, ni siquiera con la sombra de una sospecha... Hace muchos años que nos juramos él y yo decírnoslo todo, hasta las cosas más íntimas y vergonzosas, y si él llega a olvidar un día su juramento, por mi parte pienso, cumplirlo. Ésta es la razón por la cual estoy decidida a no hacerle el más pequeño reproche, esperando siempre que toda iniciativa parta de su conciencia... Pero estoy desgarrada por dentro, aunque no lo aparente. Con usted ya sabe que no deseo tener secretos. ¡Lo quiero todavía, por desgracia, y lo considero más infeliz que culpable! Cuando me vea obligada a renunciar a lo que resta de mi amor, no sé lo que haré. Seré de uno más o de cien, sin aspavientos y sin vergüenza, porque antes que nada necesito educar a mis hijos. Y ahí tiene usted la causa de este encierro y de esta calma con que veo acercarse los acontecimientos y que cualquiera que no fuese usted, atribuiría a insensibilidad...

Los dos callaron un momento, embargados por opuestas emociones, y Teresa, que había interrumpido el trabajo en el ardor de su confesión, volvió a tomar la aguja y reanudó su tarea con inquieta actividad. Con la uña del pulgar plegaba delicadamente sobre el muslo las carteras de las faldas de piqué donde iba colocada una hilera de botoncillos blancos, antes de fijarlas en su sitio. Había cruzado una pierna sobre otra, para hacer más cómodamente esta labor, y mostraba, sin advertirlo, la punta de un piececito lindamente calzado con zapato de charol, y detrás el nacimiento de la otra pierna cubierta por la media negra. A Rigoletto le molestaba, como si fuese un acto de traición, su propio deseo de contemplar aquella interioridad enseñada al descuido, y, a pesar suyo, no podía apartar los ojos de ella, disimulando cuando la joven levantaba los ojos de la costura para fijarlos en él. Esto no obstante, no experimentaba ningún deseo brutal, ninguna sacudida violenta de su temperamento lujurioso, como cuando se hallaba en presencia de otras mujeres. Sentía solo una sorda cólera contra el insensato que desdeñaba aquella verdadera hermosura por los marchitos atractivos de la Aviadora y el delicioso arrobamiento que le invadía siempre cuando estaba en aquel cuarto cerca del calor de su ídolo. El pensamiento de que él había poseído a la otra, algunos meses antes, a cambio de un insignificante servicio, lo ponía fuera de sí, y tenía que hacer un gran esfuerzo de voluntad para no gritarle a Teresa que Rogelio era indigno hasta de besar la suela de sus zapatos. Él fue quien rompió el silencio.

—Es preciso convencer a Rogelio de que usted debe aceptar el empleo de que le hablé, Teresa. Usted no puede seguir haciendo ese trabajo.

Ella hizo un nuevo gesto de indiferencia.

—¡Veremos! —dijo—. Por lo pronto, le he escrito a mi hermano dos o tres cartas, a las cuales no se ha dignado contestar. Más tarde, tal vez me decida a implorar la ayuda de su mujer... Si consigo resolver el problema de los niños, estaré tranquila y podré pensar un poco más en mí. ¿No le parece?

Sabía él que no lograría desviarla un ápice de la línea que se había trazado de antemano. Su respuesta era solo una evasiva. La verdadera situación de Teresa se comprendía diciendo que, desde el día en que Rogelio le confió su proyecto de divorciarse para contraer con ella un nuevo matrimonio, la idea de que «quien hablaba con tanta tranquilidad de alejarse de una hija enferma, podía pensar más tarde lo mismo con respecto a dos hijos sanos», la asaltaba con frecuencia y desgastaba, como una lima, los cimientos de su fe. A partir de aquel instante, nada le parecía imposible, y la misantropía de Rogelio, sus distracciones, su pasión por el juego y el desvío creciente con que se apartaba de sus deberes de amante, parecían aportarle hora por hora la confirmación de sus temores. Respecto a sus propósitos, a sus intenciones, a la línea de conducta que sin duda se había trazado, para cuando el desastre hubiese acaecido, nada podía saberse, pues en aquellas cuestiones en que su voluntad intervenía siempre de un modo decisivo le gustaba siempre a ella guardar cierta reserva. Su actitud hacía presagiar que, a semejanza del capitán de un buque náufrago, esperaba estoicamente a que el casco empezase a hundirse para abandonar el puente.

—¡Qué mujer! —pensó, enternecido, Rigoletto, y añadió en voz alta:

—Bien: aceptaré por lo pronto el empleo, y tendremos luego tiempo de pensarlo.

Cuando, una hora después, salió de allí, atravesando el pasillo con las mismas precauciones con que entrara, a fin de evitar las murmuraciones, llevaba el alma llena de emociones, y no sé qué, extraña comezón interior que le aligeraba las piernas. Eran las once y media. A las doce tenía una cita con el coronel Lucas, que ahora se hacía llamar general, para resolver lo de la plaza en Hacienda. Echó a andar por el Prado, tarareando un aire de zarzuela, alegre al pensar que a las tres tendría que volver a buscar el trabajo terminado para llevarlo al almacén.

Lucas vivía en el hotel Almería, en un confortable departamento que le ahorraba las molestias de mantener una casa montada. Tenía solo que recorrer a pie cinco cuadras; pero prefería llegar antes de la cita y esperar un rato, sabiendo bien lo que puede influir un retraso de cinco minutos en el ánimo de un político corroído por la ambición.

Rigoletto era, de suyo, vividor y filósofo. Le gustaba moverse y respirar en el pequeño espacio de ciudad representada por las estrechas franjas de San Rafael y Obispo y por las menos angostas de Galiano y el paseo de Martí, donde se aglomeran las tiendas de novedades, se agrupan las mujeres y se pasea la insolencia de los advenedizos tropicales; y se divertía observando las caras y las pasiones de aquel pequeño hervidero, que le eran casi todas familiares. Si se le hubiera condenado a vivir lejos de esta exposición constante de ardientes apetitos y de distintas inmundicias sociales mostradas con menos pudor que en otras grandes poblaciones, seguramente se habría muerto de tedio. Era un perfecto cubano y un habanero adherido al suelo de su ciudad como la ostra a la piedra. Vivía declamando contra la desvergüenza de los caciques, erigidos en árbitros y espejos de la sociedad, y haciendo grandes muecas de asco ante la ola de corrupción, cada año más grande, que nos invadía, y se hubiera considerado muy infeliz en otra parte, lejos de los Lucas, de los Jiménez, de los Cintura y de los Quintales, a quienes debía sus mejores epigramas. Ese extraño caos de indiferencias y pasiones, de sumisión y de audacia, de cinismo y de austeridad teórica, amasado con la pereza del nativo y la desdeñosa avidez del extranjero; esa burlesca comparsa de mandarines, de perdonavidas y de listos de todas clases, reinando sobre la mayoría escéptica de los que se enriquecen socarronamente, de los que recogen en silencio las sobras y de los que no hacen nada; esa perpetua expresión de ligereza y de alegría, roída sin cesar desde el interior por la tristeza y la envidia; ese perenne carnaval de la indisciplina, del cansancio sin haber laborado, de la falta de aptitud para realizar completamente una cosa, que hace que seamos todos sabios a medias, agricultores a medias, artistas a medias, profesionales y obreros a medias y patriotas a medias; sobre el cual se destaca la amarga parodia de un Estado, de un gobierno, de una administración y de una clase directora, que no existe en realidad; todo ese anárquico y pintoresco conglomerado de hombres, de apetitos y de tendencias, sin ideales que unifiquen, sin fuerzas sociales que se impongan, sin creencias que levanten el espíritu y sin verdaderas jerarquías que señalen a cada cual su puesto en la vida, que constituye una democracia hispanoamericana y que empezó a revelarse en nosotros al día siguiente de la intervención anglosajona, como toma espontáneamente su primitiva forma una pelota elástica, antes comprimida, al abandonarla a sus propias fuerzas, era al mismo tiempo el encanto y la desesperación de Rigoletto. ¿No se debía a todas esas pequeñas causas de desorden el creciente embellecimiento de la ciudad, vestida siempre de fiesta, la expresión dichosa de los transeúntes y el suave balanceo de las caderas de las mujeres, verdaderas heroínas de aquella época de promiscuidad y de lujo, que se apretaban en el interior de los sombríos almacenes y a lo largo de las estrechas aceras, con no sé qué diabólico aire de triunfadoras; nuevo en ellas y tan provocativo, tan sensual como lo es siempre que declina en las sociedades el poder del hombre? Rigoletto gozaba con deleite de este espectáculo ofrecido, a diario y gratuitamente, a la vista y a los sentidos; y nadie como él sabía olfatear los lugares donde se daba cita la alegría de los desocupados y exhibir bizarramente en ellos su deforme figura, en donde el eterno saco de alpaca que usaba caía de los hombros huesudos como colgado del palo de una percha. Conocía de memoria cada árbol y cada banco del paseo, cada grieta de las fachadas, cada aldabón de puerta y cada rostro de portero o de dependiente de café distribuidos a lo largo de sus paseos favoritos. Afirmaba irónicamente que vivíamos en el mejor de los mundos, y en realidad lo sentía así. Todo lo que abarcaban sus ojos era suyo, hecho para su recreo y esparcimiento, creado para vestirlo, alimentarlo y divertirlo, como un feudo que su astucia, su amor y su desprecio habían levantado sobre la espalda de los demás, de igual modo que con el filo de la tizona los antiguos paladines. ¡Ah! ¡Si a todas estas alegrías del mundo exterior, a toda la brillantez del cielo y de las cosas bajo el Sol del trópico, pudiera él unir la satisfacción de aquel gran anhelo de su corazón que le hacía aspirar con fuerza el aire y andar sobre el pavimento de la alameda como si bailara...!

Había atravesado la calle, frente a la presuntuosa fachada del Almería, adornada con trozos arquitectónicos de estilo arábigo, y se disponía a franquear el amplio vestíbulo del hotel, con su breve escalinata, su piso de mármol y sus adornos imitando ébano, cuando paró un auto de alquiler a su lado y una voz de mujer, muy conocida, gritó para detenerlo:

—Rigoletto, ¿qué es eso? ¿Te sacaste la lotería y vives aquí?

Al volverse, reconoció a Margot, la mulata, con un traje de seda salmón, una gran piel sobre los hombros y un lindo casquete de terciopelo oscuro del que partía un solo penacho blanco, ligero y erecto. Los famosos impertinentes colgaban del cuello, suspendidos por linda cadena de oro cincelado.

—Tal vez no andes lejos de la verdad, y hasta te convendría ahora enredarte conmigo...

La impura se echó hacia atrás, con un mohín desdeñoso.

—¡Límpiese, hombre! ¡Ni así te quiero, desprestigiao!

Se echó a reír, enseñando la doble hilera de su fuerte dentadura, y exclamó cambiando bruscamente de tono y asunto:

—¿Qué te parece lo de Carmela? Se ha «metido» de veras con tu amigo, que es un «come bolas», un pagano de toda su vida, y un viejo para ella, porque dicen que tiene cerca de cuarenta años...

Rigoletto se encogió de hombros para indicar que todo aquello le importaba muy poco. La otra se enfureció enseguida, lanzando rayos por los ojos.

—Pero ella no se burla de mí, ¡te lo juro por esta cruz! Si él quiere, que se amarre los pantalones y se la lleve; pero yo te aseguro que le pico la cara donde quiera que la esconda, aunque la meta bajo la tierra... Por lo pronto no la dejo salir ni a la puerta, sino conmigo, y ni él ni ella pueden moverse sin que yo lo sepa. Y te lo repito: ¡si puede, que se vaya; pero te juro por los huesos de mi madre que le corto la cara! ¡Mira!

Abrió febrilmente su saco de mano y mostró una pequeña navaja sevillana, nueva y reluciente, que llevaba a prevención.

—Chica: me alegraré mucho de eso...

—¿Qué?

—Digo que me alegro mucho de que le estropees el rostro porque, cuando haya perdido su belleza, tal vez me quiera a mí en lugar de Rogelio.

—¡Vaya al diablo! ¡Con usté no puede hablarse en serio... De todas maneras, te lo advierto, para que se lo digas a Rogelio... Por eso, cuando te vi hice parar el automóvil... Dile que se deje de pretensiones y atienda a la querida que tiene muerta de hambre, porque él no ha sido siempre más que un pagano...

Decía la palabra «pagano» con el aire de profundo desprecio con que las mujeres que se venden hablan de los hombres que las pagan. Y para remachar su desdén, añadió burlonamente, después de lanzar una sonora carcajada:

—¡Miren qué tipo ese para meterse a chulo!

El auto echó a andar, sin más despedida, y Rigoletto entró apresuradamente en el hotel, temeroso de otro encuentro que lo retrasara. En el vestíbulo se cruzó con un pasante del bufete de Jiménez, una especie de secretario particular del magnate, grave y misterioso como su amo, a quien éste empleaba en todos los asuntos delicados. Los dos se saludaron amistosamente, sin detenerse. Rigoletto, que había leído a Balzac, dijo para su sayo: «He aquí un embajador del Minotauro», mientras recibía la sonrisa de bienvenida del negro galoneado del elevador, que lo conocía, como todo el mundo.

—¿Está solo Mongo Lucas?

Por toda respuesta el negrazo abrió, inclinándose, la puerta de su jaula de acero, y lo dejó pasar.

Rigoletto conocía muy bien toda la intrincada red de pasillos y galerías de aquel moderno hotel, construido para no perder ni un metro de terreno ni un rayo de Sol, y rehusó la oferta del sirviente que se brindaba a conducirlo. Torció a la derecha, luego a la izquierda, entre las hileras de habitaciones cerradas, de donde no salía el menor ruido, y después de varias vueltas se encaminó resueltamente a una puerta, sobre la cual brillaba, con guarismos de oro sobre el fondo de esmalte azul, el número 596. Avanzaba silenciosamente sobre la cinta de linóleum que amortiguaba el ruido de los pasos en el centro del pasillo, admirándose de que hubiera seres que prefiriesen aquella soledad de claustro a una linda casita en las afueras de la ciudad, con flores en el jardín y enredaderas en las ventanas. La puerta estaba entreabierta. La empujó y entró sin preámbulos, como amigo de confianza a quien se recibe bien a todas horas; pero en el saloncito, de nueve metros cuadrados, decorado con un lujo frío y un poco chillón de bazar de novedades, se detuvo, sorprendido al escuchar el rumor de dos voces que disputaban en la pieza contigua. Reconoció enseguida la de Mongo Lucas, vibrante y áspera, y adivinó que la otra, semejante a la de un chiquillo audaz y voluntarioso, era la de la linda muñeca con que se había casado y que iba casi siempre con él a todas partes.

—¡Lo harás! —decía el marido en aquel instante—. En primer lugar, porque me da la gana, y después porque es preciso. ¿Crees tú que se puede gastar lo que gastas y vestirse como te vistes con 400 pesos de sueldo...? Jiménez es un hombre serio, que no te comprometerá, y es además el único que me protege... ¡Tú sabes que te conozco demasiado para que me engañes con hipocresías!

—¡Si no es hipocresía, hijo! Es que ese hombre es un puerco y muy antipático. Vestido huele al aguardiente con que se lava: figúrate cómo será...

—¡Eh! ¡No quiero saberlo! —rugió el hombre, en una explosión de dignidad ofendida—. ¡Si supiera que ibas a buscar en un lance así algo más que un mero negocio, te estrangularía! ¡Necesito ser representante, hacerme rico, tener colecturías, como tantos otros que valen menos que yo...! ¡Y si no me ayudas, te reviento como a una perra! Ya debías conocerme y saber que no me ando con juegos cuando te mando una cosa...

Rigoletto dio media vuelta, se deslizó hacia la puerta como una culebra, y ganó de nuevo el pasillo, alejándose a toda prisa. Frente a la habitación de Lucas, vio que otra puerta se entreabría con mucho tiento al pasar él, y le pareció distinguir detrás de ella la alta estatura y la faunesca expresión del rostro de Paco Rasal, que se recataba en la penumbra. Su vista de lince vislumbró también que el joven estaba en calzoncillos, como si se hallara en su propia casa.

—¡Demonio! —se dijo regocijadamente el malicioso enano conteniendo la risa—. Aquí tenemos ahora al Minotauro en persona. Solo que esta vez se oculta y no va a dejar utilidad a la casa.

Y mientras desandaba el camino recorrido, en demanda del elevador, pensaba que el gobierno había hecho mal al no utilizar sus bellas aptitudes de sabueso, poniéndolo al frente de la policía secreta.

—¿No está el general? —le dijo el negro, sorprendido.

—Sí; me dijo que volviera dentro de un cuarto de hora.

Salió al portal; se paseó gravemente por él durante diez minutos, dando tiempo a que la tormenta doméstica se disipara, y cuando, después de entretenerse otro rato en mirar los cuadros del vestíbulo, volvió a subir, tuvo la precaución de toser fuerte, de estornudar tres veces y de llamar a gritos al sirviente para preguntarle si el general se encontraba en casa; todo esto casi delante de su puerta. Fue un cuidado inútil, porque durante su ausencia había subido otra persona, y Lucas hablaba tranquilamente con ella en el saloncito, vestido con un pantalón de franela blanca y una cazadora abierta sobre la camisa de seda.

—¡Hola, Rigoletto! ¿Tienes catarro?

—Mucho. ¡La tos me mata! ¿Estorbo?

—No; siéntate y espera. Acabo enseguida. Este caballero es un amigo que viene a verme desde Pinar del Río...

Rigoletto examinó al desconocido. Era un hombrón colorado y rubio, que se expresaba en castellano con marcado acento extranjero. Vestía como los campesinos acomodados y parecía tener en gran estima a Mongo Lucas, a quien trataba como a un héroe de nuestras guerras de independencia. El general lo llamaba, a su vez, Mr. Bottle, con no menos respeto.

Rigoletto tardó poco en averiguar el tema de la conversación entre aquellos dos hombres. Mr. Bottle era un hacendado de la región occidental de Cuba. Una enfermedad, agudísima y desconocida en la comarca, diezmaba sus cerdos, y el campesino venía a solicitar la influencia de su amigo en el departamento de Agricultura, para que el gobierno le ayudase a combatirla.

—Es un error de ustedes, los cubanos —decía aquel hombre, con la seriedad que emplean los anglosajones para tratar de los asuntos públicos—. ¡Un gran error! La agricultura debe atenderse antes que nada, porque de ella vive todo el pueblo de Cuba... Comprendo que son nuevos en el gobierno, que no han practicado lo suficiente; pero no que se olvide así lo más importante.

—Tiene razón, Mr. Bottle; los que nos mandan ahora son peores que los cochinos que a usted se le mueren en su finca... Si yo fuera Secretario de Agricultura, ya vería usted...

—Pero, ¿mientras tanto...? —replicó el buen norteamericano, hombre práctico siempre y poco dado a confiar las cosas al tiempo.

—Mientras tanto —repuso Lucas—, ya conseguí que le enviaran a usted una comisión investigadora y un técnico de laboratorio para estudiar eso. ¿No han ido todavía?

Mr. Bottle dijo que sí con la cabeza, dejando caer los brazos a lo largo del cuerpo, con aire de profunda desolación.

—Sí, fueron —agregó después de una pequeña pausa—. Fueron cuatro personas: la comisión en pleno y el técnico, con microscopios, frascos, grandes maletas cargadas de instrumentos y mucho ruido... Estuvieron tres días en el pueblo y cinco minutos en mi finca, los suficientes para recoger y guardar la oreja de un cochino muerto aquel día. Pero no creo que mis pobres animales se beneficien con la visita. ¿Sabe usted cuál es la profesión del técnico?

—¡Quién puede adivinarlo! Un veterinario, un bacteriólogo; tal vez un médico, un químico o un farmacéutico...

—No, señor: ha sido, hasta hace poco, primer clarinete de una banda municipal...

Desde el rincón donde esperaba, Rigoletto lanzó, al oír esto, una carcajada tan sonora e irreverente, que el dueño de la casa se creyó en el deber de llamarlo al orden con la mirada.

—¡Un primer clarinete! —repitió el extranjero con gesto compungido, sin perder su gravedad ante aquella risa indiscreta—. Supe después que, en los días que se pasó en el pueblo, dio dos conciertos en el Liceo, con un viejo instrumento que un vecino se procuró no se sabe cómo.

Mongo Lucas hizo esfuerzos para tranquilizar al pobre hombre, asegurándole que revolvería cielo y tierra hasta conseguir que se le prestase más eficaz ayuda, y acabó obteniendo promesa de Mr. Bottle de que ayudaría su candidatura para representante en las próximas elecciones. Cuando se quedó solo con Rigoletto, después de acompañar al visitante hasta la puerta y cerrarla detrás de él, exclamó, como único comentario:

—¡Uf! ¡Qué lata! ¡Si se figurará ese alcornoque que el gobierno está a la disposición de todos los que tengan animales enfermos!

Enseguida, pasando a otro asunto, se encaró con el jorobado, diciéndole:

—¿Vienes por tu recomendada? Pues bien, tengo la plaza, aunque me ha costado bastante trabajo el conseguirla. Pero ya sabes la condición: me entregarás el mes que viene una copia del censo electoral de La Habana.

Rigoletto, que lo contemplaba con admiración, fresco, saludable, recién salido del baño, con el negro bigote lustroso por la brillantina y la mirada alegre, apenas podía comprender que aquel hombre fuese el mismo que veinte minutos antes disputaba con su mujer. «¡Qué admirable ejemplar de sinvergüenza, pensaba; del sinvergüenza práctico, del que no es igual al teórico como yo!» Pero, a pesar de sus filosóficas divagaciones, se llevó ambas manos a la cabeza, al oír la proposición de Lucas.

—¡Cielo santo! ¡El censo de La Habana en un mes! Trabajando día y noche necesitaría dos para copiarlo.

El otro sonreía, imperturbable e irónico.

—¡Claro! ¡Si fueras tú solo! Pero, como he contado con que te ayudará la dama a quien proteges, será siempre la mitad del tiempo.

Rigoletto no pensó siquiera en encolerizarse por esta nueva prueba de la maledicencia humana. Sonrió a su vez, melancólicamente, con una sonrisa que, en su rostro, podía tomarse por un gesto de discreto orgullo; y sintió que nacía en su pecho la exaltación de las grandes empresas, el soplo heroico que coloca más alto el ideal soñado cuanto más grande es el sacrificio. No obstante, ensayó el esfuerzo del comprador que regatea el precio de un artículo.

—Una obra de esa naturaleza bien vale una «botella», en lugar de un destino donde habrá que trabajar —dijo, afectando un marcado aire de desdén.

Mongo Lucas alzó los brazos al techo, con espanto.

—¡Botellas para mí! —exclamó casi a gritos—. Eso queda para los privilegiados, para los favorecidos por la suerte, y no para los arrinconados como yo... ¡Mi pobre mujer tenía una de 100 pesos, para alfileres, y se la quitaron el mes pasado...! Ese destino, que es de plantilla y que solo tiene 75 de sueldo, me costó una formidable disputa con el subsecretario, de la cual pudo haber salido un duelo, si no hubieran intervenido algunos amigos... ¡Botellas, ni soñarlo siquiera!

Rigoletto guardó un momento de silencio, reflexionando. Lo que se disponía a prometer iba a costarle semanas enteras de reclusión, robándole horas al sueño, sin ver a nadie, ni aun a la misma Teresa, y obligando a su pobre abuela a dictarle, desde el sillón donde vivía casi baldada, millares de nombres de electores, vivos, muertos o imaginarios, mientras él haría funcionar febrilmente la máquina de escribir sobre centenares de hojas de papel. Tuvo la visión anticipada de esta escena, del esfuerzo, próximo a lo sobrehumano, que se imponía, y de la obra acabada, gracias a la nueva fuerza que había nacido en él y que le hacía creerse capaz de levantar montañas. Solo los seres a quienes la existencia ha negado totalmente la luz de la esperanza tienen el triste privilegio de albergar esta clase de sentimientos y de saborear sus exquisitas voluptuosidades. Rigoletto pensó que una sola sonrisa de Teresa, brillando sobre su faz contraída y grave de luchadora, un solo rayo de felicidad entrando en el alma de aquella mujer, próxima a sumergirse en las tinieblas, valía más que el pequeño sacrificio que le dedicaba, y tendió la mano a Mongo Lucas, diciendo sencillamente;

«Acepto».

IX. La Carpinterita

Un domingo por la mañana, al salir Rogelio de su casa, tropezó en la puerta con la jovencita que vivía al lado, con la linda Carpinterita, como le decía Paco, que entraba, aterrada y confusa, llevando en la mano una cadena, una medalla y una sortija, que agitaba desesperadamente en el aire.

—¡Sálveme, por su madre! —exclamó, casi abrazándose a sus piernas—. Tome todo esto pronto, y diga, si le pregunta mi padre, que estas prendas son de su niña y que me las había prestado.

Detrás de ellos apareció el rostro, envejecido y seco, de Florinda, que se apoyaba en la escoba y miraba severamente a la niña, no comprendiendo aún de lo que se trataba y por qué Rogelio parecía vacilar, aturdido por la sorpresa.

—¡Por lo más que quiera, señora! ¡Dígale a su esposo que me guarde estas prendas! —imploró de nuevo la niña, en el colmo del espanto.

Florinda miró a su marido, y viendo que nada decía intervino, con aire de fría reconvención.

—No, hijita. Escóndelas donde las tenías o devuélveselas a quien te las dio. Nosotros no queremos mezclarnos en ciertas cosas.

—¡Señora, papá es capaz de matarme! —insistió la locuela, con los ojos llenos de lágrimas y dirigiendo miradas de terror a la puerta, por donde esperaba ver entrar, de un momento a otro, al irascible carpintero.

Entonces Rogelio, vencido por los ojos húmedos de la chiquilla y por los firmes encantos que se adivinaban bajo su blusa de colegiala, en el desaliño de la mañana, tendió la mano y se apoderó de los objetos que le ofrecían, haciéndolos desaparecer en su bolsillo.

Ya era tiempo, porque en la acera resonaron los pesados pasos del vecino, y sus anchos hombros, su cabeza cuadrada y sus brazos de orangután no tardaron en dibujarse en el umbral. La niña solo pudo enjugarse deprisa las lágrimas y adoptar una actitud de ingenua ignorancia.

—¿Se puede? —dijo la voz cavernosa del carpintero.

No esperó el permiso y entró sin más preámbulos; pero pareció vacilar al encontrarse con su hija, a quien no había visto salir.

—¡Ah! ¡Estás aquí! ¡Mejor! Así lo aclararemos todo junto —exclamó, dirigiéndole una torva mirada.

—Vine a buscar el periódico para mamá —dijo humildemente la niña, que había concebido en un instante la mentira y mostraba un papel que acababa de ver en una silla.

—¡Me alegro! ¡Me alegro! —repuso el padre, enseñando sus dientes de ogro en una amenazadora sonrisa—. Me alegro, porque voy a averiguar ahora si me has dicho la verdad, en lo de la cadena, y si no es así te moleré aquí mismo las costillas... ¡No quiero zorras en mi casa! He oído cosas en la calle que, si son ciertas, no voy a dejarte un hueso sano. Ya sabes lo que te he dicho siempre: ¡primero muerta que perdida!

A cada frase brotada de su indignación hacía ademán de abalanzarse sobre su hija, que se llevaba instintivamente el brazo a la cara para protegerla del golpe. Por lo general, se burlaba ella de aquel hombre, bonachón y rudo, que no veía más allá de sus narices; pero le temía, como al diablo, las pocas veces que montaba en cólera, sabiendo que podría deshacerla, si quisiera, de un solo estrujón de sus manazas.

El carpintero, volviéndose hacia los que presenciaban la escena, explicó lo sucedido. La noche anterior, al separar de la pared unas cajas de herramientas para quitar la viruta, encontró las prendas, en una especie de nido muy bien disimulado, donde era muy difícil descubrirlas. Como es natural, las guardó para averiguar su procedencia; pero hacía una hora, cuando fue a buscarlas, su mujer le dijo que eran de la niña del lado y que el señor Rogelio se las había pedido a la suya la noche anterior, recuperándolas.

—¿Qué prendas eran? —preguntó Rogelio, con mucha seriedad, mirando a la niña, que evitaba encontrarse con sus ojos y ocultaba lo más posible el rostro entre los bucles de su linda cabellera, suelta sobre los hombros.

—¡Boberías! —respondió el otro, en quien un prudente recelo de bruto acababa de manifestarse—. Todas juntas no valen 20 duros...

—Voy a traerle las que pertenecen a mi niña, a ver si son las mismas —dijo Rogelio, simulando que se dirigía a su cuarto, del cual volvió enseguida con la cadena y la sortija en la mano.

—¿Son éstas?

—Esas mismas, señor —repuso el buen hombre, ya calmado y casi humildemente—. Perdóneme lo que he dicho delante de ustedes; pero ya ve usted, mi niña tiene envidiosas que hacen llegar a mis oídos tales atrocidades... Y luego, que no quiero que mis hijos lleven encima sino lo que yo, como padre, pueda darles...

Era mallorquín, honrado y sano a carta cabal, y, según él, no entendía de ciertas elegancias en la manera de hablar, lo cual le hacía decir algunos disparates cuando se incomodaba. Se confundía en sus disculpas; pero, a fin de no perder el prestigio de su autoridad, se dirigió a su hija, con el ceño fruncido todavía, y le ordenó ásperamente:

—¡Ea, coja el periódico, y a casa! ¡Y mucho ojo, eh! ¡Cuidadito con torcerse, porque la deslomo!

La chiquilla escapó más que deprisa, mostrando, al volverse, su dorso precoz de mujer y las gruesas pantorrillas, finamente calzadas, sobre las cuales echó Rogelio una ávida mirada de reojo. Cuando el padre la vio desaparecer, se dirigió a su vecino, con una postrera sombra de desconfianza en sus ojos sin brillo.

—¿Son verdaderamente de su niña esas baratijas, o lo ha hecho usted por tapar a la otra? —le preguntó confidencialmente.

Rogelio llevó su mano derecha al corazón.

—Le aseguro a usted...

—¡Basta, basta! —repitió el mallorquín tendiéndole la diestra abierta y ruda como una garra—. Usted, tal vez, no sabrá nunca los disgustos que dan los hijos...

Llillina, que había llegado, cargada con un cubo de agua, al principio de esta escena, lo oyó todo, medio oculta detrás de su madre y temblando cada vez que el bárbaro parecía dispuesto a lanzarse sobre su hija. Sus dulces ojos, agrandados por la fiebre, no reflejaron sin embargo el asombro, ni ante las vergüenzas que allí se descubrieron, ni al presenciar el aplomo y la naturalidad con que su padre había asegurado que eran suyas aquellas prendas que no conocía. ¿Podía penetrar hasta el fondo de la sucia historia, gracias a esa percepción sutil de las naturalezas enfermizas, aguzada por el recogimiento y los largos días de inmovilidad en la cama, que permiten reflexionar más a los quince años que en pleno estado de salud a los treinta? ¿Era efecto de ese profundo y perseverante examen de la vida la ilimitada indulgencia que la pequeña mártir derramaba de su corazón sobre todos los dolores del mundo? Difícil sería averiguarlo, puesto que, si el alma de una niña es siempre un enigma indescifrable, el alma de una niña enferma se nos ofrece como dos enigmas superpuestos. Para penetrarlos un tanto, sería necesario someter a todos los poderes del análisis estas sencillas palabras que Llillina pronunció cuando no había ya temor a que las oyese el carpintero:

—Has hecho bien, papá. ¡Pobrecita Cusa! Su padre hubiera sido capaz de pegarle aquí mismo...

—¡Y lo merece, la muy sinvergüencita! —murmuró entre dientes Florinda, con la rabia de todas las mujeres hacendosas y ajadas ya, contra el cinismo de las jóvenes impuras, prontas a arrostrar las mayores infamias antes que estropearse las manos.

Rogelio salió, por fin, dejando solas a la madre y la hija, en el hogar tristísimo, que empezaba a derrumbarse, víctima de los acreedores. Huía, en cuanto se levantaba, de aquel lugar habitado por la miseria, como los gatos de las cocinas frías, y vagaba al azar por las calles o iba a la barbería a leer los periódicos de la mañana y a hablar mal del gobierno. Se habían vendido casi todas las prendas de Florinda, deseosa ésta de que no le faltasen a su hija sus alimentos habituales y las seis yemas de huevo que tomaba diariamente, por consejo del médico. Gracias a este cuidado, el mal no hacía sino progresos muy lentos en el organismo de la enferma. Por una feliz casualidad, en que Florinda veía la intervención del dedo de Dios, nunca la naturaleza de la pobre cojita se mostró más fuerte que durante aquellos días de prueba. Se levantaba al mismo tiempo que su madre, y era menester quitarle a viva fuerza de la mano la escoba y los años de la limpieza para evitar que hiciese sola los quehaceres de la casa. Su cuerpo endeble y poco crecido para su edad, al que el defecto de la pierna y la natural desviación del espinazo y la cadera daban un aspecto más lastimoso, parecía el de una niña de nueve años; pero la carita era linda y expresiva, con su blancura de lirio, sus ojos grandes y rasgados y sus bonitos dientes, y parecía condensar en sí toda la vida que huía del resto de su persona. Florinda aborrecía a todas las niñas sanas, comparándolas con aquel pobre producto de sus entrañas, y tal vez era este rencor uno de los motivos de su severidad con la hija del carpintero. En cambio, su ternura maternal traspasaba todos los límites del cariño y la absorbía en una especie de inconsciencia, muy parecida al optimismo, en que todas las torturas que no proviniesen de Llillina se diluían. Nada podía conmoverla en aquellos días, en que la mejoría de la niña derramaba en su alma raudales de esperanza: ni la conducta de Rogelio, ni la miseria, ni las deudas, que se multiplicaban de hora en hora, como crece el agua en la bodega de un barco que se hunde. Con su marido no era severa y dura sino cuando dejaba a su hija enferma para irse a la calle. Lo demás le parecía natural y legítimo, a ella, que no había recibido de los hombres sino desprecios y malos tratos antes de casarse.

Las mujeres de la clase pobre, acostumbradas desde la niñez al trabajo y las privaciones, ven en el amor algo efímero y falso en el cual no debe pensarse sino ocasionalmente y por poco tiempo. Lo importante, lo serio, son las obligaciones que de él se derivan. Florinda había tenido con Rogelio, cuando era su amante, su cuarto de hora sentimental. Después le profesó un ciego agradecimiento por haberla hecho su esposa, y no dejó de trabajar, como siempre, en su casa, ni aun en los tiempos de mayor prosperidad. Ni se le subieron a la cabeza la fortuna y el título de esposa, ni creyó que su personalidad había cambiado al casarse; estado de ánimo éste al que, sin duda, contribuyó la compañía de su suegra, a la que consideraba como una santa y una mujer superior a ella, durante los primeros años de su matrimonio. Sabía que Rogelio tenía una querida e hijos, conocía la historia de Teresa y aceptaba esta situación anormal, sin hablar nunca de ella. Tal vez en su estrecha mente de mujer sometida desde la infancia al poder ajeno, consideraba justo que la otra le hubiese pagado al marido el tributo de la virginidad que ella no había podido otorgarle. Ciertos pequeños arreglos de la conciencia que jamás trascienden al público y que hasta las almas superiores despreciarían por suponerlos hijos de la insensibilidad o del rebajamiento moral, encierran un fondo de sublime heroísmo cuya verdadera naturaleza se ocultará casi siempre a los disectores del espíritu humano. Y sin embargo, sobre esos modestos soportes se asienta casi toda la historia de la mujer al través de las civilizaciones; historia que no ha tenido todavía su cronista y que mostraría, si se escribiese, dolores y sacrificios que han vivido a nuestro lado, bajo nuestro techo, y de cuya existencia no teníamos siquiera la sospecha. En Florinda era hábito y mansedumbre lo que en Teresa se ofrecía como un producto del idealismo y del orgullo. En las demás, ¿qué cúmulo de profundos y oscuros sentimientos no contribuirá a formar ese todo complejo y difuso, que llamamos el alma de la mujer, y las innumerables maneras con que ha respondido siempre a las leyes de su vasallaje? Si Rogelio hubiera sido un pensador o uno de esos espíritus delicados, para quienes el sufrimiento y la virtud ajenos no tienen secretos, tal vez hubiese encontrado, en el ejemplo de aquellas dos abnegaciones tan distintas, la fuerza necesaria para levantarse, luchar y vencer. Pero era solamente un pobre ser, sin energía y sin carácter, una de esas naturalezas vacías que la educación doméstica, en nuestro país, forma para el ocio o los caprichos del azar, incapaces de vencerse a sí propios, imitadores constantes de lo que les seduce en los otros e insuficientes para trazarse un plan de conducta y seguirlo a pesar de todos los contratiempos. Era tal como la raza, las costumbres, el clima y la educación lo habían hecho, y tuvo la desgracia de que ya que su voluntad estaba condenada a ser siempre la esclava de sus propias pasiones y de la voluntad ajena, no fuera ésta la de una de las dos mujeres que tan Profundamente habían influido en la primera parte de su juventud.

El alma de Rogelio, en aquella tristísima etapa de su vida, no tuvo fuerzas más que para una negación sistemática, y ésta acabó de corromperla, como ciertos venenos elaborados por nuestros órganos concluyen por destruirlos. Negó la capacidad del gobierno porque no lo mantenía como a tantos otros, la eficacia del trabajo porque no se ofrecía a sus manos en forma de algo fácil y hacedero, las ventajas de la honradez porque los bribones son los que mejor viven en la sociedad. Estaba pálido, flaco y demacrado, cual si lo consumiera un fuego interior, y se entregaba febrilmente a los azares del juego. Poco a poco sus antiguos hábitos de distinción y los deseos de imitar el brillo de las clases privilegiadas fueron desapareciendo para ceder su lugar a más plebeyas aficiones. La compañía de vividores y tahúres lo encanallaba, sin que él se diera cuenta de la transformación. Permanecía hora tras hora en los cafés y en la barbería, discutiendo de política, de base ball o de mujeres, y su mundo era el de las damas equívocas y las prostitutas. A veces tenía momentos de lucidez que le representaban la abyección en que estaba a punto de rodar, y le acometían crisis sentimentales, durante las cuales abrazaba a Llillina y hablaba melancólicamente de su muerte, como de un inmenso bien para su familia. Otras, las lágrimas pugnaban por abrirse paso entre sus pestañas, y hacía alusiones, llenas de misteriosas reticencias, acerca del suicidio, asustando a las pobres mujeres, que se refugiaban en un rincón para estudiar desde lejos su rostro con espanto y ansiedad. Pero aquellas llamaradas románticas se apagaban pronto, y una vez pasadas volvía a las quejas, a las palabras ásperas, a los sarcasmos y a las tétricas reconvenciones en que se refería a lo que los seres que había querido hicieran de su existencia. Aprovechaba lo que le quedaba de su antiguo crédito para seguir vistiendo bien, usando ternos flamantes y camisas de seda, y mostraba, en cambio, sus llagas morales con la vengativa complacencia con que Diógenes paseaba sus harapos, para escarnio de una sociedad que despreciaba. De este modo, menudeaban las cuentas sin pagar y empezaba a manifestarse la insolencia de sus acreedores, que él, débil siempre, remitía a las disculpas y a la habilidad de su mujer a fin de que los calmase. De sus amigos antiguos solo conservaba a Paco, a quien procuraba imitar en todo lo posible, y cuyos consejos solicitaba muchas veces. Ambos se entendían muy bien, por más que Rogelio pensase con cierto malestar, parecido a la envidia, en «la suerte» del otro, y Paco le profesara a Rogelio una especie de desprecio benévolo y protector.

Algunas veces hablaban confidencialmente de Teresa.

—Tú serás siempre un verraco con las mujeres —le decía, con autoridad, el vividor a su discípulo—; por eso te ves en la situación en que te hallas... Déjala «evolucionar» y buscarse la vida, cosa que no podrá hacer, la pobre, mientras estés pegado a ella como un bobo. ¿Estás acaso en condiciones de mantener dos familias? En tu caso, le haces más daño quedándote a su lado que abandonándola... Esa mujer será para ti como la piedra que se amarra a la pata de un perro para que se ahogue... Rogelio no podía adivinar que estas palabras ocultasen un propósito rencoroso e interesado. Le dolían en lo que aún quedaba de su cariño a Teresa y le mortificaban en su amor propio de «hombre de mundo»: dos sentimientos opuestos que pugnaban por anularse mutuamente en el alma del pobre diablo.

—No lo he hecho ya, por los muchachos —insinuaba tímidamente, a sabiendas de que mentía, pero deseoso de conciliar, al menos aparentemente, aquellas dos tendencias rivales.

La tal declaración provocaba siempre en Paco un acceso de risa.

—Tus hijos son ricos, mentecato. Cuando ella quiera reclamar su herencia, podrán vivir como príncipes, si lo desean. El dinero está bien guardado en poder del tío y no hay temor de que se pierda.

Estas ideas tenían el extraño poder de penetrar en el corazón de Rogelio como flechas encendidas, excitando su despecho y volviéndolo malo durante algún tiempo. Paco, que lo sabía, complacíase a veces en remover el puñal en la herida, enumerando minuciosamente las riquezas de José Ignacio Trebijo.

—¿Sabes tú cuánto le correspondería a cada uno de tus hijos? Más que el triple de lo que tú tenías en tus buenos tiempos... Trebijo tiene una gran fortuna, un capital fuerte que le permitiría vivir cien veces mejor, si no fuera un avaro.

Rogelio no había pensado jamás que Teresa fuese una querida, en la acepción corriente de la palabra; esto es, una mujer a quien se desprecia, cuyas gracias se aprovechan para solaz de los sentidos y a quien se abandona cuando está uno cansado de ella. Para él, el vínculo que lo unía a esta muchacha, cuya compañía se había hecho necesaria a su espíritu, por la fuerza de la costumbre, era tan fuerte como el que le ligaba a su esposa. Cierto que algunas veces ambas cadenas le pesaban un poco, sobre todo cuando tenía entre manos una de esas pequeñas aventuras amorosas con las cuales los hombres tropiezan sin saber cómo; mas aquellas ligeras contrariedades eran comunes a su doble estado y no quebrantaban sino temporalmente la solidez de sus buenos propósitos. Desde que estaba otra vez en La Habana, pobre y abatido, sus ideas, por el contrario, habían tomado un giro distinto. Tantas veces tuvo que rozarse con los amores de los otros y oír sus teorías acerca de los mismos, que su mente, de suyo tornadiza, sugestionable e inclinada a la imitación, empezó a discernir con claridad el verdadero concepto de la palabra «querida». ¿Acaso Teresa, por su temperamento y por la libertad de sus ideas, no lo hubiera sido de otro, si él no llega a encontrarse en su camino? Y el pensamiento de que había sido un simple, tomando en serio lo que a cualquiera le hubiese servido de agradable pasatiempo sin compromisos, laceraba de tal modo su amor propio que casi se creía obligado a pedirle excusas a todo el mundo por su conducta pasada. Otras veces su egoísmo se revestía del aspecto de un sentimiento magnánimo. Con aquella candidez suya, ¿no le habría inferido a su amante un mal, en vez de un bien? Se detenía con gusto en esta idea, y pensaba que tal vez podría llegar a existir entre su querida y él un afecto hondo y desinteresado de hermano, que la dejara en libertad de organizar mejor su vida... Después, al encontrarse cerca de ella, todas estas divagaciones le parecían tan utópicas, tan irrealizables, que se reía de sí mismo y de sus proyectos, sintiendo una especie de remordimiento por haberlos concebido. De esta manera, su voluntad iba como una pelota de un lado a otro, sin rumbo ni orientación. Paco lo confortaba, le infundía valor, y por eso buscaba su compañía, comparándose mentalmente con él y envidiando su aplomo, que no se limitaba al atrevimiento de las teorías sino que sentaba prácticamente su planta en la vida y se afianzaba en ella.

Por fortuna o por desgracia para Rogelio, aquel excelente maestro estaba metido en una difícil aventura, que lo hacía invisible durante semanas enteras. Él mismo se la había ido refiriendo con lujo de pormenores, a medida que fue desarrollándose; y Rogelio, aunque maldiciendo al destino que le arrebataba la compañía de su amigo cuando le era más necesaria, estaba profundamente interesado en ella. Paco se proporcionaba en aquellos días la inefable y peligrosa satisfacción de pegársela a otro listo como él. Valiéndose de infinitas precauciones había conseguido ocupar un cuarto frente al departamento que ocupaba en el Almería la esposa de Mongo Lucas, y ya dos veces, en seis semanas, había logrado acercarse a la linda muñeca, gracias a un complicado sistema de espionaje y de astucias.

—Pero, ¿pudiste...? —le había preguntado Rogelio, cuando el otro le exponía la eficacia y los peligros de aquel sistema.

—¡Claro! ¡Todo! Desde la primera vez... ¡Y no es tan fría la chiquilla como se supone!

Ambos reían de aquella travesura que colocaba en situación poco airosa a un hombre realmente temible, que hacía alarde de sus conocimientos acerca del mundo y de su vista de lince; y Rogelio pensaba lastimeramente: «La verdad es que el ideal de la querida es una mujer casada», sintiendo que crecía la admiración que su amigo le inspiraba.

Tenía, además, motivos de gratitud hacia el astuto vividor: pequeños servicios de dinero, después de pérdidas en el juego, que Paco no le rehusaba nunca, teniendo una manera peculiar de desabrocharse la americana, sacar la cartera, y exclamar prontamente: «Sí, hombre; lo que quieras. Ya me lo pagarás», con un ademán de gran señor y de chulo que no conoce el valor del dinero. Sin este apoyo, Rogelio se hubiera visto, algunas veces, en situaciones en extremo difíciles, que Paco no desconocía y que remediaba de buen grado, sabiendo que nada obliga tanto al hombre como una oferta de dinero hecha con desinterés y acompañada de una amable sonrisa.

Una tarde, al doblar una esquina, Rogelio se halló de pronto ante la de Riscoso, a quien solo había visto dos o tres veces desde los ya lejanos días de sus paseos juntos y de sus locuras. La viuda, que no se teñía el cabello después de su desdichada aventura con los apaches que la despojaron de las joyas y las ropas en plena carretera, mostraba algunos mechones grises sobre las sienes y un aire de languidez y de desengaño que su antiguo amigo no le conocía. Le tendió la mano afectuosamente y en el movimiento que hizo pudo Rogelio apreciar la firmeza que aún conservaban su talle y su busto. Sin poderlo evitar, imaginó al verla, la escena que Veneno le había referido, la triple o cuádruple afrenta, que acaso no le desagradara por completo, el robo y los crueles azotes aplicados sobre su noble piel desnuda de los atavíos mundanos y expuesta al aire húmedo de la noche y del campo; y tuvo que mirar a otra parte para reprimir la sonrisa que le venía a los labios.

—¿Y Teresa? ¿Sigue todavía a tu lado?

Rogelio hizo un signo afirmativo, y ella suspiró, moviendo la cabeza con ademán de conmiseración.

—¡Qué loca! ¡Qué loca! ¡Bien la aconsejé yo...! Y menos mal, pues que tropezó con un hombre bueno que no ha hecho con ella lo que cualquier otro... Pero tú la plantarás en la calle el mejor día, porque, después de todo, no vas a cargar siempre con esa obligación...

Sonreía con expresión reticente, como si, al disculpar de antemano su conducta, le diera un consejo. Después quiso saber si se conservaba joven y fresca todavía, a pesar de los años y de los hijos.

—Porque no es una niña ya, ¿eh? ¡Ni mucho menos! Y en este clima las mujeres nos acabamos muy pronto...

A Rogelio le mortificaba esta conversación, y quiso cortarla. Le preguntó a la viuda acerca de su vida, de sus pasatiempos y sus diversiones de ahora.

—¡Oh! ¡Yo no me salgo de casa, sino para ir a la iglesia! En este momento me dirijo a San Felipe, y voy a pie para hacer ejercicio.

Bajaba los ojos con modesta unción, como para indicar que las antiguas travesuras habían cedido su lugar al devoto recogimiento de las almas visitadas por la gracia. Rogelio pensó: «Después de fracasar la experiencia con los apaches, es prudente arrimarse a los curas, que son más discretos y no tienen las manos tan largas». Y sonriendo del epigrama, por la pequeña venganza que le proporcionaba, tendió la mano a la beata, que la rozó apenas con sus púdicos dedos.

Pero cuando se quedó solo, tuvo uno de esos pueriles accesos de rabia, que le hacían cortar con los dientes las hebras del bigote y estrujarse las manos. Las mujeres se burlaban de él, lo mismo que los hombres; se reían de su constancia de amante, de lo estúpidamente que se había arruinado, de su ridícula presunción de tenorio, cuando en realidad era un idiota y lo había sido siempre. Bien claro le había dejado entrever aquella innoble vieja la opinión que tenía respecto a su persona y su conducta. Y durante diez minutos, le pareció que todos los transeúntes se fijaban en él y que disimulaban una sonrisa irónica.

Precisamente aquel día había recibido una carta de Carmela, escrita con lustroso papel con bordes y monogramas dorados, que lo había puesto de muy mal humor. Empleaba un lenguaje de niña, llamándole «mi padre», «mi santo», y asegurándole que, si se prolongaba el martirio a que estaba sometida, iba a leer el mejor día en los periódicos lo que ella era capaz de hacer. Margot no la dejaba tranquila un instante con sus celos. La había amenazado con desfigurarle el rostro a navajazos, si seguía queriéndole, o quemárselo con vitriolo, para que ni él ni nadie pudiesen desearla más. «Precisamente, esta tiranía hace que me encapriche más por ti», declaraba ingenuamente la Aviadora, en uno de sus párrafos. Y concluía suplicándole que no fuese malo, que no la olvidara porque estuviesen separados, y que no se fuera con otras, que de seguro no sabrían quererlo como ella, que era «su verdadera hijita».

—¡Otra estúpida que cree que voy a convertirme en pájaro para verla! —se dijo brutalmente Rogelio, que en aquel instante se imaginaba a todas las mujeres del planeta una bandada de vampiros, prontos a chuparle la poca sangre que le quedaba.

Sin embargo, su aventura con Carmela, que apasionaba desde hacía dos meses al mundo de la galantería habanera, halagaba profundamente su amor propio. El deseo que siempre le había atormentado de convertirse en héroe de cualquier clase, y el afán de que hablasen de él, encontraba en aquel vulgar amorío una magnífica ocasión de explayarse. Además, Carmela, que físicamente valía mucho menos que Teresa, encendía en su carne ardores furiosos, en los cuales los obstáculos y el tiempo que transcurría entre sus breves entrevistas tenían tal vez una gran participación. Las mujeres que anhelan el tener continuamente al hombre amado cerca de ellas no saben hasta qué punto es peligrosa la intimidad para la duración del amor en un pecho masculino. Miden la constancia del sexo fuerte por la que ellas mismas se sienten capaces de desplegar, la cual se adapta siempre bien al papel pasivo que en el amor representan todas las hembras de la creación, e ignoran que la psiquis sexual del hombre, cualesquiera que sea su mentalidad y su educación, se cimenta sobre la ley biológica que impone a cada individuo de su sexo el deber de fecundar (o intentarlo al menos) el mayor número posible de seres del sexo opuesto. Esta verdad fundamental, que vive en la mente de todos, aunque nadie se atreva a formularla, explica por qué las relaciones carnales tienen, a los ojos del hombre, un carácter esencialmente ligero y efímero, y pone de relieve la razón de muchas aparentes contradicciones de la vida social. La querida tendrá perpetuamente sobre la esposa la doble ventaja de su existencia provisional y de la facilidad de cambiar de forma hasta lo infinito; y sobre la amante que se posee a todas horas ejercerá siempre su destructora influencia la amante que no podemos gozar sino de vez en cuando. Rogelio tenía un carácter, cuyos rasgos más salientes recordaban el de la mayoría de los niños: fanfarrón, inconstante, amigo de hacer su voluntad, irascible cuando contrariaban sus gustos e inclinado a los halagos hasta el punto de entregarse a solitarios accesos de desesperación cuando se creía pospuesto u olvidado. ¿No era su alma de la especie más favorable para que se imprimiese en ella ese fatal mandato de nuestra organización carnal a que nos acabamos de referir? Si sus odios eran fugaces y sus cóleras duraban poco, también el amor que le profesaba a los demás se ofrecía como un simple aspecto o derivación del amor a sí mismo, que era en él lo único irreductible. No parecía inaccesible a la piedad ni a los sentimientos delicados;

pero la última impresión fue siempre la más profunda en su corazón de cera. Y la última impresión le correspondía a Carmela, que además de estarle vedada por el momento, le ofrecía los dones de la popularidad y de la fama, aun cuando ésta saliese de un círculo poco envidiable de la sociedad. Dos días antes de recibir la carta en cuestión, Veneno, que lo había visto de pie en la puerta de la barbería, había detenido en seco su máquina al lado suyo, sin ocuparse en si se estrellarían contra ella los carruajes que venían detrás.

—¡Qué hay! ¿Camina eso o no camina?

Aludía, en su jerga pintoresca, al asunto de la Aviadora, en el cual estaba, como otros muchos, profundamente interesado. Rogelio hizo un gesto ambiguo, lleno de desdén, mientras levantaba con los dedos las guías del bigote, mirándolas con delectación; y el truhán tuvo que seguir, sin averiguar más, abrumado por las injurias de los que se habían visto obligados a detener precipitadamente sus vehículos.

Aquello colmó de orgullo a Rogelio. La aventura le daba importancia a sus propios ojos, y le hacía mirar con desdén a su esposa y a su querida, que no eran mujeres a propósito para un hombre como él. Olvidó con facilidad el proyecto que había concebido en días anteriores de casarse con Teresa, legitimar sus hijos y reclamar en nombre de éstos la fortuna de la madre, y estuvo dos días sin ir por la calle de Virtudes, entregado a la pasión del juego, del cual esperaba riquezas que compensasen el valor de las que perdía. Poco a poco se había ido acostumbrando a no ver diariamente a su querida, estimulado por el altivo silencio de Teresa, que no le preguntaba jamás dónde había estado. Si en lugar de esta actitud digna hubiese hallado en ella reproches y una decidida determinación a hacerle cambiar de vida, se hubiera sometido, porque era débil, reconocía en su amante una voluntad superior a la suya, y la idea del deber se le había presentado hasta entonces en la forma de una fuerte cadena que sus manos jamás podrían quebrar. Pero ya se ha dicho que sus principios habían cambiado, ante el ejemplo de sus amigos y gracias a los consejos de Paco. Quería ser, por encima de todo, un espíritu fuerte, que rectificase las antiguas claudicaciones de su vida, y Florinda y Teresa le ayudaban, sin saberlo, en esta obra regeneradora. Al pensar en Carmela, se decía, con íntima satisfacción, que empezaba a ser hombre. ¿No se lo demostraban también la envidia de los barberos, el interés de Veneno, la consideración de algunas impuras, que antes ni lo miraban siquiera, y el prestigio que poco a poco iba adquiriendo en el mundo galante? En una ocasión, habiendo ganado en el juego, quiso ofrecerse el regalo de una linda rubita que vendía su amor en la calle de Trocadero, y experimentó una gran sorpresa, mezclada de vanagloria, al verse rechazado con mucha dulzura:

—No, mi hijito. ¡Ni con tu dinero! Soy muy amiga de Carmela.

¿No era aquello significarle que se le admitía en el círculo de los amantes de corazón, que se otorgaba beligerancia a su entretenimiento con la Aviadora y que se comenzaba a tomarle en serio? Salió de allí con el corazón henchido de júbilo, y en lo sucesivo solía acordarse algunas veces de la muchacha e ir a visitarla para charlar un rato de Carmela, como buenos amigos.

El gesto de púdica reserva con que una impura acoge al querido de otra, cuando no tiene empeño en mortificarla, en nada se diferencia del severo pliegue que contrae las cejas de una virgen al oír una galantería demasiado viva de labios de un hombre casado. Son modalidades de un mismo sentimiento (aunque esta afirmación obligue a los timoratos y pudibundos a llevarse ambos dedos a los oídos), y su única discrepancia estriba en que el acto de la perdida otorga al desdeñado una especie de consagración en el vicio. A Rogelio le complacía extraordinariamente ser objeto de una distinción parecida y verse tratado de usted por las que tuteaban a todo el mundo. El medio en que iba a entrar se apoderaba, pues, de su alma, y clavaba en ella la gana como en una presa segura.

¿Por qué, entonces, llamaba estúpida a Carmela y despreciaba a todas las mujeres, al separarse de la viuda de Riscoso y bajo la impresión todavía de las malévolas palabras de la vieja? ¿Por qué le dolía la injuria, dirigida a Teresa, que envolvían las reticencias de aquella mujer poseída por tantos hombres, sin haber renunciado a su puesto en la sociedad; de aquella loca y siempre incansable buscadora de sensaciones? ¡Ah! ¡El alma de los seres como Rogelio es un enigma, porque la incesante movilidad de sus ondas hace que éstas sean incontables, como en el mar! Tal vez su momentáneo desdén hacia la Aviadora fuese efecto de la vanidosa arrogancia que su fácil conquista había hecho nacer en él. Acaso se tratara de un leve acceso de mordimiento, despertado por el desprecio de la viuda hacia su verdadera querida, y que se disfrazaba al nacer, igual que todos sus sentimientos de ahora. En realidad, jamás había entrado en sus planes el abandono completo de Teresa y de sus hijos. Su ideal, con respecto a las mujeres hubiera sido conservarlas a todas; ser una especie de sultán bondadoso, mantenido por todos los tesoros de un reino y que unas calmasen el ardor de sus sentidos, mientras las otras le prodigaran su ternura de hermanas... Las almas simples, acompañadas de una inteligencia poco despierta, suelen tener, como se ve, los mismos puntos de vista y elaborar iguales paradojas morales que los espíritus complicados y los grandes cerebros que llevan en su propia magnitud la excusa de todas sus faltas.

El día en que Rogelio se prestó complacientemente a salvar a la hija del carpintero de la cólera de su padre, había abandonado muchos de sus deberes, y no se consideraba por eso ni un hombre malo ni un ser alejado de las personas que hasta ese instante habían absorbido su cariño. Era sencillamente, a su juicio, una criatura que no había nacido para las privaciones de la pobreza, que tenía razón dándose a todos los diablos por hallarse sin dinero y que rectificaba algunos errores de lo pasado procurando divertirse un poco, cuando quizás era ya algo tarde para ello. Así fue que la vista de los nacientes encantos de la chiquilla, exhibidos en el descuido de la mañana y el abandono de las lágrimas, le sugirieron inmediatamente un deseo que antes había experimentado vagamente algunas veces: el de probar el sabor de aquel fruto verde, manchado ya por la baba de la lujuria, pero no por eso menos apetitoso y menos picante. La idea le divirtió todo el día, haciéndole olvidar que la noche anterior había perdido y que el espectáculo de varios antiguos amigos suyos en un automóvil, con mujeres, lo había puesto, por la tarde, de muy mal humor. Al oscurecer, después de varias horas invertidas en pensar en lo mismo, con la mente llena de licenciosas imágenes, se acercó cautelosamente a la ventana de la niña, antes de entrar en su casa, adonde no había vuelto desde la escena de las prendas.

—¿Tu padre está ahí? —le preguntó a media voz y sin preámbulos.

—No, salió.

Él hizo un gesto de satisfacción, arrimándose más a la reja.

—¿Quieres que te dé ahora la cadena y la sortija?

La niña miró a todos lados, con sobresalto.

—¡No, por Dios! ¡Guárdelos, regáleselos a su niña o bótelos! ¡Yo no puedo tenerlos más aquí!

—Pero tu padre...

—Se le pasó todo. Las furias le duran poco; pero en una de ellas es capaz de matarme.

—¿Quién te regaló la cadena?

—Un viejo, amigo mío —respondió descaradamente la muchacha, sin ápice de cortedad.

—¿Y la sortija?

—Otro amigo...

—¿Viejo también?

—No; joven.

—¿Fue el que te perdió?

La niña bajó los ojos, avergonzada, y murmuró entre dientes:

—¡No sé!

Rogelio la envolvió entonces en una mirada codiciosa, yendo desde sus cabellos peinados como los de una muñeca, el gran lazo negro de la cabeza y el rostro serio, hasta los finos borceguíes de gamuza blanca que aprisionaban el nacimiento de las robustas pantorrillas.

—¡Sabes que estás linda hoy!

Ella se encogió de hombros, sin mirarlo.

—¡Bah!

Hubo un momento de silencio, durante el cual la chiquilla movía las pupilas en todas direcciones, afectando una completa indiferencia. Rogelio lo rompió, tirándose a fondo decididamente.

—¿Qué vas a darme por el favor que te hice esta mañana? —le dijo de pronto, obligándola a mirarle de frente.

Ella protestó, abandonando, un momento, su aspecto candoroso de colegiala, para suplicar, encarnada y confusa:

—¡Por Dios! ¡Nada! Usted me salvó, y le estoy muy agradecida, tanto que le besaría los pies, si usted quisiera... Pero no me hable así... Usted tiene ahí su mujer y su hija.., y yo no puedo, no quiero...

Y como viese que él se disponía a estrechar el cerco, enardecido por el perfume que despedían sus cabellos, añadió astutamente, simulando un gran terror:

—¡Váyase, por Dios! Creo que viene papá.

Rogelio obedeció aquel día; pero al siguiente adoptó el sistema de pararse un momento a charlar con la niña cada vez que entraba en su casa o salía de ella, y acabó por conquistar su confianza, en menos de una semana. Sin gran esfuerzo, hizo que ella le refiriese la historia de sus aventuras. Su primer amante fue un joven oficial de la carpintería, que comía en la casa. Eran novios, se escribían cartitas, y una tarde, mientras todos en la casa estaban entretenidos y su padre en la calle, la llevó al baño, cuando no era todavía mujer... Después, el hombre, asustado de lo que había hecho, se fue sin despedirse, y nadie supo nunca su paradero. Pero el que se creía autor de su deshonra era el general Barrote, el amigo de Carmela, a quien engañaron asegurándole que era virgen. Fue una amiga de su madre la mediadora y la que le proporcionó después todos sus negocios. Necesitaba de ella, porque su mamá no tenía desconfianza cuando la astuta vieja venía a buscarla. Aquella bruja la explotaba. El general dio, sin duda, mucho dinero, y a ella solo le entregaron cinco moneditas de oro. Después de todo, ¿para qué quería lo que ganaba, si no podía gastarlo? Sin embargo, le gustaba esa vida, y si fuese libre se entregaría a ella, sin ocultarse de nadie. La divertía mucho que le creyesen una niña inocente, y que en su casa evitaran hablar de ciertas cosas cuando ella podía oírlas. Era ingenua y cínica, un verdadero monstruo de precocidad y de desvergüenza. Sabía la historia de Carmela con Rogelio, como todas las noticias que componían la crónica de los lupanares. Rogelio comprendió que podía aprovecharse de que ella también lo tenía por un héroe para acabar de deslumbrarla, insistió en sus demandas, y la niña dejó de defenderse. Solo que había que esperar hasta que se presentara una oportunidad, porque no podía salir sino con algún pretexto. Entretanto, hablaban como novios en la reja, sin importarle a Rogelio un ardite la vecindad de su mujer y su hija, que casi nunca salían a la puerta. Tampoco le temía al carpintero, que, al pasar, lo saludaba amistosamente, creyendo que su hija nada perdía con la amistad de aquel buen señor. Detrás de Obdulia (así se llamaba la chiquilla), sus hermanitos, mocosos y barrigudos, jugaban entre las virutas del taller. Ella dejaba, algunas veces, a Rogelio, para repartir unos cuantos mojicones entre los pilastres, cuando la molestaban con sus chillidos, y volvía a la reja con aire de importancia, balanceando las caderas. En cuanto a la madre de la muchacha, jamás salía de su cuarto o de la cocina, ni se enteraba de lo que sucedía en la sala.

—¿No bailas? —le había dicho una tarde Obdulia a su nuevo amigo.

—Claro que sí. Me gusta con delirio.

—¿No vas, el veinte del mes que viene, a bailar a casa de Felicia, la mulata?

—¿En Factoría? Tal vez. ¿Y tú?

—¡Oh, yo bien quisiera! ¡Me volvería loca de alegría! Pero no puedo. No me conviene que las gentes sepan lo que hago —concluyó adoptando su aire reservado y su mohín de niña juiciosa.

Pero rectificó, casi enseguida, poco satisfecha de aquella austeridad, exclamando:

—Cuando sea libre haré lo que me dé la gana.

Rogelio olvidó a Carmela, mientras su nuevo capricho lo mantuvo en estado de expectación y de fiebre. Ahora comía todos los días en su casa, porque la del oscurecer era la mejor hora para hablar con Obdulia. Florinda y Llillina nada sospechaban de aquella intriga, que se desarrollaba a dos pasos de ellas. Encontraban a Rogelio más afable y más casero, y se alegraban del cambio, sin investigar la causa. Él no pensaba sino en la Carpinterita admirándose de que, en tanto tiempo de vivir cerca de ella, no hubiera sentido antes aquel fuego de pasión. Sin embargo, fue en aquellos días cuando Teresa le mostró su deseo de trabajar en una oficina del gobierno, al cual se opuso rotundamente, mortificado por los celos. ¡No! Cuando llegase el momento del desplome, morirían todos juntos, aplastados por los escombros. Le gustaba esta frase, y se la repetía a sí mismo, creyéndose un Catón y un espíritu inexorable a quien el martirio no doblegaría. Solo que, mientras no llegara el día del hundimiento, los escombros y todo lo demás, bien podía divertirse algo con una chiquilla que le gustaba... Así pasó dos semanas embriagado por una atroz lujuria imaginativa. Cuando tuvo lo que deseaba, una mañana en que Obdulia salió con un hermanito a cumplir un encargo de su madre, volvió desilusionado y aburrido, como si acabaran de propinarle una ducha. Encontró a la niña fría, depravada y poco limpia. No se cuidaba sino de la cara y del peinado, abandonando lo demás. «¡Una verdadera maquinita para el uso de viejos!», se decía con despecho, al recordar aquella ignominia. Y luego, la prisa: un amor atropellado e insípido, mientras berreaba el chiquillo en la habitación contigua clamando por su hermana y mordiendo las manos de la celestina que lo sujetaba.

Aquel fracaso arrojó otra vez con mayor violencia a Rogelio en la doble vorágine del juego y del amor de la Aviadora, que continuaba invisible para él y estrechamente vigilada en su reclusión.

X. La orgía

La calle de Factoría, frente a la tapia del antiguo Arsenal, ocupa un pintoresco rincón de La Habana de otros días donde no ha sentado sus reales el espíritu reformador de los cubanos de hoy. Es una vía tortuosa y mal alumbrada de noche, de una sola hilera de casas bajas, enclavada en un barrio de gentes pobres y de humildes industrias, que se distinguen por la paz somnolienta y triste de sus hogares cerrados y sus aceras casi desiertas. Durante la mayor parte de las horas del día, es difícil ver a sus habitantes y adivinar sus ocupaciones; circunstancia esta que la hace singularmente propicia para encubrir lo que no se desea exponer demasiado a la curiosidad del público. Allí habitaba, desde hacía treinta años, la mulata Felicia, en la misma viejísima casa, de tejas ennegrecidas por el paso de un siglo, gruesas paredes de barro y vigas redondas, que se mantenían firmes a pesar de la vejez que las encorvaba. Vivía rodeada de una multitud de familiares y ahijados, de todas edades, a los que mantenía, sin que se supiera exactamente de dónde procedían sus ingresos, y daba tres o cuatro bailes al año, a los cuales concurrían las gentes alegres, entre las que gozaba de una gran popularidad. Las malas lenguas aseguraban que era bruja y que se hacía pagar con largueza sus brebajes y los auxilios de su ciencia. Pero su aspecto no era el de una de esas viejas fabricantes de maleficios que la leyenda nos pinta concurriendo a aquelarres nocturnos montada en palos de escoba. Era gruesa, melosa y risueña, con un seno de nodriza caído hasta el vientre, una vivacidad obsequiosa en todos sus movimientos y un aire completo de buena persona, que contribuía a reforzar su traje modesto y sencillo, semejante al de una vieja criada. Las impuras de su amistad la trataban como a una madre y le tributaban grandes consideraciones, y los hombres no la querían mal, porque era servicial con todos y «no se mezclaba en las cosas de los matrimonios». En los días de bailes o cuando tenía visita, la turba harapienta de sus allegados se refugiaba en la cocina y allí permanecía, hacinada y silenciosa, hasta que volvía a quedarse sola la dueña de la casa y la familia recuperaba sus derechos.

El día indicado por Obdulia a Rogelio había, desde las diez de la mañana, una gran animación en casa de la mulata Felicia. Se habían traído sillas de la vecindad, lavado los viejos pisos de hormigón y escondido en un rincón del fondo de la vivienda los catres de la tribu. En la sala, que ocupaba todo el frente, se distribuyeron los asientos disponibles. No había otros muebles ni más adornos en aquella pieza destartalada y pobrísima, cuyo techo aparecía ahumado por las dos lámparas de petróleo que pendían de las vigas. En el estrecho comedor se dispuso una mesa de alas, cubierta con papel de varios colores, donde se alineaban vasos y botellas como en el mostrador de una taberna. A la izquierda, la hilera de grandes habitaciones mostraba sus puertas abiertas para que los invitados pudiesen circular libremente por toda la casa. Ordinariamente se bailaba en todas partes, hasta en el patio, pavimentado con toscas baldosas antiguas; pero eso sucedía siempre por la tarde, a la hora en que el bullicio llegaba a su apogeo y en que los cuerpos, saturados de alcohol, reclamaban mayor espacio. Mientras duraba el calor del mediodía, se buscaba el abrigo de los techos y se preferían los cuartos, amueblados también pobremente, excepto el penúltimo, que ostentaba una gran cama con dosel y un armario de espejo, aislándose las parejas para entregarse libremente a sus lujuriosas expansiones. Aquel día habían almorzado con Felicia los íntimos de la casa, casi todos blancos, y a partir de las nueve empezaron a oírse las carcajadas de los hombres y los chillidos de las mujeres. La puerta y las dos ventanas que daban a la calle estaban cuidadosamente cerradas, siendo necesario, para entrar, someterse a una especie de parlamento, al través del postigo sujeto por una cadena, y dar algo como un santo y seña convenido. Los músicos no llegaron hasta las once, cuando ya había cerca de una veintena de convidados y se retiraban los restos del almuerzo, Felicia se multiplicaba sonriendo a todos, con su aire maternal de costumbre, y enseñando los blancos dientes limados en punta. Sus invitados la acogían como a un hada benéfica, cuando se dirigía a ellos, y le prodigaban frases aduladoras, al pasar, acompañadas de suaves bromas.

A la una, la casa entera ofrecía un curioso espectáculo, repetido en cada uno de sus rincones. En el piano de alquiler que había sido instalado en el primer cuarto, tecleaba sin descanso un joven pálido, con pelo de color de azafrán, entre el violinista y el flautista que completaban la orquesta. Los danzones sucedíanse sin interrupción, y a su compás se movían las parejas, abrazadas estrechamente: los hombres en mangas de camisa, con las espaldas sudorosas, y las mujeres, casi todas sin corsé, con las blusas sueltas, las faldas recogidas con un alfiler y las mejillas encendidas por la alegría y el alcohol. Hacía calor. Eran unas cincuenta personas, entre las cuales contábanse impuras de todas clases, estudiantes, chulos y tal que otro joven elegante cuya procedencia hubiera sido difícil de precisar. Estos, como los estudiantes, bailaban con las mujeres libres, con las que venían sin sus amantes y buscaban o un rato de placer o un negocio más o menos lucrativo a la salida del baile. Aquella muchedumbre de hombres y mujeres hablaba poco, entregándose furiosamente al goce del baile, que no era a veces sino un lúbrico frote de cuerpos, lenta y cadenciosamente arreglado al compás de la música. Las parejas permanecían a menudo unidas sin cambiar de sitio, busto contra busto y entrelazadas las piernas, viéndose únicamente el balanceo rítmico de las caderas y la rotación apenas perceptible de las nalgas agitadas por un suave movimiento de barrena. A cada momento, los hombres abandonaban a sus compañeras en mitad del baile y corrían a la cantina a beber una copa de coñac o de ron. Cada uno de ellos había contribuido con un peso para la bebida y otro para la música, según la costumbre, pero como la dueña de la casa trataba siempre de que sobrase la mitad de lo recaudado, fueron luego frecuentes las suscripciones suplementarias. El acceso a la cantina era, pues, libre, y las libaciones repetidas, a causa del deseo que cada cual tenía de consumir lo que había pagado. Las caras aparecían congestionadas y brillantes por el sudor, sobre el que se pegaba el polvo levantado por los pies de los bailadores. De cuando en cuando se llamaban a gritos, guiñaban los ojos designándose unos a otros o llevaban en el aire vasos llenos de dorado licor que le hacían tragar a las mujeres. Era una especie de locura, un frenesí absurdo e incomprensible en que se mezclaban todos los vicios, sin que pudiera discernirse el fondo de una verdadera diversión.

En uno de los cuartos estaba Rogelio, con la camisa abierta, el pelo alborotado y la corbata deshecha, bailando con una jovencita morena y pálida con cara de tuberculosa. Había sido uno de los primeros en llegar, y parecía orgulloso de su conquista, a pesar de que nada tenía de deseable aquella criatura enferma y viciosa, que a cada veinte minutos se apartaba del pecho de su compañero para encender un cigarrillo, sosteniéndolo después en la mano y dando chupadas sin dejar de bailar. Cerca de ellos, Masilla, solo y aburrido, hacía esfuerzos por apoderarse de una mujer, y miraba con ojos de envidia el grupo que formaban Carlota y Azuquita, enlazados como si estuviesen al principio de su Luna de miel. Llegó también de los primeros, en compañía de Quintales y dos estudiantes de medicina; pero el primero no soltaba a Anita, que tenía aquel día un capricho con él, y los últimos, aturdidos por las primeras copas, se habían puesto a bailar uno con otro, ofreciendo un espectáculo grotesco con sus contorsiones y payasadas de beodos. La alta estatura del futuro médico se dibujaba erguida y desdeñosa en un ángulo, entre el humo del tabaco que flotaba en la habitación como una niebla. A lo lejos, desde el hombro de su querido, donde se apoyaba, Carlota le sonreía burlonamente al fijarse en él. Era el único que permanecía completamente vestido y sin tomar parte en la fiesta, pues hasta Rigoletto bailaba, soltando a una para coger otra, gracias a la tolerancia de los amantes y los amigos, a quienes les hacían gracia su aplomo y su atrevimiento.

—¡Baila bien este enano de los diablos! —decía una rubita, riendo, al reunirse de nuevo con su pareja, después de haber dejado a Rigoletto.

—¡Como que no hay aquí quien lo haga mejor! —declaró el chulo sentenciosamente.

Rigoletto no faltaba a una sola diversión de aquella clase, donde era siempre bien acogido y considerado casi como el necesario complemento de la juerga. Su genio alegre se imponía y sus burlas hacían reír cuando el aburrimiento empezaba a apoderarse de los espíritus. Ciertos pasatiempos formaban parte del programa de vida de este extraño filósofo, y le proporcionaban la oportunidad de cazar una mujer al paso; siendo lo más extraordinario que nunca contribuyó con un céntimo ni para la música ni para las bebidas, lo que era una verdadera excepción en aquel mundo. Por lo demás, si no pagaba, tampoco consumía, pues era sobrio como un anacoreta y le bastaba para embriagarse con lo que tomaban los otros. Las mujeres lo trataban invariablemente con cariño, cual si fuese un pariente de todas, un amable y discreto compañero, portador de una carga de infortunios ocultos, semejante a la que ellas llevaban en el fondo del alma, y que se aturdía también de un modo muy parecido al que empleaban todas las impuras del orbe. Algunas le dirigían groseras bromas, no desprovistas enteramente de afectuosa dulzura, para oír sus desplantes.

—¡Eh, Rigoletto! Déjame pasarte la mano por la joroba, porque hace tres días que no hago ni la cruz.

—¿No tienes mamaíta, hija? —respondía él enseguida con voz paternal y desdeñosa cuyo acento hacía casi siempre reír y turbarse un poco a la interesada.

A medida que el tiempo transcurría, la orgía iba haciéndose más animada y más brutal. Las caras apopléticas empezaban a reflejar la vaguedad de la inconsciencia, mientras los cuerpos se movían casi automáticamente y se proferían enormidades y desvergüenzas sin el menor reparo. Un ruido compuesto de mil ruidos, un clamor continuo en que se mezclaban las notas del piano, los chillidos de las mujeres, las voces roncas de los borrachos y el frote de los pies de los bailadores sobre el áspero pavimento, llenaba la casa entera, desde la sala hasta la cocina. En esta última, la tribu de Felicia, encerrada por orden de la dueña, se entregaba también a una danza continua y medio salvaje, en la cual tomaban parte hasta los niños, agarrándose unos a otros al azar para enlazarse por la cintura y dar vueltas. En el resto de la casa empezaban a faltar las mujeres y a sentarse los hombres para serenar un poco las cabezas y enjugar el sudor. Una gorda vomitó en la sala, sin tiempo para refugiarse en el interior, adonde la arrastró enseguida Felicia tirándole del brazo, como de una masa casi inerte. En el último cuarto estaba el hospital, donde se habían refugiado las fugitivas, huyéndole al mareo. Aquella habitación ofrecía un aspecto lastimoso y pintoresco. Había allí dos camas. Sobre una de ellas habían caído dos mujeres, después de echar a un lado las ropas de hombres y los corsés que la llenaban, y permanecían pálidas y como muertas, con los ojos cerrados y los trajes en desorden. Sobre la otra se amontonaban uno de los amigos de Masilla y tres mujeres más, revueltos como los heridos de un campo de batalla, inconsciente uno de su abyección y las otras de las desnudeces que mostraban. Felicia y una de sus ahijadas se esforzaron por remediar un poco aquel desastre, levantando del suelo las ropas y colocándolas en las sillas y los percheros, después de sacudirlas con cuidado, y tratando de cubrir con las faldas las piernas de las durmientes. Luego quedó de guardia la segunda en aquella especie de ambulancia improvisada, y la mulata volvió a sus tareas de ama de casa, recorriendo los grupos con su maternal sonrisa y pronta a prevenir cualquier desorden. Los hombres echaban de menos a las ausentes y empezaban a llamarlas a gritos.

—¿Y Lucrecia? ¿Dónde se ha metido ese pescaío?

—Está enferma, hijo —decía Felicia en voz baja—. Tuvo que acostarse un rato.

—¿Y la Sardina?

—Mala también. Ahorita vuelve.

—¿Y Loló?

—Igual. No tienen la cabeza fuerte esas muchachas.

Entonces algunos, excitados por la curiosidad, se dirigieron atropelladamente al cuarto de las inválidas. Quedaron asombrados ante el cuadro que se ofreció a sus ojos, y no faltó quien dejara escapar sonoras carcajadas, intentando levantar a las borrachas. Felizmente, Felicia los había seguido y suplicó que las dejaran tranquilas, lo que pudo conseguir con trabajo.

Cuando se disponía a salir, entró como un alud el amante de una de las muchachas que dormían junto al estudiante, e indignado ante la afrenta que se le infería así en sus barbas, quiso despertar a la joven con unas cuantas bofetadas, rugiendo como un energúmeno. Felicia lo detuvo por el brazo con firmeza.

—¡Aquí no! Cuando llegues a tu casa... si quieres.

Él se dejó convencer, y salió del cuarto, exigiendo solo que la pusiera en otra cama, «donde no había hombres».

Se aproximaba la hora de las disputas, lo cual obligó a la previsora mulata a redoblar su vigilancia. Miraba con recelo, sobre todo a Azuquita, que se mostraba hosco, con sus vulgares rasgos de adonis del arroyo alterados por la contracción de la embriaguez, y un gran mechón de sus cabellos oscuros caídos sobre los ojos. El bribón hacía periódicas incursiones en la cantina, dejando sola a Carlota, y cuando regresaba dirigía siempre una rencorosa mirada de soslayo a Masilla, cuyos manejos fueron sorprendidos por él una hora antes. Al volver de su última visita a las botellas, quiso la casualidad que advirtiera un signo de inteligencia cambiado entre su querida y aquel hombre, y su cólera comprimida estalló contra la mujer, a quien hundió los dedos en la carne de un brazo, diciéndole al oído, mientras sus ojos despedían amenazadores destellos:

—¡Como vuelvas a mirar a ese hombre, te pateo el buche aquí mismo!

—Pero si ése le paga a las mujeres —exclamó ella para disculparse, marcando la frase con un énfasis despectivo.

—¡Ni por su dinero! ¡De todos modos te doy una pateadura si te vuelvo a ver!

Felicia se dio cuenta de la rápida escena, aunque no pudo oír las palabras, y creyó llegado el momento de intervenir. Buscó a Rogelio, encontrándolo en pie, echado sobre su tísica compañera, a quien oprimía contra la pared, mientras murmuraba cerca de su oreja ardientes frases, poseído de un vértigo de lujuria. No bailaban ni se movían, absortos ambos en su bestial empeño e indiferentes a cuanto les rodeaba. Felicia lo tocó en el hombro, y él se volvió con súbito sobresalto.

—Oye, mi hijito: es preciso que te lleves al estudiante largo, ese queí tá en el otro cuaíto, porque aquí va a haber hoy un díígusto.

—¿Con quién? —preguntó Rogelio, malhumorado, sin soltar por completo a su compañera.

—Con Azuquita. Ha bebío mucho y yo lo conoíco. Eímenesteí que te lleves al otro.

—No vino conmigo, ni es amigo mío.

—Pero, ¿no vive en la casa de tu queríía?

—Sí, ¿y eso qué importa?

La mulata se dirigió en busca de otro de los amigos de Masilla, oyendo, al alejarse, que la flaca mujerzuela le decía ásperamente a Rogelio:

—No, hijo; si tienes querida, no hay nada de lo dicho. No me gusta tener líos con las otras mujeres.

—¡Metí la pata! —se dijo Felicia, y apresuró el paso, en demanda de Quintales.

Entre tanto, la escena temida se había desarrollado, pero con un final muy distinto del que ella imaginara. Azuquita, que se había alejado de intento, fingiendo una necesidad perentoria, volvió inesperadamente al lado de Carlota, sorprendiendo a ésta en conversación disimulada con Masilla, a tres pasos de distancia una del otro. Los dos hicieron un movimiento delator al ver al chulo, y el estudiante salió del cuarto, sin darse cuenta de lo que hacía. Azuquita se acercó lentamente a la pobre muchacha, mostrando una expresión socarrona en la mirada, y en los labios una sonrisita cruel.

—¿Qué te dije? —rugió sordamente junto al rostro de la joven, sin apartar de las de ella sus pupilas, en las cuales danzaban puntos brillantes.

Carlota bajó los ojos sin responder, como un acusado ante su juez.

—¿Qué te dije? —repitió en tono más vibrante, sin alzar la voz. La joven continuaba muda, mientras él se aproximaba aún más a ella con la cautela de un gato que acecha a un ratón.

Llevó Azuquita la mano a la pechera de la camisa, y la retiró armada del alfiler de oro con que adornaba el nudo de su corbata, bajándola con lentitud hasta dejar el brazo casi oculto entre su cuerpo y el de su querida, que ya se tocaban.

—¡Qué te dije! —bramó, enloquecido, abrasándola con su aliento—. ¡Toma, para que te rasques!

Con un movimiento brusco, hundió el alfiler hasta la mitad en un muslo de la muchacha, que se contrajo toda, sin moverse y sin derramar una lágrima, y acabó de introducirlo en la carne, con refinada complacencia, espiando en los ojos de ella el sufrimiento, poseído de una sádica locura.

El estoicismo con que Carlota soportó el castigo acabó de encolerizarlo, y todavía clavó dos veces más la aguda punta en el mismo sitio, murmurando sordamente:

—¡Toma! ¡Toma!

La infeliz martirizada no hizo el menor gesto para defenderse, y solo la leve humedad de sus párpados y el temblor de sus labios denunciaron su agitación interna. La escena, por lo demás, fue tan rápida y tan callada que nadie entre los presentes se dio cuenta de lo sucedido. Pero Rigoletto no perdió un detalle del abominable lance, y maniobró para colocarse cerca de la puerta de la calle y esperar allí el desenlace.

Azuquita prendió otra vez, con mucha calma, el alfiler en la seda de su camisa, y trágico, extendiendo el brazo con un magnífico ademán autoritario, gritó, sin importarle ya que lo oyesen:

—¡Ahora arranque paícasa! ¡Arranque, si no quiere que le entre a golpes enseguida!

Carlota no se movió, provocativa, terca, empeñada en excitar al bruto y hacerse aplastar por él.

El chulo cerró los puños, avanzando un paso, amenazador. Algunas personas los rodearon en silencio, entre ellas Felicia, que mostraba en su rostro de bronce un gesto de expectación más tranquila, desde el momento en que no eran los hombres los que reñían.

—¡Que arranque, le he dicho! ¡No me provoque!

La hipnotizaba con la mirada dura de sus ojos inmóviles. La joven protestó.

—Sola, no. Tú lo que quieres es quedarte para bailar con...

Azuquita midió bien la distancia y alzó el puño, mientras ella, sin concluir, levantaba el antebrazo para proteger el rostro. Algunos hombres sujetaron al irascible mozo, y las mujeres rodearon a Carlota, hablándole todas a la vez y tratando de convencerla de que debía irse.

—¡Que se vaya! ¡Que me obedezca! ¡Luego la arreglaré yo! —gritaba el energúmeno, sin hacer grandes esfuerzos para desprenderse de las manos que lo inmovilizaban.

Rigoletto había desaparecido.

Cuando llegó la joven a su cuarto, retorciéndose los brazos desesperadamente y deshecha en llanto, encontró al jorobado, que la esperaba en el pasillo, y se quedó como quien ve visiones. Rigoletto, emocionado, la consoló, la acarició, entró con ella en el cuarto y quiso ver aquello. En la camisa había tres manchas rojas y unos puntitos encarnados sobre la blanca piel. Él los besó, uno tras otro; recibió apresuradamente el pago de sus consuelos, y corrió otra vez al baile, sintiendo un profundo estremecimiento al pasar, sin hacer ruido, junto a la puerta de Teresa, herméticamente cerrada.

Mientras tanto, el baile se había reanudado, como si nada hubiera sucedido. Por lo general, menudeaban allí los incidentes de esta índole, a los que no se les daba sino una momentánea importancia. Quintales se había llevado a Masilla, que reclamaba, muy nervioso, un revólver, procurando que no lo oyese Azuquita y dejándose conducir lejos por precaución. Nadie había advertido la fuga ni la reaparición de Rigoletto, quien había empleado solamente media hora en su travesura. Al entrar, se dirigió, sonriendo maliciosamente, a Azuquita, que bailaba con otra, y lo tocó en el hombro.

—¡Te has portado como un hombre, Azúcar!

El otro le dirigió un guiño amistoso.

—Así hay que tratar a las mujeres, ¿verdad?

—Sin duda. Y aun de ese modo, muchas veces no se sabe con la que se gana y con la que se pierde.

La mujer que bailaba con el chulo hizo un gesto de aprobación, que mostraba su absoluta conformidad con el proceder de su pareja. Aspiraba a suplantar a Carlota en el corazón del granuja, y tenía la implacable crueldad de las de su sexo cuando se trataba de juzgar a sus rivales.

Rigoletto se echó a reír, lanzando de soslayo sobre los dos una mirada irónica y alejándose, poseído ya de un principio de aburrimiento.

La fiesta languidecía visiblemente. Algunas mujeres, que habían hecho su conquista, se retiraron acompañadas, llevando el corsé bajo el brazo, envuelto en un periódico. Otras fueron a engrosar el número de los inválidos, al cuarto donde yacían los ebrios amontonados e inconscientes formando montones de carne que roncaban y que proferían, al tropezar con otros, palabras soeces. Todavía quedaban bailadores recalcitrantes; pero muchos se sentaban a cada momento, con las caras abotargadas y las pupilas opacas, y no faltaba quien durmiera en las sillas, los pies estirados sobre otro asiento y cubierto el rostro con el pañuelo. Por la casa entera parecía haber pasado el desorden de una invasión de dementes. Olía a sudor, a polvo del piso, a esencias fuertes, a bebidas y a vómitos, formando un todo complejo que sería muy difícil de definir. En la mesa de alas, que hizo el papel de mostrador de cantina, alineábanse las botellas vacías, sobre el papel roto y mojado de líquidos pegajosos donde se aglomeraban las moscas. La misma Felicia estaba cansada, somnolienta, y arrastraba perezosamente su cuerpo abultado como un saco de grasa, yendo siempre de unos a otros con la misma sonrisa zalamera de ama de casa complaciente. En las habitaciones y en la cocina reinaba el silencio: una calma pesada de fatiga y de tedio, que apenas interrumpía alguna risotada, una frase suelta o un bostezo ruidoso, en los intervalos de la música. Y las deserciones aumentaban, a cada momento, viéndose a los hombres recorrer todas las piezas y remover febrilmente las ropas amontonadas en las camas y los percheros en busca de sus americanas, sus cuellos y sus corbatas, y a las mujeres agacharse para sacar sus corsés, ocultos bajo los muebles, y envolverlos rápidamente, antes de salir.

Cuando casi todos los que quedaban sentían pesar sobre ellos con más intensidad la pereza del ambiente y el disgusto de sí mismos, bebiendo mucha agua y fumando para disimular el mal efecto de las bocas pastosas, se produjo un incidente que infiltró un rayo de animación en la general languidez: un grupo de jóvenes elegantes y alegres, llegados en dos automóviles hasta la misma puerta, se hizo abrir y penetró ruidosamente en la sala con el sombrero puesto y las caras burlonas.

—¡Uf! ¡Esto huele a muerto! —dijeron varias voces—. ¡Parece un velorio!

Uno de ellos dio suavemente con el bastón en las nalgas de Felicia, diciéndole irreverentemente:

—Mulata, ¿esto es todo lo que tú sabes hacer ahora? No vale ni la gasolina que gastamos.

Ella sonrió benévolamente, sin enfadarse, y explicó que más de la mitad de las gentes se habían ido.

Los recién llegados se esparcieron, enseguida, por toda la casa, como invasores en terreno conquistado.

—¡A ver! ¿Qué mesalinas hay por aquí? —decía uno de ellos a gritos, llamándolas.

Las mujeres acudieron y hubo otro rato de baile y de risa. Luego, cansados de la monotonía del espectáculo, al que habían ido «por ver cómo estaba aquello», exactamente lo mismo que si se tratase de cualquier exhibición curiosa, se reunieron nuevamente en grupo y penetraron en tropel en el cuarto de los intoxicados, despertando a nalgadas a las mujeres, bajo una lluvia de insultos. Rogelio se escondió, al verlos pasar, porque muchos eran amigos de Paco y casi todos lo conocían también a él.

Los queridos y los compañeros de las muchachas así tratadas no pensaron en formalizarse ante aquellas bromas ejecutadas con cierto aire de superioridad y sin pedirles permiso. Sabían que la ráfaga pasaría pronto, y le temían un poco a esta banda de jóvenes simpáticos, bulliciosos y conocidos, a quienes las mujeres no veían con desagrado. Ya se oían voces, entre las burlas y las risas, que invitaban a los demás a la retirada.

—¡Vamos, vamos! Tienes razón, Chaves: esto huele a muerto.

—Mira quién está aquí, borrachita. ¿La conoces?

—¿María la Ternera? ¡Sí! Me consta que el nombre le viene bien…

—¡Cochina! ¡Vamos a llevárnosla!

—No, no. ¡Vamos! ¡Aquí se come mucha fana!

Resonaban los gritos, como voces de mando en el silencio de los circunstantes.

—¡Vamos, vamos!

Se arremolinaron hacia la puerta, seguidos por Felicia, que sonreía siempre, con indulgencia.

Rogelio salió entonces y recuperó su puesto al lado de la tísica, a quien había conseguido convencer de la necedad de sus escrúpulos. La muchacha seguía fumando sin descanso, y apenas hablaba, embrutecida por el vicio. Había sido criada, antes de entrar de lleno en «la vida», y la sedujo un señor, muy rico, que le dio unos cuantos pesos a su tía... Por las señas, Rogelio reconoció en el seductor al hermano de Teresa, y esto aumentó su brutal deseo de conquistar aquel día a la escuálida joven simplemente por anotar una más. Habían convenido que saldrían juntos, como amantes, lo cual daría importancia a Rogelio, a los ojos de los demás, porque todos sabían que él no pagaba...

De improviso, Felicia, que lo buscaba con la vista por todos lados, se acercó a él y lo tocó en el brazo llamándolo aparte. Rogelio dejó un momento su compañera, con cierta inquietud.

—Ahí afuera, en una máquina, hay una mujer que quiere verte —le dijo, discreta, al oído.

—¿Quién es?

—No sé. El chofer trajo el recado. Pero me figuro que es Carmela.

Él palideció, vacilando.

—¿Y tú le dijiste que yo estaba...?

—Ella lo sabe.

Rogelio corrió medio aturdido, al cuarto donde tenía el cuello, la corbata y la americana, cogió ésta, nerviosamente, y se la puso, alzando la solapa para disimular la falta de las dos primeras prendas, que omitía por la prisa. Mientras tanto, imaginaba excusas y mentiras, completamente atolondrado. Diría que Paco lo obligó a venir... ¡No, no! Paco no, ¡era inverosímil...! Mejor, Rigoletto... En fin, ya vería. Al pasar por donde se hallaba su compañera, le gritó, sin mirarla:

—Vuelvo enseguida.

—¡Oye! ¡Oye! —exclamó la otra en tono agresivo, queriendo detenerlo.

—Que vuelvo te he dicho.

Y desapareció entre los bailadores, apartando suavemente con ambas manos a los que le estorbaban el paso.

La luz de una tarde espléndida lo dejó un instante, en la acera, cohibido y avergonzado, con esa vacilación particular de las aves nocturnas obligadas a salir de su madriguera en pleno día. Extrañó la calle, el cielo azul, el ruido de los coches que rodaban por el otro costado del Arsenal, e hizo un movimiento instintivo para refugiarse nuevamente en el interior de la casa. Pero divisó a lo lejos el auto, parado junto a la tapia, y, dentro, una figura blanca que le hacía señas, llamándolo. No vio de aquella figura sino la ola rubia, un poco rojiza, de los cabellos, que coronaban el rostro de la mujer, como un incendio, pero reconoció en el acto a Carmela, envuelta en un abrigo claro y llevando un ligero chal sobre los hombros.

Se resolvió a soportar la borrasca, latiéndole el corazón vivamente al acercarse a la joven, a quien no había visto en tanto tiempo. Temblaba y bajaba un poco los ojos. El chofer, obedeciendo probablemente a una orden de Carmela, hizo funcionar el motor cuando Rogelio estaba a diez pasos de la máquina, y abrió en silencio la portezuela.

—Ven conmigo —le dijo ella a su amigo, con voz imperiosa y seca.

—Déjame, al menos, ir a buscar el cuello y la corbata —repuso él, inseguramente, mostrando la garganta desnuda—. Mira como vengo...

—¡Deja el cuello! ¡Nada tienes que volver a buscar allí!

Los ojos de la rubia fulguraban de cólera y de celos, aunque hacía esfuerzos por contenerse. Rogelio frunció el entrecejo, entrando sin replicar. Desgraciadamente para Carmela, conservaba su habitual obsesión, repitiéndose, para infundirse valor: «No dejaré que ésta se me imponga, como las otras», resuelto a seguir representando su papel de amo y señor y estimulado por los ejemplos que había presenciado en el baile. Cuando lo tuvo a su lado, la joven, sin dejar de mirarlo fijamente, le preguntó, impetuosa:

—¿Con quién fuiste a esa indecencia?

—Con Rigoletto.

—¡No, no! ¿Con qué mujer?

Rogelio callaba.

—¡Habla! ¡Quiero saberlo!

Él se irguió, mirándola a su vez, descaradamente.

—Te lo digo como me decías tú antes: ¿con qué derecho me lo preguntas?

—¿Eh?

—Sí; con qué derecho... Tú tienes tus líos, tus cosas; estás comprometida, peor todavía que si fuera con un hombre, y guardas todas tus consideraciones para la sinvergüenza que no te deja ni respirar. ¿Cuánto tiempo hace que ni nos vemos, ni te acuerdas de mí...? Y ahora vienes con ésas, y no quieres que me divierta un poco también...

Carmela dejó escapar una carcajada nerviosa.

—¡No quieres decírmelo! Pues bien, yo lo sé; estabas con la españolita tísica, a quien perdió «tu cuñado» y que está podrida hasta los huesos. Ya vez que no falta quien me cuente las cosas...

Se detuvo un momento, reflexionando, y añadió resueltamente:

—Pero es preciso que hablemos hoy, y para eso he venido. ¡Las cosas no pueden seguir así!

El auto rodaba por la calzada de Vives, buscando los barrios apartados para dirigirse a las afueras. Tenía echadas las cortinillas laterales, en cuya sombra procuraban ocultarse los dos pasajeros a fin de no ser vistos por los escasos transeúntes que discurrían bajo los portales vetustos y sucios. Rogelio se había prendido un alfiler, manteniendo las dos solapas de la americana cerradas sobre su cuello. Ambos se miraban, conteniendo el aliento, para no dejar traslucir su emoción.

—Tengo media hora nada más —dijo de pronto Carmela después de consultar con una mirada el reloj de su pulsera—. Cuando me dijeron dónde estabas me volví loca y me eché encima lo primero que hallé a mano... Mira como estoy vestida.

Entreabrió el largo abrigo de seda crema, que la ahogaba de calor, y mostró las bandas del kimono rosa, cruzadas sobre el seno desnudo. Debajo no había sino la camisa y las medias. ¡Y ni sombrero! Tomó el chal de tul, con lentejuelas, para cubrirse el rostro, y resultaba demasiado transparente.

Se apoderó de una mano de Rogelio y la introdujo a la fuerza debajo del abrigo.

—¿Ves? Estoy casi desnuda; pero perdí completamente la cabeza cuando supe con quién bailabas...

El joven palpó aun a pesar suyo, y empezó a dejarse ablandar.

—¿Y Margot?

—Fue a una cita. Vinieron a buscarla a las tres y media.

Explicó que la otra, recelosa siempre, en su afán de alejar todos los peligros, había acabado por hacerla romper con todos sus amigos jóvenes y «trabajaba» mucho más para sostener la casa. Ahora no iban allí más que el general y el viejo usurero, y eso cuando Margot lo permitía. Estaba segura de que, si llegaba a enterarse de esta escapatoria, iba a coger golpes, por más que ella a su vez solía devolverlos.

En el estado de semiembriaguez y de excitación nerviosa en que Rogelio se encontraba le era imposible darse cuenta de la profunda transformación que se había operado en Carmela, como tampoco tenía completa conciencia del desorden de su propio traje y del efecto que produciría su llegada, a cualquiera de sus dos hogares, sin cuello ni corbata y con la camisa hecha un guiñapo. Si hubiera conservado su entera lucidez, quizás le hubiese alarmado un poco la demacración de aquella robusta mujer, el sombrío fulgor de sus ojos y el aire resuelto de sus ademanes, que parecían concordar con un largo y dramático período de convulsiones internas. Lo que fue capricho se había convertido en pasión violenta, y se acercaba el instante en que aquellas fuerzas comprimidas en la inacción y el encierro iban a imponer, en la vida de los dos, determinaciones decisivas.

—Pero tú, ¿por qué te sometes? —dijo él, al oírla—. ¿No eres libre? Si me quieres verdaderamente, con mandarla a paseo y tenerme a mí estaba todo arreglado.

Carmela movió la cabeza, con gesto de desesperación.

—No puedo, vida; no puedo. ¿Tú sabes? ¡Eso es una cadena! Yo no quiero a esa mujer: la odio ahora con todas mis fuerzas... Y le tengo lástima. No puedo romper lo que hay entre nosotras, sino matándola o dejándome matar por ella. Lo he pensado; no matarla, sino matarme, para descansar de esta lucha, pero no tengo valor... Óyeme. Ahora puedo decírtelo; yo no te quería antes; me gustabas un poco y nada más. Tal vez tampoco había querido a ningún hombre; ni al padre de mi hija, a quien le tenía asco, ni a los otros. Por eso, quizás, caí en el lazo que me tendía Margot, y creí que iba a ser feliz. Pero me he enamorado de ti como una loca; te quiero más que a mi alma y no puedo vivir sin ti... He salido hoy para decírtelo; para preguntarte si me quieres lo mismo que yo a ti, y para saber si eres hombre de veras, como yo mujer...

Quedóse mirándolo un rato fijamente para ver el efecto de esta especie de reto lanzado a su virilidad. Rogelio la escuchaba, como a una música inefable, muerto ya en su memoria el recuerdo del baile, de su conquista, que se habría quedado esperándole, y de sus celos con Margot. Su imaginación, tornadiza, se lanzaba ahora en un galope desenfrenado hacia nuevos cuadros de lo futuro, en que Carmela sería la protagonista. Sin rencor ya, había pasado un brazo por encima del respaldo del asiento y estrechaba delirantemente contra su pecho el macizo busto de la rubia. Al oír las últimas palabras de ésta se estremeció.

—¿Qué es lo que quieres que haga? —dijo, con voz sorda, después de una breve pausa.

—Irte conmigo —repuso ella con vehemencia—. Aquí no es posible que estemos juntos. Nos expondríamos a cada paso, y no podríamos vivir tranquilos. Necesitamos dejar que pase algún tiempo, hasta que las cosas se calmen. Después podremos volver sin temor, si tú quieres.

Rogelio callaba, reflexionando, con la mirada fija y las cejas fuertemente contraídas.

—¿Qué dices a eso? —preguntó Carmela, recelosa, mostrando un leve fulgor de cólera en sus lindos ojos.

—Vámonos ahora mismo, si te parece —exclamó él arrebatadamente, con tal calor de sinceridad que la joven, en un arranque de pasión, cogió entre sus dedos los labios que acababan de pronunciar estas palabras y los mordió fuertemente, imprimiendo en ellos la huella de sus dientecitos.

—¡Qué lindo eres! —murmuró, al separarse, con un temblor de emoción que estremeció todo su cuerpo.

Pero Rogelio reflexionaba siempre. Una nube inesperada formábase en su frente no desprovista por completo de las brumas de la embriaguez. Al cabo de unos segundos, se incorporó y dijo:

—Lo malo es que no tenemos dinero...

Carmela le hizo una seña para que se esperara, y le gritó al chofer:

—No, Julián; toma la carretera y da la vuelta antes de llegar a San Francisco.

El auto había pasado de la calzada de Vives a la de Cristina; después torció a la izquierda siguiendo la de Concha, y ahora se disponía a doblar a la derecha para volver por Luyanó, al punto de partida. De un brusco golpe de timón, cambió de rumbo, obedeciendo automáticamente la orden recibida.

—Ya he pensado en eso —prosiguió la Aviadora, volviéndose hacia Rogelio y bajando la voz—: Tengo algo, pero no lo suficiente. Por eso no te digo que lo hagamos ahora mismo, como tú dices... Pienso volver al teatro, ¿sabes? Se está formando una compañía para el interior de la Isla, y me han prometido contratarme. Como comprenderás, todo esto he tenido que gestionarlo con mucho secreto, porque si Margot se entera, me echa a perder el plan... Además, no uso ya mi automóvil, y lo venderemos.

Rogelio la miraba con ternura y admiración, dejándose llevar otra vez por el impulso de su exaltada fantasía.

—Yo no soy como tu querida, vidita —añadió Carmela, a quien Rogelio tuvo la debilidad de referirle la historia de Teresa—. No tuve la suerte de nacer, como ella, «señorita de la aristocracia»; pero valgo mucho más que todas esas hipócritas.

Rogelio frunció el entrecejo, casi imperceptiblemente, Se había olvidado de su familia, de Teresa, de sí mismo y del mundo, pareciéndole que el universo y el tiempo se encerraban en aquel automóvil de alquiler y aquel trozo de carretera, entre árboles, en que respiraban los dos; y las frases de Carmela, clavaban como una pequeña espina en su corazón. Para sustraerse al malestar imprevisto que le produjeron, apretó más a la joven contra su cuerpo y se embriagó contemplando la blancura de su cutis, aterciopelado por los polvos de arroz. Ella, sabia y experta, echaba hacia atrás la cabeza y ofrecía la boca entreabierta, con un aire de total abandono, que jamás le había mostrado ni aun en los momentos de mayor intimidad.

—¿No estarás hoy conmigo, aunque sean diez minutos, antes de volver? —suplicó él, anhelante y enloquecido.

—No, vida santa —replicó Carmela, con pena—; no tengo tiempo. Podríamos echarlo a perder todo.

Unieron las bocas, en una caricia que ella sabía prolongar hábilmente, hasta convertirla en un martirio, y se separaron cuando el auto se detuvo bruscamente. A cien metros se veían las primeras casas del pueblo de San Francisco de Paula.

—Espera un momento, Julián —dijo Carmela.

—¿Paro el motor?

—Sí.

No había un alma en la carretera. La joven se dirigió entonces a Rogelio, velada la voz por la emoción.

—¿Me juras que harás lo que me has prometido?

—Te lo juro.

—¿Por quién?

—¡Por los huesos de mi madre! —exclamó él solemnemente, extendiendo el brazo y sintiendo, a pesar suyo, una especie de escalofrío.

—¿No volverás hoy al baile?

—¡No!

—¿Me lo juras también?

—¡Sí!

Los dos se miraron larga y profundamente, él con ojos húmedos de suplicante deseo, y ella, disimulando mal su alegría y sonriendo agradecida, con un ligero temblor en los labios.

El chofer esperaba filosóficamente, sin volver la cara.

De pronto, Carmela tuvo una inspiración, producto de los celos y de la necesidad de ofrecerle a Rogelio una recompensa, y dijo, dirigiéndose a aquél:

—Julián, ve al pueblo y tráeme un cartucho de panecillos de San Francisco. Puedes volver dentro de un cuarto de hora...

—¿Qué quieres hacer? —preguntó Rogelio, con el corazón palpitante, viendo cómo el hombre se alejaba indiferente, dejándolos solos.

Los ojos de la Aviadora brillaron de malicia.

—¡Qué! ¿Crees tú que voy a dejarte como estás? ¡No, hijo; no soy tan boba!

Y dócilmente, sin añadir palabra, palpitando en su ser entero el ansia de encadenarlo con una suprema «prueba de amor», se arrodilló a sus pies...

XI. Arrepentimiento

Rogelio estuvo un mes recluido en sus dos hogares, eligiendo las calles más solitarias y las horas de menos tráfico para trasladarse de uno a otro. Se había detenido en seco, en pleno vértigo de locuras, como un corredor que encuentra repentinamente el camino interceptado por una tapia. Le sobrecogía un vago terror al pensar en el peligro que había comido y el juramento que neciamente se dejó arrancar por Carmela; y huía de ésta, huía de sí mismo, experimentando una especie de recrudecimiento de su amor por Teresa y de su cariño paternal a Llillina y a sus otros hijos.

—Si sigo como voy, me convertiré en un miserable —se dijo la noche misma de su entrevista con la Aviadora, cuando ya bañado, limpio y con la cabeza libre de los vapores del alcohol, se dirigió inmediatamente después de comer a casa de su querida.

Teresa le vio entrar con asombro, porque no estaba acostumbrada a tenerlo a su lado tan temprano; pero disimuló su sorpresa, y tuvo el buen gusto de no hacerle una pregunta. Rogelio la acarició mucho, conmovido, como si acabara de escapar ileso, por milagro, de las ruedas de un tranvía, y ella mostró por primera vez, después de muchos meses, la confiada expresión de abandono que constituyó siempre el fondo de su carácter. Los dos se entendieron, sin hablar, respecto al valor de la nueva vida que en ese instante comenzaba, y cambiaron proyectos, entre besos furtivos, evitando el hacer la menor alusión a lo pasado.

Por la mañana, cuando Dominga se presentó, como siempre, a hacer su limpieza y a preparar el desayuno, encontró a Teresa, peinada ya, tarareando en voz baja un aire de zarzuela, frente a la máquina de coser, movida febrilmente por sus pies. Estaba tan distraída que no sintió entrar a la negra, y se ruborizó un poco al verse sorprendida cantando.

—¡Eh! ¿Tan temprano? ¿Qué buena hierba pisó mi hija anoche? —preguntó Dominga, riendo y acariciando el cuello de la madrugadora, como cuando era pequeñita.

—¡Y tan buena, negra! Tan buena, que ahora tengo mucho más valor para trabajar. Empiezo a creer que tus brujerías sirven para algo...

—¡Teresita! ¡Niña! Yo no soy bruja, ni entiendo de esas cosas —replicó la buena mujer, amenazándola cómicamente con el dedo.

Teresa, que se había puesto en pie, la abrazó como para indicarle que se divertía haciéndola rabiar, pero que nunca había dejado de considerarla como a una verdadera madre. Enseguida, le contó que Rogelio parecía dispuesto a enmendarse y que se había despertado muy contenta.

La vieja trataba de aparentar la misma alegría; pero movía la cabeza a pesar suyo, sin poder dominar la antipatía que el amante de «su hija» le inspiraba. Al concluir Teresa, la negra, con su terquedad acostumbrada, dijo, a manera de resumen:

—¡Ojalá sea por mucho tiempo, mi hija! Pero yo hubiera querido mejor verte al lado de otro...

Teresa, en lugar de enfadarse, como otras veces, lo tomó en broma, y repuso parodiando la áspera voz de Dominga:

—¡Otro! ¡Otro! ¡Negra de los diablos! ¡Y si los otros no me gustan!

Era un verdadero grito de su alma.

—¡Es verdad! —exclamó la negra, convencida.

Al mediodía se presentó Rigoletto, y desde la puerta advirtió el cambio. Teresa cosía. Lo acogió con una sonrisa sin interrumpir su trabajo.

—Buenos días, Emilio. ¿Qué le parece la tarea de hoy?

Señalaba con un gracioso movimiento de su barbilla el montón de sayas acabadas que ocupaba una de las sillas, hasta la altura del respaldo.

—¿Y eso...? —interrogó el jorobado, sorprendido.

—Que quiero acabar antes de las tres. Rogelio viene ahora también por las tardes.

Ardía en ansias de comunicarle la grata nueva, y lo hizo, sin sospechar el daño que le inferían al desdichado sus palabras. Rigoletto perdía la serenidad de su cinismo cuando estaba en presencia de ella. Oyó el relato de lo sucedido la víspera, queriendo ocultar con una sonrisa la tirantez de su semblante. Padecía horriblemente y callaba. Sin confesárselo a sí mismo de un modo explícito, comprendía que el rebajamiento moral de Rogelio lo acercaba a Teresa, y que su rehabilitación lo alejaba de ella. Ahora, al disminuir las horas de soledad de la joven que él, Rigoletto, entretenía, parecíale que le despojaban de algo que era legítimamente suyo. Un rayo de esperanza se infiltraba, sin embargo, en las brumas de su tristeza: conocía a Rogelio y no creía en la sinceridad de su arrepentimiento. Teresa, que acaso abrigaba también dudas en el fondo de su alma, se imponía la fe con toda la energía de la voluntad, y se expresaba en tono optimista.

—No sé cómo saldremos de nuestros apuros, porque Rogelio no encuentra dónde trabajar, y me ha jurado que no volverá al juego. Pero de todos modos, lo esencial es quererse y estar unidos, ¿verdad?

Rigoletto adivinaba, para su mayor tortura, cuál era el lazo que unía a estos dos seres y el sentimiento que ponía una venda impenetrable ante los ojos de Teresa. Vislumbraba en ella, bajo todas las capas de la educación y del orgullo, un fogoso temperamento de mujer, en el cual la maternidad y los años de posesión constante no habían hecho mella. Lo advertía en el movimiento casi imperceptible de las alas de su nariz cuando hablaba del amante y en el cuidado con que velaba, con los párpados, el brillo de sus ojos. Su descubrimiento le inspiraba un sombrío rencor, casi un odio feroz hacia Rogelio, que tan poco aprecio parecía concederle al tesoro que poseía.

Se fue un momento después, pretextando una atención urgente y sin atreverse a hablarle del destino en Hacienda, que todavía le reservaban, esperando que se decidiese a ocuparlo. Ella no se fijó en la actitud del fiel amigo, a quien se había habituado a considerar como un complemento indispensable de sus alegrías y de sus penas.

Desde entonces empezó para Rigoletto una existencia de continuos sinsabores, que eran como pequeños alfileres que diariamente se clavaran en su corazón. Rogelio se mantenía firme en su propósito de enmienda, y Teresa, aunque preocupada con la perspectiva de la miseria, se mostraba cada día más alegre y más confiada, como adormecido su corazón por las caricias que ahora recibía a todas horas, en aquel inesperado renacimiento de su Luna de miel. Hay mujeres, efectivamente, en quienes el temblor de los besos recibidos con anterioridad persiste mucho tiempo a flor de piel, traduciéndose en una especie de suaves cambiantes del rubor que les hacen decir, recordando al amante o al marido ausente: «Anoche hubo fiesta de amor». Teresa era una de esas mujeres, cuya existencia es una rara excepción en la humanidad. La felicidad le embellecía y la iluminaba con un resplandor tenue de antorcha encendida en el interior de su cuerpo. Rigoletto no recibía ya confidencias de su amiga, y se veía obligado a ser espectador impasible de aquella armonía inexplicable que lo atormentaba. Se daba cuenta de que no era ya tan necesario. Lo olvidaban. La dicha es egoísta, aunque lo sea muchas veces inconscientemente. A menudo, cuando iba a ver a Teresa, impulsado por una furiosa necesidad de su alma y de sus ojos, encontraba a Rogelio, en zapatillas, fumando negligentemente en un sillón, con un aire rozagante de juventud que los años no lograban abatir. Lo acogían ambos afectuosamente; pero no era lo mismo, para él, este ambiente de tranquilidad conyugal que la melancólica expresión de abandono que reinaba anteriormente. Y la intimidad de los tres era mayor, porque se habían reducido a un solo cuarto, para disminuir en la mitad el alquiler, y se hallaban compelidos a ocupar el escaso lugar que dejaban libre los muebles y las costuras. Todos los días, al despedirse, Rigoletto se juraba que no volvería jamás a esta casa, puesto que de nada servía allí su presencia.

Rogelio acabó por refugiarse al lado de su querida, desde que concluía de almorzar, y comía muchas veces con Teresa, acostándose enseguida, hasta las dos y media de la madrugada, en que ésta lo despertaba invariablemente, para que se retirase a su casa. Al principio se sentía humillado por tener que compartir con su amante la comida que traía Dominga; pero luego dominó sus escrúpulos, porque hacía el camino a pie y le espantaba lo que tenía que andar para ir a comer con su mujer y su hija y volver después. No era feliz en su nueva vida; por eso prefería dormir continuamente y pensar lo menos posible en sus asuntos. Tenía el corazón lleno de hiel, y se aliviaba desahogando su amargura con Teresa, en los momentos que precedían a sus abrazos, hablando mal de su suerte, del gobierno y del país, que los condenaba a morirse de hambre, sin rencor aparente hacia ella por su obstinación en seguir siendo pobres y con una expresión enigmática, que significaba: «Si tú supieras el sacrificio que hago por todos ustedes». Después, su deseo estallaba, violento y enfermizo, envolviéndolo en una voluptuosidad nueva, la del martirio, que lo dejaba agotado y presa del sueño. La querida se dedicaba a poner apósitos sobre las heridas, diciéndose que aquél era un pobre ser lacerado y débil, al que había que cuidar como a un niño. Jamás su amor tuvo los infinitos rasgos de ternura que se prodigaron recíprocamente en aquellos días, bajo la influencia del infortunio. Algunas veces Rogelio acercaba, con un estremecimiento de su brazo, el cuello de

Teresa, hundiendo el rostro en los cabellos de ésta, y la confesión temblaba en sus labios:

—Tú eres demasiado buena, mi hijita; mejor que yo, que he tenido la culpa de muchas de nuestras desgracias. Pero ahora, por fin, veo claro en mi vida, y cuando me reponga un poco empezaré a ser un poco más digno de una mujer como tú...

Se interrumpía, sofocado por el dogal que apretaba su garganta y por la enormidad de las cosas que iban a escapársele, y se dejaba acariciar dulcemente por Teresa, quien le aseguraba que jamás había sido malo, sino un poco inconstante.

Estos arranques no impedían que, un cuarto de hora después, se proclamara un mártir, cuya excesiva bondad había sido la causa de todas las humillaciones que había padecido, y que acusara a Dios, a los santos y a la sociedad, de haberlo hecho nacer para divertirse con sus penas.

Su reclusión se debía, en realidad, más que a un sincero remordimiento, al temor de encontrarse con Carmela, a quien suponía buscándolo por todas partes. Su espíritu, naturalmente egoísta y voluble, pero enemigo de las determinaciones violentas y de los desenlaces dramáticos, se apartaba con dolor de la vida que ambicionaba, presintiendo que no podría resistir un nuevo ataque de aquella mujer, cuya carne blanca y maciza y cuyas lujosas elegancias interiores lo enloquecían. Teresa usaba finas camisas de batista, con ligero escote, medias de seda y anchas ligas que armonizaban siempre con el color de éstas; pero aquella sobria sencillez, no exenta de coquetería y siempre la misma desde que la conoció, no podía competir con la extraordinaria complicación de lazos, de cubrecorsés bordados, de pantalones vaporosos y de camisas de seda y de encajes, que se usaban por juegos de un mismo tono y de igual estilo y que cambiaban hasta lo inverosímil, reservando siempre nuevas sorpresas a los amantes, en el momento de hacer caer, una tras otra, las piezas del vestido... Éstas eran, precisamente, las imágenes y los recuerdos que torturaban al infeliz alucinado, y de las cuales huía, firme en su virtuoso propósito, buscando en el cansancio sexual y en el sueño un refugio contra las tentaciones. En los primeros días de su austero encierro tuvo Teresa, para él, el encanto de un bien que se recobra, después de haber estado próximo a perderlo. Luego, a medida que las horas pasaban sin traer el temido desastre, los recuerdos lujuriosos se precisaron nuevamente; y a veces, mientras la ardiente mujer temblaba, bajo sus caricias, como una hoja sacudida por el vendaval, Rogelio dejaba que las dos imágenes se superpusiesen en su cerebro, y le parecía que gozaba a Carmela, en un espasmo supremo en que fuese la hembra que lo despertaba al placer, a un tiempo rubia y morena, experta e ingenua, prostituta y virgen. Desnudaba a Teresa completamente, para no verse obligado a establecer comparaciones entre trapos y blondas, y se extasiaba contemplándola, tersa estatua de marfil, coronada de cabellos negros, y repitiéndose, convencido, que era mucho más bella que la otra. Entonces sentíase súbitamente satisfecho y no le pesaba el renunciar voluntaria y generosamente a la posesión de la rubia, a la cual dijérase que le perdía el miedo, al menos por el momento. Más tarde la oscilación mental reaparecía, y las luchas se renovaban en su interior, hasta que la extenuación y la inutilidad de sus secretas sacudidas tornaban a sumergirlo en un inmenso anhelo de paz.

En aquellos días fue con más frecuencia al colegio donde estaban sus dos hijos, y pasaba con ellos horas enteras en el refectorio, experimentando cierto orgullo al observar cómo los otros alumnos pasaban de intento para contemplarlo de reojo, admirados de que un caballero tan joven y tan elegante fuese el padre de aquellos dos niños. Un día le dijo Armando, señalándole a un compañero, regordete y risueño, que, menos discreto que los demás, se acercó francamente al grupo de los tres:

—Papá, este niño me preguntó el otro día si tú eras hermano de nosotros, y no quiso creer que fueses mi padre.

Rogelio sonrió al alegre muchacho, reconocido ante la mejor lisonja que pudiera haber recibido su amor propio.

—Ven acá, picarón —dijo, dándole un amigable cachete—, ¿tú papá es más viejo que yo?

—¡Huy! Tiene la barba casi blanca...

—¿Y tu mamá?

—No; es joven.

Rogelio sonrió maliciosamente, e hizo que sus hijos le dieran al niño bombones de los que les había llevado.

La resurrección de su amor paternal lo llevó a hacer que estuviesen dos días con él y con Teresa, encerrados los cuatro en el cuartito en que apenas cabían dos personas. Los niños, que estuvieron allí por primera vez, se asombraron de la pobreza en que ahora vivían sus padres, y se ahogaban de calor entre las cuatro paredes, colmando de amargura y de despecho el corazón de Rogelio. Teresa, alarmada por el aire sombrío de su amante y por el malestar de los niños, que no estaban acostumbrados a aquel encierro, le pidió que los condujese de nuevo al colegio; y como él pusiera algunos reparos a esta prisa, se vistió ella misma y los llevó, reprochándole dulcemente el haberlos traído.

Cuando regresó, encontró a Rogelio vuelto a su silenciosa desesperación, hablando de la muerte y de su inutilidad como hombre y como padre. ¡Un verdadero fracaso el suyo, en todos sentidos! Debía pegarse un tiro, si fuera hombre, pero ni eso era capaz de hacer. Teresa lloró, abrazada a su cuello, y el dolor de ambos terminó en una explosión de amor, ardorosa y triste.

Al día siguiente, la vida volvió a tomar, aparentemente, su ordinario curso; pero Teresa presentía que el alma de su amante se le iba a escapar nuevamente, y redobló sus afanes para mantenerlo alegre y satisfecho.

Desgraciadamente, los apuros de dinero vinieron a complicar aún más la situación. Teresa hizo que Dominga vendiese en secreto algunos objetos de su pertenencia y que Rogelio no podía echar de menos. No se inquietaba mucho, porque pensaba en los magníficos pendientes, regalo de su pobre madre, que todavía conservaba y que podían sacarla de apuros. Lo que la aturdía era la actitud de Rogelio, que antes se divertía viéndola coser y que ahora fruncía el entrecejo y permanecía abismado en fúnebres pensamientos cuando la contemplaba sentada a la máquina. Cierto día, entró él profundamente preocupado y muy nervioso. Había visto a Carmela acechándole en una esquina, dentro de un coche de alquiler, y tuvo que huir, dando un gran rodeo y burlando la vigilancia de la impura, para entrar en su casa. Por fortuna, sus precauciones tuvieron éxito, y la Aviadora no lo había visto.

—¿Qué tienes? —le dijo Teresa, advirtiendo en el acto el trastorno de sus facciones.

—No, nada —murmuró él sordamente, y esquivó las preguntas, encerrándose en una red de disimulos, interrumpida por momentos de invencible mutismo.

Teresa lo observaba de soslayo, con el corazón palpitante de ansiedad. Lo vio cerrar los ojos, cuando se cansó de fingir, y permanecer largo rato sumido en una sombría abstracción, de la que no se atrevió a sacarlo. Cosía ella apresuradamente, para darle a entender que no se percataba de su preocupación. De pronto se levantó Rogelio, como impulsado por un resorte, y fue a apoyar sus dos manos sobre los hombros de la valerosa mujer.

—No merezco que me quieras, Tere. ¡Soy un canalla!

Cedía a un irresistible arranque de su ánimo, provocado por este pensamiento egoísta: «Si ellos me despreciaran —se refería a Teresa, a su mujer, a sus hijos—, si me arrojasen con asco de su lado, tal vez podría yo seguir otro camino en el mundo y vivir todavía tranquilo». Teresa se volvió, sobresaltada, y fijó en el demente sus lindos ojos, con profundo asombro. Pero él sintióse acometido, ante aquella mirada, de la profunda cobardía que lo obligaba a mentir siempre, a mentirle a los demás y a sí mismo, y a dejarse arrastrar por la vorágine de los acontecimientos.

—¿Por qué, hijo? ¡Dime la verdad! ¿Por qué me dices eso?

Las negras pupilas temblaban inquietas, tratando de penetrar hasta el fondo de sus sentimientos. Mintió.

—Por nada... Porque me horroriza verte trabajando así, mientras que yo aquí, hecho un estúpido...

Ella le cerró los labios, poniendo sobre ellos la mano abierta.

—¡Bobo! ¡Bobo! ¿No harías tú lo mismo por mí, si pudieras?

Dejó la máquina, y lo abrazó emocionada, tratando de borrar con sus besos la nube que oscurecía aquella frente.

Desde aquel día entró y salió de la casa, con sigilo de cazador y precauciones de ladrón. No volvió a ver a Carmela, desorientada, sin duda, acerca de las horas en que él acostumbraba visitar a Teresa, o tal vez demasiado vigilada por Margot para poder dedicarse al espionaje. En su casa había recibido varias cartas de la Aviadora, que rompió sin leerlas, resuelto a luchar con la tentación. Dejó también de ir a la barbería, sabiendo que allí podía ir a buscarlo la pecadora, y procuró ocultarse lo más posible cuando estaba abierta la ventana de su casa y él se encontraba en ella. Parecía un criminal a quien persigue la policía y que no disfruta de un momento de sosiego. Llegó a descuidarse en el vestir, cosa realmente inconcebible en él, y anduvo algunas veces con la barba de dos días y el cuello arrugado. Le placía mostrarse así a los suyos, exagerando su papel de víctima, sin proponerse con ello un fin determinado, y espiaba las miradas angustiadas y los amargos gestos de las pobres mujeres, observando un perfecto disimulo. Últimamente se dejó dominar por la obsesión de que sus amigos no querían ya saludarlo en la calle, cuando era él, en realidad, el que se escondía, y hablaba de esto a todas horas, afirmando que lo despreciaban porque estaba arruinado.

—¿Sabes? —le decía de pronto a Teresa, con la cara congestionada por la ira—. Acabo de encontrarme con Paco. Me pasó por el lado exactamente lo mismo que si fuese yo un perro... Por cierto que, como comprenderás, ni palabra le dije. ¡Cordón sanitario, hija, como si tuviera una enfermedad contagiosa! Pero, ¡paciencia!, acaso yo me levante algún día y entonces...

Teresa hacía un mohín de desagrado al oír nombrar a Paco, a quien aborrecía desde que se vio casi obligado a ponerlo en la puerta de la calle, cuando sospechó lo que se proponía al hablarle con cierta reticencia de la conducta de Rogelio.

—Alégrate, hijo —le contestaba—, ésos son amigos que nunca dan y quitan siempre.

Al finalizar la tercera semana de prueba, los dos amantes hablaron de planes económicos. Teresa insistía en que era necesario que aceptase el destino que le ofrecieron en Hacienda, y Rogelio, más amante y más celoso que nunca en aquellos momentos, se mantenía inflexible. Tenía grandes frases, de una sonoridad heroica, para estas circunstancias.

—No, mi vida; deja que el techo se hunda y nos aplaste. ¿No me ves decidido a todo?

Por fin, una tarde hallaron la solución. Si en lugar de ir ella a la oficina fuera él, todo podría subsanarse. No era, ciertamente, un puesto de la categoría que Rogelio reclamaba, pero por algo había que empezar. El mal estaba en que, en la plantilla de la oficina decía: estenógrafa del Departamento de Bienes Nacionales, y no estenógrafo; mas acaso esto pudiera subsanarse. Decidieron escribirle a Rigoletto, que había desaparecido hacía dos días sin despedirse, y Rogelio le envió la carta con un cochero. Dos horas después, el jorobado llegaba jadeante, temiendo que hubiese sucedido una desgracia.

—¿Qué hay? —dijo desde la puerta, abarcando con una ávida mirada todo el cuarto—. No vine antes, porque no estaba en casa...

Le informaron del proyecto, y frunció el ceño. Quería reflexionar, saber si aquella sustitución no cerraría a Teresa el último refugio, en caso de una desdicha. Para ganar tiempo movió la cabeza y repuso jocosamente, con evasivas:

—¡Se trata de un cambio de sexo en toda regla! «¡Grave, grave!», como dice el gran mandarín Jiménez, nuestro muy noble y muy excelso amigo. Además de considerarlo un poco subversivo, no creo que semejante poder corresponda a un mísero secretario de Hacienda...

Pero Teresa fijaba en él el punto oscuro y brillante de su pupila, con tan elocuente expresión de súplica, que se sintió desarmado.

—Creo que podré conseguirlo —declaró al fin, haciendo un violento esfuerzo para dominar sus temores.

Teresa hizo un movimiento de alegría, y sonrió al modesto amigo, el cual se consideró suficientemente recompensado. Después vaciló ella, cohibida, y acabó por decir, enrojeciendo un poco:

—Lo malo es la prisa, Emilio... La cosa es urgente, ¿usted sabe?...

Rigoletto hizo un signo de asentimiento.

—Dentro de dos horas, ¿les parece bien? —replicó, poniéndose en pie para marcharse.

Los dos le estrecharon la mano, Teresa, conmovida, y Rogelio con un fingido entusiasmo que no pasó completamente inadvertido para el astuto jorobado.

—Me parece que la infeliz hace, con esto, un mal negocio —se decía a sí mismo, mientras bajaba, a grandes saltos, la vieja escalera de piedra.

Cuando, hora y media después, regresó a dar cuenta de sus gestiones, su rostro expresaba la satisfacción de la victoria, y exclamó sencillamente:

—Está hecho.

Charlaron amigablemente, y Rigoletto los hizo reír un rato, refiriendo cómo Paco se había visto obligado a saltar, desnudo, de un balcón a otro de cierto hotel de la capital, a las doce del día y a la vista de unos cuantos transeúntes que dirigieron la vista hacia arriba al ruido que hizo, cerrándose, una persiana del segundo piso.

—No sé cómo puede una mujer exponerse así —declaró gravemente Teresa.

—¿Y si le gusta? —arguyó Rogelio, cuya moral era cada día más acomodaticia.

—Si le gusta debe decírselo al otro, y asunto concluido —añadió ella, con un calor de convicción que hizo temblar ligeramente sus labios.

Rigoletto la admiró en silencio, mientras el amante se encogía desdeñosamente de hombros.

Cuando el jorobado se retiró de nuevo, no sin antes recomendar que Rogelio tomase posesión de su cargo al día siguiente por la mañana, Teresa se dirigió a éste, con los ojos húmedos por la emoción.

—Tiene un gran corazón este muchacho, ¿verdad?

—¿Quién? —preguntó él, asombrado.

—Emilio.

Rogelio se echó a reír.

—Sí; un corazón de sinvergüenza. El mundo le importa un comino.

Teresa se sintió herida por esta ligereza de juicio, que, por lo demás, resumía la opinión de todos acerca de Rigoletto; pero se guardó la respuesta y sintió que le profesaba mayor afecto al pobre amigo, después de aquel elocuente testimonio de ingratitud. Rogelio se fue a su oficina, tomó posesión del cargo y volvió, bilioso y sombrío, diciendo pestes de cuanto había visto en ella. Los hombres eran allí unos holgazanes y las mujeres unas verdaderas pirujas. Había hecho bien en oponerse a que Teresa se metiera en aquel antro de inmundicias. Las colocaban para que se entendiesen con los jefes y con los personajes que las recomendaban. Juró que venía enfermo del estómago y que solo una horrible necesidad podía obligar a un hombre digno a entrar en un lugar semejante.

Desde entonces, Teresa empezó a quedarse sola la mayor parte del día, mientras Rogelio estaba en el trabajo. Lo echó de menos, porque se había acostumbrado a tenerlo cerca a todas horas. Ya no comía con ella, y cuando venía, por las noches, mostraba un pésimo humor o caía en sus accesos de inexplicable mutismo. También Dominga gruñía por los rincones, hablando consigo misma y amenazando a menudo a un ser invisible. Algunos días antes, se había detenido en seco junto a la puerta del cuarto, y, después de examinar con cuidado un polvo negro y algunas basuras que estaban en el suelo, se puso muy seria y dijo, con voz sorda:

—Teresita, alguien quiere hacerte daño; ahora tengo la seguridad de eso.

—¿Por qué?

La negra había cogido un poco del polvo negro y lo apretaba entre los dedos.

—¿Sabes lo que es esto? —preguntó a su vez.

—Es pólvora. Alguien la ha puesto ahí.

—¡Qué miedo! —dijo burlonamente Teresa—. Hubieran podido volar la casa... Dominga le guardó rencor por aquella obstinación en mofarse de sus prudentes avisos, y en lo sucesivo dio muestras de una continua inquietud, evitando el hablar de ella directamente a la joven. Teresa, colocada entre el variable humor de los dos únicos seres que vivían cerca de ella, pasó horas amargas después de aquellas otras en que había creído que iban a renacer todas las alegrías de lo pasado. Su optimismo desaparecía rápidamente, en nuevo contacto con la realidad de su vida. Renacieron los instantes de completo desfallecimiento, cuando estaba sola, y deseaba la presencia de Rigoletto, cuyo invariable afecto era como un calmante que caía gota a gota sobre su corazón. ¿Era que sospechaba siquiera una parte de la verdad? No. Era sencillamente que había aprendido a distinguir los dos semblantes de Rogelio, el bueno y el malo, el que era suyo y el que se le escapaba. Dios sabe adonde, y empezaba a convencerse de que nada podría curar a este espíritu dislocado.

Al cumplirse, justamente, un mes de su arrepentimiento, Rogelio, a quien la virtud se le hacía ya insoportable, dejó una noche de ir a ver a su querida. Al día siguiente, a la hora de comer, entró agitado, nervioso, con el rostro casi lívido y la mirada de loco. Teresa quiso correr a él, y se detuvo, como clavada en el suelo por súbito presentimiento. Él se sentó, sin mirarla, y estuvo un rato con el codo en la rodilla y la frente en el pañuelo, que mantenía arrugado en la mano. Teresa, inmóvil, lo contemplaba desde lejos. De pronto, se levantó y dijo, dirigiéndose rápidamente hacia la puerta:

—¡Vengo enseguida!

Cuando la pobre mujer, repuesta de su estupor, quiso detenerlo, temiendo no sabía qué oscura desgracia, había bajado de cuatro en cuatro los peldaños de la escalera y ganaba la puerta con el sombrero en la mano y gesticulando como un poseído.

No volvió. Teresa esperó anhelante toda la noche y la mañana siguiente, sin saber qué resolución tomar. A mediodía una carta, provista de sello rápido, le trajo la clave del enigma. Vio la estampilla azul, reconoció la letra de su amante y rasgó el sobre, sin otra señal exterior de la tempestad, que empezaba a desatarse en su alma, que las manos yertas y los negros ojos animados de un sombrío fulgor.

No se había matado Rogelio. En cuatro párrafos, escritos con temblorosa mano, explicaba su conducta, pedía perdón y decía que, a la hora en que la carta llegase a las manos de ella, ya estaría lejos.

—Tal vez tú me acuses cuando sepas de qué manera me he ido, puesto que todo se sabe —decía—, pero no me odies, y espérame. Yo no podía trabajar en aquella oficina, entre tantas humillaciones, y acepté una cosa, que aunque parezca vergonzosa, era necesaria, porque no podía seguir siendo una carga para los seres que quiero. Esto es lo que deseo que me perdones, como deseo también que no me juzgues por las apariencias.

Acababa afirmando que todo lo había hecho por ella y por sus hijos, a quienes no olvidaría desde lejos, aunque le odiasen, y que algún día, cuando se supiera toda la verdad, estaba seguro de que ella lo perdonaría, apreciando la inmensidad de su sacrificio.

—¡Miserable! —exclamó Teresa, sintiéndose bruscamente iluminada por un resplandor de verdad que hasta entonces se había negado a dejar que penetrase en su espíritu.

Arrugó con desprecio el horrible papel, lo tiró sobre la cama y se quedó rígida, en medio de la habitación, cuyos objetos habían cambiado repentinamente de aspecto a sus ojos, como si un genio maléfico se hubiese llevado, de improviso, el alma de las cosas, dejando el vacío a su alrededor.

XII. Una asamblea de filántropos

Rigoletto atravesaba el zaguán, aturdido por la noticia y sin saber cómo iba a encontrar a Teresa, cuando tropezó con Juan Francisco Masilla, que salía encorvado bajo el peso de dos enormes maletas.

—¿Qué? ¿Te embarcas, antropófago?

El estudiante puso las dos maletas en el suelo, miró prudentemente a su alrededor y le dijo, muy serio, en voz baja:

—¡Ah! ¿Pero no sabes que tuve ayer una cuestión con Azuquita? Llegué a encañonarlo con el revólver, y no quise mandarlo al otro mundo, ni sé por qué.

Rigoletto, que estaba bien enterado de aquel lance, fingió una gran sorpresa. El otro prosiguió.

—Fue por la mañana, ¿sabes tú?, y estaba yo solo en el cuarto, porque no quise ir a clase, cuando empezó a chillar el energúmeno, desde el suyo. Era a causa de Carlota, ¿comprendes? La muy estúpida se ha enamorado de mí como una loca y parece que se lo dijo al querido... El muy bárbaro salió al pasillo, gritando, mientras ella luchaba por contenerlo. Figúrate la escena: Azuquita vociferaba: «Sí; está ahí, está ahí ese marrano. Dile que salga para que vea, cómo le pongo el pie en las nalgas». ¡Y yo, muy tranquilo! Como no me nombraba directamente no tenía por qué darme por aludido. ¿Verdad? Lo más que decía era esto: «Dile que es tan grande como sinvergüenza y le voy a dar como a las mujeres, por gallina». Yo lo veía por la abertura del postigo, hecho una fiera, pero no me movía. Le apunté con el revólver, cuando quiso venir adonde yo estaba y habló de echar abajo la puerta. ¡Pude haberlo matado! Afortunadamente Carlota gritó y llegaron los vecinos...

—¡Estuvo en un gran peligro! —dijo irónicamente Rigoletto.

—¡Claro! ¡Por bruto! —repuso el otro—. Pero yo no quiero tener que meterle una bala, si nos encontramos un día de éstos, y me mudo... Si se tratara de un caballero, ya sabría yo cómo tomarle cuenta de sus insultos. Pero con un chulo indecente. ¡Figúrate...!

—Con un caballero tampoco podrías batirte —objetó gravemente Rigoletto.

—¿Por qué?

—Porque no hay un solo capítulo en el código del honor que castigue la intención de poner un pie en el trasero. ¡Una bofetada sí es una ofensa!

Aunque no estaba en aquel momento para bromas, el eterno burlón se reía interiormente de la cara de estúpido con que Masilla había acogido su peregrina teoría, y ya se disponía a dejarlo plantado con sus valentías y sus maletas, cuando el estudiante le dijo, deseoso de cambiar de asunto:

—¿Vas arriba? Tu amiga no está allí. La he visto salir, muy elegante, hace diez minutos.

Y como sintiera pasos en la escalera, temiendo que fuese Azuquita quien bajaba, tomó su equipaje y escapó a toda prisa, añadiendo:

—Bueno; adiós. Ya nos veremos otra vez y acabaré de contarte...

La que venía era Flora, en traje de calle, estallando dentro del corsé, que congestionaba horriblemente su cuello y su rostro. Vestía de negro, mostrando los gruesos brazos bajo la gasa de las mangas, y las caderas aplastadas por el estrecho traje. Pasó majestuosamente por el lado de Rigoletto, fingiendo que no lo había visto, y siguió de largo hacia la calle. Llevaba la cabeza descubierta y muy peinada y lustrosa, oliendo a pomada de jazmín.

Rigoletto, que iba a entrar para esperar a Teresa, sabiendo que no tardaría, tuvo al ver a la peripuesta jamona una súbita idea.

—Esta lechuza —se dijo— debe salir hoy para algo relacionado con la fuga de Rogelio. Si no fuera así no dejaría su casa siendo sábado.

Inmediatamente bajó los dos o tres escalones que había subido y se dispuso a seguir a Flora.

—Yo sabré lo que trama —repitióse.

En la esquina de Virtudes y Prado se detuvo ella a esperar un carruaje y Rigoletto se ocultó en el hueco de una puerta. Fue una espera solo de pocos segundos, al cabo de la cual tomó ella un coche que venía por Prado, mientras que el jorobado le hacía seña a otro que se acercaba por Virtudes.

El cochero de Flora siguió la avenida del Prado, en dirección al Campo de Marte, torció a la izquierda, tomando por Teniente Rey hasta Compostela y luego a la derecha. Rigoletto veía la gruesa espalda y el cuello rojizo de la jamona balanceándose a cada movimiento de los muelles. Sonreía irónicamente, hablando consigo mismo en todo el trayecto.

—¡Diablo! Ya decía yo que este asunto tenía relación con aquel otro suceso... ¡Qué gran olfato de policía tengo! Apostaría a que nos dirigimos al almacén de mi amigo don Rudesindo, de quien ya la pobre Teresa me ha contado ciertas cosas... ¡Qué miserables y qué puercos son estos ricos y quienes los sirven!

No se engañaba. El coche de Flora torció a la derecha, por Ricla, y él hizo detener el suyo antes de llegar a la esquina, prefiriendo seguir a pie para no llamar la atención de las gentes. Iba andando despacio, con el aire insolente con que lucía siempre su giba, y miraba a los transeúntes, como una especie de Cirano grotesco que se aburre y pasea al Sol. Desde lejos vio la gran muestra dorada, bajo el toldo de lona blanca: Tabes, Sarmiento y Compañía (S. en C.). Conocía la casa; tenía allí a un amigo, un sencillo muchacho español que le admiraba, y se proponía ir directamente hacia él y preguntarle lo que supiera.

Frente a la fachada del almacén se detuvo en la acera opuesta y dirigió al interior una escrutadora mirada. Vio la inmensa nave en forma de cueva, iluminada a trechos por la cruda luz que penetraba por las claraboyas del techo; los montones de fardos y de piezas de tela, formando calles, por las que circulaban dependientes con carretillas de mano, y la suntuosa división, de mármol rosa y verjas de bronce, que circunscribía, a la derecha, el departamento de contabilidad y de caja, donde se repetía el letrero de la muestra, en caracteres de relieve, sobre fondo también de bronce mate: «Tabes, Sarmiento y Cía. (S. en C.). Comerciantes, Banqueros, 1851». En el centro, junto a una de las gruesas columnas de acero, pintadas de verde oscuro, que sostenían la techumbre, descubrió a Flora, casi perdida entre los montones de mercancías, hablando con un dependiente, que la trataba con amabilidad, sabiendo que el amo la distinguía. Entonces se fijó en que había tres automóviles de lujo alineados frente a la casa y que dificultaban un poco el tráfico en la estrecha calle. Reconoció en uno de ellos, perteneciente al Estado, el que usaba el general Barrote, y en otro al del senador Chivero, flamantes ambos, con los barnices y los cobres relucientes y los solemnes lacayos muy tiesos en sus asientos.

—¡Diablitos! —se dijo—. ¡Reunión de padres de la patria en casa de mi amigo Rudesindo! ¿Quién será el otro, porque la máquina es nueva? ¿Subasta? ¿Contrata? ¡No! ¡No serían tan cínicos, mostrándose así, en público...! Debe ser sesión de la Protectora de Madres de Familia... ¡Ah! ¡Y qué valientes protectores!

En poco estuvo que no soltara una carcajada, y fue necesario que un transeúnte lo apartase suavemente para pasar, porque obstruía la acera, parado en mitad de ella.

—¡Ah! ¡Perdone!

Siguió mirando. Detrás de la verja de bronce circulaban, entre los empleados, señores vestidos de negro y calvas apostólicas. El dependiente, a quien, sin duda, Flora logró convencer, le hizo seña de que lo siguiera y la guió hacia el fondo del almacén. Era el momento oportuno. Rigoletto franqueó la calle y penetró también, recatándose un poco.

Vagó algunos momentos por entre las hileras de cajas y de fardos, pisando sobre el sonoro suelo de losas grises, y descubrió, al fin, al muchacho que buscaba, ocupado en contar piezas de tela, con una libreta en la mano y en mangas de camisa.

—¡Eh! Vitorino, cundenadu, ¿qué haces ahí? —le dijo, desfigurando el acento y tocándole un hombro.

—¡Ojo! ¡Pare la jaca, que no soy gallego! —exclamó el otro, en el mismo tono de broma, sonriendo al reconocerlo.

—¿Qué eres, entonces?

—Asturiano, ¡moño! ¡Y a mucha honra!

—Bueno, Manín, perdona, austurianito sabroso... Vengo a hablarte en serio de un asunto...

—Venga de ahí... si no es cosa de pervertirme, porque hace dos meses que no salgo de casa...

Aludía a las juergas a que lo llevaba Rigoletto en otro tiempo, en las que era, por de contado, Victorino el que pagaba.

—No. El negocio es éste: ¿qué manejos se trae Flora con Rudesindo?

—¿Qué Flora? ¿La Burra?

—¿Cómo la Burra?

—¿No es la inquilina de la casa de Virtudes? La llamábamos así, por mal nombre, en el pueblo, porque era tan buena moza como bruta... Aquí se ha refinado.

—Enterado. ¿Qué se propone con el amo?

Victorino se puso serio, y miró a su amigo con recelo.

—Es paisana... Viene a negocios con «el tío» —repuso en tono de evasiva.

Pero Rigoletto lo estrechó en sus últimos reductos, hizo alusión a su antigua amistad, a otras cosas que le había confiado y que jamás salieron de su boca de amigo discretísimo, y el dependiente acabó por ceder, no sin antes preguntarle por qué deseaba saberlo.

—Pues bien —confesó— quiere conseguirle una «hembra» que hay en la casa, con tal que se le renueve el contrato de arrendamiento. Pero el tío es muy largo; sabe que la mujer tiene un marido o un querido, ¡qué sé yo!, y no le gustan los compromisos...

Rigoletto trataba de reprimir su angustia, exagerando la expresión de su máscara irónica.

—¿Y a él... le gusta mucho la mujer? —preguntó, de lo cual él mismo se quedó sorprendido.

Victorino volvió a mirarle con desconfianza, pero se tranquilizó enseguida, viendo que ni un solo rasgo de la fisonomía de su amigo se había movido.

—Mucho; pero no quiere líos, y teme que luego vengan a sacarle dinero.

—¿Y cómo tú sabes todo eso? —volvió a preguntar el jorobado, deseoso de cerciorarse de toda la verdad.

—¡Toma! Porque me gusta saber y me acerco con disimulo cuando hablan. ¿Conoces tú a la chica?

Rigoletto mintió heroicamente.

—Un poco... Y me interesa que le maneje el dinero al viejo...

El otro se echó a reír, dándole golpecitos en la espalda.

—¡Ah, granuja! ¡Con esa giba! ¡Eres el sinvergüenza más grande que he conocido!

Y no tuvo inconveniente en prometer que espiaría a Flora, desde aquel mismo instante, y que, a la noche, en el café de la esquina, le daría noticias.

—Pero conste que has de pagar lo que se tome —agregó alegremente.

—Lo pagaré —afirmó Rigoletto, con el tono solemne con que un conspirador de melodrama jura sobre la cruz de su puñal.

—¡Será la primera vez! —exclamó, sarcástico, Victorino, despidiéndole con un gesto amistoso, porque se acercaba otro dependiente.

Don Rudesindo Sarmiento, gran filántropo y presidente obligado de varias asociaciones humanitarias, reunía en su oficina aquella tarde a los más importantes miembros de una de ellas. Se trataba de un reparto de máquinas de coser entre veinticinco obreras pobres, del proyecto de una tómbola benéfica, de un premio a la maternidad, de un concurso de virtud, una multitud de cosas, en fin, acerca de las cuales el digno comerciante no se atrevía a resolver solo. Con su saco de alpaca, su chaleco blanco, cruzado por la cadenilla de los lentes, su barba gris partida y peinada con mucho esmero, y su sonrisa bondadosa, cuando no se dirigía a sus dependientes, con quienes se mostraba siempre seco y despótico, don Rudesindo se disponía a prodigar a sus invitados los honores de amo de casa. Se habían dispuesto sillas y poltronas en un saloncito que precedía a su despacho particular, situado al fondo del departamento de caja, y en una mesa improvisada al fondo de la casa, entre fardos de tela, dos mozos del café de Inglaterra aguardaban junto a las poncheras de plata, a cuyo alrededor unas cuantas botellas de viejo champán ostentaban sus venerables cuellos dorados y alambrados. Don Rudesindo no mostraba impaciencia. Profesaba a los elevados personajes cubanos que iban a reunirse en su casa el respeto irónico con que los españoles ricos acogen a los advenedizos de nuestro mundo político, y no mostraba ante ellos la menor cortedad. Sus hijos eran menos tolerantes y se complacían en manifestar su desdén hacia aquellas gentes, a quienes calificaban con los peores epítetos. Don Rudesindo se hallaba frente a un gran conflicto. Angelín, que había sido designado para secretario de la asociación, se obstinaba en no aceptar dicho cargo, y el pobre padre no sabía cómo arreglárselas con los otros.

A las tres llegó el general Barrote, puntual como siempre, y desde que divisó su automóvil, Sarmiento corrió al despacho donde trabajaba su hijo.

—Es preciso que vengas, Angelín. Ahí está el general, y me da pena.

—No, papá, me da asco esa gente. Usted lo sabe ya. Discúlpeme como le parezca.

—Pero ya vez que yo no tengo reparo... —repuso, un poco ofendido, el padre.

—Usted es español, papá, y además les saca lo que puede en subastas y negocios; pero yo soy cubano, y los cubanos que trabajamos debemos protestar de algún modo del descaro de ésos...

Y el feroz retraído se abismó de nuevo en su trabajo, con un gesto desdeñoso, hundiendo las narices en su libro mayor. El viejo, por su parte, sonrió satisfecho, porque había profetizado todo aquello, al perderse la colonia, y estaba orgulloso de que su hijo le diera la razón.

—Estás en lo cierto, Angelín: son peores que los zánganos, porque éstos siquiera...

Se detuvo comprendiendo que iba a decir una picardía delante del muchacho, y salió apresuradamente al encuentro del general, sin añadir palabra.

—Aquí estoy, don Rudesindo. El primero, ¿verdad?

Era Barrote un hombrazo, de manos peludas y cutis atezado de campesino, a quien los años que llevaba en la capital, disfrutando de pingües sinecuras, no había conseguido borrar su rústico aspecto. Ancho, fuerte, sanguíneo, su rostro y sus ademanes revelaban una sencillez franca y bonachona, un rudo optimismo que predisponía desde el primer momento en su favor. Tendió una mano, que parecía una trituradora, a Sarmiento, y estrujó largo rato entre sus formidables dedos los finos y delicados del comerciante. Éste soportó, sin pestañear, el afectuoso saludo, procurando devolverlo en la medida de sus fuerzas.

Barrote no era, como Mongo Lucas, un farsante, sino un héroe de veras que se había batido y pasado hambre en la Guerra de Independencia. Su defecto consistía en no haber tenido energía para renunciar a ciertos placeres, una vez gustados. Le encantaban las «niñas» y la buena vida, y se dejaba alimentar por la República, sin detenerse a pensar si era bueno o malo lo que hacía, si estaba conforme esto o no lo estaba con los austeros principios de la Revolución. Pero, aparte de esta satisfacción de vividor, que le parecía la cosa más natural del mundo, era una buena persona y un honrado patriota, «de los mejores de aquella ralea», como decía, muy convencido, don Rudesindo, cuando hablaba a solas con sus hijos o con los otros españoles.

—¿Arregló aquel asunto, don Rudesindo?

—¿Cuál? ¿El de sanidad? ¡Ca, hombre! Se empeñan en que tape los agujeros de las ratas también en el lavadero. ¡Es un horror!

—Bueno, no haga caso. No se ocupe, y déjelo de mi cuenta.

—Me pondrán una multa...

El general se echó a reír ruidosamente.

—Que no haga caso, le digo. Ya verá usted que nada le ponen.

Llegaba Chivero, en compañía de Paco, e interrumpieron la conversación para cambiar unos cuantos apretones de manos. El senador mostraba su carita sonriente de bull dog y su burlesca calva, con un aplomo de grande hombre. Paco, muy serio y muy correcto, enfundado en su traje oscuro de última moda, lo seguía como la sombra al cuerpo. Después de los saludos, el general se volvió todavía hacia Sarmiento, para decirle, a manera de conclusión, orgulloso de su inmensa influencia:

—Si usted me habla desde el principio, no hubiera tenido que hacer nada.

—¿De qué? —preguntó Chivero.

—De la obra esa que ordena sanidad, para los ratones —explicó el prócer.

—¡Ah! ¡Claro! ¡Claro! ¡Qué iba a hacer! Siendo amigo nuestro...

Llegaron otros. Fue preciso entrar en el departamento de caja, para pasar después al saloncito. Paco miraba con desconfianza a la calle, sabiendo que Mongo Lucas era también de la sociedad filantrópica. Aunque nada se sabía de su aventura, temía siempre encontrarse al marido de su amante, y maldecía la ocurrencia de su jefe de meterse en aquellos asuntos de caridad. Hacía calor. Venían algunos prohombres con trajes claros, camisas sueltas, sin pechera, y cinturón con pequeño broche de oro. Don Rudesindo daba y recibía palmaditas en los hombros.

—¿Viene Jiménez?

—Probablemente no. Está muy ocupado ahora.

De improviso un dependiente, después de titubear un poco, se acercó al dueño de la casa. Don Rudesindo, al verlo, adoptó el gesto duro y autoritario que usaba para hablar con sus empleados.

—¿Qué sucede?

El mozo se acercó lo más posible a su oído.

—Ahí afuera lo buscan —dijo.

—¿Y no sabe usted que estoy ocupado? ¿Por qué no se lo dijo así al que sea?

—Es que es Flora, la casera de Virtudes. Dice que necesita verle de todos modos.

—Bien, bien. Voy allá.

Pidió excusa y siguió al dependiente hasta uno de los más solitarios rincones del almacén. Flora estaba allí, en pie, sonriente, con su cabeza descubierta, su cuello apoplético y sus ojillos maliciosos. Saludó con humildad y pidió perdón por haber venido en hora inoportuna. Pero como él, don Rudesindo, le había encargado que no apurase por el alquiler a la joven del 11, venía a decirle que pronto debería dos meses...

—¿Y el querido? —preguntó bruscamente Sarmiento, acostumbrado, en el comercio, a ahorrar palabras en los negocios.

—El querido la abandonó ya —repuso la mujer, espiando de soslayo el efecto que sus palabras hacían en el rostro del comerciante.

—Bien; en ese caso, cárgame a mí los alquileres, y está arreglado. Ya iré por allá.

Flora se sonrió con lástima de la sencillez demasiado cándida con que aquel temible hombre de negocios trataba ciertos asuntos. No, no; si hacía eso lo echaría a perder todo. Ésta no era como otras. Había que apurarla antes, por el contrario, obligarla un poco por la necesidad, para que bajara el cuello. Don Rudesindo, benévolo, la detuvo.

—No, hija mía. Nada de violencias ni de atropellos. Después de todo, no es tan grande el antojo... Si se puede, buenamente y sin compromisos, he de recompensarla con larqueza. Ya sabes que soy hombre a quien le gusta hacer bien las cosas. Pero no me agrada obligar a nadie por la fuerza. Además, tendría que ser solo por una o dos veces, porque tampoco soy aficionado a crearme nuevas obligaciones, ¿me entiendes?

La otra seguía sonriendo.

Sí, sí; entendía. Y ya pensaba que iba a salirle con ésas. Pero la mujercita era de encargo.

Se había enfadado con ella y ni siquiera la saludaba ahora, solo porque se permitió hacerle algunas ligeras insinuaciones acerca de él. Ya podía juzgar si era tan mansa la criatura. En la actualidad, las cosas habían cambiado. Se ofrecía la ocasión de reducirla, y era cosa de saber si él la autorizaba para aprovecharla. Por eso había venido con tanta prisa.

Don Rudesindo se había puesto los lentes y la examinaba con curiosidad, sonriendo también, con su aire bondadoso de diplomático. Y como era preciso concluir, porque le aguardaban los otros, transigió.

—Bueno. No puedo perder tiempo ahora. Arréglatelas como puedas; que lista eres, para eso y mucho más. Pero no aprietes demasiado, ¿sabes? No quiero que llegues hasta echarla a la calle si se resiste. ¡Eso de ningún modo!

Dio media vuelta y dejó a la jamona plantada entre dos montones de piezas de tela. Lo vio alejarse, ágil y erguido aún, a pesar de sus sesenta años, y no pudo impedir que se le escapara esta frase, mientras se encogía despectivamente de hombros:

—¡Valiente mentecato está también este tío!

Un ligero ruido, que se dejó oír detrás de los fardos, la hizo volverse con presteza, comprendiendo que alguien había estado escuchando allí; pero, aunque trató de sorprender al indiscreto, no vio a nadie, y optó por encaminarse lentamente hacia la calle.

Cuando Sarmiento volvió a reunirse con sus compañeros, había una veintena de personas en el saloncito. Aquellos señores bromeaban y reían esperándole, como si estuviesen en su propia casa. Se habían formado grupos que hablaban animadamente aparte, entre el humo de los cigarros. El general se había llevado a Paco a un rincón y le interrogaba acerca de la fuga de Carmela. El elegante, siempre bien informado, daba detalles, riendo. Margot, furiosa. Cuando se enteró, tuvo un ataque de nervios que le duró dos horas. Después se encerró en la casa, llenando de amenazas y de improperios a los que venían a saber noticias, y acabó por cerrarle la puerta a todo el mundo, menos a Anita, que era la única que la acompañaba.

El general soltó una carcajada.

—¡Claro! ¡Se consuela! ¿Y los otros, los palomos?

—No se sabe. Se los tragó la tierra. Se dice que salieron de La Habana. Y usted, ¿muy triste?, ¿verdad?

Miraba maliciosamente el rostro grave y sensual del veterano, a quien los ojillos claros le brillaban entre la curtida piel de los pómulos.

—¡Bah! Ya empezaba a cansarme. ¡Hay tantas mujeres en La Habana!

—Y Angelín, ¿cómo se las arregla? —preguntó Paco, bajando la voz.

—¡Angelín! ¿Pero es que no sabes...? Angelín le puso casa hace dos meses a Josefina, la criadita. Ya no iba por allá.

Enseguida, sonriendo siempre, con su ruda faz de hombre sanguíneo a quien le encantaban aquellas picardías, habló de Josefina. Era graciosa, fina y avispada como un demonio. A los dos meses de su llegada a Cuba había soltado el último pelo de la dehesa. Carmela le contaba a todo el mundo la entrada de la muchacha en su casa. La traía un gran diablo de gallego, con cara de viejo truhán. Era sobrina suya y había sido recomendada a él desde su pueblo; pero el buen tío, que era holgazán como pocos, comenzó por convertir a la sobrina en su querida y ver en ella un filón que explotar. Cuando se la llevó a Carmela, daba vueltas a la gorra entre sus manazas y examinaba los muebles con disimulo. Tenía el aire de un chalán humilde y socarrón que va a vender una yegua. La muchacha, mientras tanto, bajaba los ojos y guardaba silencio. El tío era el que intervenía en el trato. Carmela refería con mucha gracia las salidas de aquel bruto. Decía a todo: «Sí, siñora», «ya verá la siñora», «una oveja, siñora». Y como la Aviadora le preguntara si era aseada la joven, el otro replicó:

—Sí, siñora. ¡Como limpia, no hay más allá! Tiene su mal olor como todas, ¿comprende usted? Pero limpia le respondo a usted que lo es.

A los tres meses de estar en la casa, despachó Josefina a este extraño amante, y tomó a otro, dependiente de una tienda de novedades, buen mozo, atildado y listo, que la llevaba a los bailes. Ahora se enredaba con Angelín. La muchacha iría lejos...

En otro ángulo hablaban gravemente de política Chivero y tres o cuatro señores.

—¿Qué tal esa ley de regadío? ¿Sale?

—Desde luego, ¡como que es una barbaridad! ¡Arruina al país y no salva a los agricultores...!

—¡Creía que usted la apoyaba...!

—Y la apoyo. Si a la República se la lleva el diablo de todos modos, al menos que se aprovechen algunos. ¿No tengo razón?

Todos aprobaron, conviniendo en que esto se hallaba ya en estado preagónico y en que pronto se desplomaría la República con estrépito. Sonreían, como si estuviesen a mil leguas de la catástrofe que invocaban.

—¡Pero tú te salvas con ese regadío!, ¿eh? —dijo una voz irónica y amistosa al oído de Chivero.

El político protestó con calor.

—¡Se salvan muchos! ¡Yo, ni medio! ¡Ni un centavo! Puedes afirmarlo así en tu periódico. He sido esta vez un completo mentecato...

—Entonces es que la rubia aquella con quien te sorprendí la otra noche te ha vuelto ciego... ¿Quién es ella?

Chivero enrojeció un poco, muy complacido en el fondo.

—¡Misterio! —repuso—. Es honrada todavía, y no puedes conocerla.

Y dio al indiscreto un amigable cachete, encerrándose en una presuntuosa reserva.

Callaron, porque venía don Rudesindo.

—¡Eh! ¡A la sesión! A la sesión, que el tiempo es dinero.

Todos ocuparon sus asientos, con un ligero desorden y algunos bostezando disimuladamente. Siguió un momento de silencio. Los abanicos eléctricos hacían volar los cabellos y los papeles de la mesa. Don Rudesindo, en pie y solemne junto a su poltrona, explicó el objeto de la reunión.

—Ante todo, mi hijo me encarga que lo disculpe con ustedes... —empezó.

Después dio cuenta de la inversión de ciertos fondos. Se habían adquirido algunas piezas de telas para vestidos de niños, y treinta máquinas de coser, que habían de ser sorteadas entre obreras pobres. Cada cual se encargaría de repartir entre sus protegidas un número proporcional de opciones a estos sorteos, como se había hecho siempre. Allí estaban las papeletas.

—En cuanto a las cuentas y facturas que están aquí... —dijo don Rudesindo, mostrando unos cuantos papeles cuidadosamente clasificados.

Varias voces lo interrumpieron, para rehusar esa prueba de la probidad de su presidente. Se le había dado un voto de confianza para invertir aquellos fondos, y podía usarlos como quisiera. Don Rudesindo dio las gracias, llevándose ambas manos al pecho.

—Desgraciadamente —prosiguió—, nuestros recursos son limitados y la miseria y la corrupción aumentan. Treinta máquinas de coser y algunos centenares de vestidos son bien poca cosa, con relación a los males que hay que aliviar. Pero se hace lo que se puede, ¿verdad, señores?

Los circunstantes, turbados por el recuerdo de aquellos infortunios, que venían a interrumpir sus alegres divagaciones de un momento antes, adoptaban expresiones compungidas y oían en silencio.

Se dio lectura a una comunicación dirigida al municipio, solicitud de auxilios, y de una moción proponiendo que fuese una comisión de damas la encargada de repartir las ropas entre las viudas pobres.

—¿Vinieron los reportes de los periódicos? —preguntó una voz.

—Sí; están ahí fuera —respondió el empleado de Sarmiento que fungía de secretario.

—¡Que entren! ¡Que entren! Estas cosas deben ser conocidas del público, para estímulo.

Don Rudesindo estaba un poco preocupado, y se distraía con frecuencia. Paco, más tranquilo desde que supo que Mongo Lucas no vendría, manteníase apartado de la reunión y procuraba conservar un aire digno, burlándose interiormente de su ilustre jefe y de todos aquellos filántropos, a quienes conocía muy bien.

El resto de la sesión se efectuó con rapidez.

Balances, comunicaciones, proyectos; todo se aprobó brevemente y sin discusión, particularmente después que los mozos del Inglaterra sirvieron el ponche y cigarros y la atención de aquellos señores empezó a cansarse de este árido juego de la caridad. Chivero se despidió el primero, después los otros, uno a uno. El saloncito fue quedándose desierto bajo la cruda luz que filtraban, en el techo, los cristales esmerilados de las inmensas claraboyas. Don Rudesindo, sin perder un instante su cortesía cancilleresca, fue acompañando a cada cual hasta la portezuela de su carruaje, para dirigirle allí la última reverencia. Cuando se quedó solo, luego de haber despedido al último comensal, su rostro cambió de expresión instantáneamente e hizo un gesto como para purificar su casa del contacto de aquellas gentes.

En el umbral del saloncito, se detuvo un momento a contemplar el piso lleno de colillas y cenizas, y llamó con voz vibrante:

—¡José!

El mozo de limpieza acudió presurosamente.

238

—Mande usted —dijo, cuadrándose casi militarmente ante las cejas contraídas del amo.

—Quite usted enseguida las sillas y toda esa inmundicia del suelo —exclamó con el tono breve y autoritario con que daba sus órdenes.

Y entró en su despacho de mal humor, cerrando la puerta por dentro.

—¡Al tío le pasa algo! —se dijo socarronamente el mozo, viéndolo desaparecer.

Aquella noche, Rigoletto, que había visto por la tarde a Teresa y traía el corazón conturbado, supo por Victorino lo que Flora había venido a hacer al almacén, y que don Rudesindo había estado muy pensativo hasta la hora en que se retiró.

—Debe de ser linda la chica, cuando lo toma a pecho —añadió, con un guiño malicioso.

Rigoletto no respondió. Mostrábase abstraído, con la frente apretada entre las dos manos, y su contrahecha figura tenía aquel lamentable aspecto de infelicidad y de cansancio que se revelaba en él cuando le abandonaba el cinismo, que era su fuerza.

XIII. Deuda de honor

Acababa Flora de salir del cuarto de Teresa cuando entró Rigoletto.

Desde la primera mirada notó el rostro contraído y la frente sombría de la joven, y sospechó la causa.

—¿Qué? ¿Alguna nueva canallada?

—No; vino a traerme simplemente el recibo de los últimos dos meses —respondió Teresa, haciendo un esfuerzo para permanecer tranquila.

Se sentaron. Ella no cosía ya, lo que inquietaba a su amigo, que no quería adivinar lo que sucedía detrás de aquella apariencia grave y aquella voluntad orgullosa que se negaba a entregarse al dolor. Salvo este cambio en los antiguos hábitos, nada se había alterado allí, en los dos meses que transcurrieron después de la fuga de Rogelio. Rigoletto iba a ver a Teresa dos o tres veces al día, reinando entre ellos la confianza de un sincero afecto; pero hablaban menos que otras veces, preocupados los dos con sus propios infortunios y un poco molestos por la extraña intimidad que los unía y que no se derivaba, en ella, de un sentimiento definido. Cambiaban frases breves, lacónicas, que resumían pensamientos más amplios, y al través de ellas dejábanse ver recíprocamente sus almas. Con respecto al fugitivo, ni una sola alusión, en todo aquel tiempo. Teresa impuso, desde el primer día, esa costumbre, y Rigoletto la respetó, admirando en silencio la entereza de la extraordinaria mujer.

—¿Cuánto es? —se limitó a preguntar el jorobado, después de un momento de reflexión.

—Cuarenta pesos.

—¿Pudo pagarlo?

—Lo pagaré esta tarde —replicó ella, con acento firme y sencillo.

Callaron ambos. Al cabo, él indicó tímidamente.

—Hija mía, todavía no ha resuelto usted nada acerca de lo que hemos hablado tantas veces. Es preciso pensar en algo que la ponga a usted al abrigo de la miseria. Tenemos aún —vaciló—; tenemos todavía el empleo aquel, que puede ser un recurso ahora. Si no le gusta, podríamos buscar otro trabajo que hacer aquí, en la casa. Yo también la ayudaría...

Teresa movió obstinadamente la cabeza, dejando asomar a los labios una singular sonrisa.

—Eso se hace con gusto, Emilio, cuando se quiere y se espera... Ahora no tendría ni fuerzas ni valor para una lucha semejante.

Y como viera que él la observaba con ansiedad, esperando una aclaración y sin atreverse a solicitarla, añadió, con la misma calma:

—No me crea loca, ni se imagine que dejo de pensar en los asuntos de mis hijos. Las pobres criaturas no tienen la culpa de ciertas miserias mías y de... los demás... Le he enviado un ultimátum a mi hermano, por conducto de su esposa, notificándole que renunciaré a mi herencia si se obliga a educar a Rodolfo y Armando. También le he pedido a esa señora una entrevista y cambiaré de casa, por algunos días, para que no se asuste demasiado mi cuñada, si viene aquí. Tengo un abogado que sostiene que este proyecto es una verdadera tontería, y trata de disuadirme, ¿a que no sabe cómo? ¡Enamorándome! Es un abogadito lindo y presuntuoso, a quien parece que le agradaría quedarse con la cliente, en pago de honorarios. Si viera usted sus miradas y sus suspiros se moriría de risa. Pero no he querido privarme de sus consejos tomando en serio sus insinuaciones y teniendo que disgustarme con él.

Rigoletto se había puesto un poco pálido al escuchar estas palabras, que ella pronunciaba con una ironía nerviosa y como si estuviese bajo el influjo de una honda agitación interna. La encontraba rara aquel día y hacía esfuerzos por averiguar la causa.

Teresa sonrió y dijo repentinamente, mientras él seguía observándola en silencio:

—No se ofenda por lo que voy a decirle, Emilio, porque usted sabe lo que lo estimo; pero quiero que me explique por qué los hombres son tan estúpidos que nunca se dan cuenta del momento en que una mujer no está en disposición de dejarse querer.

Se detuvo ella misma, asombrada de la violencia con que había dejado escapar aquel grito de su alma dolorida, y bajó los párpados, un poco avergonzada. Él se encogió de hombros, y repuso sencillamente:

—Porque casi todos son unos imbéciles.

Pero la idea de lo que ella le dijo acerca de su propósito de cambiar de casa, persistía en su mente, por encima del tropel de los otros pensamientos. Sabía que Teresa salía ahora todos los días, y estaba dos o tres horas en la calle. ¿Qué hacía? La delicadeza con que la trataba siempre le impedía hacerle preguntas; pero esta vez iniciaba ella las confidencias, y se decidió a preguntar, volviendo al primitivo tema de la conversación.

—¿Piensa usted dejar este cuarto?

—No; tomé otro en la calle de Villegas, pero conservaré éste. Estaré allí una o dos semanas, con mis hijos. La casa se parece a un convento... No podemos vernos en todo ese tiempo, Emilio...

Sintió Rigoletto de repente como la mordedura de algo interno, sospechando que aquella huida ocultaba un misterio y que habría algún hombre por el medio; mas la mirada de ella, límpida, serena, leal, y la frase «con mis hijos», disiparon en un instante sus recelos. Juzgó necesario intervenir, con la autoridad que le concedía su mutuo afecto.

—Todas esas son niñadas, hija mía —dijo muy seriamente—. ¡Usted juega su porvenir y el de sus hijos por satisfacer una idea tan noble como absurda! Lo mejor es que reclame usted simplemente lo que le dejaron sus padres y viva en paz como le plazca...

Sin enfadarse por esta inesperada franqueza, Teresa sonrió amargamente e hizo, con energía, varios signos negativos.

—Antes era un capricho de mujer enamorada, Emilio —replicó—; ahora es una convicción. No quiero que mis hijos sean ricos, sino por su propio esfuerzo... Su padre no era malo, ¡oh, estoy segura de eso! Era sencillamente inútil, y ya ve usted lo que ha hecho. ¡No quiero que nunca Rodolfo y Armando lleguen a imitarlo!

Era la primera vez que nombraba a Rogelio delante de Rigoletto y sus labios temblaron ligeramente al referirse a él. Rigoletto la miró. Estaba serena, con los ojos secos, y solo aquel leve temblor de la voz delataba su emoción.

—Pero usted, Teresa... No es solo por sus hijos, sino por usted por lo que me parece absurda esa idea. Piense que, sin nada...

Lo hizo callar con un gracioso ademán de amenaza.

—¡Oh, yo! Después que haya resuelto el problema de los niños, seré libre como el aire, y viviré... no sé todavía cómo... Soy una rebelde, a quien usted no conoce bien, Emilio; una histérica, como solía decir mi señor hermano en la dichosa época en que vivíamos juntos... No puedo soportar otros yugos que los que voluntariamente me imponga, y hasta el dinero me pesaría como una cadena. Soy una criatura rara, que nació antes o después de su época y que no encaja bien en los moldes de esta sociedad... Algún día le abriré a usted mi alma, para enseñarle sus rarezas, y será tal vez la primera y la última vez que lo haga.

Rigoletto sentía, oyéndola, un profundo encanto, una especie de vibración interna, honda y suave, que lo adormecía, como flotando en espacios lejanos de la tierra, donde el deseo se desvanece en una dulce languidez. Aquella inocente intimidad de hermanos colmaba todos sus anhelos, y no se atrevía a esperar más.

De pronto, tuvo que incorporarse, en pleno éxtasis. Empujaron la puerta y entró Dominga, envuelta en su viejo chal y con la lanuda cabeza descubierta. Teresa se levantó vivamente y fue a su encuentro.

—¿Lo hiciste? —le dijo, en voz baja.

—Sí.

—¿Cuántos?

—Trescientos. No quisieron dar un centavo más.

—¿Venta o empeño?

—Empeño.

—Debiste haberlos vendido. Tal vez nunca podremos sacarlos.

Recibió un paquete, envuelto en un pedazo de periódico. Lo deshizo, extrajo de él cuatro billetes y entregó el resto a la negra, sin contarlo, diciéndole:

—Ponlo en mi gaveta.

Enseguida, con los cuatro billetes en la mano, se dirigió a su amigo.

—Emilio, tengo que salir ahora. Voy a Villegas, a pagar los dos cuartos que tomé ayer, y luego al colegio. Pero quiero que me haga un favor: recoja los dos recibos que tiene Flora, y ahórreme con eso el asco de verla otra vez... Dentro de tres horas estaré de vuelta, y puede venir de nuevo. Aquí tiene los 40 pesos.

Rigoletto se levantó y tomó los billetes. Teresa lo detuvo todavía un instante con el ademán.

—Espere; otro favor: quiero que en estas tres horas vaya a ver a Llillina y me traiga noticias. Dominga no pudo ir hoy allá...

—¿Cómo seguía anoche?

—Muy mal. Tal vez no viva una semana más. ¡Y la madre creyendo que se curará! ¡Un horror!

Rigoletto se dirigía a la puerta. Ella volvió a detenerle.

—Espere, espere...

Corrió a la gaveta donde Dominga había puesto el dinero, y volvió con otros dos billetes.

—Tome; déle también esto a Florinda.

Los dos quedaron un momento en pie, frente a frente, contemplándose, con diversas emociones pintadas en ambos rostros. Él le tendió la mano, conmovido, y retuvo la de ella, que se abandonó sin desconfianza.

—Y usted —le dijo, cediendo a una súbita idea provocada por un sentimiento de admiración—, ¿cuándo va a ver a Llillina?

—Yo... he ido ya —murmuró Teresa, enrojeciendo un poco y bajando los ojos, turbada por aquella confesión.

Aquel secreto suyo, que el único amigo que conservaba no conocía, había llenado casi por completo el vacío de sus dos últimos meses de soledad. Cuando, después del aturdimiento que le produjo el golpe en las primeras horas, sus ideas fueron serenándose, la valerosa mujer recordó a la familia abandonada y a la niña enferma y envió a Dominga en busca de noticias. La negra no se limitó a adquirirlas en la vecindad; vio la puerta abierta y entró resueltamente, dispuesta a disculparse con cualquier pretexto. Encontró un cuadro desgarrador: la niña había tenido una horrible crisis de llanto, al saber que su padre había huido, y a continuación la sangre se presentó nuevamente obligándola a caer en la cama; la madre, mesándose el cabello, clamaba contra Dios y contra los hombres, casi loca, repitiendo sin cesar que había asesinado a su hija. La estoica resignación de que siempre había dado pruebas aquella infeliz esclava, cedía su lugar a un sombrío furor de fiera a quien le maltratan su cachorro, cuyos ímpetus hacían temer a veces por su razón. Flaca, desdentada y escupiendo blasfemias, parecía veinte años más vieja, y había adquirido en poco tiempo un repulsivo aspecto de bruja, al que daba realce el abandono de su persona durante los últimos meses. En cuanto vio a Dominga, la reconoció y se lo dijo sin ambages. Lo sabía todo, desde hacía mucho tiempo. Podía decírselo a su señorita, así como que nunca le guardó rencor y que le agradecía con toda el alma que se hubiese acordado de su hija. Roto el hielo, Dominga fue todos los días a ayudar a Florinda en sus faenas, y algunas noches se quedó a velar a la enfermita. Las dos mujeres procedían de la más humilde clase del pueblo, y sus corazones se entendieron admirablemente. Después, Florinda mostró deseos de conocer a Teresa, y Dominga la llevó una noche. Ambas rivales se abrazaron estrechamente, confundiendo sus lágrimas durante largo rato. Fue un acto sencillo, sin más complicaciones dramáticas, al que sus actores no revistieron del menor artificio. A Llillina le encantaron la belleza y la gracia de aquella señora, y su corazoncito apasionado se abrió a la amistad desde los primeros instantes. Ni preguntó quién era, ni ofreció muestras de que lo supiese. Ella no le pedía a los seres que se le acercaban sino ternura y caricias, y aquella grave y esbelta mujer, que con tanta dulzura sabía sonreír a su lado, le ofrecía con profusión y naturalidad entre ambas cosas. Esta simpatía de la hija acabó de conquistar el corazón de la madre, si algún rescoldo de los antiguos celos quedaba en él bajo las cenizas de los desengaños.

Dominga, que había sido el lazo, apenas visible, que uniera a estas almas distantes, disimulaba, mientras tanto, a duras penas, la alegría que experimentaba al ver a «su hija» separada por fin de Rogelio. Para ella ésta era la mejor fortuna que podía tocarle a Teresa. Cuando, al día siguiente de la fuga de aquél, llegó, como todas las mañanas, al cuarto de los amantes, y vio el rostro desencajado de Teresa y la cama sin deshacer, tuvo como un brusco presentimiento de lo sucedido y preguntó con calma:

—¿Qué pasa?

—Que Rogelio se ha ido —murmuró Teresa, con voz sorda y sin mirarla.

—¿Se ha ido? ¿Adónde? ¿Para el campo otra vez? —volvió a preguntar la implacable negra, con fingida ingenuidad.

—¡No! Se ha ido... De mi lado...

Las lágrimas brotaron por fin, empezando a correr silenciosas por las mejillas de Teresa.

—¡Bah! ¡Para lo que servía! —exclamó Dominga, despreciativa y sin inmutarse, encogiéndose de hombros.

Aquella frase, un poco cruel en el estado en que la abandonada amante se hallaba, resumía la manera de pensar de su vieja nodriza acerca de la terquedad de Teresa en seguir viviendo con aquel hombre. Roto el compromiso,

Dominga veía despejado el horizonte, sonriente el porvenir, y a su querida niña en disposición de aceptar el amor de un rey, que Dominga creía de buena fe que iba a presentarse de un momento a otro.

Por eso, después de expresar con tan dura franqueza su opinión, se concretó a mirar a Teresa, acariciarla, como si fuera todavía pequeñita y hubiese recibido un golpe al caerse. Estas pruebas de afecto cayeron como un bálsamo sobre el corazón ulcerado de la pobre amante y la ayudaron a soportar valerosamente su pena. Su orgullo de mujer hacía lo que faltaba y contribuía a mantenerla erguida y digna. Pensó que a su lado había vivido la traición mucho tiempo y que las fugaces sospechas que de cuando en cuando la habían torturado, le hubieran servido de prudente aviso a una mujer menos tonta que ella, y sintió desprecio hacia sí misma y hacia la debilidad que la hacía despertarse ahora muchas noches sollozando en su frío lecho. Puso en tensión todas sus fuerzas interiores para que el recuerdo de Rogelio descendiese al fondo de su alma, rodeado de la helada envoltura que acompaña al de los muertos queridos. Era lo mejor de su vida lo que se hundía así, entre brumas de desilusión y escozores de desengaños; pero estaba resuelta a enterrarlo piadosamente y lo conseguiría. No le tenía respeto a un mundo y a una sociedad que repetidamente se le habían mostrado con tan feos aspectos, y no sufría moralmente por su falta, al perder el apoyo de su amante. Lo que le dolía es que el hombre elegido por ella no hubiese estado a la altura de sus sentimientos y que no hubiera sabido darle a todos los episodios de su amor, aun a la ruptura, una forma noble y digna. El fracaso de su amor redobló sus ternuras de madre, no gemidoras y enfermizas, sino fuertes y sinceras, capaces de llegar hasta la separación perpetua, si así lo exigía el bienestar de los niños. Desde los primeros días de su soledad se trazó dos líneas de conducta: seguir la educación de aquéllos y auxiliar a los dos pobres seres a quienes Rogelio había dejado también desamparados. De ahí su actividad, que había llamado también la atención de Rigoletto, sus frecuentes visitas al abogado, las cartas a su cuñada Alicia, en que se mostró francamente amenazadora, y de ahí también el interés con que procuraba no perder de vista un instante lo que sucedía en casa de la esposa de Rogelio. Por su parte, no pensaba en morir, sino en vivir, desdeñando al estúpido sentimentalismo de los que creen que el universo se hunde porque se ha marchitado una ilusión o naufragado un afecto. Su temperamento impetuoso y su rica sangre le decían que el mundo tenía cosas bellas, a pesar de todo, y que había placeres mientras hubiese juventud y fuerzas. La tarde del mismo día en que confesó a Rigoletto que había ido a casa de Florinda, en el curso de la conversación dejó escapar esta confidencia:

—Fui de un hombre porque lo quise, sabiendo que no era libre, y seré de uno o de cien, por necesidad o por gusto, con la misma tranquilidad.

Rigoletto palideció y guardó silencio, sintiendo que el corazón le golpeaba furiosamente en el pecho. La idea de que Teresa pusiese en ejecución lo que decía, producíale un dolor agudo y como una especie de desvanecimiento.

Y, sin embargo, otras veces había hablado ella de los impulsos de su carne sin ocasionarle este dolor, sino más bien un secreto estremecimiento de voluptuosidad, algo así como si levantase sus ropas mostrándole una parte de sus íntimos encantos. Sobre todo, una vez en que charlaban de la indiferencia de muchas mujeres de virtud irreductible, fue Teresa particularmente explícita:

—Son así porque no sienten la necesidad material del hombre y únicamente ven en éste al buen amigo que trae la comida... yo por desgracia no soy de esa pasta...

Se detuvo, creyendo que había dicho demasiado, y se ruborizó un poco. Después ratificó con su franca sonrisa, que hubiera destruido toda insinuación maliciosa:

—Bien visto, si hay pecado, no debe estar en esto, sino en lo otro, ¿verdad? Por mi parte, nunca podré ser hipócrita.

En la casa, donde tan mal había caído a su llegada, empezaban a querer a Teresa, y las infelices que allí vivían se pusieron de su parte, en cuanto se supo lo que había hecho Rogelio. Compadecían a la mujer, «demasiado decente para vivir allí», y decían pestes, en los corrillos, del canalla de su querido. El sentimentalismo de las impuras, tan presto a desbordarse ante cualquier acontecimiento que hiera su fantasía, tuvo una buena ocasión de mostrarse en presencia de la altiva madre, que con tanta dignidad soportaba su abandono, y de los dos hijos, fuertes, inteligentes y apuestos, a quienes se consideraba gemelos. Entraban las vecinas en el cuarto de Teresa, para entretenerla, hablándole de cosas indiferentes o alegres, como hubieran entrado en casa de los familiares de un difunto, con el fin de distraerlos de la pena. Teresa acabó de convencerse de que, en el mundo de las malditas, suele reinar más el corazón que en de las honradas. Así fue como tuvo colaboradores en su obra de auxiliar a la esposa y a la hija de Rogelio, noble rasgo que provocó una explosión de entusiasmo entre las que lo conocieron. Anita y su madre velaron algunas noches a Llillina, llevándole dinero y golosinas a Florinda. Carlota, desde la cárcel, le envió también una vez 5 pesos a Teresa para que se los diera a aquélla. La prisión de la pobre muchacha había conmovido a todos en la casa, un mes después de la huida de Rogelio. Una noche, en que cenaba con Azuquita en un café, entró la policía a prender a éste, que estaba acusado de haber despojado de todas sus joyas a otra de sus queridas. El bribón era fuerte y audaz, y se defendió a patadas y a mordidas, teniendo uno de los agentes que propinarle un garrotazo en la cabeza, que lo aturdió. Al ver a su amante con la frente cubierta de sangre e inmóvil en el suelo, Carlota lo creyó muerto y se transformó en una leona. Cinco hombres pretendieron sujetarla inútilmente. Y, en un descuido, la joven, ciega de furor, se apoderó del cuchillo de partir el jamón y golpeó con él el rostro del agente que había maltratado a su hombre. Tuvo la desgracia de que el arma penetrara profundamente en la mejilla del policía, y se le formó causa por atentado y lesiones graves, pues la herida no había sanado aún a los treinta días y dejaba una deformidad permanente. Después de este suceso, Azuquita se puso a vivir con la misma mujer que lo había acusado del hurto de sus joyas, y solo de tarde en tarde iba a la cárcel a llevarle algún dinero a Carlota. En una ocasión le dio los 5 pesos que ésta le mandó íntegros a la esposa de Rogelio. Ni ella, ni las otras mujeres de la casa simpatizaban con el amante de Teresa, a quien calificaban de presuntuoso y estúpido, y a esta espontánea antipatía podía atribuirse una parte de las atenciones que tributaban a la querida desdeñada por él.

—Es natural que lo sientas, hija —le dijo una vez Anita a Teresa—, porque es el hombre que «te perdió» y el padre de tus hijos; pero era un indecente que se iba con todas, hasta con los peores «cascos», estando contigo, y que a tu lado se hacía el santo.

A Teresa, a quien humillaban todavía un poco este lenguaje y esta falta de discreción, propias de las personas como Anita, la desagradaba mucho más el tener que enterarse de aquellas antiguas deslealtades de su amante, que se clavaban en su corazón como dardos envenenados. Sin embargo, oía resignada y en silencio y cuando no podía más y el asco se desbordaba en arqueadas que parecían partir de su estómago, se contentaba con murmurar con su voz sorda, moviendo tristemente la cabeza.

—¡Qué indignidad y qué inmundicia! ¡Parece mentira!

Era como si al revolver entre los objetos de un muerto, después de la salida del cadáver, se descubrieran en ellos las huellas de una vida vergonzosa y defectos repugnantes que anteriormente no se habían sospechado.

Teresa no sentía celos, no podía sentirlos ante aquellas indiscretas revelaciones. Que fueran Carmela u Obdulia o la españolita tísica, ¿qué podía importarle, si las infidelidades se contaban por docenas, y tal vez por cientos y por miles? Lo que experimentaba era desprecio hacia sí propia y hacia todas las románticas estupideces de la existencia. Y por la tarde, le hablaba a Rigoletto de los hombres, de las mujeres y del mundo, como si tuviese ya la experiencia de una vieja.

—Sigo en mi idea de que nací demasiado pronto o demasiado tarde —concluía—. ¡No hubiera servido para honrada, como las otras, y tal vez tampoco tenga vocación para lo que hacen las muchachas de esta casa!

El día que había escogido para trasladarse a su cuarto de la calle de Villegas, se levantó Teresa muy temprano, y se entretuvo en arreglar, ayudada por Dominga, los objetos que iba a llevar consigo. Mientras sacaba del armario estos objetos pensaba en la noche de su llegada, bajo el viento y la lluvia que le calaba la espalda, y en la desagradable impresión que le habían hecho la casa y la habitación que ahora le costaba tanto trabajo abandonar por algunos días. Sintió un leve estremecimiento al decirse que tal vez desde aquellos días databa la deslealtad de Rogelio, y que acaso había llegado tarde a recibirla porque estuviera aquella noche en compañía de la misma mujer con quien se había fugado. Sabía por Anita que ambos recorrían la Isla con una compañía de cómicos, y que Rogelio se dejaba alimentar y vestir por su nueva querida. Sus manos temblaban al doblar las ropas, que iba colocando delicadamente en un pequeño baúl. ¡Qué lejos estaba ya aquella noche, y cómo había cambiado su alma después del último desastre de su vida!

A las dos llegó Rigoletto, cuando estaba ya vestida y se disponía a salir. Llevaba una blusa clara, una falda azul y un sombrero de anchas alas, sin adornos, que armonizaban con su estatura mejor que las graciosas gorritas que entonces se usaban. Rigoletto la contemplaba a hurtadillas, encontrándola hermosa y distinguida, con cualquier traje que se pusiera. Un muchacho bajó el baúl, dirigido por Dominga. Después, en la acera, cambiaron un apretón de manos, al lado del auto de alquiler que esperaba a la joven, con la portezuela abierta. Teresa estaba grave, y hacía esfuerzos por permanecer tranquila. Ya en el carruaje, a cuyo conductor le había dado las señas del colegio donde estaban sus hijos, le dio a Rigoletto sus últimas instrucciones:

—Por Dios, Emilio, no deje un solo día de ir a ver a Llillina; y si desgraciadamente ocurre algo, ya sabe el número del teléfono, para que me avise. Yo no estaré allá más que el tiempo indispensable.

Rigoletto hizo un signo de asentimiento, y se atrevió a decir, con aire suplicante:

—¿Por teléfono solamente? En persona no, ¿verdad?

Teresa sonrió dulcemente, titubeando, y acabó por decir:

—Es mejor que no vaya, Emilio. Usted sabe por qué se lo pido así.

Y cuando el auto partió, pudo el jorobado observar que las lágrimas corrían por el rostro de la pobre mujer, que hasta ese instante había sido fuerte. Le impresionó doblemente aquel llanto, porque jamás había visto llorar a Teresa.

Rigoletto cumplió estrictamente su cometido, y no llamó a su amiga por teléfono, sino cuando el médico declaró que de un momento a otro podía morir la niña. Por fortuna Teresa había concluido la víspera su asunto y se disponía a volver a su antiguo cuarto. No había visto a su cuñada, sino a Victoria, una hermana de ésta, que le prometió hacerse cargo, por sí misma, de los niños, si José Ignacio se negaba a recibirlos. Teresa llevó de nuevo los niños al colegio, y esperó. Dos días después, recibió una breve esquela de su protectora, notificándole que ella y su esposo se harían cargo de Rodolfo y Armando. No se había equivocado Teresa cuando pensó, al encontrarse por primera y única vez en presencia de Victoria: «Esta mujer debe de haber amado y sufrido mucho en la vida; tiene en la cara el sello que les da a las criaturas de nuestro sexo la patente del corazón». Pero la generosa oferta de Victoria, que colmaba todos sus anhelos del momento, la dejó como aniquilada y sin fuerzas. No se le arranca al cariño lo que tiene de egoísta, sin someter al alma a una dolorosa operación. Por primera vez se encontró Teresa sola frente a la crueldad de la existencia, más sola que cuando se alejó de la casa de su hermano; más que al sentirse abandonada por Rogelio. Se entregó durante veinticuatro horas a una tétrica desesperación, que podía desbordarse sin testigos, puesto que nadie, en aquella casa, la conocía, y estuvo a punto cien veces de correr al teléfono para decirle a Victoria que no aceptaba su oferta. Felizmente el aviso de Rigoletto fue el latigazo que la arrancó de aquella espantosa agonía, para lanzarla aturdidamente por otro camino.

Se vistió, como un autómata, y se hizo conducir directamente a casa de Florinda, en un coche de plaza. Desde la puerta, se sintió envuelta por la trágica atmósfera de aquel otro inmenso infortunio, que le hizo olvidar una gran parte del suyo. Llillina agonizaba en la habitación desnuda, de donde todo había sido sacado y vendido, menos la cama de la enferma y la pequeña repisa, donde ardía siempre una lamparilla de aceite ante la imagen de San Roque. En dos o tres sillas desvencijadas y sobre cajas vacías, algunas vecinas, mudas como estatuas, permanecían sentadas, anegándose, con la vista fija, en la sombría tristeza del cuadro. Florinda, al ver entrar a Teresa, abandonó el asiento que ocupaba a la cabecera del lecho, y le saltó al cuello, retorciéndose como una loca. Después la arrastró, mientras oprimía nerviosamente su mano, hasta el lado de la cama.

—¡El canalla la ha matado! —rugió sordamente—. ¡Ha asesinado a su hija, a su pobrecita hija, que no pudo resistir el golpe...! ¡Ahí tiene usted la obra de ese bandido...!

Y le mostraba el rostro lívido, de labios secos y entreabiertos y ojos hundidos, que emergía de las sábanas sucias, como una terrible acusación. La moribunda no se movió al pronunciar la madre aquellas palabras; pero su boca se agitó un poco, en prueba de que las había oído. Ya no le inyectaban aceite alcanforado para reanimarle el corazón, sino morfina, a fin de mantenerla en aquel estado de sopor, que se parecía mucho al bienestar.

—Estaba mejor —prosiguió la pobre madre, que jamás había podido creer que su hija muriese—; ya no había sangre, ni tosía, ni tenía aquella horrible expectoración que parecía pus. Cuando le daba una de aquellas asfixias tan malas, le ponían su aceite y se quedaba tan bien... Pero los médicos son unos brutos, estoy convencida de eso. Ahora, en lugar del aceite, le ponen esas endiabladas inyecciones que me la matan... ¡Ojalá hubiese llamado al brujo desde el principio!

—¿Y el brujo qué dice?

—¡Lo mismo! Que no es la enfermedad, sino los médicos los que la matan... Todavía no hace una hora que me ofreció curarla si le daba 300 pesos, porque dice que las medicinas son caras.

Teresa sonrió y se quedó pensativa. En ese momento reconoció a Anita entre las personas que había en el cuarto, y la saludó con un ademán afectuoso. La muchacha vestía un traje de seda muy llamativo, y mostraba el seno y las pantorrillas casi desnudos. Al conocer la promesa del brujo, se levantó con mucho interés y se acercó a Teresa y a Florinda.

—¡Oh! ¿Le prometió de veras curarla?

—Sí, hijita. Pero ya ves, ¡300 pesos! ¡Ni aunque vendiera la piel! Es cosa de risa hablar de eso, cuando hoy se hará el caldo con lo que tú acabas de darme...

Teresa nada decía. Meditaba, con las cejas contraídas, y se acariciaba febrilmente con los dedos el labio inferior. De pronto, alzó la cabeza y dijo gravemente:

—Comprendo su desesperación, Florinda; porque yo, en su lugar, creería hasta en el diablo. Pero no se quedará usted con la pena de no haber intentado ese recurso para salvar a su hija...

Mande enseguida a casa de ese hombre, y dígale que usted acepta su ofrecimiento.

—¿Y los 300 pesos? —preguntó la madre con cierta desconfianza.

—¡Yo se los daré!

Teresa pronunció estas palabras con énfasis, pero sin el menor alarde de importancia; y para sustraerse al agradecimiento de la infeliz mujer, que le cogía las manos y se las besaba, llorando, huyó hacia la calle, seguida de Anita que le gritaba:

—¡Espera! Si vas para casa, nos iremos juntas. Mamá está sola desde esta mañana, y debe de estar hecha un diablo.

Cuando estuvieron acomodadas en el asiento de un carruaje de alquiler, como dos buenas amigas que regresan al hogar común después de una excursión caritativa, fue también Anita la primera que habló:

—Hija, me dejaste asombrada con lo que le ofreciste a Florinda. ¿De dónde vas a sacar esos 300 pesos?

—Los buscaré —dijo sencillamente Teresa.

Anita sonrió maliciosamente y bajó los ojos. La otra seguía pensativa y al parecer con pocos deseos de explicarse. Así transcurrieron algunos momentos. De improviso, el carruaje, al atravesar la calzada de Belascoaín, tuvo que detenerse para cederle el paso a un tranvía. Anita reconoció a un amigo en un transeúnte que iba por la acera con una cartera de cuero bajo el brazo y aspecto de cobrador del comercio, y le dijo por lo bajo a su compañera:

—Vamos a sacarle a éste algo para Florinda. Es un animalote, ya lo verás.

Y lo llamó por su nombre:

—¡Genaro, Genaro!

El hombre se acercó al carruaje, haciéndole seña al cochero de que siguiera parado.

—¡Hola, buena pieza! —le dijo a la muchacha, haciendo ademán de cogerle la cara, después de cerciorarse de que no le veían—. ¿Qué haces por aquí?

—Vengo de ver a una enferma, mi hijito, por eso te llamaba. ¿Tienes ahí 5 pesos que prestarme? Son para una obra de caridad.

—¡Demonio! No son malas las limosnas que haces, chiquilla. Pero, por esta vez, llegaste tarde: no tengo suelto...

No se movía, parado en la acera, con un pie dentro del coche, y metiendo su caraza apoplética entre las dos mujeres, que tuvieron que retroceder un poco en sus asientos. Anita, sin hacer caso de sus protestas y conociendo el valor del tiempo, aprovechó el momento en que su amigo miraba cínicamente a Teresa para deslizarle una mano en el bolsillo del chaleco y sacar su bolsa de plata, que abrió con mucha tranquilidad. Cuando el otro quiso impedir el despojo, era tarde: la joven tenía entre los dedos una monedita de oro.

—Esto es lo que necesito, simpaticón. No es para mí, sino para una enferma. Puedes guardarte tu dinero ahora.

Le arrojó el resto, con desdén, guardándose la moneda. El otro sonreía forzadamente, y acabó por decir:

—Bueno; te la coges, ¿eh? Pero ya sabes que cuando vaya allá la próxima vez no tendré que darte un centavo. Te lo advierto para que lo sepas.

La pecadora se encogía de hombros burlonamente.

—Está bien, mi santo. Tú sabes que puedes hacer lo que quieras conmigo.

El hombre reía, con aire de estúpido.

—¿Y ésta —dijo de pronto indicando a Teresa—, va también allá?

Teresa se puso como la grana, pero ni pestañeó siquiera. Anita, despreciativa, se encargó de contestar al grosero:

—¡No sea usted burro, hombre! ¡Es necesario que aprenda a distinguir a las personas...! ¡Vamos! ¡Échese a un lado, que tenemos prisa!

Después de haber conseguido lo que deseaba, quería deshacerse cuanto antes de su víctima, y concluyó por empujar al importuno, obligándolo a separarse del coche y dándole al cochero la orden de seguir.

Cuando estuvieron al otro lado de la calle, levantó la cortinilla para mirar a Genaro, que seguía en pie en el mismo sitio, y soltó una carcajada.

—¡Vaya un bruto! Pero le sacamos los 5 pesos de Florinda. ¿Verdad? ¡Para alguna cosa había de servir el muy puerco!

Teresa hizo tristemente un signo de asentimiento y siguió guardando silencio, cada vez más preocupada.

Al llegar a la casa, había madurado ya su plan. Se quedó pagándole al cochero y dejó que Anita, que estaba impaciente por desenojar a su madre, subiese delante y de cuatro en cuatro los peldaños de la escalera. Hecho esto, en vez de seguir el mismo camino, Teresa se detuvo un momento al pie de aquélla, y torciendo bruscamente hacia la izquierda, con una súbita decisión, empujó la puerta del cuarto de Flora, que estaba solamente sujeta con una silla, y entró como un torbellino en la habitación, llena de muebles y cortinas, hasta el punto de hacerse difícil el andar por ella.

La casera, en enaguas y corsé, mostrando las enormes esferas del seno y las pantorrillas, gruesas como columnas, apenas tuvo tiempo de echar una sábana sobre el lecho, donde descansaba su mozalbete, desnudo como Adán, y se colocó frente a su inquilina de modo que cubría con su obesa persona lo que aún pudiera quedar visible de aquel pecaminoso cuadro.

—¿Qué desea, señorita Teresa? —le dijo con acento un poco irritado y sin brindarle asiento.

Teresa tal vez ni se fijó en la rápida escena que había motivado su presencia, porque dijo, como si tuviera la seguridad de que ambas estaban solas:

—Óigame, Flora. ¿Usted cree que el dueño de esta casa me daría 500 pesos, si se los pidiera?

La jamona reprimió un movimiento de júbilo, y suavizando de pronto el tono, movió la cabeza, con aire de duda, y replicó:

—¡Hum! ¡Mucho me parece! Pero tal vez se conseguiría, si usted...

Teresa la atajó, diciéndole brutalmente:

—Sí, se entiende: si yo me acuesto con él. Desde luego que cuando se los pido es contando con eso...

Estaba intensamente pálida, y sus ojos tenían la fijeza que nos horroriza algunas veces en los locos.

Flora reflexionaba, sin darse prisa en contestar. Al fin, ante la insistente interrogación de aquellos ojos, se decidió a responder, como persona que conocía bien al hombre de quien se trataba:

—Pues bien: yo creo que sí se los daría, señorita Teresa.

—¿Hoy mismo?

—Hoy mismo... o mañana... si es que tiene usted tanta prisa.

—¿Puede usted hacerse cargo de decírselo enseguida?

Las preguntas eran secas, anhelantes, lacónicas, como si las dictara una voluntad anterior, que no estaba presente en aquellos instantes.

—Si usted lo desea, sí.

La casera se dulcificaba más a cada nueva respuesta. Pero Teresa no se iba. Vacilaba. Al fin dijo casi tímidamente:

—Y ahora, lo más difícil, Flora. El apuro que tengo es apremiante: algo que no es posible posponer. ¿Cree usted que «ese señor» tendría inconveniente en darme en el acto lo que le pido, aún antes de... lo que él quiere?

La jamona la miró un segundo, tratando de llegar hasta el fondo de sus ojos.

—Sí, señorita Teresa; lo creo, porque sé que la conoce a usted bien...

—¡Oh, gracias! ¡Gracias! —exclamó la desventurada, en un arranque impetuoso que no pudo reprimir; como si esta favorable opinión de los demás, en los momentos en que ella se creía más despreciable, le llegara directamente al alma.

Y huyó hacia la escalera, temerosa de que las lágrimas que subían a sus ojos hicieran traición a la entereza de su carácter.

XIV. ¡Señor! ¡Señor! ¿Por qué nos abandonas?

Al día siguiente, por la mañana, cuando recibió el paquete de monedas de oro, una cita de don Rudesindo para las ocho de aquella misma noche y un discurso de la casera, que le trajo todo esto, no se atrevió Teresa a llevarle personalmente el dinero a Florinda, y esperó a que Dominga viniese a traerle el almuerzo para enviarlo con ella. Ni siquiera lo tocó. Hizo que Flora lo pusiese sobre la cama, y ni miró el pesado cartucho, provocando con ello el asombro de la celestina, la cual no podía comprender cómo podía verse con esa indiferencia una suma tan respetable.

—Ya sabe usted, señorita Teresa, a las ocho en punto. Estos comerciantes son la exactitud misma, y les gusta la puntualidad. No olvide que es la segunda puerta, empezando a contar por la Avenida del Golfo. No tiene que tocar: empuje y la encontrará abierta. Nadie la verá a usted, porque no se trata de un lugar de citas, sino de una casa que un amigo le presta a don Rudesindo para sus negocios...

Teresa no estaba conmovida, como la víspera; lejos de eso, experimentaba una profunda repugnancia ante la charla de aquella mujer, y el violento deseo de que se fuese y la dejara sola. Flora hizo una breve pausa, y siguió dando detalles acerca de las costumbres del rico mercader.

—Le ha señalado esa hora, porque no le gusta que lo sorprendan, a la luz del día, en ciertos pasos; y como hace su comida a las cinco, por su dispepsia... ¡Yo conozco bien al viejo zorro, y sé sus tretas! Por nada del mundo se arriesgaría a coger una apoplejía...

Teresa comprendió y se puso encarnada como una guinda. Tuvo el súbito impulso de correr a la cama, tomar el dinero y arrojárselo a la cara a la charlatana, para que se lo volviese a llevar a su amo; pero se contuvo, no sin comprender vagamente por qué todas las impuras que había tratado hacían alarde de despreciar a los hombres de quienes vivían.

—Ya me acostumbraré —pensó con amargura; y soportó con estoica resignación la palabrería de Flora, que le hablaba ahora maternalmente, exponiéndole su sorpresa al notar la facilidad con que el viejo soltara los cuartos, y dándole consejos para que supiese aprovechar esta buena disposición de ánimo.

Cuando, por fin, la vio alejarse, sonando los dijes de las pulseras, suspiró con satisfacción y permaneció absorta, con las piernas cruzadas y la mirada en el techo. Sentía un profundo goce al imaginar la sorpresa que iba a recibir Florinda cuando le entregasen el dinero, el cual serviría probablemente para el entierro de Llillina, y sentía, al mismo tiempo, otra áspera y como rabiosa alegría, al sentirse manchada, cual si su vergüenza cayese también sobre Rogelio, sobre su hermano, sobre todo lo que pudo dignificarla y no lo hizo. Y, ¡cosa singular!, conjuntamente con este nervioso júbilo, experimentaba el escozor de una lastimadura interna, al pensar que le pagaban para divertirse con ella, y que algo perdería con esto, sin que pudiera recuperarlo jamás.

Miró varias veces el reloj, padeciéndole que los minutos huían con extraordinaria rapidez. Rigoletto no había ido en toda la mañana, y acaso no iría en el resto del día, porque su abuela estaba la víspera muy enferma. Teresa hacía votos interiormente porque este buen amigo no se presentara en aquellos momentos. Le molestaba la idea de encontrarse con él, después de haber recibido el precio de su venta. Tal vez solo a este pobre corazón, cuyas torturas creía adivinar algunas veces, le ocultaría la verdad de su ignominia, mientras pudiera hacerlo. Y comprendía que iba a costarle un gran trabajo hablar con él de cosas indiferentes y conservar su horrible secreto, como si se tratase de un extraño. De todos modos, era cien veces mejor que no lo viera antes de su cita con el viejo.

Cuando Dominga le sirvió el almuerzo, con solicitudes de madre y sonrisa de esclava, comió automáticamente y sin responder a la negra más que con monosílabos. Después la abrazó, para hacerse perdonar su laconismo, y le hizo coger el dinero de Florinda. Al tomarle el peso, Dominga retrocedió, mirando con estupor a la joven. Ésta, que no había pensado en lo que iba a decirle acerca de la procedencia de aquella suma, se resignó a mentir piadosamente.

—Vendí las acciones de una mina de cobre que Rogelio tenía —dijo con un leve temblor en la voz.

—¿A quién? —preguntó la negra, sin sospechar el engaño.

—Al dueño de esta casa... Ya te contaré. ¡Fue una verdadera suerte...!

Teresa deseaba obstinadamente estar sola, y por primera vez en su vida vio partir a Dominga con alegría. A medida que pasaba el tiempo, iba sintiéndose nerviosa. A pesar de que, teóricamente, había analizado, una por una, las fases de lo que iba a sucederle, habiendo tomado con entera frialdad todas sus resoluciones, el paso de la teoría a la práctica se le ofrecía de pronto como un abismo de profundidad desconocida, ante el cual temblaban sus carnes, a pesar suyo. No pensaba concretamente en el viejo galante y ceremonioso que la acababa de pagar con verdadera esplendidez. Ése u otro eran lo mismo, y aun mejor resultaba el que con tanta delicadeza había sabido conducirse. El hecho era lo que espantaba a Teresa; el miserable dinero, que despreció toda su vida, y mediante el cual un hombre, a quien ella no se habría dado voluntariamente, iba a adquirir el derecho de descubrir sus más íntimos encantos y recrearse con ellos. La obsesión llegó a ser tan intensa, que Teresa se preguntó si no habría vivido equivocada hasta aquel momento, y si no sería mejor que exigiese a su hermano la devolución de la fortuna que le pertenecía, con cuyas rentas le sobraría para vivir en paz como quisiera. Quedóse inmóvil, con los ojos abiertos ante las escenas de esta tranquila existencia, que su cruel imaginación se complacía en ofrecerle. Sentía en el corazón la mordedura del orgullo, al tener que venderse, y el propio orgullo la obligaba a mantenerse inflexible en su propósito de recibir de los demás lo que no quiso nunca tomar de los suyos. Sin embargo, la tentación era demasiado fuerte, puesto que, rica, tenía el derecho de conservar a su lado a sus dos hijos, sin tener que avergonzarse ante ellos. Este pensamiento le produjo una espantosa crisis de rabia, durante la cual su odio pareció dirigirse un instante hacia la mujer y la hija de Rogelio. ¿Qué le importaban a ellas estas gentes? La chiquilla tenía sangre de él, sangre miserable y cobarde, que no valía la pena del menor sacrificio; la otra era una mujerzuela vulgar, a quien las privaciones no hacían mella. Se detuvo como ante sí misma, crispada, convulsa en un verdadero rapto de locura, y estuvo un momento indecisa. Enseguida sonrió con amargura, pensando que era tarde para reconstruir su vida, y que, puesto que había elegido un camino, era menester seguirlo, y se levantó perezosamente, sintiendo la súbita necesidad de poner en movimiento los músculos para que circulase la sangre. Temblaba. Quería aturdirse, llegar deprisa al repugnante momento de la entrega de su cuerpo y atravesarlo, para encontrarse luego en un terreno, cualquiera que fuese, que sería en adelante el suyo.

Así estuvo hasta las cuatro, compartiendo el tiempo entre paseos febriles por la habitación y largos ratos de abatimiento y de quietud, en que se hubiera creído que dormía. Su voluntad se animaba, a intervalos, como una bestia cansada, que solo reacciona a latigazos. A esa hora se desperezó, tomó sus jabones y sus toallas y se encaminó automáticamente al baño, que estaba en el recodo del pasillo; pues desde que ocupaba una sola habitación, no tenía la comodidad de bañarse en su cuarto. Cuando volvió, fresca y sonrosada, envuelta en su amplia bata de crespón crema, parecía haber recobrado la ligereza. Dejó caer la bata, y se contempló un instante con satisfacción en la Luna del armario. Después empezó a vestirse con mucha calma, examinando pieza por pieza antes de decidirse a ponérselas. Así, fueron cubriéndola las medias negras, los estrechos zapatitos de charol, en los que fue necesario disimular con tinta algunos desperfectos, el vaporoso pantalón de lino y encajes, la enagua corta y un ligero cubrecorsé sobre la flexible armazón de este último. A veces, al acabar de ajustarse una de aquellas coquetonas vestiduras, sonreía enigmáticamente al espejo, como si saborease interiormente una venganza al encontrarse bella y codiciable a pesar de todo. Se puso un traje negro, de calle, con escote y mangas de gasa, que mostraban casi desnudos sus magníficos brazos; pero se arrepintió luego, pareciéndole que era demasiado llamativo, y prefirió la falda oscura y la sencilla blusa que usaba todos los días, creyéndolas de mejor gusto. Su instinto le decía que cuando un hombre da 500 pesos por una mujer, en lugar de los diez que le costaría una belleza vulgar ataviada suntuosamente, lo que paga es la honradez, y ésta debe ofrécesele con su decorado propio. Eran las cinco menos cuarto cuando pasó, ante el espejo, los clavos de su ancho sombrero sin adornos, y se dispuso a salir, extrañándole nuevamente que no hubiese venido Rigoletto en todo el día. Suspiró al acordarse del pobre amigo cuyo secreto temía adivinar, y se encaminó rápidamente hacia la puerta, después de haberse cerciorado de que llevaba el llavín de la casa y la llave de su cuarto en su ligera bolsa de mano.

En la esquina tomó un auto de alquiler y se hizo conducir a casa de Florinda, todavía preocupada con aquella desaparición de Rigoletto, que le hacía temer que le hubiese sucedido alguna desgracia. También pensó en que tal vez Llillina hubiese muerto ya, y se estremeció, creyendo que acaso fuera aquello un presentimiento. Al llegar a la puerta se tranquilizó: en la casa no había movimientos que indicasen que un acontecimiento anormal hubiera sucedido.

Entró deprisa, sintiendo en el alma la frialdad de aquella sala sin muebles y de aquella pesada atmósfera, cargada de olores de drogas, donde parecía flotar la muerte. Se asombró del ruido que sus pisadas producían en el pavimento, y se aproximó con cautela a la puerta del cuarto de la enferma. Había ocho o diez personas, sentadas a lo largo de las paredes y guardando una actitud grave y silenciosa. Teresa reconoció a Dominga, a Anita con su madre y a Obdulia; las demás eran vecinas a quienes no conocía sino de vista.

Florinda, de espaldas a la puerta, arreglaba las ropas del lecho de Llillina, y no vio a Teresa. Ésta se acercó ansiosamente a su nodriza y le preguntó en voz baja:

—¿Qué tal?

Dominga, por toda respuesta, contrajo los labios hacia los dos lados, para indicar que, a su juicio, todo estaba perdido.

—Y tú, ¿no cocinas hoy?

—Puse otra en mi lugar, porque creo que «esto» se acaba hoy mismo —repuso la negra, señalando al lecho con un significativo ademán.

Florinda vio a Teresa y dejó escapar un breve grito de júbilo. La pobre madre estaba radiante de esperanza y de optimismo, siendo ella sola, entre todos los circundantes, la que no veía la proximidad del horrible desenlace. El curandero había venido, y después de algunos rodeos, prometió la curación de la enfermita, «cuando hubiera conseguido quitarle el mal que le habían hecho los médicos». Florinda le mostró a Teresa, con un gesto de triunfo, el rostro de su hija, a quien, desde aquella mañana, no se le ponían inyecciones.

—¿Ve usted la diferencia, hija mía? Ya ni se asfixia, ni hay que tenerla adormecida con la morfina... ¡Y todo eso se lo debo a usted, que ha sido nuestro Ángel de la Guarda!

En un arrebato de su gratitud, quiso besarle la mano, lo que impidió Teresa, echándose hacia atrás vivamente. La otra repitió, con voz que parecía un eco:

—Tendré hija otra vez, y a usted se lo deberé únicamente.

Teresa se había dado cuenta, en el acto, de la verdad. Llillina no se ahogaba ya, porque apenas vivía, y no necesitaba calmantes, porque tenía en su cuerpo el adormecimiento de la muerte. A veces abría sus grandes ojos, casi apagados, y los paseaba por la habitación, como si despertara de un profundo sueño. La madre, en su afán de creerla mejor, solía torturarla cruelmente, hablándole de tonterías. Llillina, algunas veces, sonreía al oírla, y pedía por señas que le mojaran los labios, para hacerla callar. Aunque hablaba muy poco, parecía conservar toda su lucidez y conocer con gran exactitud la proximidad de su fin. Desde que amaneció preguntaba a cada momento:

—¿Qué hora es?

Y se limitaba a sonreír, cuando alguien quería saber por qué hacía aquella pregunta. Una vez, sin embargo, había respondido, con palabras apenas perceptibles:

—A la noche lo sabrán.

Teresa pudo observarla atentamente, mientras la madre le daba cuenta, con un tropel de palabras, de los pronósticos del brujo.

Ya no tenía aquel tinte amoratado del rostro, que aumentaba durante los períodos de asfixia, sino una palidez de cera, en medio de la cual sobresalía la nariz, larga y afilada como la hoja de un cuchillo. Los labios y las mejillas habían perdido el color de la fiebre, y se apartaban, mostrando el agujero negro de la boca, sin descubrir los dientes. De aquel horrible agujero salía un soplo lento y fatigoso, como un estertor, que cesaba completamente a ratos. En su incomprensible optimismo, la madre había tenido una idea, que resultaba macabra: había recogido los rubios cabellos de la niña en un gorrito de encaje, lleno de cintas rosadas, que se aplastaba sobre la cabeza, inexpresiva ya, de la moribunda, haciendo el efecto de una burlesca profanación. Las manos de Llillina, que parecían las de un esqueleto, se crispaban inertes sobre la sábana, y solo, de tiempo en tiempo, se crispaban, con un movimiento incoherente, como queriendo arrugar a puñados la tela.

Teresa apartó la vista con horror de aquel cuadro y procuró alejarse disimuladamente; pero Florinda la persiguió, asediándola con sus preguntas.

—¿Cómo la encuentra?

—Mejor... ¡Mucho mejor!

—¿No es verdad que sí? Esa tranquilidad es un buen síntoma, ¿no lo cree usted? Yo la noto, sobre todo, desde esta mañana.

Se llevó a su antigua rival a un lado, cerca de los pies de la cama, y allí desahogó otra vez su odio al ausente, con palabras duras y groseras interjecciones que hacían temblar los bordes de su boca desdentada. Era una sucesión, sin cesar repetida, de las mismas quejas e idénticos insultos. Trataba a Teresa de igual a igual, como a otra víctima herida por el mismo golpe. Desde que se vieron por primera vez, le demostró que la consideraba más esposa de Rogelio que ella misma, puesto que se había unido a él siendo virgen. En su estrecha mente de mujer sometida desde su nacimiento al poder de los demás y que nunca soñó en casarse después de su primer «mal paso», el mito de la virginidad adquiría una importancia extraordinaria; y en el instante en que ambas lloraban su abandono, aquella idea cambiaba en compasión hacia Teresa el rencor de la pobre esclava, si alguna vez lo abrigó en su corazón.

—He tenido noticias del muy canalla, del muy indecente... Como saben que me mortifican con ello, vienen a contarme lo que hace... Está en Cienfuegos con su nueva querida, y ni siquiera se acuerda de mandarle un peso a su hija, ni de enterarse de si se ha muerto como un perro... Pero tiene que pagarla, se lo aseguro; ¡si hay Dios tiene que pagarla en este mundo o en otro...!

Se detuvo, porque en el lecho se oyó algo semejante a un gemido. Las dos mujeres corrieron hacia la enfermita y la vieron agitando los labios y con los ojos dilatados por el espanto. Ambas se inclinaron sobre el lecho. Llillina repetía débilmente, pero con mucha claridad, estas palabras:

—Perdónenlo, perdónenlo.

Se dirigía a ambas puesto que hablaba en plural. ¿Sabía acaso...? Las dos mujeres se miraron con estupor. Luego, Florinda, en un arrebato de pasión, se precipitó sobre la moribunda, ahogándola con sus lágrimas y con sus besos.

—Sí; ángel mío; sí, puesto que tú me lo pides... Pero ponte buena, mi gloria; ponte buena, para que tu pobrecita madre pueda vivir...

El drama vivía aún en aquella casa, con la misma intensidad que el día en que se supo la fuga de Rogelio. Fue necesario separar a viva fuerza a la madre de la cama de la hija, y llevarla a una silla, hasta que pasara la crisis nerviosa que la sacudía. Teresa, disgustada por aquella escena, se retiró a un ángulo de la habitación y procuró distraerse observando a las personas que allí había.

Anita y la madre hablaban en voz baja, tratando de disimular los ademanes que pudiesen revelar el objeto de su conversación. La muchacha vestía un traje transparente, que dejaba traslucir toda la ropa interior, complicada y lujosa, y mostraba las piernas hasta cerca de la rodilla. La madre, por el contrario, llevaba un viejo vestido negro, y tenía el aire de una criada que acompaña a su señorita. Conservaba delante de los demás su aspecto tímido y bondadoso de mujer del pueblo, a quien la experiencia y los infortunios habían hecho transigir con muchas cosas, y apartaba sus muslos de los de Anita, para no estropearle las ropas. Teresa la comparó involuntariamente con Florinda, que también era de la más humilde clase y en quien asimismo las ideas morales parecían haber muerto, desde hacía mucho tiempo, sin destruir su bondad. ¿No tenían aquellas mujeres un corazón mejor que el de las otras, más lógico, más en armonía con la realidad de la vida y menos seco por los prejuicios y la idea enfermiza de las conveniencias?

Se asombró de este descubrimiento, que nunca se había precisado con tanta claridad en su espíritu, y sonrió casi irónicamente a la idea de que, desde ese día ella entraba también francamente en el gremio de las impuras.

Enseguida sus ojos se fijaron en Obdulia, que estaba muy seria, muy recogida en su silla, y trataba de ocultar las pantorrillas bajo la falda. Sintió una punzada en el corazón, al pensar que Rogelio la había engañado también con aquella chiquilla que sabía bajar los ojos con tanta modestia y conservar en todos sus modales su discreta actitud de niña. Ésta no le produjo el mismo efecto que las otras. La hipocresía le repugnaba, hiriendo la natural rectitud de su carácter, capaz de disculparlo todo excepto el disimulo. Y sin embargo, aquella precoz embaucadora había dado también singulares pruebas de piedad y aun de abnegación pasando noches enteras a la cabecera de su vecina enferma y trayéndole a Florinda cuantas pesetas podía conseguir, aun robándoselas a su padre, a riesgo de ganarse una buena paliza. ¿Qué clase de sentimientos engendraba, pues, la impureza, que así infundía en los seres el concepto de una profunda solidaridad humana y las bases de una religión del dolor, más elevada y más pura que la que se practicaba públicamente en los templos?

Teresa trataba de distraerse con estas ideas, porque, a medida que transcurrían los minutos, iba sintiéndose más inquieta, como ciertos combatientes que, después de grandes alardes de serenidad, sienten que todo su valor les abandona, al aproximarse al instante del duelo.

Llillina se había quedado tranquila y como aniquilada por la explosión sentimental de la última crisis. De pronto se agitó e hizo seña de que le mojaran los labios. Su madre acudió presurosa con un paño húmedo y lo pasó repetidamente por aquella boca que se dibujaba entreabierta e inmóvil como la de un cadáver.

El bienestar de la humedad devolvió a la moribunda un poco de fuerza. Abrió mucho los ojos y preguntó, con voz apenas inteligible.

—¿Qué hora es?

—Las cinco y media, mi gloria. ¿Por qué quieres saberlo?

Sonrió enigmáticamente, y dijo:

—Por nada... Ya lo sabrán.

Después se estremecieron sus labios, cual si rezara o hablase consigo mismo.

Era tan espantosa la serenidad de aquella agonía, que Teresa salió del cuarto y se refugió en la sala, donde había, por único mueble, un viejo sillón, con el asiento de paja casi deshecho. Se dejó caer y permaneció un rato, con la frente entre las manos, entregada a una sombría meditación. Un ruido la obligó a incorporarse. Alzó los ojos. Era Rigoletto.

—¿Cómo sigue la niña? —preguntó el jorobado, bajando mucho la voz.

Teresa hizo un gesto expresivo.

—¡Casi muerta ya!

—¿Y la madre?

—Ciega completamente. Dice que está mucho mejor. Es incomprensible, ¿verdad?

Se miraron un instante. Enseguida, ella desvió sus pupilas, esquivando la mirada del amigo. Él también parecía preocupado, inquieto; de una sola ojeada lo comprendió ella, temiendo adivinar la causa.

—Busque por ahí una silla o un cajón y tráigalo, para que se siente. Allí adentro no se puede estar.

Él obedeció, después de entrar en la habitación y contemplar un instante el rostro de la enferma. Cuando se sentó al lado de Teresa, dijo sencillamente, tratando de dominar su emoción:

—Mi pobre abuela parece que también quiere irse... ¡Me quedaré solo!

Teresa se estremeció ante el tono lúgubre de aquella voz.

—¿Y sus amigos? —repuso con aire de leve reconvención.

—No tengo ya más que uno, que es usted. He perdido mi antiguo prestigio, usted lo sabe. Estoy como una especie de Sansón pelado al rape...

Con su saquillo de alpaca, verdoso por las costuras, su busto de enano y el aire de abatimiento, que le hundía aún más la cabeza entre los puntiagudos hombros, el pobre muchacho ofrecía un aspecto lastimoso, al pronunciar su amarga broma. Teresa lo contempló de reojo, adivinando la existencia de un pesar reciente, bajo la máscara con que él pretendía cubrirse. Sentía como un remordimiento al pensar en el secreto que le ocultaba, y experimentaba cierto alivio al tenerlo cerca, pareciéndole que, desde su llegada, no estaba tan sola. Obligados a charlar en voz baja, en la intimidad de la sala desierta, los dos se abandonaron a su melancolía.

—No; no, Emilio —dijo ella, después de las primeras frases cambiadas entre ambos—; usted tiene algo: usted no está como todos los días.

Rigoletto daba nerviosamente sobre sus rodillas con un periódico doblado que traía en la mano, y se defendía con evasivas. De pronto exclamó:

Le aseguro a usted que estoy como todos los días... cuando se me ocurre pensar en mí; cosa que evito siempre con el mayor cuidado...

—¿Y ahora piensa en usted?

—¡Sí!

Lo dijo con rabia, como si se desgarrara a sí mismo con la firmeza del monosílabo, y bajó la cabeza, guardando silencio. Teresa le habló entonces maternalmente, como solía hacerlo muchas veces, cuando él hacía alguna amarga alusión a su destino.

—¿Y acaso no hay un gran número de personas como usted, Emilio?

Pensó decirle: «Vea usted, yo misma... Si pudiera usted saber lo que pasa por mi alma en estos instantes». Pero se calló, esperando la respuesta, que él eludía con un brusco movimiento de hombros. Ambos quedaron, durante breves instantes, cada cual abstraído en sus propios pensamientos. Los dos tenían innumerables cosas que decirse, en el momento en que la breve historia de su amistad, apenas comenzada, se aproximaba al desenlace. Y la agonía de Llillina, allí, a diez pasos de su doble angustia, contribuía a entristecer más la dolorosa entrevista.

—Nadie, tal vez, considera la vida con más asco que yo —dijo Teresa, después de una larga pausa, como si hablara consigo misma—. Puede decirse que nada de lo que soñé cuando era niña se ha realizado, ni es posible que se realice en el mundo. Y, sin embargo, mi cabeza es tan dura, que todavía no me siento abatida, ni me he visto inclinada a pensar en la muerte.

—¿Y qué es lo que le parece a usted peor de la vida? —preguntó ansiosamente Rigoletto, tratando de penetrar con la mirada hasta el fondo de sus pensamientos.

—¡Todo! La mentira, la falta de sinceridad, el hipócrita egoísmo que cada persona pone ante ella, al acercarse a otra, particularmente las más consideradas y honorables. ¡Si hubiera usted visto las crisis de rabia que me producía cuando chiquilla, el pensar que hubiera seres interesados en el mundo! Pateaba y lloraba, y mi hermano se burlaba de mí, llamándome neurasténica y loca. Ya ve usted si he tenido que sacrificar mis mejores ideas.

—Y ahora —repuso él con inquietud—, ¿no cree que haya nadie leal en la tierra?

—En amor, no, Emilio; en la amistad, sí. El amor, tal como yo lo soñé, no existe.

Rigoletto experimentó un doloroso estremecimiento, y replicó enseguida, con cierta amargura:

—Usted quiere todavía, Teresa; usted no ha dejado de sufrir por su amor, aunque crea lo contrario.

Ella se irguió vivamente, en señal de protesta, procurando concentrar en sus bellos ojos todo el fuego de su sinceridad.

—¡No! ¡Le aseguro que no! Ya se lo dije otra vez: desde que dejé de creer, dejé de querer. En mí estas dos cosas son inseparables... Ahora no siento más que el dolor del tiempo perdido...

Guardó silencio, después de estas palabras, como si se sumergiese en un mar de recuerdos. Rigoletto se entretuvo en contemplar, con disimulo, su cuello desnudo, graciosamente inclinado, y su nuca, de donde emergían ricillos rebeldes, bajo la pesada masa de cabellos negros, recogidos hacia arriba con dos peinetas de concha. Los ojos del desdichado se humedecían de ternura y de deseo ante aquella carne hecha para la voluptuosidad, y su corazón llegó a palpitar con tanta violencia que se llevó una mano al pecho para contenerlo. ¿Sabía algo de lo que Teresa, caritativa o púdicamente, trataba de ocultarle? Era probable que estuviese enterado de todo por su amigo, el dependiente de don Rudesindo, a quien no se le escapaba ningún detalle de la vida de su principal, y que a ello obedeciese su preocupación de aquella tarde. Teresa lo desconcertaba y lo atraía, como un abismo, hasta el punto de haber transformado completamente su carácter. A veces una ráfaga de loca esperanza henchía su pecho, al verla tan unida a él por el lazo de un afecto casi fraternal, y otros se dejaba dominar por el abatimiento, repitiéndose que jamás iría ella más lejos. Y sin embargo, era una impura, una mujer abandonada por su amante, una miserable como él, a quien su amor se acercaba mientras más descendiese y a quien, por otra parte, no deseaba ver más mancillada.

Teresa advirtió la abstracción de Rigoletto, y quiso dirigir la conversación sobre un tema menos personal. Para eso, se apoderó del periódico que su amigo tenía en la mano, tratando de recorrerlo con la vista, a la última luz de la tarde, que entraba por la puerta del comedor. Él la dejó hacer; pero, enseguida, vio que palidecía ligeramente y apartaba la mirada del papel, donde con gruesos títulos se anunciaba el sorteo de varias máquinas de coser repartidas entre algunas obreras pobres, efectuado «en la suntuosa morada del acaudalado banquero y conocido filántropo, señor Rudesindo Sarmiento, presidente de la asociación humanitaria, que había organizado aquella hermosa fiesta de la caridad», según decía el cronista.

Si Rigoletto hubiera preparado de antemano aquella escena para cerciorarse de lo que había de cierto en sus presunciones, no hubiese tenido su plan un éxito más completo. Pero disimuló, a pesar del horrible dolor que sentía interiormente, y tuvo el valor necesario para preguntar, afectando una completa indiferencia:

—¿Sabía usted algo de esa juerga benéfica?

—No; pero todo eso es repugnante —repuso ella, indignada, arrojando el periódico con violencia.

Rigoletto la miró tristemente, y no insistió. Ambos prefirieron volver a las acostumbradas consideraciones sentimentales donde cada cual exhalaba su dolor. Los dos encontraban que, para vivir, era necesario un objetivo ideal, una ilusión, un anhelo, algo que sirviese de estímulo y de norte en la extensa y monótona sucesión de los días. Teresa suponía que su naturaleza había sido hecha expresamente para convertirla en una amante, y se acusaba de ser una mala madre. Rigoletto consideraba fracasada su existencia, cada vez que se miraba al espejo. Ella protestaba: ¿Por qué? ¿Acaso se buscaba solamente lo físico? ¡Piadosa frase de mujer desengañada, que tenía el poder de penetrar en el alma del desdichado, como un rayo de luz demasiado viva! A veces, ella se agitaba en su asiento, y miraba, con sobresalto, el reloj de su pulsera. Después se quedaba un instante nerviosa, haciendo esfuerzos por disimular su emoción. Por fortuna, Rigoletto no se dio cuenta de estos fenómenos, encantado al verse devuelto a la dulce intimidad de la amiga amada.

Rápidamente se había hecho de noche. Ni la una ni el otro advirtieron la oscuridad que, poco a poco, fue envolviéndoles, acostumbrados sus ojos a la lenta huida de la luz. Además, hasta donde ellos estaban llegaba el gran cuadrilátero blanco que la Luna dibujaba en el piso. Teresa podía, pues, mirar la hora en su relojito, sin gran esfuerzo. La madre de Anita trajo un quinqué encendido y lo colocó sobre una repisa. Como en todos los hogares humildes donde sucede una desgracia, las amigas y las vecinas rivalizaban allí en diligencia y hacían, con la mayor naturalidad, las faenas de la casa. Anita misma, a riesgo de estropear su lindo vestido, se había ido a la cocina a preparar por sí misma el chocolate. Al pasar por el lugar donde los dos cuchicheaban, absortos en su conversación, dejó escapar una broma, en voz baja y sin detenerse.

—¡Ave María, hijos! ¡Parecen ustedes dos novios!

Teresa y Rigoletto se separaron, un poco avergonzados, y durante algunos segundos permanecieron mudos, sin saber qué decirse.

De pronto un aullido feroz, con la queja de un animal herido, se dejó oír en la habitación de la enferma, y los obligó a incorporarse aterrorizados. La voz de Florinda rasgó, enseguida, el silencio de la casa semiadormecida.

—¡Se muere! ¡Se muere! ¡Hija de mis entrañas!

Corrieron juntos al lecho, con su mismo impulso. Fue menester que se abrieran paso, porque ya los circunstantes se habían colocado en torno a la enferma, en amplio semicírculo. Sobre las almohadas que la sostenían, inerte, el rostro de Llillina tenía ya la rigidez de un cadáver. Los ojos entornados y vueltos hacia arriba, mostraban solo una faja blanca, entre la lividez de los párpados. Le había dado el síncope repentinamente un momento antes, cuando su madre, llena de fe, se disponía a hacerle beber una de las tisanas del brujo. A su lado, Florinda, con los brazos caídos a lo largo del cuerpo parecía la estatua de la desesperación. Toda su esperanza, rota en un instante, se revelaba en el gesto de estupor y de asombro con que contemplaba el desastre.

¡No! ¡No lo creía! ¡No hubiera podido creerlo! ¡Dios no le parecía tan malo! Y bruscamente, al divisar a Teresa entre el grupo que observaba la escena sin atreverse a respirar, increpó a ese Dios, rencorosa, con la mirada llena de sombrías amenazas, arrancando de su alma, por lo general tan humilde, el grito de Cristo en el instante en que se hundía su resistencia divina en los abismos del dolor humano:

—¡Dios nos abandona, hija mía! ¿Por qué? ¡Qué le hemos hecho!

Se desplomó en el borde del lecho, crispada, ahogándose con un enorme sollozo que se resistía a escaparse de su pecho. Llillina hizo entonces un leve movimiento con los párpados.

—¡Vive! ¡Vive! —exclamaron varias voces.

Hubo algunas carreras en busca de medios con que prestarle auxilio a la moribunda. Las manos se encontraban sobre la botella de alcohol y el frasco de éter, para mojar compresas. Se excitaban con voces de angustia. ¡Pronto! ¡Pronto! ¡Un volante! ¡Agua caliente! ¡La bebida del médico! Se le hicieron veinte remedios en un momento, entre ellos dos cucharadas de una poción de cafeína, que la enferma no pudo tragar. Apartaban a la madre, quien lo contemplaba todo con ojos de loca, sin intervenir en nada, y se oprimían unas a otras alrededor de la cama.

—¡Ya vuelve! ¡Ya vuelve! —gritó una de las comadres, triunfante al advertir el último destello de vida que brotaba de aquel organismo.

Florinda no se movía. Había caído en una especie de anulación de la conciencia, desde la cual creía lo que hacían los demás, sin interesarse en ello. Acabaron por conducirla a un rincón y sentarla en una silla, a lo cual no opuso la menor resistencia. Teresa, pálida y con el corazón oprimido, se mantenía junto al lecho, de donde no se apartaban sus absortos ojos. Una de sus manos había caído, involuntariamente, en las de Rigoletto, que la oprimía con triste adoración. Ni la una ni el otro daban señales de darse cuenta de que los extraños podían interpretar maliciosamente lo que hacían.

Al cabo de algunos minutos, Teresa se incorporó, desasiéndose de la humilde caricia, y dijo al oído de su amigo:

—Vámonos. Ya nada tenemos que hacer aquí.

Había observado una leve convulsión del rostro de Llillina, a la que siguieron una especie de alargamiento de todo el cuerpo y la inmovilidad absoluta de las facciones. Los demás, vueltos a la calma, tras la agitación de las últimas luchas contra la muerte, no observaron que ésta acababa de llegar. En la habitación, casi a oscuras, no había más luz que la de la lamparilla de aceite que ardía a los pies de San Roque. La llama oscilaba y sus parpadeos daban de lleno en la cara afilada de la muerta, animándola con la ilusión de una falsa movilidad. Teresa se aproximó un poco a la lámpara, para ver por última vez el reloj. Eran las ocho menos veinte. Después se dirigió lentamente a la sala, seguida por Rigoletto, que se apretaba el cuello con una mano, para contener su emoción.

—¿Nos vamos?

—Sí; todo concluyó ya. ¿No se dio cuenta?

Rigoletto hizo un signo afirmativo con la cabeza, y ambos se encaminaron, en silencio, a la puerta de la calle. Allí detuvo él a Teresa, no pudiendo contener por más tiempo su admiración.

—¿Y no volverá usted más?

—¿Para qué?

—¡Qué alma la suya, hija mía! ¿Sabe usted que los ángeles no serían capaces de hacer lo que usted ha hecho?

—Los ángeles, no; los diablos, sí —repuso Teresa con voz temblorosa, sintiendo que todo su valor desfallecía al recibir el aire de la calle—. Parece mentira que usted también confunda a estas dos clases de seres...

Se pararon aún, durante algunos segundos, en la acera, contemplándose ansiosamente. Acaso pensaron que sus vidas podían cambiar de rumbo en aquel instante, como en un alto ante el doble camino de lo desconocido. Sobre sus cabezas se tendía el manto espléndido de las noches del trópico, con una Luna, clara como el Sol, en mitad del cielo. Vacilaron. Fue Teresa la que tuvo el valor de arrancarse, casi ásperamente, del encanto que la invadía, echando a andar con rapidez en dirección a un coche que había pasado a lo lejos. Rigoletto, aturdido, la siguió automáticamente, como una sombra.

Teresa no se detuvo sino al llegar a pocos pasos de la esquina donde estaba el coche. Estaba intensamente pálida, sus piernas flaqueaban y bajaba los ojos, evitando mirar a Rigoletto. Con la expresión suplicante de su rostro le pedía que no la siguiese, que se quedara allí. Pero él, sin fuerzas para arrancarse de su lado, se pegaba a ella como un idiota, sostenido aún por una quimérica esperanza.

—¿No quiere que la acompañe hasta su casa? —preguntó el desdichado, haciendo un horrible esfuerzo para hacer brotar las palabras de su garganta seca.

Teresa se estremeció.

—¡Oh, no! ¡Por Dios! No voy ahora allí... ¡No me pregunte...! ¡Hasta mañana!

La vio correr, sin volverse, saltar al carruaje y decir apresuradamente algunas palabras al cochero, que dio un latigazo al caballo y partió a toda prisa. Entonces sintió el pobre enamorado que la tierra oscilaba bajo sus pies, que las casas se inclinaban para aplastarlo y que alguien, a quien no podía ver, le arrancaba violentamente del pecho la única gran ilusión de su vida. Toda su existencia se concentró en la mirada con que vio cómo iba achicándose la negra capota del carruaje, hasta perderse en las lejanías de la calle. Y cuando no pudo ya distinguirlo, entre los demás que iban y venían por el mismo lugar, dejó caer con desaliento los brazos a lo largo del cuerpo y lloró silenciosamente como un niño, con sollozos lentos y entrecortados, en que se exhalaba su profunda debilidad ante este nuevo dolor, y que un minuto antes acaso hubieran logrado detener la rueda del destino.

Libros a la carta

A la carta es un servicio especializado para

empresas,

librerías,

bibliotecas,

editoriales

y centros de enseñanza;

y permite confeccionar libros que, por su formato y concepción, sirven a los propósitos más específicos de estas instituciones.

Las empresas nos encargan ediciones personalizadas para marketing editorial o para regalos institucionales. Y los interesados solicitan, a título personal, ediciones antiguas, o no disponibles en el mercado; y las acompañan con notas y comentarios críticos.

Las ediciones tienen como apoyo un libro de estilo con todo tipo de referencias sobre los criterios de tratamiento tipográfico aplicados a nuestros libros que puede ser consultado en Linkgua-ediciones.com.

Linkgua edita por encargo diferentes versiones de una misma obra con distintos tratamientos ortotipográficos (actualizaciones de carácter divulgativo de un clásico, o versiones estrictamente fieles a la edición original de referencia).

Este servicio de ediciones a la carta le permitirá, si usted se dedica a la enseñanza, tener una forma de hacer pública su interpretación de un texto y, sobre una versión digitalizada «base», usted podrá introducir interpretaciones del texto fuente. Es un tópico que los profesores denuncien en clase los desmanes de una edición, o vayan comentando errores de interpretación de un texto y esta es una solución útil a esa necesidad del mundo académico.

Asimismo publicamos de manera sistemática, en un mismo catálogo, tesis doctorales y actas de congresos académicos, que son distribuidas a través de nuestra Web.

El servicio de «libros a la carta» funciona de dos formas.

1. Tenemos un fondo de libros digitalizados que usted puede personalizar en tiradas de al menos cinco ejemplares. Estas personalizaciones pueden ser de todo tipo: añadir notas de clase para uso de un grupo de estudiantes,

introducir logos corporativos para uso con fines de marketing empresarial, etc. etc.

2. Buscamos libros descatalogados de otras editoriales y los reeditamos en tiradas cortas a petición de un cliente.

www.ingramcontent.com/pod-product-compliance
Lightning Source LLC
Chambersburg PA
CBHW020546020726
47494CB00006B/1940